Figuranten

Ander werk van Arnon Grunberg:

Blauwe maandagen
Roman 1994

De troost van de slapstick
Essays 1998

De heilige Antonio
Novelle 1998

Het veertiende kippetje
Scenario 1998

Liefde is business
Gedichten 1999

Fantoompijn
Roman 2000

De Mensheid zij geprezen
Lof der Zotheid 2001

Amuse-gueule
Vroege verhalen 2001

De asielzoeker
Roman 2003

Grunberg rond de wereld
Verhalen 2004

Het aapje dat geluk pakt
Novelle 2004

De joodse messias
Roman 2004

De techniek van het lijden
Essays 2005

Grunbergbijbel
Het beste uit de Bijbel 2005

Tirza
Roman 2006

Omdat ik u begeer
Brieven 2007

Arnon Grunberg

Figuranten

NIJGH & VAN DITMAR
AMSTERDAM 2008

Voor Ewa
die geprobeerd heeft een man van me te maken
die geprobeerd heeft een schrijver van me te maken
die geprobeerd heeft een beter mens van me te maken

en met warme herinneringen aan haar bietensoep

Eerste druk 1997
Twaalfde druk 2008

Omslag Ron van Roon, Amsterdam
Foto omslag Jahreszeiten / Hollandse Hoogte
Foto auteur Bob Bronshoff
NUR 301 / ISBN 978 90 388 9076 0

Jammer dat je met een lijkwagen naar het paradijs moet.

Stanislaw Jerzy Lec

Inhoud

Geldwolf

Ik ben de geldwolf, makelaar in krotten.

In de winter van 1995 begon ik voor het eerst over mezelf na te denken als geldwolf. Ik had al over mezelf nagedacht als *latin lover*, en als tangodanser. Ik heb nog een maand of twee een cursus tangodansen gevolgd. Toen boden ze aan mij het cursusgeld terug te geven als ik beloofde nooit meer op tangoles te komen. Van dat aanbod heb ik gebruikgemaakt.

Ik heb ook over mezelf nagedacht als kantoorklerk die het hogerop zou gaan brengen, als filmster, als uitgever, als wijnboer die zijn eigen wijn opdrinkt, als aandelenhandelaar, als hoer, als komiek, als filmregisseur, getrouwd met een twintig jaar jongere actrice, als oplichter, als schrijver, als Don Juan, als zelfmoordkandidaat, als brillenjood, als minnaar van Frederika Steinman, als wereldkampioen tafelvoetballen, als vriend van Broccoli, als secretaris van de Vereniging voor Genieën, als geheim lid van operatie-Brando, als minnaar van Elvira Lopez, als het lentebriesje van Elvira Lopez, als wandelende, sprekende en zingende creditcard van Elvira Lopez, als masseur van Elvira Lopez, met twee linkerhanden, als vader van de kinderen van Elvira Lopez – en toen, in de winter van 1995, voor het eerst dus als geldwolf. Je kunt het zo gek niet bedenken of ik er heb er wel over gedacht het te worden. Op het eind van je leven ga je waarschijnlijk over jezelf nadenken als wandelend lijk, maar zover ben ik nog niet. Hoewel ik vermoed dat het geen prettig gezicht zal zijn.

Iemand belde me op en zei: 'Wat ben je toch een geldwolf.' Het was een filmproducent. Ik dacht: Ja, dat is precies wat ik ben, een geldwolf. 'U heeft gelijk,' zei ik, 'u heeft helemaal gelijk.' Later schreef ik hem nog: 'Niets geeft mij zoveel inspiratie als geld. Mijn thema is mijn bankrekeningnummer, mijn lied is een hooglied op het geld en als ik in slaap wil worden gezongen luister ik naar de wisselkoersen op de radio. Als jullie aan mij denken, denk dan ook een klein beetje aan geld, want als ik aan jullie denk, denk ik ook aan geld.' Toen ik klaar was met de brief opende ik het raam en schreeuwde over straat: 'Ik ben de geldwolf, de geldwolf is *back in town*.' Niet dat er iemand op mij lette, want er denderen van 's ochtends zes tot 's avond acht vrachtwagens door mijn straat en die overstemmen elk geluid. Zelfs als je met een megafoon uit het raam zou gaan hangen kom je er nog niet bovenuit.

Door die vrachtwagens komt er een zwart poeder in mijn woning, ook al sluit je het raam. In het begin heb ik nog wel geprobeerd het met een sponsje van de muren te schuren. Maar daar ben ik mee opgehouden. Ik heb het er wel eens over met de man van de kakkerlakkenbestrijding die elke woensdagochtend voor de deur staat, om elf uur. Hij is heel stipt. Een aardige man. We maken altijd een praatje. Hij zegt: 'Jij bent de enige normale in het hele gebouw.' Hij kan het weten, hij komt in al die huizen. In het huurcontract staat: 'U bent wettelijk verplicht de beambte van de kakkerlakkenbestrijding toegang te verlenen tot uw appartement.'

Op aanraden van een vriend ben ik in groepstherapie gegaan, hoewel ik me helemaal niet ziek voelde. Integendeel. Maar hij zei: 'Dat is heel normaal in Amerika, zoiets is echt niet alleen voor zieke mensen. Iedereen doet het, managers, professoren, artiesten, heel geslaagde mensen, het is niets om je voor te schamen.'

'Bovendien,' vervolgde hij, 'straks zullen de mensen zeggen dat je gek bent, omdat je beweert dat je bankrekeningnummer je thema is en omdat je denkt dat je de geldwolf bent. Daar houden ze niet van. Je zult in de goot eindigen of in een gekkenhuis. Daar mag je dan uit de ramen schreeuwen dat je de geldwolf bent. En geloof me, de gekkenhuizen in Amerika zijn niet mals.'

'Dit laatste geeft de doorslag,' zei ik. Natuurlijk gaf het niet echt de doorslag. Ik was de eerste vijfentwintig jaar van mijn leven niet in een gekkenhuis beland. Er zouden wel heel gekke dingen moeten gebeuren wilde ik de komende vijfentwintig jaar wel in een gekkenhuis belanden.

Vier woensdagmiddagen ben ik in groepstherapie geweest. In een prachtig oud gebouw in een straat waar niet veertien uur per dag vrachtwagens doorheen denderen. Ik heb er kennisgemaakt met het collectief onderbewuste, op die groepstherapie. De vrouw die de leiding had, vertelde ons dat we ons het collectief onderbewuste moesten voorstellen als een reusachtige appeltaart en dat in het hoofd van ieder mens een stukje van die appeltaart zat.

De week daarop moesten we een droom vertellen. Ik vertelde – hoewel ik dat helemaal niet had gedroomd, ik kon me niet herinneren ooit gedroomd te hebben – dat ik gedroomd had dat ik generaal van een leger was. Een leger dat ik zelf had opgericht. Het was het Leger van de Belachelijke Mensen. Zij paradeerden met mij voorop elke werkdag van zes tot acht over Fifth Avenue. Ik had een megafoon in mijn hand en ik schreeuwde: 'Dit is het Leger van de Belachelijke Mensen. Wij roepen andere belachelijke mensen op zich bij ons aan te sluiten. Man en vrouw, jong en oud, mooi en lelijk, welke geloofsrichting u ook aanhangt, iedereen kan zich aansluiten bij het Leger van de Belachelijke Mensen. Elke werkdag van zes tot acht paraderen wij over Fifth Avenue en met paraplu's zwaaien wij naar andere belachelijke mensen. Dat is alles wat wij willen. Met paraplu's willen wij de andere belachelijke mensen begroeten. Elke werkdag van zes tot acht, op Fifth Avenue.'

Een uur lang heeft de groep mijn droom geanalyseerd. Ze waren net een stel uitgehongerde honden die zich op een bot stortten. Het collectief onderbewuste kwam weer ter sprake in de vorm van een appeltaart en ik moest denken aan Broccoli. Als er één iemand korte metten met het collectief onderbewuste had gemaakt was hij het wel. Toch is het raar dat ik aan hem moest denken. Ik wilde namelijk aan alles denken, behalve aan hem en aan Elvira.

Elvira heeft nu vast een man met een motor. Ze wilde een man met een motor, waar ze dan achterop kon zitten. Ze was helemaal gek van motoren, vooral met zijspan. Elvira zei: 'Het is natuurlijk geen vereiste, maar het zou het allemaal wel eenvoudiger maken.'

'Wat?' vroeg ik.

'Nou,' zei ze, 'als mijn man een motor heeft met zijspan.'

Geldwolf kun je tot het eind van je leven blijven. Ik bedoel, minnaar van Elvira Lopez of wereldkampioen tafelvoetballen of seksmaniak niet, dat is wel duidelijk.

Drie dagen nadat die filmproducent mij een geldwolf had genoemd liet ik kaartjes maken met de tekst: 'Ik ben de geldwolf. Ik ben leeg vanbinnen.' Die deelde ik uit, vooral in bars. Dat had ik van Broccoli geleerd. En als mensen vroegen: 'Wat bedoel je daarmee?' dan zei ik: 'Weet je wat een spaarvarken is? Dat ben ik, het lege spaarvarken.' En dan maakte ik knorrende geluiden. Dat soort dingen houdt me op de been. De laatste tijd doe ik het bijna nooit meer, knorrende geluiden maken. Toen ik Broccoli en Elvira kende maakte ik regelmatig knorrende geluiden, wij alledrie trouwens. Daar werden we vrolijk van.

Ik heb een zaak gedaan waarmee ik vier, vijf ton heb verdiend. Rond het maar af op vijf ton. Mensen dachten dat ik een rijke vader had of dat ik in drugs handelde, of heel slim was met computers. Er is niets van over, van die vijf ton. Toch heb ik er niets bijzonders mee gedaan. Ik bedoel, geen huizen gekocht, of boten, zelfs geen stereo-installatie. Ik heb veel gegeten in restaurants, dat wel, en veel in hotels geslapen, altijd in de bruidssuite, zelfs als ik alleen was, en ik heb een paar zijden onderbroeken gekocht, en wat mensen getrakteerd op flessen wijn en tiramisu en geflambeerde flensjes en dat soort gerechten. Ook dronk ik een tijd veel champagne, met name in hotelbars, dat tikt aardig aan. Als ik nu een zoon had zou ik zeggen: 'Neem die champagne en drink hem op in een park of voor mijn part in de metro, maar laat ik je niet met champagne in een hotelbar betrappen.'

In die groepstherapie moest ik vertellen waarom ik soms het raam opende en dan naar buiten schreeuwde: 'Ik ben de geldwolf, de geldwolf is *back in town*' terwijl ik wist dat niemand me kon verstaan.

'Soms wordt het me iets te veel,' fluisterde ik.

'Wat dan?' vroeg de leidster.

Ik wist niets te zeggen.

'Heb je het gevoel dat je gierig bent?' vroeg een Zwitserse jongen. Hij was heel lief voor me. Hij wilde me constant aaien. 'Ik ben toch geen hond,' siste ik dan. Maar dat had geen effect. 'Stil maar,' zei de Zwitserse jongen en hij ging gewoon door met aaien.

'Nee,' zei ik, 'ik heb niet het gevoel dat ik gierig ben, ik heb alleen het gevoel dat geld het allerbelangrijkste is in mijn leven. Alles wat ik te zeggen heb kan in geld worden uitgedrukt, mijn hele leven kan in geld worden uitgedrukt, de negen cijfers van mijn bankrekening zijn een afdoende samenvatting van alles wat ik gedaan en gedacht heb, van alles waarvoor ik gebeden heb, van alles waarnaar ik verlangd heb, van alles waarover ik me druk heb gemaakt, van alles wat ik geschreven heb. Mallarmé dacht dat alles uiteindelijk een boek zou worden; dat dacht ik vroeger ook. Nu denk ik dat alles uiteindelijk een bankrekeningnummer wordt. En als je een beetje slim bent, zorg je ervoor dat het een geheim bankrekeningnummer wordt.'

Toen begon de Zwitserse jongen me weer te aaien.

'Günther,' zei ik, 'alsjeblieft.'

'Ik begrijp je,' fluisterde hij, 'ik begrijp jouw volk zo goed.'

Een week later moest ik een lijstje meebrengen van dingen die me te veel werden. Als het al niet ging om het collectief onderbewuste in de vorm van appeltaarten, moesten we wel lijstjes meebrengen. Ik weet nog wat er op mijn lijstje stond: Vrachtwagens. Mensen die vragen stellen waarop geen zinnig antwoord mogelijk is, bijvoorbeeld of de liefde te koop is, dat soort vragen. Mensen die me aaien alsof ik een hond ben, of een kat. De muziek van mijn buurman. De laarzen van mijn buurman. Die doen tok tok tok, en dat de hele dag. Mijn buurman oefent elke dag de klompendans. Tok tok tok, tot hij naar bed gaat. Zo iemand zou ter beschikking van de regering moeten worden gesteld. Dat vindt de kakkerlakkenman ook. ('Heel goed,' fluistert de leidster, 'laat de agressie vloeien.') Mannen die vrouwen willen nemen op keukentafels. Wat lopen er een hoop mannen op deze wereld rond die vrouwen willen nemen op keukentafels. Miljoenen, uit alle lagen van de bevolking.

De leidster reageerde op mijn lijstje door opnieuw het collectief onderbewuste ter sprake te brengen. Misschien bestaat er zoiets als het collectief onderbewuste, alleen heb ik het gevoel dat het mij heeft overgeslagen. Dat zei Broccoli wel eens: 'Het collectief onderbewuste heeft me overgeslagen.' En dan schudde hij met zijn vuist naar voorbijgangers. Elvira lachte dan en zei: 'Ik begrijp niets van mannen en al helemaal niets van getrouwde mannen.' En daarna: 'Van vrouwen begrijp ik ook niets.'

In maart ben ik makelaar geworden. Mijn leven moet veranderen, dacht ik. Ik moet de toekomst met vertrouwen tegemoet zien, in plaats van voortdurend te denken dat de toekomst een krokodil is die me wil opeten. Ik heb mijn examen net gehaald. Met m'n hakken over de sloot, volgens de cursusleider, zelf een makelaar van beroep. Hij had grijs haar en een bril en liep op tennisschoenen. Hij verklaarde dat hij een van de succesvolste makelaars van de stad New York was, maar ik dacht: Als je echt zo'n succesvolle makelaar bent, waarom sta je hier dan les te geven op zondagochtend? Ik lachte nooit om zijn grapjes. Misschien dat hij me daarom een 'C' heeft gegeven, dat is niet echt een cijfer om trots op te zijn. Bij ons op de makelaarscursus was een jongen uit Boston, een verlegen jongen met zwart haar. Hij stonk een beetje omdat hij geen huis had waar hij zich kon wassen. Dat is natuurlijk raar, een makelaar in onroerend goed die zelf geen huis heeft. Daarom, denk ik, wilde niemand met hem praten. Met mij wilden ze ook niet praten. De eerste les moesten we zeggen waarom we deze cursus volgden en toen zei ik: 'Omdat ik mensen wil leren kennen.'

'Begrijpen,' voegde ik er nog aan toe. Dat zeg je natuurlijk niet, maar het was eruit voor ik het wist. Ik zei maar wat. Uiteindelijk heb ik nooit iets in mijn leven langer dan drie jaar gedaan.

Die jongen uit Boston die een beetje stonk ging altijd naast me zitten. Toen we op een dag tijdens de lunch Chinees aten verloor hij zijn vulling in dat Chinese eten. Zodra de les weer begon – we zouden hypotheken behandelen – stak hij zijn vinger op en zei: 'Mag ik eerder weg? Ik moet naar de tandarts, want ik heb mijn vulling verloren bij de Chinees.' Daarna hebben we hem nooit meer teruggezien.

Het is mijn theorie dat hoe meer mensen je kent hoe groter de kans is dat je alcoholist wordt. Praten met mensen kan natuurlijk wel, maar ze mee naar huis nemen is al behoorlijk gevaarlijk. Om verschillende redenen. Ik had eens een meisje op bezoek dat niet meer weg wilde gaan. Vlak voor ik voelde dat ik moest overgeven zei ik: 'Ik geloof dat je beter naar huis kunt gaan.' Ik viel in slaap op de bank en toen ik wakker werd zat ze nog steeds naast me. En toen zei ik nogmaals: 'Ik geloof dat je nu echt beter naar huis kunt gaan, want ik kan niet meer.' Sommige mensen hebben daar geen boodschap aan. Wat je ook tegen ze zegt, ze blijven gewoon in je huis. Ze denken waarschijnlijk: Binnen is binnen.

Ik heb nu drie diploma's: een zwemdiploma, een fietsdiploma en een makelaarsdiploma. Meer diploma's heb je in je leven niet nodig volgens mij. Mijn zwem- en fietsdiploma ben ik trouwens kwijtgeraakt, maar noch het een noch het ander ben ik van plan ooit in mijn leven nog te doen.

Over een paar jaar wil ik mijn eigen makelaarskantoor beginnen en dat ga ik noemen: Geldwolf b.v. Ik zal de filosofie hierachter uitleggen.

Ik denk dat mensen zullen denken: Ha, een makelaar die Geldwolf heet, dat moet wel een eerlijke makelaar zijn. En daarom zullen ze naar me toe gaan. Als ik geopend ben, wil ik een advertentie zetten met de volgende tekst: 'Geopend: Geldwolf. Makelaar in onroerend goed.' Meer niet. Broccoli en Elvira zouden het vast een heel goed plan vinden, Geldwolf b.v. Misschien zijn zij nu ook wel makelaars.

Elvira heb ik leren kennen via Broccoli en toen ik Broccoli en Elvira kende was ik nog geen geldwolf. Integendeel, operatie-Brando was in volle uitvoering. Ik had Broccoli beloofd een filmscript voor Elvira te schrijven, want hij wilde haar groot maken. Wij wilden haar groot maken, moet ik zeggen. Marilyn Monroe, die orde van grootte. Marlene Dietrich. Daarom zijn ze ook naar New York gegaan, om haar groot te maken.

Er was een tijd dat ik dacht dat ik aids had. Of nog iets ergers, als dat überhaupt bestaat. Ik had wonden op mijn piemel die maar niet weggingen. Drie in totaal. Geen bijzondere wonden, gewoon alsof je door een kat gekrabd was. Of meer eigenlijk, gebeten door een klein insect. Maar ze gingen niet meer weg. Er hebben wel twintig doktoren naar gekeken. Ze hebben er ook allemaal aan gezeten en sommigen zonder hun handen te wassen. Ik meende ook de hele tijd een branderig gevoel te hebben bij het plassen. Vooral de dagen na het vrijen. Ik ging naar de dokter en die zei: 'Nee, meneer, u heeft geen branderig gevoel bij het plassen.' Eigenlijk had ik natuurlijk moeten vragen: 'Hoe weet u dat?' Maar dat durfde ik niet. Op een gegeven moment dacht ik dat ik helemaal niet meer kon plassen. Dat was het ergste. Twee dagen kwam er niets uit. En toen een soort fontein.

Ik ging niet naar een dokter maar naar een kliniek. Zo'n kliniek waar je anoniem mag blijven. Maar als je iedere week naar zo'n kliniek gaat blijf je natuurlijk niet lang anoniem. Ik zei altijd: 'Noem me maar David, want die naam hoef ik tenminste niet te spellen.' Soms vragen mensen mij wel eens: 'Als je nou eens alles over mocht doen, wat zou je dan anders doen?' Dan zeg ik altijd: 'Ik zou een naam nemen die ik niet hoef te spellen.' Een artiestennaam dus. Ook al ben je geen artiest, een artiestennaam is nooit weg.

Ik heb met heel veel niet-frisse types gevreeën. Ik ben zelf trouwens ook een niet-fris type. Al trek ik wel altijd schone sokken aan als de man van de kakkerlakkenbestrijding komt. Als ik mezelf zou moeten omschrijven bij een beroepentest of bij een psycholoog zou ik alleen maar zeggen: 'niet-fris type'. En bij 'nadere specificaties' misschien nog: 'geldwolf'. Niet dat ik ooit nog van plan ben een beroepentest te doen of naar een psycholoog te gaan.

Ik heb veel mensen willen navolgen. Te veel om op te noemen. Ik heb de mensen bestudeerd om op de mensen te kunnen lijken. Soms zeiden ze dat ik de schaduw van Broccoli en Elvira was. Elvira moest niets van God hebben. Ze praatte er in ieder geval nooit over. Na Elvira heb ik een vrouw aanbeden die gereformeerd was en die vaak over God en andere oudtestamentische figuren praatte. Haar naam is Frederika Steinman. Ik heb vrouwen begeerd die mij niets over zichzelf onthuld hebben, dus de kans bestaat dat daar ook nog gereformeerden tussen zaten, maar Frederika Steinman was zo gereformeerd dat wie haar aanbad tegelijkertijd ook het gereformeerde geloof aanbad.

Mensen met een verfijnde smaak praten niet over geld en seks. Ik heb een tijd tussen mensen met een verfijnde smaak gezeten. Ik voelde me net alsof ik aan het front zat tussen die mensen met een verfijnde smaak, maar ik voel me wel vaker alsof ik aan het front zit tussen mensen. Voor alle duidelijkheid, ik heb nooit echt aan het front gezeten. Want als je helemaal in je eentje bent is er geen front. Ook al ben je van top tot teen gewapend, voor een front heb je minimaal twee mensen nodig. Voor seks heb je aan jezelf genoeg. Dat is een belangrijk verschil tussen seks en het front.

Ik heb een top-drie gemaakt van fantasieën die *geen* werkelijkheid moeten worden. Je moet volgens mij alles doen wat in je macht ligt om ervoor te zorgen dat die fantasieën geen werkelijkheid worden. Zo ongeveer één keer per dag roep ik deze top-drie om. Daarbij trommel ik met beide handen op een Engels-Nederlands woordenboek, want dat trommelt zo lekker. Op nummer drie: seks met dieren en planten. Op nummer twee: parachutespringen. En op nummer een: zelfmoord in al zijn verschijningsvormen inclusief wurgseks en jezelf bij het vuilnis zetten.

Ontspan, zeggen mensen tegen mij. Ik ontspan niet. In mijn graf ga ik ontspannen. Zolang je leeft moet je alert blijven, want voordat je het weet wordt er weer een fantasie werkelijkheid en dat kan net die ene fatale zijn.

I

Broccoli

De hele dag hadden we door de stad gelopen op zoek naar een geschikte plek om elkaar te fotograferen. Steeds weer was er iets niet goed. Het licht of de achtergrond of mijn neus glom.

'Met een glimmende neus wordt het niets,' zei Broccoli, 'de wereld zit niet te wachten op mensen met glimmende neuzen.'

Daar was ik zelf inmiddels ook achter. We hadden toen al zes uur rondgesjouwd. Het was heet. Onze levens hingen van deze foto's af. Levens hangen van de gekste dingen af, van foto's, van geld, van een verkeersopstopping, van een horloge dat achterloopt.

'We moeten een Etos vinden,' zei Broccoli, 'we moeten je neus poederen.'

Ik draafde achter hem aan. Hij nam grote stappen. Zijn fototoestel hing losjes om zijn nek. Ik was achttien en ik wilde iemand anders worden, bij voorkeur ten overstaan van honderd, of liever nog duizend man. Eigenlijk nog het liefst ten overstaan van een lopende camera. Ook Broccoli wilde iemand anders worden ten overstaan van een lopende camera. Als niemand kon zien dat je iemand anders was geworden, had je er nog niets aan. Zo nu en dan sloeg Broccoli een arm om me heen en zei: 'Wij worden sterren van het witte doek, er is niets meer aan te doen.'

Broccoli bleef plotseling staan en zei: 'Jij hebt een heel raar hoofd, weet je dat?'

'Dat weet ik,' zei ik.

Hij keek me langdurig aan en zei: 'Jij hebt het raarste hoofd dat ik ooit heb gezien.' En meteen daarna: 'Je moet je altijd bewust zijn van je eigen zwakheden.'

Hij was geniaal. Ik ben niet veel geniale mensen tegengekomen in mijn leven, dus ik weet waarover ik praat als ik hem geniaal noem.

Broccoli ging door: 'Je moet eens een centimeter kopen, zo'n centimeter die kleermakers gebruiken; die moet je dan om je eigen hoofd leggen. Het is nooit weg de maten van je eigen hoofd te kennen. Ik draag de maten van mijn hoofd altijd bij me.' En inderdaad, hij haalde een klein agendaatje uit zijn broekzak. Het was leeg, alleen op de eerste bladzijde had hij de maten van zijn eigen hoofd geschreven.

'Broccoli,' zei ik, 'jouw neus glimt ook.'

Hij bleef staan.

'Is het waar?' zei hij.

'Het is waar.' Ik kneep mijn ogen halfdicht om zijn neus nog beter te bestuderen. Ik had eigenlijk een sterkere bril nodig. 'Er zitten ook zwarte stipjes op.'

Hij vloekte. 'Dan moeten we mijn neus ook poederen. Anders is alles voor niets. Dan worden we opgeborgen in de bureaula, samen met alle andere glimmende neuzen.'

Broccoli dacht dat de agenten van filmmaatschappijen allemaal lades hadden met foto's waarin mensen waren gerangschikt naar hun lichamelijke tekortkomingen.

Hij rende weer voor me uit. Ik had hem nog nooit zoveel zien lopen als vandaag. Normaal bewoog hij zich voort in taxi's. Ten slotte vonden we een drogisterij. Broccoli bleef voor de ingang staan. 'Je moet niet vergeten,' zei hij, 'dat ieder mens zwarte stipjes op zijn neus heeft. Anders kan de neus niet ademen. Dan sterft de neus af.'

Achter de toonbank stond een juffrouw. Ze had blond haar en rode wangen. Daar had ze heel wat rood poeder op gekwakt.

Ik was in die tijd licht ontvlambaar. Net benzine. Ik vocht tegen mijn ontvlambaarheid met alle wapens die ik maar kon vinden. Dat had Broccoli me aangeraden. Volgens hem moest je je ook altijd aftrekken voor je een vrouw ging versieren. Anders was je te nerveus. Deze wereld zat niet te wachten op nerveuze mannetjes, zei Broccoli. De mensen hadden hun handen al vol aan hun eigen nervositeit. Hij wilde daar ook een boek over schrijven. En hij wilde het aan mij opdragen.

'We hebben poeder nodig,' zei Broccoli.

'Waar is het voor?' vroeg de juffrouw.

'Voor onze neuzen,' zei Broccoli. 'Dat kunt u wel zien, neem ik aan.' Hij veegde met een zakdoek het zweet van zijn voorhoofd. Broccoli leek zich nooit ergens voor te schamen.

'Het is voor een fotosessie,' hoorde ik hem zeggen.

'O, op die manier,' zei de juffrouw.

Ik bestudeerde de vloer en daarna tuurde ik naar de afdeling waar de reumatische pleisters hingen. Van die pleisters die je op je rug moet plakken en dan gaat de reuma weg. Ik kon zien dat de juffrouw haar gezicht dicht bij de neus van Broccoli hield. Ik voelde dat ik weer aan het ontvlammen was en daarom concentreerde ik me op de reumatische pleisters. In die tijd had ik vaak ongewild erecties, met name in cafés. Dan durfde ik niet meer op te staan, bang dat ze het allemaal zouden zien. Dus bleef ik net zolang zitten tot het over was. Ik begon zelfs hele wijde bandplooibroeken te dragen. Ik had voortdurend het idee dat mensen naar mijn kruis keken. We hadden een rabbijn die had gezegd dat God alles zag, ook je kruis, en dat je je daarom goed moest wassen. En ook moest zorgen voor een besnijdenis als je nog niet besneden was. Ik had toch liever dat God naar mijn kruis keek dan mensen op straat. Volgens Broccoli zag ik er in die bandplooibroeken uit als een Volendamse boer. Daarom ging ik maar weer gewone broeken dragen.

'Kom hier,' riep Broccoli, 'ze wil jou ook bekijken.'

Ik was nog niet bij de toonbank of ze bracht haar gezicht zo dicht bij mijn neus dat ik de rimpeltjes rond haar lippen kon zien. Voor de zekerheid hield ik op met ademen.

'Jullie hebben niet helemaal dezelfde huidskleur,' zei ze. 'Ik moet jullie twee verschillende soorten poeder verkopen.'

'Dat is goed,' zei Broccoli.

Ze zei nog dat ze ons niet snel zou vergeten en Broccoli antwoordde: 'Ik u ook niet.'

Voor de winkel wilde Broccoli mijn neus poederen.

'Moet het hier?' vroeg ik. 'Iedereen kijkt naar ons. Zo kan ik me niet concentreren.'

'Het is nu of nooit,' zei hij. Hij nam mijn gezicht in zijn hand en bewoog de kwast ruw over mijn neus. Ik kneep mijn ogen dicht om niet te hoeven zien hoe de mensen ons aanstaarden.

'Nu jij.' Hij gaf me de kwast en opende de andere poederdoos. Een windvlaag stak op en de helft van het poeder vloog in mijn mond en tegen mijn brillenglazen, maar dat kon Broccoli niet schelen. Hij was bezeten. Ik zag hoe steeds meer mensen bleven staan en naar ons wezen. Ook de juffrouw van de drogisterij stond voor haar winkel naar ons te kijken in gezelschap van een klant.

'Er vormt zich een opstootje,' fluisterde ik. 'Laten we naar het park gaan.' Broccoli had zijn bril niet op, dus hij kon niet goed zien. Zonder bril zag hij niets.

'Als je eenmaal in Hollywood bent,' riep hij, 'vormen zich voortdurend opstootjes als je de straat op gaat. Allemaal mensen die een handtekening willen. Als je niet tegen opstootjes kan, red je het niet in Hollywood.'

'Ik ben toch geen make-upartiest,' jammerde ik.

'Poeder mijn neus,' riep Broccoli, 'of ik sla je bril van je hoofd, puistige poedel.'

Broccoli bedoelde het goed. Daarom kon ik het van hem hebben. Het was eigenlijk heel grappig, wanneer hij dat zei. Hij wilde mensen bewust maken van hun zwakke plekken. Niet alle mensen natuurlijk, maar wel mij, omdat ik zijn vriend was. Ik poederde zijn neus, precies zoals hij mijn neus had gepoederd.

Wij hadden begrepen dat in deze wereld het innerlijk vooral weerspiegeld werd door het uiterlijk en wij waren bereid te buigen voor de regels die deze wereld had opgesteld. Want Hollywood riep ons. Broccoli misschien iets meer dan mij, maar ik werd op mijn beurt weer geroepen door Broccoli, zodat het op hetzelfde neerkwam.

Toen ik klaar was zei Broccoli: 'Nu zullen we niet eindigen in de la met de glimmende neuzen.'

Bij een kiosk kocht hij een blikje bier. Ik had het gevoel dat het zweet op mijn neus bleef plakken en korstjes vormde door al dat poeder, maar ik durfde er niets van te zeggen.

Broccoli dronk zoals anderen rookten. Meer uit nervositeit dan omdat hij dorst had of omdat hij dronken wilde worden. Hij werd ook nooit dronken. Hij viel gewoon in slaap.

'Niet zo snel, Broccoli,' riep ik. Bij een stoplicht bleef hij staan. Het schuim van het bier kleefde aan zijn lippen en zijn brillenglazen zaten onder het poeder.

Wij hadden de lokroep van Hollywood gehoord, zoals anderen de lokroep hadden gehoord van het klooster, of die van hun overspelige buurvrouw, of die van het grote geld, of de lokroep van God. Vooral 's avonds als het stil was hoorden wij de lokroep die voor ons bestemd was. Dan werden we helemaal gek.

Soms draaide Broccoli midden in de nacht een telefoonnummer in

Hollywood. Vaak ging hij daarna op bed liggen en bekeek zijn buik. Dan zei hij: 'Als ik ooit een bierbuik krijg, wordt het de mooiste bierbuik van de wereld.'

Hoe hij het klaarspeelde iedere dag om acht uur op te staan en zin te hebben in bier is maar een van die dingen van Broccoli die ik niet begrepen heb en die ik waarschijnlijk ook nooit begrijpen zal.

'Hier,' zei Broccoli, 'hier is het licht goed.' We waren blijven staan voor een huis aan de Realengracht. Ik kon niets bijzonders ontdekken aan het licht. Misschien vond hij het huis gewoon mooi of had hij wat zaken te regelen met de mensen die er woonden.

'Voor ieder van ons zijn er twaalf,' zei hij, 'honderd, misschien wel duizend.' Toen trok hij me aan mijn oor naar zich toe en fluisterde: 'Ze kijken alleen maar naar de foto's, dus doe je best.'

Ondanks de hitte droeg Broccoli een regenjas. Hij was vier jaar ouder dan ik. In ieder geval, dat was wat hij me had verteld. Hij had me ook verteld dat hij op zesjarige leeftijd door zijn voltallige familie was uitgeroepen tot wonderkind. Het gebeurde in de woonkamer, vertelde hij, hij speelde op zijn viool en plotseling begon de hele familie door elkaar te roepen: 'Het is een wonderkind, het is een wonderkind.' Er viel zelfs iemand flauw. Een aangetrouwde tante riep: 'O god, weer een wonderkind in de familie!'

Vanaf die tijd moest hij van zijn ouders op het dakterras viool gaan zitten spelen. De kinderen van de buren bekogelden hem met tennisballen en met rotte appels van de appelboom die ze in hun tuin hadden staan. Maar zijn moeder bleef vanuit het raam roepen: 'Het is een wonderkind, het is een wonderkind.'

Nadat hij mij dit allemaal verteld had deed hij een paar stappen achteruit en zei: 'Een wonderkind komt gemiddeld maar één keer in de honderd jaar voor. Er staat een heel zeldzaam exemplaar voor je. Vergeet dat niet.'

Uit zijn zak haalde hij een van die zakdoeken die hij uit een oude theedoek had geknipt en veegde het zweet weer van zijn gezicht. Hij had geprobeerd mij over te halen ook zakdoeken uit oude theedoeken te knippen. Hij zei dat het was om geld te sparen, maar Broccoli was niet het type dat geld spaarde. Volgens mij knipte hij alleen maar zakdoeken uit theedoeken omdat hij te lui was om zakdoeken te kopen.

Mijn ouders hadden genoeg zakdoeken; om precies te zijn, we hadden zakdoeken voor een heel weeshuis. Dat vertelde ik ook aan Broccoli. Afgezien daarvan had mijn moeder me vermoord als ik zakdoeken uit haar theedoeken was gaan knippen.

'Zie ik er een beetje goed uit voor een western?' vroeg Broccoli. Hij wilde zich specialiseren in dat genre. Zijn favoriete zin was: 'I kill for money. But because you are my friend, I'll kill you for nothing.'

Ik vond niet dat hij leek op iemand die geknipt was voor een western, meer op iemand die solliciteerde voor een rol in *Dood van een handelsreiziger*. Maar dat zei ik natuurlijk niet. Ik schoot de twaalf foto's achter elkaar, zonder op het licht te letten.

Toen het zijn beurt was zei hij: 'Veeg die haren weg, anders blijft er niets van je gezicht over.' Hij danste met het fototoestel voor me op en neer. Ik had het idee dat op mijn neus een modderpoel van poeder plakte. Maar Broccoli vertelde me dat ik op een kleine rat leek die op het punt stond iemands ballen af te bijten.

Even later sloeg hij een arm om me heen en zei: 'Misschien zijn ze wel op zoek naar een kleine rat. Ik denk het wel, kleine ratten hebben ze altijd nodig.'

Hij kende een fotohandel op de Munt waar ze een speciale prijs voor hem zouden rekenen.

Technisch ongeschikt

Op mijn zeventiende ben ik naar Maastricht afgereisd om auditie te doen voor de toneelschool. Ik had gehoord dat de Maastrichtse toneelschool de beste was.

Ik logeerde in hotel De la Bourse. Het hotel werd bevolkt door zakenreizigers. Om acht uur klopte de schoonmaakster op de deur en riep in drie talen dat ze naar binnen kwam om te dweilen. Ook al riep je: 'Nee, ik ben naakt', ze kwam gewoon binnen.

Het was juni en het was heet. Ik liep in een korte broek die ik vlak voor mijn vertrek bij Sissy-Boy had gekocht. Ik herinnerde me van school dat de modieuze meisjes daar ook altijd hun kleren kochten. De broek was me drie maten te groot, maar volgens de verkoper was het dat jaar mode om in te grote korte broeken te lopen.

'Zo jongen, draag jij ook al een oh-moeder-wat-is-het-heet-broek,' was het eerste dat de theaterdocente in Maastricht tegen me zei. Het begrip 'oh-moeder-wat-is-het-heet' zei me niets, daarom glimlachte ik alleen maar vriendelijk.

De tweede dag in Maastricht werden alle jongens opgesloten in een klein lokaal waar we ons moesten uitkleden. Alleen ons onderbroekje mochten we aanhouden. De meisjes werden opgesloten in een ander lokaal. Een voor een werden we uit dit lokaal gehaald.

Toen het mijn beurt was bracht een man me naar een gymnastiekzaal. Naast hem, in mijn onderbroek, liep ik door de gangen van de Maastrichtse toneelschool. Mensen met kleren hebben een enorme voorsprong op naakte of halfnaakte mensen, besefte ik opeens.

In de gymnastiekzaal zaten twee vrouwen en een man achter een tafel. De man zat in het midden. Hij droeg een bril en had kortgeknipt wit haar. Eerst staarde hij een minuut naar me. Zonder iets te zeggen. Ik begon te denken dat er misschien iets raars op mijn lichaam zat, dus ik bekeek zo onopvallend mogelijk mijn eigen lichaam, maar ik kon niets ontdekken. Gelukkig staarden de twee vrouwen niet naar me. Ze keken uit het raam en gaapten. Ten slotte moest ik voor de tafel gaan staan en mijn naam luid en duidelijk zeggen.

'Ewald Stanislas Krieg,' zei ik.

'Stanislas Krieg, is dat een dubbele achternaam?' vroeg de man.

'Nee,' zei ik, 'Ewald Stanislas is een dubbele voornaam.'

De man maakte een notitie. Daarna kwam hij achter de tafel vandaan en begon in mijn achillespezen te knijpen. Ik zei dat dat kietelde. Daar trok hij zich niets van aan. Na een minuut of twee vond hij dat hij lang genoeg aan mijn benen had gezeten.

'Ewald Stanislas, spring,' zei hij.

'Ewald, gewoon Ewald, dat is meer dan genoeg.'

'Spring,' zei hij.

Ik sprong.

'Hoger,' zei de man.

Ik sprong hoger.

'Nog hoger,' zei de man.

Ik sprong nog hoger. Ik voelde me net een kikker. Maar de man bleef maar roepen: 'Hoger, hoger.' Ik vroeg me af waarom je per se het record hoogspringen moest verbeteren als je acteur wilde worden.

Toen de man vond dat ik was uitgesprongen zei hij: 'Loop nu een diagonaal.'

Ik liep een diagonaal.

Ik moest nog drie keer een diagonaal lopen.

Ten slotte zei de vrouw achter de tafel: 'T.O.'

Ik vroeg wat dat betekende en ze zei: 'Technisch ongeschikt.'

'Nou, bedankt voor uw tijd,' zei ik.

'Jij bedankt voor jouw tijd,' zei de man die in mijn achillespezen had geknepen. Daarop verliet ik het lokaal. Ik zag dat de volgende in onderbroek al klaarstond.

De volgende dag moest ik een zangtest afleggen. Ik moest tête-à-tête met een dame een stuk uit een opera zingen. De dame was achter in de tachtig en had rood krullend haar.

'Stanislas,' zei de dame, 'dat is een rare naam; het lijkt op Stanislawski, je weet toch wel wie Stanislawski was?'

'Vaag,' zei ik, 'vaag, we hebben elkaar nooit ontmoet.'

'Stanislawski, de grote toneelvernieuwer,' zei de dame.

Ik kende geen stuk uit een opera. Daarom zong zij iets voor uit een opera. Dat mocht ik toen nazingen. Dat viel niet mee. Ik moest de hele tijd aan kwalijke adem denken.

'Nee,' zei ze, 'je moet wel je mond openen als je wilt zingen. Open die mond, open. Er staan meer dan tweehonderd anderen op me te wachten.'

De vrouw ging met haar oor voor mijn mond hangen en ik moest allerlei geluiden produceren. Een 'oe' en een 'ee' en een 'hoe oe' en een 'lage oe' en 'een die uit mijn buik kwam' en een 'oe' die in mijn keel bleef hangen.

Op een gegeven moment wilde ze in mijn keel kijken.

Een paar minuten later zei ook zij: 'T.O.'

De rest van de week volgde ik nog de lessen, hoewel ik begrepen had dat de kans dat ik zou worden aangenomen minimaal was. De leiding drukte ons op het hart contact te zoeken met de andere aspirant-acteurs en -actrices, maar het lukte me niet om zelfs maar een gesprek met ze te voeren.

Ik voelde een diepe vrees voor alle mensen die rondliepen op de Maastrichtse toneelschool. Een vrees die zo groot was dat ik mij iedere ochtend weer met ware doodsverachting door de poort van de Maastrichtse toneelschool moest werpen. Ik voerde een grote strijd met mijzelf om niet in het donker van hotel De la Bourse te blijven, waar ik tenminste niet als een kikker in mijn onderbroekje op en neer hoefde te springen. Waarschijnlijk bleef ik de school alleen maar trouw omdat mijn vader had gezegd: 'Je best doen is niet genoeg. Als je doodgaat moet je kunnen zeggen: "Het is niet gelukt, maar God weet dat ik er alles aan gedaan heb. Aan mij heeft het niet gelegen."'

's Avonds dwaalde ik door Maastricht en at op kosten van mijn vader in dure restaurants waar ik mij, als dat nodig was, voordeed als verarmde adel. Mijn collega-aspirant-acteurs aten in de kantine en hingen rond in kroegen waar ik niet durfde te komen. Daarna sloot ik mij op in mijn hotelkamer en beleefde intens wilde nachten met mijzelf. Ook in bad bedreef ik de liefde met mijzelf. Bij wijze van experiment nam ik mij voor iedere avond onder water klaar te komen. Soms roken mijn vingers 's ochtends vroeg al naar mijn eigen zaad, maar aangezien ik toch de enige was die mijn vingers rook leek me dat geen enkel probleem.

In de kantine van de Maastrichtse toneelschool zei ik een keer tegen een aspirant-acteur: 'Ik heb sinds een paar weken zwart zaad. Het is pikzwart wat eruit komt, denk je dat ik naar een dokter moet?'

Goed, het was misschien niet zo'n leuke grap, maar het was tenminste een poging. Maar de aspirant-acteur en zijn vrienden liepen sinds die dag in grote bogen om mij heen. Daarna heb ik nooit meer verteld dat mijn zaad zwart was.

Hoe jonger, gezonder en vrolijker de mensen, hoe groter mijn vrees voor hen. Op de toneelschool in Maastricht wemelde het van jonge, gezonde en vrolijke mensen. Heel Maastricht wemelde van jonge, gezonde en vrolijke mensen, op de schoonmaakster die iedere ochtend om acht uur mijn kamer binnendrong na.

De laatste dag moesten wij in de grote zaal van de toneelschool een monoloog voordragen en een gedicht. Ik droeg een volstrekt onbegrijpelijk gedicht van Boudewijn Büch voor. Het stond afgedrukt in de *Avenue* en het leek me erg diepzinnig. Daarna deed ik een monoloog uit een Griekse tragedie. Halverwege de monoloog kreeg ik ernstige buikkrampen.

Het was die week in Maastricht dat ik mij voor het eerst vergreep aan garnalen, aan kreeftgarnalen om precies te zijn. Ik was opgevoed in de overtuiging dat ik slechts vissen met vinnen en schubben mocht eten, zoals kabeljauw, schol, tong en karper, om er maar een paar te noemen. Inktvis, garnalen, mosselen en oesters waren ook uit den boze. Wij leefden de spijswetten vrij strikt na. Niet dat er bij ons thuis ook maar iemand in God geloofde. Wij klampten ons vast aan de spijswetten, uitsluitend omdat onze voorouders zich daaraan hadden vastgeklampt.

Ik was ervan overtuigd dat in deze buikkrampen de hand van God te herkennen was, die zich wreekte voor de kreeftgarnalen die ik de dag ervoor had gegeten. Tijdens het voordragen van de monoloog waren mijn gedachten voornamelijk bij kreeftgarnalen, maar niemand heeft dat opgemerkt.

Diezelfde zomer zette ik mijzelf een week lang op een dieet van mosselen en kreeftgarnalen, tot ik geen kreeftgarnaal of mossel meer kon zien. Het was of ik mijn vuist uitstak naar de Almachtige en zei: 'Ik doe niet meer mee, Uw wetten zijn niet langer mijn wetten, als U iets tegen kreeftgarnalen heeft, oké, maar dan zonder mij. Ik ga de mondaine wereld in waar ze hele zeebanketten naar binnen werken zonder met hun ogen te knipperen. Ik hoor niet langer bij de voortijdig geknakten, ik schud de geur van het vrijwillige getto van me af, ik ga de wereld van de kreeftgarnalen in. Monte Carlo, Las Vegas, Hollywood, de Italiaanse Rivièra, als U mij zoekt, kunt U mij daar vinden.' Zo ongeveer ging de monoloog die ik regelmatig afstak tegen de Almachtige.

Die week van het kreeftgarnalendieet belde iemand van de Maastrichtse toneelschool om te vertellen dat ik niet was aangenomen en dat ik het de komende jaren ook niet nog eens hoefde te proberen. Ik was niet thuis, mijn vader nam de telefoon aan. Het leven lag voor mij, daarmee was alles gezegd.

Ik deed niets. 's Ochtends vroeg sloop ik het huis van mijn ouders in de Prinses Margrietstraat uit en 's avonds laat, vaak midden in de nacht, kwam ik weer terug. Ik zorgde er wel voor dat de mensen van de Prinses Margrietstraat mij niet konden zien. Meestal lukte dat, alleen soms kwam ik een buurvrouw tegen met haar hondje. Zij liet dat hondje uit op de meest onmogelijke tijden. Als ik haar zag ging ik aan de overkant van de straat lopen en keek strak naar de grond.

Niemand gaat vrijwillig in een getto wonen, maar in de Prinses Margrietstraat woonde iedereen vrijwillig. Meer dan vrijwillig. Mensen hadden er jarenlang voor gespaard om daar te mogen wonen. Een keer solliciteerde ik bij een bedrijf en toen zei die man: 'O, u woont in de Prinses Margrietstraat, ja daar loop ik op zondag wel eens doorheen. Olala, de Prinses Margrietstraat.'

Aan het eind van de zomer werd mijn moeder bezocht door een gezette joodse vrouw met twee huwbare dochters. Het was een mooie dag en mijn moeder ontving de vrouw en haar dochters in onze tuin.

'Uw zoon wordt binnenkort achttien,' zei de vrouw. 'Hij heeft geen diploma's en hij gaat niet naar de synagoge, maar desondanks heb ik alle vertrouwen in hem. Mag ik u aan mijn twee dochters voorstellen?'

Mijn moeder haalde me uit de badkamer tevoorschijn en zette me een keppeltje op. Ik gaf de dochters een hand. De een had een mond als een brievenbus. De ander leek mij niet van deze wereld. Zij staarde naar de grond en moest een paar keer worden aangestoten voor ze me een hand gaf. Misschien was het verbeelding, maar het leek me dat er kleine druppeltjes spuug op haar lippen kleefden.

Nadat iedereen een kopje koffie had gekregen zei de moeder van de dochters: 'Wij zijn niet rijk, maar we zijn een vruchtbare familie en dat is ook een soort rijkdom.' Ik staarde naar de dochters, maar zij staarden niet naar mij.

'Jazeker,' zei mijn moeder, 'dat is ook een soort rijkdom.'

'Ik heb alle vertrouwen in je zoon,' zei de moeder. Ze zei plotseling niet meer 'uw'. Dit maakte mij wantrouwig. Vervolgens omhelsde ze me en zei: 'Jij bent mijn lieveling, ik houd nu al van je als een zoon.' Ze drukte mijn gezicht bijna plat tegen haar grote boezem.

'Dat is niet nodig,' zei ik.

'Jawel,' zei ze, 'jawel.'

Toen kreeg ik een ingeving die een tijdlang voor een verwijdering heeft gezorgd tussen mij en mijn ouders en ook tussen mijn ouders, met name mijn moeder, en de joodse gemeenschap. Ik begon op en neer te springen als een kikker, zoals ik dat had gedaan op de toneelschool in Maastricht. Tijdens het springen ontdeed ik mij langzaam van mijn kleren. Eerst lachte de moeder van de dochters nog hartelijk en zei: 'Wat is het toch een vrolijke jongen.' Toen haar duidelijk werd dat ik mij ook van mijn onderbroekje zou ontdoen bedekte zij de ogen van haar dochters. Even later vluchtten zij het huis uit. De dochter die mij geestelijk niet helemaal gezond leek draaide zich bij de tuindeuren nog een keer om en staarde mij met grote uitpuilende ogen aan. Mijn moeder rende nog achter ze aan, maar het mocht niet baten. Ik bleef achter in de tuin, naakt op en neer springend als een kikker.

Daarna zijn er geen dochters meer aan mijn moeder aangeboden als huwelijkskandidaten. Zo komt het dat ik niet getrouwd ben.

Het voorjaar daarop ontmoette ik Broccoli. Hij was niet jong, niet gezond en godzijdank ook niet vrolijker dan ik. Voor hem was ik dan ook niet bang.

Mevrouw Meerschwam

Broccoli heb ik ontmoet in de hal van de Amsterdamse toneelschool. Hij stond voor een pilaar en hield een tirade tegen toneelscholen in het algemeen en tegen de Amsterdamse toneelschool in het bijzonder. Voor die tijd was hij me niet opgevallen.

Opeens vroeg hij: 'Wat sta je me aan te staren, lummel?'

De laatste keer dat ik het woord 'lummel' had gehoord was uit de mond van mijn moeder, en zelfs uit haar mond had het een beetje belachelijk geklonken. Ik droeg mijn bandplooibroek. Hij zakte de hele tijd af, ik moest hem steeds ophijsen.

'Ben je aangenomen of afgewezen?' vroeg hij.

'Afgewezen,' zei ik.

'Ik ook,' zei hij. 'Dan gaan we vissoep drinken.'

Hij droeg een korte broek. Later legde Broccoli me uit dat zijn benen veel frisse lucht nodig hadden. Nog veel later legde hij me uit dat deze wereld niet zat te wachten op mensen met witte benen. Vooral niet als het ook nog eens hele dunne benen waren. Er waren heel veel soorten mensen op wie deze wereld niet zat te wachten en het was zaak daar niet bij te horen, als ik Broccoli mocht geloven.

En ik geloofde Broccoli. Als mensen mij in die tijd hadden verteld: 'Hij is de zoon van God', dan had ik hem nog eens goed aangekeken en gedacht: Ja, daar zit wat in.

We gingen naar café Walem. Toen we de vissoep op hadden vertelde hij dat vrienden hem Broccoli noemden.

'En de anderen?' vroeg ik.

'Voor de anderen ben ik *Mister* Broccoli,' zei hij. Vervolgens haalde hij een creditcard uit zijn broek en zwaaide ermee boven zijn hoofd. 'In dit soort gelegenheden dwingt alleen onbeschoftheid respect af,' legde hij me uit. Daarna fluisterde hij in mijn oor: 'Wat voor dit soort gelegenheden geldt, geldt voor het grootste gedeelte van de wereld. Het is triest maar waar.'

En toen kuste hij me op mijn oorlelletje. Ik was nog nooit op mijn oorlelletje gekust, noch door een man, noch door een vrouw. Ik wist niet zo goed hoe ik erop moest reageren. Daarom vroeg ik ten slotte maar: 'Hoe kom je aan zo'n creditcard?' Maar hij antwoordde niet.

Later, toen we over de Leidsestraat liepen, zei hij: 'Je moet bij me thuis komen. Ik zou je hoofd wel eens willen meten.'

'Pardon?' zei ik.

'Alles moet gemeten worden,' antwoordde Broccoli, 'neem dat nou maar van me aan. Vooral hoofden. Ik heb mijn eigen hoofd ook al een paar keer gemeten. Dan kom je hele interessante dingen te weten.'

Soms praatte hij zo zachtjes dat je hem bijna niet kon verstaan, en dan weer schreeuwde hij midden op straat: 'Ik ben zo gevoelig, ik ben zo verschrikkelijk gevoelig.' In het begin schaamde ik me daar natuurlijk voor. Daar moest hij niets van hebben, van mensen die zich voor hem schaamden. Nee, daar had hij zelfs een uitgesproken hekel aan.

Hij woonde aan de Bernard Zweerskade in het huis van zijn ouders, maar zij waren er niet. Zij waren er nooit, begreep ik. Zij hadden zich teruggetrokken in de Zwitserse bergen omdat ze stilte en rust nodig hadden.

Het eerste wat me opviel in zijn huis was de geur. Een mengsel van mottenballen en van dat zoete parfum dat oude dames opdoen. In de woonkamer waren de banken afgedekt met plastic hoezen. Voor de open haard lag hout te drogen. Het leek me dat dat het enige was waarvoor deze kamer nog gebruikt werd.

In de keuken zat een mevrouw met een grote bos grijs haar thee te drinken. Toen ze Broccoli zag stond ze op en riep: 'Op het fornuis stond een pan met worstjes, ze hebben daar zeker drie weken gestaan, ze waren al helemaal wit van de schimmel.'

Broccoli gaf haar een handkus.

'Foei,' riep de mevrouw met de grijze haren, 'foei, viezerik.'

'Dat is mevrouw Meerschwam,' zei Broccoli tegen mij. 'Ze komt hier één keer per maand schoonmaken.'

'Ik kom hier niet om jouw beschimmelde worstjes op te ruimen,' riep ze. 'Het is niet mijn fout dat je niet voor jezelf kunt zorgen.'

Broccoli fluisterde: 'Ze is verslaafd aan bonbons.'

'Word ik niet even voorgesteld?' vroeg mevrouw Meerschwam en wees op mij.

'Dat is Ewald,' zei Broccoli terwijl hij de koelkast opende, maar de koelkast was leeg.

Mevrouw Meerschwam keek me onderzoekend aan. Toen zei ze zachtjes: 'Vroeger nam hij van alles mee naar huis.'

'O,' zei ik.

'Beesten, mensen, gevonden voorwerpen. Maar daar hebben we een stokje voor gestoken.'

Het leek of ze op een reactie wachtte. Ik deed een stap achteruit, want ik was bang dat mevrouw Meerschwam zou denken dat ik stonk. Zelf rook ze indringend naar een snoepwinkel.

'Ik kom hier al dertig jaar en ik heb hier 't een en ander meegemaakt,' zei ze terwijl ze me maar bleef aanstaren. Ze schudde haar hoofd. Ik begreep dat ze in die dertig jaar haar eigen grenzen noodgedwongen had moeten verleggen.

Plotseling siste ze: 'Wat is je achternaam?'

'Krieg,' zei ik, 'Krieg, je schrijft het zoals je het zegt.'

Broccoli zelf woonde op de zolder. Zijn kamer keek uit over het kanaal en het Beatrixpark. Overal lagen kleren en schoenen en drie hengels stonden tegen de muur. Op de deur was een poster geplakt, een affiche van de film *Once Upon a Time in The West*.

We gingen op zijn bed zitten. Mevrouw Meerschwam kwam binnen en begon met veel lawaai de vloer te dweilen. Alles wat ze op de grond tegenkwam voorzag ze van commentaar en gooide ze vervolgens naar het gedeelte van de kamer dat ze al gedweild had.

'Ze achtervolgt me,' fluisterde Broccoli in mijn oor. Ik knikte.

'Het hengelen boeit me niet meer,' zei Broccoli heel erg hard. 'Bovendien doet het me aan mijn vader denken.'

'Weet je dat ik nog het gordijntje voor zijn wieg heb zitten naaien,' zei mevrouw Meerschwam tegen me. 'Zo lang kom ik hier al.' Ze zat op haar knieën op de vloer. Ze droeg kniebeschermers.

Broccoli trok me mee. Toen ik de deur dichtdeed zag ik hoe mevrouw Meerschwam ons nastaarde.

We liepen de tuin in. Het was een grote tuin met een vijver en in een hoek rododendrons die in bloei stonden. Broccoli zei dat veel mensen dat romantisch vonden, bloeiende rododendrons. Hij zei: 'Als je ooit nog eens een vrouw wilt zoenen, doe het dan onder bloeiende rododendrons.'

Ik beloofde dat ik het zou onthouden.

'Onthouden alleen is niet genoeg.' Toen voegde hij eraan toe: 'Je moet weten dat ik een genie ben.' Hij keek me heel serieus aan, ik wist niet wat ik moest zeggen.

'Ja,' zei hij nog een keer, 'ik ben een genie.' Hij begon te lachen. Hij lachte net zolang tot ik ook moest lachen. Er vloog van alles uit zijn mond, ook op mijn gezicht, en hij zei: 'Beleefdheid is nooit mijn sterkste kant geweest.'

Toch voelde ik intuïtief dat hij de waarheid had gesproken. Broccoli had een vereniging opgericht, de Vereniging voor Genieën. Het was de bedoeling dat ik daar ook lid van zou worden. Broccoli zei: 'Het is voor mensen die op zulke eenzame hoogte staan dat ze soms helemaal vanzelf gaan klappertanden.' Toen kneep hij hard in mijn wang en vroeg: 'Klappertand jij wel eens?'

'Heel weinig,' zei ik. Ik klappertandde bijna nooit. Vroeger als ik ging zwemmen klappertandde ik, maar ik ging nooit meer zwemmen.

Broccoli pakte mijn arm en fluisterde: 'Als je maar lang genoeg met me omgaat, word je vanzelf ook een genie.'

We liepen naar de andere kant van de tuin.

'Altijd als we een tuinfeest hadden gehad liet mijn vader nieuw gras leggen,' zei Broccoli. 'Hij kon niet tegen vertrapt gras.'

Op het balkon van de eerste verdieping verscheen mevrouw Meerschwam. Ze begon tapijten uit te kloppen en ondertussen riep ze: 'Ik houd dit niet lang meer vol, ik zweer het je, ik houd dit niet lang meer vol. Kijk, wat een viezigheid.'

Broccoli trok zich niets aan van wat mevrouw Meerschwam allemaal riep.

'Op mijn twaalfde was ik al een volleerd loodgieter,' zei hij plechtig terwijl hij door de tuin ijsbeerde.

'O ja,' zei ik. Hij bleef staan.

'Ben jij niet benieuwd hoe het komt dat iemand op zijn twaalfde al een volleerd loodgieter is?' Aan de blik in zijn ogen kon ik zien dat hij weinig respect had voor mensen die niet wilden weten waarom sommige twaalfjarigen al volleerde loodgieters waren.

'Nee,' zei ik, 'ik ben juist heel nieuwsgierig.'

'Luister,' zei Broccoli, 'als je naar huis wil moet je het zeggen. Ik heb meer te doen. Straks komt Mooie Bo, dat is een vriend en zakenrelatie van me. Je begrijpt dus wel dat ik meer te doen heb.'

'Ja,' zei ik. 'Maar ik wil helemaal niet naar huis.'

'Onze wc was om de haverklap verstopt,' vertelde Broccoli. 'Want mijn vader produceerde de grootste drollen die ooit op deze wereld door mensen zijn geproduceerd. Sommige waren wel vijfenveertig centimeter lang. Ik wed dat jouw vader nog nooit een drol van vijfenveertig centimeter heeft geproduceerd, en jij zelf natuurlijk ook niet.'

Dit beaamde ik. Ik zei dat twintig centimeter mijn record was, maar dat de meeste bleven steken bij een centimeter of vier, vijf.

'Precies,' zei Broccoli opgetogen, 'jij bent een heel klein mannetje, dus jij mag je handjes al dichtknijpen met een gemiddelde van acht centimeter. Maar de drollen die mijn vader produceerde konden niet worden verwerkt door de wc, zo groot waren ze. Terwijl we de beste wc hadden die er te krijgen was. Ze konden er gewoon niet doorheen. Als mijn vader op de wc had gezeten, riep mijn moeder: "Snel, ontstop de wc, voor het te laat is."

We hadden een grote veer die moest worden aangesloten op het elektriciteitsnet en die veer boorde zich door alles heen. Ik was de enige in huis die met die veer kon omgaan. Als we visite hadden moest het stiekem gebeuren, want mijn vader wilde niet voor andere mensen weten dat hij de grootste drollen ter wereld produceerde. Zo komt het dat ik op mijn twaalfde al een volleerd loodgieter was.'

'Jij bent een echt wonderkind,' zei ik en dacht dat ik die man die de grootste drollen ter wereld produceert wel eens zou willen ontmoeten.

Broccoli begon te stralen.

'Precies,' zei hij, 'daarom heb ik ook de Vereniging voor Genieën opgericht, ik ben niet zo iemand die te beroerd is zijn kennis met minder intelligente lieden te delen.' Hij keek me doordringend aan. 'Nu gaan we mevrouw Meerschwam op bonbons trakteren.'

Hij nam me mee naar de voorraadkelder. Het was een grote kelder met wel tienduizend blikjes. Ik had nog nooit zoveel blikjes bij elkaar gezien. Zelfs in de supermarkt waren niet zoveel blikjes. Blikjes rundersoep, blikjes kippensoep, blikjes knakworstjes, blikjes ananas, blikjes visbouillon, blikjes doperwten, blikjes wortelen. Voor een heel weeshuis stonden er blikjes. Ergens onder een oude krant vond Broccoli een doosje bonbons. Hij haalde er twee uit, en bracht die naar mevrouw Meerschwam, die inmiddels weer in de keuken thee aan het drinken was.

'Kijk eens wat ik voor het meisje heb meegenomen,' zei Broccoli terwijl hij de bonbons onder de neus van mevrouw Meerschwam hield.

'Noem me geen meisje,' zei mevrouw Meerschwam. 'Je vaders geld opmaken, dat is waar je goed in bent.'

Broccoli trok me weer mee.

'Hij heeft nooit willen deugen,' riep mevrouw Meerschwam ons nog na. 'Ik ken hem al vanaf zijn geboorte.'

'Als de bonbons eenmaal in haar buikje zitten,' zei Broccoli, 'wordt ze stukken aangenamer.' Toen keek hij me ernstig aan en zei: 'De ware verleiding begint met bonbons.'

Hij stond erop dat ik die zin herhaalde.

'Bier, bonbons en slechte grappen, dat zijn de drie belangrijkste ingrediënten voor de verleider, neem dat maar van me aan,' zei Broccoli. 'En als je kaas hebt gegeten van verstopte wc's moet je die troef natuurlijk ook uitspelen.'

Hierna nodigde Broccoli me uit voor een partijtje badminton, maar ik weigerde. De buurvrouw van mijn ouders wilde ook voortdurend met me badmintonnen. Badmintonnen was haar lust en haar leven. Maar ze had niemand meer om mee te badmintonnen. Al haar badmintonvrienden waren uitgestorven of zaten in een rolstoel. Daarom belde ze mij om de twee dagen bij mijn ouders op. 'Ewald Krieg,' zei ze dan, 'zullen wij eens een lekker partijtje badminton in mijn tuin spelen?'

Broccoli pakte een tandenstoker uit zijn binnenzak.

'Ik heb een pieper nodig,' zei hij opeens. 'Ik heb dringend een pieper nodig.'

Ik liep achter hem aan. Waar hij ook heen liep, hij liep altijd als iemand die een tram probeerde te halen. In een telefoonwinkel kocht hij een pieper.

Een nieuw soort chips

We ontmoetten elkaar in café De Oranjerie om de foto's te bekijken. Broccoli droeg een regenjas en een zonnebril. Hij had bijna altijd een zonnebril op. Soms gingen er dagen voorbij zonder dat hij die zonnebril afzette. In ieder geval niet waar ik bij was. 'Ze mogen me niet herkennen,' zei hij.

Hij zat in een hoek en toen hij mij zag gaf hij me een bruine envelop en zei: 'Als je nog eens veel geld gaat verdienen moet je het me maar terugbetalen.'

Voor iemand die beweerd had een tijdlang professioneel fotograaf te zijn geweest waren de foto's verschrikkelijk. Ook voor iemand die dat niet beweerd had eigenlijk. Broccoli had me verteld op zijn zestiende een jaar lang werkzaam te zijn geweest als modefotograaf.

De meeste foto's waren onscherp of overbelicht. Op de enige die wel goed was, was de bovenkant van mijn gezicht weggevallen.

'Ik dacht aan deze,' zei Broccoli. Hij haalde een opschrijfboekje uit zijn binnenzak waarin adressen stonden van filmmaatschappijen en castingbureaus.

In een slijterij in de Haarlemmerstraat kocht hij een fles champagne, die we in de tram opdronken.

'We hebben wat te vieren,' zei hij tegen de man van de slijterij. Ik had hem nog nooit zo uitgelaten gezien. Pas later kwam ik erachter dat hij van het ene moment op het andere zijn uitgelaten stemming kwijt kon raken waarna hij dan dagen zijn kamer niet uitkwam. Als ik hem dan kwam opzoeken pakte hij mijn hand en zei: 'Ik lijd aan ennui, ik lijd aan ennui.' Ik wist in die tijd helemaal niet wat ennui was, ik dacht aan een nierziekte.

'We moeten een goeie begeleidende brief maken,' zei Broccoli buiten op straat, 'een brief waar ze niet omheen kunnen.' Toen de fles leeg was voegde hij daaraan toe: 'Al komen we maar even voorbijlopen in de film, als we eenmaal binnen zijn krijgen ze ons niet meer weg.'

Broccoli had een screentest voor ons geregeld. Hij wilde niet zeggen hoe hij dat voor elkaar had gekregen. De screentest werd in een omgebouwde loods gehouden, niet ver van de Bijlmerbajes. In een wachtkamer zaten tien jongens in stilte een tekst uit hun hoofd te leren. Er hing een gespannen sfeer die ook wel in de wachtkamer van de tandarts kan hangen. Vooral als mensen weten dat ze met een nieuw gebit naar buiten zullen komen.

Broccoli droeg een sjaaltje en had zijn zonnebril op. 'Zijn er hier nog mensen afgewezen voor de toneelschool?' was het eerste wat hij vroeg toen we binnen waren. Niemand antwoordde.

'Stilte,' schreeuwde de juffrouw van de organisatie.

De screentest was voor een reclamespot voor een nieuw soort chips, gemaakt van ham en kaas, en genaamd: hamka's. We moesten meer dan een uur wachten. De jongens die naar buiten kwamen zagen er verslagen uit. Tijdens het uitspreken van die tekst moest je ook hamka's eten, vertelden ze. Daarom was het zaak veel te drinken voor je naar binnen ging.

Ik raakte in paniek, want ik at in die tijd geen ham. Ik at alles, behalve ham. Ik weet dat het achterlijk was. Het waren de laatste resten obscurantisme die in mijn hoofd waren achtergebleven. Zo vertelde ik het aan andere mensen.

'We moeten de hamka's ook eten,' fluisterde ik tegen Broccoli, maar hij reageerde niet. Hij staarde naar de tekst die we uit ons hoofd moesten leren alsof Schopenhauer hem geschreven had.

Ik wilde mijn probleem met de dame van de organisatie overleggen, maar ze zat al geruime tijd aan de telefoon. We konden haar allemaal horen vertellen over een rendez-vous dat ze had gehad. Het was een heel romantisch rendez-vous. Ze klonk alsof ze de hele nacht onder een bloeiende rododendron had gelegen. En ze praatte zo hard dat het leek alsof het alleen maar voor ons was bedoeld. Ikzelf had voornamelijk rendez-vous met mezelf gehad. Dat was mijn specialiteit. In de zomer ging ik vaak aan het eind van de middag naar het terras. 'Wacht je nog op iemand?' vroegen de serveersters wel eens. 'Nee nee,' zei ik, 'vandaag niet.' Ik stelde me voor hoe het zou zijn om een rendez-vous te hebben met een echt iemand, maar op de een of andere manier was het een geruststelling dat het bij een voorstelling bleef. Ik had me voorgenomen niets van de mensen te verwachten en van de dieren nog minder. Het probleem is dat er altijd wel iemand in je leven verschijnt van wie je stiekem wat gaat verwachten. Van dieren niets verwachten, dat houd je gemakkelijk tot aan je dood vol.

'Kan ik misschien wat nootjes eten, in plaats van hamka's?' vroeg ik aan de juffrouw toen ze uitgetelefoneerd was.

'Iedereen moet maar eten wat hij lekker vindt,' zei ze. 'Dit is een vrij land.' Ze pakte de hoorn weer op.

Toen we eindelijk aan de beurt waren had Broccoli al drie keer naar koud bier geïnformeerd. Niemand reageerde als hij riep: 'Waar is het koude bier?' Ze keken allemaal alsof ze het in Keulen hoorden donderen. Vooral de juffrouw van de organisatie keek verstoord.

'Jullie moeten een voor een,' zei ze.

'Nee,' zei Broccoli, 'we horen samen.'

In de opnameruimte stonden drie spots; een man met een baard stelde zich voor als de regisseur.

'Ga op dat kruisje staan,' zei hij tegen Broccoli, 'en zeg je naam luid en duidelijk in de camera.'

Broccoli tilde zijn zonnebril een stukje op en zocht op de vloer naar het kruisje. Dat duurde lang, want zonder bril was hij net zo kippig als ik. Hij zei zijn tekst over de hamka's zoals ze honderd jaar geleden in de schouwburg 'oh Romeo oh Romeo' hadden gezegd. En hij at bijna de hele zak hamka's op. Blijkbaar had hij honger.

'Stop maar,' zei de man met de baard. 'Dat was heel mooi. We nemen contact met je op.'

Broccoli liep naar de deur. 'Ja, doe dat,' zei hij nog. Een paar seconden later was hij weer terug. 'Op mijn twaalfde was ik al een volleerd loodgieter,' riep hij tegen de regisseur. 'Wie doet mij dat na?'

'Nu moet jij,' zei de regisseur, zonder verder nog aandacht te besteden aan Broccoli.

Ze gaven me een nieuwe zak. Die moest ik in mijn hand houden, duidelijk zichtbaar voor de camera.

'Zeg je naam luid en duidelijk,' zei de regisseur.

'Ewald Stanislas Krieg.'

'Die naam staat niet op de lijst,' riep een andere man.

'Wil je je achternaam spellen?' vroeg de regisseur.

'Krieg,' zei ik, 'zoals in Totale Krieg.'

'Nee, die staat niet op de lijst,' zei de man.

'Schrijf hem erbij,' beval de regisseur.

'Wil je me nog even de eerste letter van je laatste naam vertellen?' vroeg de man met de lijst.

'Alsjeblieft,' zei de regisseur, 'alsjeblieft. Geef je naam maar na afloop, anders komen we hier nooit weg.'

'Dat is goed,' zei ik. 'Aan wie moet ik mijn naam na afloop geven?'

'Actie,' riep de regisseur, 'actie, actie, kom op mensen, actie.'

Ik at natuurlijk gewoon die hamka's. Ze plakten aan mijn gehemelte, ze zaten in mijn keel en onder mijn tong, ik dacht dat ik stikte, maar ik at gewoon door, want het ging om mijn carrière. Ik deed echt mijn best gulzig te eten, alsof ik nog nooit zo'n lekkernij naar binnen had gewerkt. Daar ging het tenslotte om. Om mensen ertoe aan te zetten veel hamka's te kopen en te eten.

Ik had het idee dat het wel goed ging, alleen halverwege onderbrak de regisseur me. 'Kun je iets minder met volle mond praten?'

Buiten wachtte Broccoli. 'Ze begrijpen er niets van,' zei hij.

Henry Frohlich

'Deze headshots zijn niet echt bruikbaar,' zei Henry Frohlich. Het was de eerste keer dat ik het woord 'headshot' hoorde. Ik had altijd gedacht dat het een schot door het hoofd was. Dat je in een film zou kunnen zeggen: 'Nog één stap en ik geef je een headshot.' Maar Henry Frohlich legde ons nu uit dat headshots foto's van het gezicht waren.

Broccoli en ik zaten met zijn tweeën op de bank en Frohlich zelf zat in een zwartleren stoel die ook kon schommelen.

'Goeie headshots zijn onmisbaar voor de beginnende acteur,' zei hij terwijl hij met zijn wijsvinger tegen de foto's tikte die wij hadden gemaakt.

Onder zijn bureau lag een Duitse herder die toen we binnenkwamen een paar keer tegen ons was opgesprongen tot Frohlich hem tot de orde had geroepen. Ik had het niet zo op honden, ook niet op katten en schildpadden trouwens. Misschien had het ermee te maken dat ik vroeger elke ochtend gewekt werd door het geblaf van hysterische honden. Bij ons in de straat woonden allemaal buurvrouwen met hysterische honden. En sommigen hadden zelfs een kennel. Zogenaamd waren ze voor de bewaking. Toen ik Broccoli dat vertelde pakte hij mijn hand en zei, zonder die los te laten, dat ik me maar moest troosten met het idee dat aan de andere kant van de dood waarschijnlijk geen hysterische honden waren.

'Bastiaan!' riep Henry Frohlich als de hond weer onder de tafel vandaan wilde komen. Dan keek hij ons aan en zei: 'Hij bijt niet hoor, hij is dol op kinderen.' Frohlich keek al net zo vals als zijn hond.

Aan de wanden hingen foto's van acteurs en actrices. Sommigen kwamen me vaag bekend voor van reclamespotjes of televisieseries.

'Ik weet niet wat ik voor jullie kan doen,' zei Frohlich. Hij had stekeltjeshaar en zo nu en dan bewoog hij zijn wenkbrauwen heen en weer. Alsof er vliegen op zaten die hij wilde verjagen.

Henry Frohlich was heel beroemd, had Broccoli me verteld, en onmisbaar voor onze carrière.

'Ik moet uitdrukkelijk zeggen, wij zijn niet zomaar een castingbureau. Wij hebben een A-lijst, een B-lijst en een C-lijst. Op de A-lijst staan de grote acteurs, zeg maar mensen die in *Zeg 'ns* AAA spelen. Nou goed, zo ver zijn jullie nog lang niet, dus we zetten jullie eerst op de C-lijst.'

'We willen niet op een lijst,' zei Broccoli zacht, 'we zoeken werk.'

'Ja ja,' zei Frohlich en begon te giechelen. De Duitse herder dreigde weer onder de tafel vandaan te komen, maar dit keer drukte Frohlich de hond met twee handen onder de tafel. Er kwam een jankend gekerm van onder de tafel, maar Frohlich bleef lachen.

'Wat houdt die C-lijst in?' vroeg ik.

'Op het moment dat jullie werk vinden treden wij op als agent voor jullie. Want dat is wat wij zijn: agenten.' Hij legde de nadruk op iedere lettergreep. Misschien dacht hij dat we een nieuw woord moesten leren.

'We rekenen vijftien procent, dat is gebruikelijk.'

Van onder een stapel papieren haalde hij een broodje tevoorschijn en daarin begon hij te bijten. De herder kreeg ook wat van zijn broodje. Het zag eruit alsof ze wel vaker samen lunchten.

'Ik wil jullie even en profile zien,' zei Frohlich toen hij en de hond klaar waren met eten.

We begrepen niet wat hij bedoelde.

'Kijken jullie naar links,' zei Frohlich.

We keken naar links.

'Zo is het goed,' zei Frohlich na een paar seconden.

'Meneer Frohlich,' zei Broccoli.

'Henry,' zei hij, 'voor jullie ben ik Henry.' Hij had een rond hoofd en zijn huid had de kleur van bruingebakken boter.

'Henry,' zei Broccoli.

De telefoon ging. Toen Frohlich was uitgesproken keek hij ons blij aan en zei: 'Ik heb geloof ik wat voor jullie. Kunnen jullie dieren nadoen? Het is voor een nasynchronisatie.'

We keken elkaar aan, Broccoli en ik. Van hem wist ik het niet zeker, maar ik kon beslist geen dieren nadoen. Ik probeerde in gedachten te blaffen en te miauwen, maar zelfs in mijn gedachten klonk het niet als een dier maar als iemand die in een gekkenhuis hoort.

'Wat voor dieren moeten we nadoen?' vroeg Broccoli.

'Hoe moet ik dat weten?' zei Frohlich geïrriteerd, 'ben ik helderziend? Het gaat om dieren in het algemeen. Zeg maar welke dieren jullie kunnen nadoen, dan schrijf ik dat even op.'

'Ik kan geen dieren nadoen,' zei ik. 'Mijn ouders hebben het me verboden.'

Maar Frohlich wilde dat niet horen. 'En jij?' zei hij tegen Broccoli.

'Koeien en vogels,' zei Broccoli.

'Koeien en vogels,' herhaalde Frohlich, 'ik maak er meteen een notitie van.'

Zijn assistente bracht koffie. 'Zet daar maar neer, liefje,' zei hij.

Toen we de koffie op hadden klapte Frohlich in zijn handen en zei: 'Ik wil niet veel zeggen, maar ik heb nog een afspraak.'

Hij stond op. 'Om te beginnen hebben jullie nieuwe headshots nodig. Ik zal jullie het telefoonnummer van een professionele fotograaf geven en als jullie headshots binnen zijn gaan we daar eens rustig naar kijken.'

Hij bracht zijn hoofd dichter bij het mijne. Alsof er iets bijzonders op te zien was. Ik week achteruit, maar Frohlich deed gewoon een stap naar voren. Ten slotte stond ik tegen de muur aan gedrukt.

'Jij hebt wel een geinig koppie,' fluisterde Henry Frohlich. 'Maar je moet wat aan je "r" doen. Je bent een beetje jiddisch aan het brouwen.'

'Aan het brouwen?' vroeg ik. 'Wat houdt dat in?' Ik moest aan bier denken.

'Hoe je praat,' zei Frohlich, 'daar heb ik het over.'

'En wat moet ik daar dan aan doen?'

'Ik zal je een tip geven,' zei hij. 'Elke dag moet je twintig minuten TeeDee TeeDee achter elkaar zeggen.' Terwijl hij met mij praatte stak hij zijn hand in de bek van de herder.

'TeeDee?'

'Het is meer TuDu.'

'En dat iedere dag twintig minuten?' vroeg Broccoli.

Frohlich knikte. 'Ja, wonderen bestaan niet.' En toen zuchtte hij drie keer heel diep. Op een papiertje schreef hij de naam en het telefoonnummer van de fotograaf die we zeker moesten bezoeken.

Hij bracht ons naar de voordeur. In de hal raakte hij mijn schouder aan en fluisterde: 'Jij hebt iets geks, lieveling, jij redt het wel.' Toen voelde hij aan mijn wang en zei: 'Zacht.' Hij zei het alsof hij in gedachten was, dus ik weet niet of hij mijn wang bedoelde of iets anders dat ook zacht was.

Henry Frohlich gaf ons een hand waarop je het kwijl van de herder nog kon zien glinsteren.

Op een dag nodigde Broccoli me uit met hem mee te gaan eten in Henry Smith's in de Beethovenstraat.

De ober vroeg: 'Hetzelfde als altijd?'

Broccoli knikte. We werden naar een tafeltje bij het raam gebracht. In het restaurant zaten vooral dames op leeftijd in gezelschap van oudere heren. Er waren ook een paar mannen alleen. Eveneens op leeftijd.

Met mijn ouders ging ik nooit uit eten. Alleen op vakantie, maar dan mochten we geen drinken bestellen. Mijn moeder deelde onder tafel glazen appelsap uit dat ze in een thermosfles had meegenomen. Tenslotte konden we voor de prijs van één glas in het restaurant twee flessen in de supermarkt krijgen. Soms werden we betrapt en moesten we het restaurant verlaten. Ik rende dan vooruit, met het overgebleven eten in mijn handen. Zo heb ik geleerd heel snel te rennen en ook heel snel te eten, zodat je in ieder geval een stuk vlees op had voordat je alles weer mee moest nemen.

'Wat hoor je van je ouders?' vroeg de ober.

'Het gaat ze goed,' zei Broccoli, 'de berglucht doet ze goed.'

'Ik zie je vader daar nog zitten,' zei de ober. Hij wees naar een tafeltje achter ons. 'Altijd aan het eind van de middag. Een royale man. Een buitengewoon royale man.' Hij zei het op een toon alsof de royale mannen waren uitgestorven.

Plotseling pakte de ober een stoel en ging naast ons zitten. 'Vroeger was ik zwemleraar,' zei hij. Meteen daarna stond hij weer op en hervatte zijn werkzaamheden.

We dronken Bloody Mary. Toen de ober de glazen op tafel zette, zei hij: 'Dit is net een slaatje.'

Tijdens het eten liet Broccoli me een ansichtkaart zien. Er stond een foto op van een plaats die Lenzerheide heette. Op de achterkant stond in een zeer regelmatig handschrift: 'Met ons gaat alles goed. Wij denken aan je. Kus. Paps & Mams.'

'Verzamel je postzegels?' vroeg Broccoli. Ik schudde mijn hoofd. Aan het tafeltje naast ons had een meneer gezelschap gekregen van een oudere dame. Hij had een enorme biefstuk besteld. Je kon hier een kleine, een middelgrote of een extra grote biefstuk bestellen. Hij had zo'n extra grote besteld. Eentje van tien ons, zo zag die eruit. Er stak een vlaggetje in de biefstuk en daarop had de kok het gewicht geschreven, zodat je precies wist hoeveel je at.

'Niet kijken,' fluisterde Broccoli.

Ik draaide me weer om.

'Mijn vader stuurt me elke maand een cheque,' zei Broccoli, 'en onder de rubriek mededelingen staat altijd: kolentoeslag.' Hij stak een sigaret op. Ik wist niet wat ik moest zeggen, dus luisterde ik alleen maar. Ik kon maar niet ophouden naar die oude man te kijken die nu boven zijn biefstuk in tranen was uitgebarsten.

We bleven zitten tot we de laatsten waren. Toen de ober de rekening kwam brengen, zei hij: 'Wat willen jullie drinken van het huis?'

We kozen voor espresso en grappa. In ieder geval, dat was wat Broccoli koos en ik zei: 'Voor mij hetzelfde.' Het was de eerste keer dat ik grappa dronk.

De ober bleef bij ons tafeltje staan. 'Hele generaties zijn onder mijn bewind afgezwommen,' zei hij. Toen liep hij langzaam, bijna statig, naar de keuken.

'Op de Vereniging voor Genieën,' fluisterde Broccoli.

'Op de Vereniging voor Genieën,' fluisterde ik terug.

'Waarom heet je eigenlijk Broccoli?'

Hij zat me zeker een minuut aan te staren.

'Daar kom je nog wel achter,' zei hij. 'Ik kan je niet alles vertellen.' Hij praatte steeds zachter. 'Ze zitten tegenwoordig zelfs in de appelboom van de buren.'

'Wie?'

'De vijand.'

'Heb je dan vijanden?'

'Een telefoonboek vol,' zei Broccoli.

'Waarom dan?'

'Ik ben een genie, die hebben telefoonboeken vol vijanden.' Hij boog zich over de tafel en fluisterde: 'Jij hebt geen telefoonboek vol vijanden, is het niet?'

Ik schudde instemmend mijn hoofd.

'Precies,' zei Broccoli, 'dat bedoel ik.'

Toen hij zijn creditcard op tafel legde zag ik voor het eerst de naam die erop stond: Michaël Eckstein.

‘De kaart staat op rekening van mijn vader,’ zei Broccoli en hij jongleerde met zijn sigaret. ‘Ikzelf heb nooit een cent verdiend. Dat is geen verdienste, maar het hoeft ook geen tekortkoming te zijn.’ Het leek me een zin die hij eerder had uitgesproken. Een pasklaar antwoord op vervelende vragen.

‘Zal ik je ook Michaël noemen?’ informeerde ik.

Broccoli sloeg met zijn hand op tafel. Hij spoog zowat van verontwaardiging.

‘Als je ervoor wilt zorgen dat ik jou nooit meer een blik waardig keur, dan moet je dat vooral doen. De voorzitter van de Vereniging voor Genieën heet Broccoli. Broccoli en niets anders dan Broccoli. En Mister Broccoli voor buitenstaanders.’

‘We gaan naar café Oblomov,’ zei hij toen we buiten stonden. Het was een van die avonden waarop je geen jas nodig hebt.

Oblomov was druk. We moesten staan. Af en toe schreeuwde Broccoli zinnen in mijn oor die ik maar half verstond. Maar ik knikte steeds weer vriendelijk ja. Zoals mensen dat doen in drukke cafés en discotheken.

Toen ik terugkwam van de wc stond Broccoli te praten met een vrouw met bruin haar. Ze was iets groter dan hij. We gaven elkaar een hand, maar ik kon haar naam niet verstaan en ik betwijfel of zij de mijne verstond. Veel mensen keken naar haar, maar zij keek naar niemand.

‘Ik ben zo terug,’ zei Broccoli. Hij liep samen met haar naar buiten.

Ik bleef een halfuur op ze wachten. Toen ben ik naar huis gegaan. Ik vond Oblomov geen café om een rendez-vous met jezelf te hebben.

La Gazzetta dello Sport

Broccoli belde me de volgende ochtend. ‘Over een halfuur bij het krantenmannetje.’

Op de brug waar de Stadionkade de Beethovenstraat kruist stond een krantenmannetje dat in de zomer ook ijsjes verkocht. Het krantenmannetje droeg een baard en hij had veel klanten die tijdschriften bij hem kochten uit andere landen. Van iedere klant wist hij voor welk tijdschrift die kwam. Hij bukte zich dan, nogal steunend, en trok uit de bergruimte onder de kassa het gevraagde tijdschrift vandaan. Spreken deed hij bij voorkeur niet. Wel klaagde hij af en toe dat sommige klanten van de ene op de andere dag verdwenen en hij dan met tijdschriften bleef zitten die werkelijk niemand anders wilde lezen. Waarschijnlijk heeft hij me om die reden een keer een Amerikaans tijdschrift over wapens cadeau gedaan. Omdat hij een paar keer overvallen was zat het grote geld niet in de kassa, maar achter in zijn broekzak. Eén keer had een overvaller hem een blauw oog geslagen. Daar was hij toen heel trots op. Hij liet het iedereen zien, ook al kwamen ze alleen voor een krant. 'Heb je het al gezien?' vroeg hij. De meesten begrepen helemaal niet waar hij het over had.

In de zomer ging hij twee weken fietsen in Drenthe. Hij was een fietsmaniak. Als hij er die twee weken niet was stond er een vrouw in het stalletje die leek op de dochter van Ti-Ta-Tovenaar. Volgens mij leek ze er niet alleen op, maar was ze het ook echt. De actrice dan, bedoel ik. Ik heb haar wel eens willen vragen: 'Heb jij nou de dochter van Ti-Ta-Tovenaar gespeeld?' Ook voor het contact. Maar het is er nooit van gekomen.

Broccoli en ik spraken daar vaak af. Wij hielden allebei erg van waterijs. Broccoli had zelfs verklaard dat een waterijsje een onmisbaar onderdeel was van een voedzaam ontbijt. Hij had van zijn ouders nooit waterijs mogen eten. Ik ook niet. 'Daar krijg je diarree van,' hadden ze ons verteld, 'en dan droog je uit. En voor je het weet moet je naar het ziekenhuis.'

Als Broccoli op de brug op mij stond te wachten was dat uit de verte al zichtbaar. Hij stond altijd midden op de brug en vaak had hij een Italiaanse sportkrant in zijn hand. Eerst dacht ik dat hij Italiaans kon lezen en bijzonder geïnteresseerd was in sport. Maar hij kon helemaal geen Italiaans lezen en hij was helemaal niet geïnteresseerd in sport. Hij was ervan overtuigd dat het met je meedragen van de *Gazzetta dello Sport* in bepaalde situaties van groot voordeel kon zijn.

Op een keer zei hij: 'Een inbreker moet je met een opgerolde krant in zijn gezicht slaan.' En een andere keer: 'Italiaanse mannen zijn de beste mannen.' En toen fluisterde hij iets dat volgens mij 'machissimo' moet zijn geweest.

Ik kocht vier Raketten. Er gingen dagen voorbij dat we op bijna niets anders leefden dan op Raketten. En Broccoli leefde ook op bier, natuurlijk.

'We gaan naar de fotograaf,' zei Broccoli. 'Ik heb hem gebeld. Hij kan ons vanmiddag ontvangen.'

Hij was die dag erg enthousiast. Hij zei: 'Als we eenmaal goede foto's hebben, dan zullen ze ons wel voorbij laten lopen. En dat is het begin. Het begin van iets heel groots.'

'Neem de *Hörzu* voor je ouders mee,' riep het krantenmannetje me achterna, maar ik deed of ik hem niet hoorde. Met de *Hörzu* over straat was iets wat ze werkelijk niet van mij konden vergen.

Bij de Amrobank op de hoek van de Stadionweg haalde Broccoli snel nog wat geld. Hij ging niet naar de caissières, maar vroeg naar Tuinier. Ik hoorde ze achter de balie fluisteren: 'De jongeheer Eckstein is er weer.'

Broccoli haalde twee flesjes parfum uit zijn jaszak en gaf die aan de caissières. De caissières begonnen te lachen.

'Wat zullen we lekker ruiken, Michaël,' riepen ze. Toen kregen ze mij in de gaten en hielden abrupt op met lachen.

'Ik zou ook wel lekker willen ruiken,' zei ik. Het was eruit voor ik het wist.

Ik dacht even dat Broccoli verliefd was op de caissières, maar toen Tuinier eindelijk uit zijn kantoor kwam kreeg die een doos sigaren in zijn handen gedrukt.

'Uw lievelingsmerk,' zei Broccoli.

'O, wat vind ik dat toch attent van u, jongeheer Eckstein,' riep Tuinier.

Tuinier nam Broccoli mee naar achteren. Ik bleef bij de balie op ze wachten. De caissières staarden me aan.

Op straat vroeg ik Broccoli waarom hij het bankpersoneel onder cadeaus bedolf.

'Heb ik van mijn vader geleerd,' zei hij. 'Een van de weinige dingen die werkelijk de moeite waard waren.'

Een paar minuten was hij stil, maar toen we bij het Museumplein waren, zei hij: 'Een sigaartje op zijn tijd doet wonderen. Wat natuurlijk niet betekent dat jij het bankpersoneel ook onder cadeaus moet bedelven. Dat raad ik je zelfs ten zeerste af.'

De fotograaf woonde aan de Keizersgracht, vlak bij het Centraal Station. Hij heette Vink, was klein en liep de hele tijd nerveus heen en weer, terwijl hij over viezigheid klaagde. We kwamen er maar niet achter of hij het had over viezigheid op straat of viezigheid in het algemeen of dat hij vond dat wij vies waren.

Hij bracht ons naar zijn studio en zei: 'Ga maar zitten, dan kom ik zo met de koffie.'

'Doet u geen moeite,' zei Broccoli. Hij haalde een pak bankbiljetten uit zijn broekzak. 'Ik betaal voor alledrie.'

'Waar is de derde?' vroeg Vink.

'Die komt zo.'

Vink begon met mij. Hij nam er ruim de tijd voor om de lichten goed in te stellen en ondertussen vertelde hij dat hij ooit nog Margaret Thatcher had gefotografeerd. Hij stond op het punt te gaan vertellen welke beroemdheden hij nog meer had gefotografeerd, toen Broccoli zei: 'We hebben haast.'

Tijdens het fotograferen gaf Broccoli voortdurend aanwijzingen hoe ik moest kijken. Hij waarschuwde me dat ik mijn ogen niet te veel moest dichtknijpen, omdat ik anders weer op een kleine rat zou lijken. Na een tijd zei Vink: 'Ga alsjeblieft zitten, ik fotografeer al twintig jaar en tot ieders tevredenheid.'

Toen Broccoli eindelijk op de kruk zat en zijn haren had gekamd ging de bel. Vink was al op weg naar de voordeur, maar Broccoli rende hem voorbij. Hij kwam terug met de jonge vrouw met de bruine krullen die ik de avond daarvoor in Oblomov was tegengekomen. Dit keer verstond ik haar naam wel.

'Dit is Elvira,' zei Broccoli.

'Wil je ook aan het toneel?' vroeg Vink.

'Film,' zei Elvira.

'Ze is al beroemd,' zei Broccoli.

Er kwam gesteun uit de mond van Vink. Er kwamen wel meer geluiden uit de mond van Vink die erop wezen dat het hem te veel aan het worden was.

Elvira ging eerst. Ze wekte de indruk dat er wel vaker foto's van haar werden genomen. In ieder geval werd ze totaal niet zenuwachtig van Vink.

Toen Broccoli aan de beurt was zei hij niets.

'Probeer te ontspannen,' zei Vink, 'het is geen operatietafel.'

'Dat zegt u,' antwoordde Broccoli.

Elvira zat in een stoel aan de kant. Ze vroeg me hoe lang ik Broccoli al kende.

'Een paar weken,' zei ik. 'En jij?'

'Ook zoiets.'

Het was een hete dag en het leek alsof we voor altijd in de koelte van Vinks studio zouden kunnen blijven zitten. Broccoli kauwend op zijn sigaret, wachtend op de volgende foto, Elvira die pistachenoten uitdeelde, en Vink die steeds nerveuzer werd. Het was erg prettig geweest als we hier nooit meer weg hoefden, maar toen zei Vink: 'Het is zover, kom morgen maar langs om ze op te halen.'

Broccoli legde een briefje van vijfentwintig op tafel en zei: 'Drink vanavond een biertje op mijn gezondheid.'

Over de Brouwersgracht liepen we naar het Centraal Station. We aten pistachenoten. Ik heb nooit meer zoveel pistachenoten gegeten als in die maanden.

Elvira

We lagen op Broccoli's bed en bekeken de foto's. Die van Elvira waren het beste gelukt.

'Ken je haar goed?' vroeg ik.

'Goed genoeg,' zei Broccoli.

Hij had zijn hoofd op een regenjas gelegd. De zon scheen door het kleine raam naar binnen. Het was erg warm in die zolderkamer.

'Hoe lang zijn je ouders al weg?'

'O, al een tijd,' zei Broccoli. Hij opende een blikje bier. In de hoeken van de kamer stonden lege flesjes. Sommige zaten al onder het stof.

'En komen ze nog terug?'

'Dat hangt er maar vanaf,' zei Broccoli. 'Dat hangt er maar helemaal vanaf.' Hij hield Elvira's foto vast en bestudeerde hem met een vergrootglas.

'We zullen haar zo de foto's brengen,' zei hij. 'We hebben voor het Centraal Station afgesproken.'

Bij het mannetje op de brug ging ik ijs halen. Toen ik terugkwam sliep Broccoli. Uit de broekzak van zijn spijkerbroek stak een tientje. Hij propte geld altijd in zijn broekzakken alsof het zakdoeken waren.

Ik legde de ijsjes in de koelkast en wachtte tot hij wakker zou worden. Ik zat op de grond en hoopte misschien een cheque te vinden waarop 'kolentoeslag' zou staan. Maar er waren geen cheques. Het leek alsof iemand een prullenmand had omgekeerd. In een hoek lagen tientallen spaarpunten van Douwe Egberts. Ik vond Broccoli niet iemand die spaarpunten van Douwe Egberts verzamelde. Net toen ik de kast naast het raam wilde openen om te kijken wat daarin lag, hoorde ik Broccoli zeggen: 'Een derde van zijn leven slaapt de mens, maar wat mij betreft mogen ze er wel twee derde van maken.'

Toen we in de tram zaten zei hij: 'Drie derde, dat zou misschien nog beter zijn.'

Een halfuur stonden we al voor het Centraal Station op haar te wachten. Broccoli liep zenuwachtig heen en weer. Hij leek bezorgd te zijn dat ze zo laat was. Als er een tram aankwam zwaaide hij met de *Gazzetta dello Sport* door de lucht. 'Dat is het herkenningsteken,' zei hij. Ik moest de foto's dragen.

Dat herkenningsteken werkte niet echt. Er kwamen alleen een paar jongens op hem af die Italiaans begonnen te spreken. 'Neem jij het over,' zei Broccoli.

Ik legde de jongens uit dat het feit dat we met een Italiaanse sportkrant door de lucht zwaaiden nog niet betekende dat we Italiaans konden spreken of zelfs maar verstaan. Ik moest het drie keer uitleggen, toen begreep de oudste het. Hij tikte met zijn vinger tegen zijn voorhoofd. Toen zei hij iets in het Italiaans tegen zijn vrienden en daarna tikten die ook allemaal met hun vinger op hun voorhoofd.

Eindelijk was Elvira er. Ze was niet met de tram gekomen. Ze zat bij iemand achter op de fiets. Ze sprong van de fiets, zwaaide naar de fietser en toen fietste die jongen gewoon door. Alsof hij een taxi was.

'Kijk,' zei Broccoli, 'fietsen, daar moet je niet aan beginnen.'

Elvira gaf ons een hand.

'Dit wordt onze eerste werkbespreking,' zei Broccoli, 'onthoud de datum. Het is een historische datum.'

We gingen naar de eerste-klasrestauratie. Elvira droeg een lange jurk en een soort espadrilles alsof ze op weg was naar het strand.

In de restauratie speelde een man piano. Om het kwartier stond hij op en boog, maar de enigen die klapten waren de obers.

'En?' vroeg Broccoli.

'Ze zijn goed,' zei ze. 'Ze zijn erg goed.'

Ze had een roodgeblokt opschrijfboekje bij zich en een potlood dat ze af en toe door een van haar krullen stak. Ze had niet echt krullen, het was meer golvend haar.

'Ze is een ster,' zei Broccoli, 'een filmster.'

Ze lachte.

'Ze heeft de hoofdrol gespeeld in een film in Argentinië,' zei Broccoli. 'Ze komt uit Argentinië.'

Ze lachte opnieuw.

Ik hoorde dat het eerste deel van de film zich afspeelde in Buenos Aires, en het tweede op een eiland in het Caribisch gebied. Op de een of andere manier hadden de opnames op dat eiland nooit plaatsgevonden. Of er ruzie was geweest tussen de producent en de regisseur of dat het geld op was kon ik niet opmaken uit haar verhaal. Hoe dan ook, ze had vier maanden op haar kamer in Buenos Aires doorgebracht in de verwachting dat ze ieder moment naar het Caribisch gebied kon vertrekken om de film te voltooien. Bijna iedere dag belde de producent haar op. 'Houd je koffers gereed, Elvira, morgen vertrekken we.' Maar ze zijn nooit vertrokken. Na drie maanden zijn de cameraman, Elvira en nog paar andere acteurs naar het kantoor van de producent getrokken, ene meneer Galani. Een oudere huishoudster deed open en vertelde dat meneer Galani er niet was, dat hij even boodschappen aan het doen was. Een paar uur later kwamen ze terug, maar toen was meneer Galani nog steeds boodschappen aan het doen. En toen ze de volgende dag aanbelden zei de huishoudster: 'Meneer Galani is even de deur uit voor wat boodschappen.' Een week later deed ook de huishoudster niet meer open. Elvira heeft nog een maand gewacht en toen is ze naar Europa vertrokken. Het schijnt dat ze de helft van de film nog wel gemonteerd hebben en dat hij zelfs nog een paar dagen heeft gedraaid in een kleine bioscoop in Buenos Aires.

Door de grote ramen van de restauratie kwam de zon naar binnen. Het licht verblindde me. De mensen met hun rug naar het raam werden silhouetten. Ons tafeltje lag vol met de schillen van pistachenoten.

Elvira was bijna een hoofd groter dan ik en had van die stralende ogen, alsof ze net gehoord had dat ze een hoofdrol had gekregen in een belangrijke film. Maar wat zijn stralende ogen? En als mensen zouden zeggen: 'En haar mond, hoe zag haar mond eruit?' dan zou ik alleen maar kunnen antwoorden: 'Ik weet het niet.' Haar gebit, daar kan ik wel iets over zeggen. Ze had een heel wit gebit, alsof ze het verfde. Ik lette altijd erg op gebitten, want men had mij verteld: 'Als jouw gebit er net zo uit gaat zien als dat van je vader krijg je nooit een vrouw.'

'Ik heb contacten,' zei Broccoli. Hij zei het heel plechtig, bijna overdreven plechtig.

Toen zei Elvira: 'Ik heb ook contacten,' en opende een pistachenootje. Even leek het alsof Broccoli hierdoor verstoord was. Maar toen keek hij mij aan en zei: 'Heb jij ook contacten?'

Ik aarzelde. 'Nee, niet meer.'

'Uitstekend,' zei Broccoli, 'laat de contacten maar aan mij over. Mijn vader heeft allemaal dozen sigaren in de kelder, en die doen wonderen als het om contacten gaat.'

'Weet je dat zeker?' vroeg Elvira. Toen schreef ze in haar boekje de plaats en tijd van onze volgende afspraak. Ze had er volgens mij wel zin in. Ze zei: 'Ik neem wel een doos sigaren mee. Ik ben dol op wonderen.'

Voor ze wegging kuste ze onze wangen en liet nog wat pistachenoten achter. Als ze liep leek het of ze danste.

Er waren bijna geen mensen meer in de restauratie. De pianist hield op met spelen en kwam bij ons staan.

Broccoli was in een euforische stemming. 'U heeft talent, u heeft verschrikkelijk veel talent,' zei hij.

Toen Broccoli even naar de wc was vroeg de pianist: 'Is dat je vriend?'

Ik wilde niet met hem over Broccoli praten, daarom knikte ik alleen maar.

Toen Broccoli terugkwam van de wc, haalde hij een visitekaartje uit zijn zak en gaf het aan de pianist. De pianist keek er even naar, schudde langzaam zijn hoofd en legde het kaartje terug op tafel. Zonder verder nog iets te zeggen wandelde hij terug naar zijn piano.

Minzaam keek Broccoli de pianist na. Daarna stak hij drie suikerklontjes in zijn mond en zei: 'Van mensen die veel praten krijg ik hoofdpijn.' Daarna liet hij me zien wat er op zijn visitekaartje stond:

Mr. Broccoli heeft de eer u een drankje aan te bieden.

'Met een van deze kaartjes heb ik Elvira verleid,' zei hij, 'en in mijn kelder liggen er nog tweeduizend.'

Hij vertelde dat hij Elvira ontmoet had in café Schiller. Hij zat aan een tafeltje de krant te lezen. Het was vroeg in de avond, maar het was al erg druk in Schiller. Een paar mensen vroegen of hij het erg vond als ze aan zijn tafeltje kwamen zitten. 'Helemaal niet,' zei Broccoli. Toen een van de dames van het gezelschap om hete chocolademelk vroeg en de serveerster beweerde dat ze in deze tijd van het jaar geen hete chocolademelk serveerden, begon Broccoli zich ermee te bemoeien. Dat verbaasde me niets. Broccoli gaf de dame die chocolademelk wilde drinken een van zijn visitekaartjes. Op de achterkant van dit kaartje had de dame 'gaag' geschreven. Zonder 'r', want ze was nog maar kort in Nederland.

Hij had er tweeduizend van laten drukken, omdat je dan korting kreeg. Zijn theorie was dat je er maar beter zoveel mogelijk kon uitdelen, dan was de kans het grootst dat iemand ja zei. Vaak als hij een van deze kaartjes aan een dame overhandigde zei hij: 'Alles wat ik te zeggen heb staat op dit kaartje.'

Broccoli staarde voor zich uit, stak weer wat suikerklontjes in zijn mond en zei toen: 'Ik ben niet de eerste de beste snotaap, dus zo wens ik ook niet behandeld te worden.'

'En Elvira?' vroeg ik.

'Diezelfde avond vertelde ze me dat ze Elvira Lopez heette, en dat ze actrice was, filmster.'

Ik heb nooit meer iemand het woord 'filmster' met zoveel genoegen horen uitspreken.

Hij glimlachte. Maar even later schudde hij met zijn vuist in de richting van de pianist. 'Ze moeten me niet als een snotaap behandelen,' mompelde hij.

Ik vroeg me af waar Elvira van leefde, maar ik durfde het niet te vragen. Waarschijnlijk ontving zij ook maandelijks cheques waarop iemand 'kolentoeslag' had geschreven.

't Haantje

Elvira woonde in de 2e Tuindwarsstraat. Alle wandelingen met Broccoli eindigden vroeg of laat in de buurt van de 2e Tuindwarsstraat. 'Laten we hier op haar wachten,' zei hij. Of: 'Laten we haar even bellen.'

Wijzelf wachtten op telefoontjes van agenten en filmmaatschappijen. Broccoli had speciaal een antwoordapparaat gekocht, zodat we dag en nacht bereikbaar zouden zijn. Het was zo'n apparaat dat je ook van afstand kon beluisteren. In het begin belde Broccoli om het kwartier zijn eigen telefoonnummer om het apparaat af te luisteren. Later werd dat minder.

Ik geloof niet dat Broccoli vrienden had. Hij kwam wel eens mensen tegen op straat die hij begroette. Waarschijnlijk kun je dat geen vrienden noemen. Misschien moet ik een uitzondering maken voor Lopatin.

Lopatin kwam net als Broccoli iedere dag lunchen in lunchroom 't Haantje in de Leidsekruisstraat. Lopatin had een baard en een snor, maar helemaal boven op zijn hoofd was hij bezig kaal te worden en hij had een tamelijk dikke buik. Hij droeg altijd bretels, bij voorkeur rode. Ik schatte hem tussen de dertig en de veertig.

Lopatin kon heel veel eten. Hij bestelde soep, een broodje en dan taart en koffie na. Hoewel hij niet stotterde leek het spreken hem moeite te kosten. Daarom beperkte hij zich tot de meest noodzakelijke mededelingen. Tussen het eten door maakte hij geluiden die nog het meest op gegrom leken. Het soort gegrom dat beren in tekenfilms maken. Als het gegrom te erg werd riep de eigenaar van 't Haantje: 'Houd je gemak, Lopatin.' Eigenlijk had Lopatin onder zo'n project moeten vallen dat begeleid wonen wordt genoemd. Maar hij zei dat ze hem vergeten waren door een computerstoring of een andere veelvoorkomende calamiteit.

Na het eten veegde Lopatin zijn handen af met een papieren servet dat hij net zolang tussen zijn handen heen en weer rolde totdat er niet meer dan een klein balletje over was. Zijn baard en snor zaten tegen die tijd vol met etensresten. Dan wandelde Lopatin naar de wc. Tijdens die wandeling probeerde hij in contact te komen met andere klanten van 't Haantje. Maar als de eigenaar dat zag riep hij: 'Doorlopen, Lopatin, de wc is recht voor je neus.'

De meeste mensen wilden niet te dicht in de buurt van Lopatin zitten, maar Broccoli had daar geen enkel bezwaar tegen. Integendeel, hij trakteerde hem geregeld op een chocoladetaartje. Lopatins gezicht was na het eten van zo'n taartje helemaal bruin.

Op zijn beurt bracht Lopatin cadeaus mee voor Broccoli. Een lege agenda uit 1974, een aangebroken pak koffiemelk, bodylotion, dat soort dingen. Broccoli nam ze met grote vreugde in ontvangst en Lopatin zei steeds weer: 'Dit heb ik voor je uit mijn mond gespaard.'

Mimi stond achter de kassa in 't Haantje. Als het niet zo druk was, hielp ze ook wel mee met het snijden van uien en komkommers. Lopatin hield van Mimi, maar Mimi niet van hem. Als hij in de buurt van de kassa kwam om af te rekenen nam het gegrom toe. Soms werd het zo erg dat de eigenaar hem mee naar buiten nam. Een enkele keer probeerde Lopatin een gesprek met Mimi te beginnen, maar dan riep de eigenaar: 'Mimi is al getrouwd, Lopatin.' Heel soms probeerde Lopatin de borsten van Mimi aan te raken. Maar als hij dat deed sloeg ze op zijn handen met een juslepel die altijd naast de kassa lag. Na een tijd begreep ik dat die juslepel alleen maar naast de kassa lag om Lopatin ermee op zijn handen te kunnen slaan.

Lopatin noemde Broccoli 'vriend'. Mij heeft hij nooit zo gemogen. Misschien zag hij in mij een indringer of dacht hij dat ik Broccoli van hem zou afpakken.

Op een middag werd een man voor 't Haantje neergeschoten. Hij viel precies in de deuropening neer en hij bloedde als een rund. Iedereen ging om hem heen staan, behalve Mimi, die kon het niet aanzien. De eigenaar riep: 'Ik heb net de muren laten verven.' Lopatin bleef in de buurt van Mimi. Ik geloof dat ze zo was geschrokken dat dit de enige keer was dat hij haar borsten heeft kunnen aanraken zonder er met de juslepel van langs te krijgen.

In 't Haantje vertelde Broccoli dat hij werk voor ons had gevonden. In een bedrijfsfilm. De film werd gemaakt in opdracht van de FNV en was bedoeld om jonge mensen aan te sporen lid te worden van de vakbond. Ik weet niet hoe Broccoli het voor elkaar had gekregen. Misschien had hij de FNV een grote donatie gedaan. Ik sluit niets uit. Elvira nam acteerlessen en ik ben er bijna zeker van dat Broccoli die ook betaalde. 'Zie je wel,' zei hij, 'jij zult nog wel eens een grijpstuiver verdienen als acteur.'

Om het te vieren nodigde Elvira ons uit in de 2e Tuindwarsstraat.

Het appartement van Elvira was klein, maar ze had het goed opgeruimd. Misschien had ze dat speciaal voor ons gedaan. Het was zo goed opgeruimd dat het net een wachtkamer of een rendez-vousruimte leek. We zaten op de bank en dronken likeur gemaakt van artisjokken. Niet te drinken, maar Elvira had het voor ons gekocht, dus zeiden we niets. We deden alsof het een godendrank was en iedere keer dat we deden alsof het een godendrank was vulde ze onze glazen. Volgens haar was het een Argentijnse specialiteit.

Ze had soep voor ons gemaakt en ze droeg dezelfde lange jurk die ze aanhad toen we haar de foto's lieten zien. Ze liep op blote voeten.

'Kook je vaak?' vroeg ik.

'Alleen soep,' zei ze.

Op tafel lag het rode opschrijfboekje. Ik had gemerkt dat ze er woorden in opschreef die ze niet kende en die ze dan later opzocht.

Ze zette de borden neer.

'Op de FNV,' zei Broccoli. Hij hief zijn glas met artisjokkenlikeur.

'Op de FNV,' zeiden we.

'Dit is het begin,' zei Broccoli, 'let op mijn woorden, dit is het begin.'

Elvira ging naar de keuken.

'Wacht, ik zal je helpen,' zei Broccoli.

Ik ging voor het raam staan en keek naar een paar jongetjes die aan het voetballen waren. Ik herinnerde me hoe Broccoli en ik voor zijn zolderraam hadden gestaan en hadden gezworen dat we *womanizers* zouden worden zoals er maar weinigen waren. Om eerlijk te zijn, we hadden het over *humanizers*. Blijkbaar hadden we het woord verkeerd verstaan. Een paar weken later was een barkeeper zo vriendelijk ons te vragen of we misschien *womanizers* bedoelden.

Toen ik eindelijk naar de keuken ging om te kijken wat er was gebeurd, was het precies zoals ik had verwacht. De deksel was van de pan gehaald zodat de kleine keuken net een stoombad leek. En in die stoom stonden Broccoli en Elvira. Ik draaide me om. Sommige dingen wil je niet zien. Er zijn eigenlijk veel dingen die je niet wilt zien.

'Wacht,' zei Elvira, 'we proeven de soep.'

We moesten ook weer artisjokkenlikeur drinken; blijkbaar hadden we wel erg overtuigend gespeeld dat het een godendrank was. Broccoli stond tegen de muur geleund. Ik dacht aan de merkwaardige manier waarop de levens van mensen verstrengeld raken en aan de merkwaardige manier waarop aan die verstrengeling weer een eind komt.

'Je hebt haar gezoend,' fluisterde ik toen we weer in de kamer waren. We waren allebei van plan haar te zoenen. Maar we hadden afgesproken dat als ze een van ons tweeën toestemming zou geven, we elkaar eerst zouden informeren voor we haar daadwerkelijk zouden zoenen. 'Een gentleman's agreement' noemde Broccoli het. Hij hield van het woord 'gentleman'. Hij gebruikte het wel tien keer op een dag.

Een ventilator draaide onafgebroken in het rond, maar niemand had het koud. We zaten aan tafel en lepelden in de soep.

'Willen jullie dille in de soep?' vroeg ze.

We schudden allebei ons hoofd.

'Hoe lang ben je eigenlijk al in Nederland?' vroeg ik.

'Anderhalf jaar,' zei Elvira. 'Ik ben hier blijven hangen.' Toen zei ze: 'Ik houd van jullie.' En ze moest heel erg lachen. Alsof het een grap was. Misschien was het ook wel een grap. Ja, waarschijnlijk was het een grap.

Het was erg plotseling en er viel dan ook een stilte waarin weinig anders te horen was dan het tikken van onze lepels. Er zijn honderden redenen waarom je zoiets tegen iemand zegt, maar ik kon even niet op de reden komen waarom Elvira het had gezegd.

'We gaan naar 't Haantje,' zei Broccoli. ''t Haantje wacht op ons.'

'Ik zoek een trui,' zei Elvira. 'Gaan jullie maar alvast.'

'Ze wil haar kasten niet opendoen waar wij bij zijn,' fluisterde Broccoli op de trap.

In 't Haantje bestelde hij drie blikjes bier, het enige wat daar te drinken was. De eigenaar stond achter de toonbank. Wanneer je tegen hem zei: 'Mag ik even afrekenen?' zei hij: 'Zullen we dat maar buiten doen.'

'Er is vanavond feest,' riep Broccoli. 'We gaan in een FNV-film spelen.' De eigenaar bromde iets van dat de FNV nog nooit een poot aan de grond had gekregen in zijn zaak en dat daar ook geen verandering in zou komen, zolang hij leefde. Ook hoorde ik hem op een dag zeggen: 'Zo, geen jus d'orange vandaag, gaan we zuinig doen?'

Elvira kuste mij en Broccoli om ons te feliciteren. Een Pakistani die rozen verkocht, maakte een polaroid-foto van ons. Elvira in het midden, Broccoli links, ik rechts. We zien er allemaal uit alsof we een paar dagen niet hebben geslapen en mijn gezicht is door de hitte en de zon net een rode vlek. Elvira lacht en direct achter haar zie je de rug van de eigenaar van 't Haantje.

De FNV-show

We hadden het script gekregen voor de FNV-film. Uit het script bleek dat vooral jongeren uit etnische groeperingen moesten worden aangespoord lid te worden van de FNV.

We zaten aan Elvira's houten tafel; dat was behalve een bed, drie stoelen en een bank het enige wat ze had aan meubels. Elvira vroeg of ze kaarsen mocht aansteken. Broccoli zei dat kaarslicht hem deed denken aan bepaalde diners die zijn ouders ooit hadden georganiseerd, maar dat als ze erop stond het natuurlijk wel mocht.

We waren het er allemaal over eens dat het script van de FNV een van de ergste scripts was die ooit waren geschreven.

'Een gevaarlijke gek heeft dit geschreven,' zei Broccoli steeds weer terwijl hij stukken dialoog voorlas die wij zouden moeten gaan spelen.

'Kijk uit waar je loopt, klootzak,' moest Broccoli zeggen. En dan moest ik antwoorden: 'Kijk uit je eigen doppen, teringlijer.' Zo ging het pagina's door.

'Wat heeft dit met de FNV te maken?' vroeg Elvira. Dat wisten we ook niet.

We rookten sigaren. Broccoli had ons geleerd dat je de puntjes van de sigaar eraf moest bijten. Maar toen ik in mijn sigaar beet zei Broccoli: 'Je bijt erin alsof het een knakworst is.'

Aangezien er niets anders was, hebben we toch maar een fles artisjokkenlikeur opgedronken. Niemand wilde naar de avondwinkel. Door het raam in haar kamer kwam het licht van een straatlantaarn en van het uithangbord van een afhaalchinees. Op de radio werden plaatjes op verzoek gedraaid en Broccoli zei dat hij graag had opgebeld om een plaatje voor ons aan te vragen, maar dat hij er echt niet de kracht voor had.

Toen we alleen nog maar olijfolie konden drinken zijn Broccoli en Elvira gaan zoenen. Daarna kuste ze mij ook. Op mijn voorhoofd. Dat vond ik niet erg. Ik vond het al heel wat om op mijn voorhoofd te worden gezoend.

Toen ze ook daarmee klaar was vertelde ze dat ze voor het eerst had gezoend toen ze vijftien was en dat ze het toen vier jaar niet meer had gedaan omdat ze het zo smerig vond.

Bram Jongevos was de regisseur. Hij had het script zelf geschreven. Zijn haren waren wit en hij keek uit zijn ogen als een opgejaagd dier. We ontmoetten elkaar in een pakhuis dat ze hadden omgebouwd tot theater en filmstudio.

'Vinden jullie het leuk?' vroeg hij steeds weer. We knikten. Wat moesten we anders? We konden moeilijk zeggen dat naar ons idee het script geschreven was door een gevaarlijke gek. Behalve Elvira, Broccoli en ik speelde in deze FNV-film een jongen die kort daarvoor furore had gemaakt in een speelfilm. Hij noemde zich Roberto en in de kleedkamer vertelde hij dat hij alles neukte wat hem voor de voeten kwam. Het meisje van de make-up dat een paar maanden daarvoor nog een eigen cateringbedrijfje had gehad, antwoordde: 'De horeca is ook ruig.'

Haar cateringbedrijfje was over de kop gegaan toen bleek dat de kok, tevens haar vriend, er niet alleen met de complete voorraad gerookte zalm vandoor was, maar ook met de kas.

Het detail van de gerookte zalm scheen Broccoli erg te beroeren. Toen ze bezig was zijn neus te poederen, zei hij: 'Brigitte, ik heb vrienden die in gerookte zalm doen.' Maar ze zei: 'Dat is te laat. Mijn toekomst ligt nu in de grime.'

De cameraman was de oudste van iedereen die aan deze film meedeed. Naar eigen zeggen was hij aan de kanker ontsnapt. Hij miste wel drie voortanden. 'Dronken tegen een paaltje gefietst. Ik was te dronken om ze bij elkaar te graaien en de volgende ochtend waren ze verdwenen,' zei hij somber. Hij bewoog zich voort alsof iedere stap hem moeite kostte. Tijdens de koffiepauze begon hij weer over de kanker. Hij was als een soldaat die uit de oorlog was teruggekomen en nu niet meer over die oorlog kon ophouden. Over de FNV was hij ook niet erg te spreken. Terwijl we toch juist reclame voor de vakbeweging moesten maken. Zijn commentaar beperkte zich tot: 'De FNV steek ik in mijn snee.'

Op een keer zei Roberto: 'Jij hebt toch helemaal geen snee.'

'Daar weet jij niets van,' antwoordde de cameraman. Wat Broccoli deed denken dat de kanker de cameraman van zijn mannelijkheid had beroofd, en wat volgens Broccoli een afdoende verklaring was voor de treurigheid die uit al zijn handelingen sprak.

We moesten een stel jongeren spelen die zo enthousiast waren over de FNV dat ze er reclame voor besloten te maken en om die reden langs allemaal scholen trokken om daar de FNV-show op te voeren. Tijdens die tournee ontstond er behoorlijk wat irritatie. Dat had Bram Jongevos bedacht. 'De FNV-show moet levensecht worden,' zei Bram Jongevos, 'en in het echt is er ook behoorlijk wat irritatie tussen mensen.'

Zo heette de film, *De FNV-show*. Er kwamen ook motoren en liederen in voor en een rookmachine, want de FNV moest ook muzikaal worden geprezen.

De opnames zouden een week duren, maar op de derde draaidag liepen de spanningen zo hoog op dat Jongevos huilend de set verliet. Het begon ermee dat Roberto tegen Elvira had gezegd: 'Jij hebt een lekker kontje.' Misschien had hij iets heel anders tegen haar gezegd of had hij haar alleen maar even aangeraakt. Of had hij in haar oor gefluisterd: 'Ik kom even een kusje stelen.' Dat fluisterde hij namelijk in de oren van zo ongeveer alle vrouwen. Vooral het oor van Brigitte, het meisje van de grime, moest het ontgelden. Mij heeft hij nooit iets in mijn oor gefluisterd. Wel heeft hij me een keer in mijn oor gebeten. Ik weet nog steeds niet waarom. Elvira zei: 'Dat doet hij om je belachelijk te maken. Echte macho's bijten in de oren van jongens die ze mietjes vinden.' Ik had van dit gebruik nog nooit gehoord. Ik vond dat ik geen enkele aanleiding gaf waardoor anderen zouden kunnen denken dat ik een mietje was. Hoewel ik moet toegeven dat het in die tijd vaak voorkwam dat ik een café binnenging en een biertje bestelde en dat de barkeeper dan zei: 'Een bier voor de dame?' Ik zei natuurlijk nooit: 'Ik ben geen dame.' Over sommige dingen is geen discussie mogelijk.

Wat er ook precies gebeurd is die namiddag, zeker is dat Broccoli Roberto een oorvijg gaf toen hij Elvira lastigviel. Een oorvijg waarbij de zonnebril van Roberto de lucht in vloog. En dit alles gebeurde precies op het moment dat Bram Jongevos riep: 'We zijn klaar voor de opnames.' Het volgende moment zat Roberto op Broccoli.

'Dit gaat niet,' riep Jongevos, 'kinderen, dit gaat niet.' Ik verborg me achter een pilaar. Roberto sloeg erop los en Bram Jongevos danste eromheen terwijl hij riep: 'Laten we professioneel blijven, jongens, laten we in godsnaam professioneel blijven.' Toen begon Jongevos te huilen en omdat hij niet wilde dat wij dat zouden zien rende hij weg. Als een konijn, zo snel was hij.

Nadat Roberto Broccoli had afgetuigd, kwam Bram Jongevos weer tevoorschijn. Broccoli's wenkbrauw was gescheurd. Brigitte kwam aanzetten met ijs. 'Ik heb in de horeca wel wat meegemaakt,' zei ze.

'Het zal niet,' antwoordde Broccoli. Hij bloedde, maar volgens Brigitte viel het allemaal reuze mee.

De cameraman kwam ook even kijken. Hij informeerde of hij nog moest helpen zoeken naar tanden.

'Geef elkaar een hand,' riep Jongevos, 'geef elkaar een hand.' Maar hij bleef wel op afstand.

Elvira stond voor de deur van haar kleedkamer. Ze had haar jas aangetrokken. 'Wat doen we hier?' vroeg ze.

'Ik weet het ook niet,' zei ik.

Ze drukte zich tegen mij aan. Ik bood geen weerstand, maar ik durfde ook niets te doen om het haar makkelijk te maken. Ik voelde haar borsten en rook de geur van parfum vermengd met zweet. Ze liet me los en ik ging drinken voor haar halen. Maar toen ik terugkwam zat ze op een stoel in haar kleedkamer en had ze weer die afwezige glimlach op haar gezicht. Ze zei dat ze een tijdlang op nicotinekauwgom had gekauwd. Ruim anderhalf jaar.

Of de FNV-film ooit vertoond is op scholen, zoals de bedoeling was, weet ik niet. Ik weet alleen dat Jongevos zeven dagen na het begin van de opnames riep: 'Het is voorbij, jongens, het is voorbij.'

Hij schudde ons allemaal de hand en sommigen van ons kuste hij zelfs. Zijn vrouw stond op hem te wachten. Ze zouden op vakantie gaan om bij te komen. Toen hij Elvira omhelsde riep ze: 'Bram.' Maar hij liet niet los.

'Het was mooi,' zei hij, 'het was mooi.' Hij keek Elvira doordringend in de ogen alsof hij haar wilde hypnotiseren.

'Bram,' riep zijn vrouw nog een keer, 'Bram.' Ik had met hem te doen. Zijn vrouw was lang en spichtig, net een uit de kluiten gegroeide vogel.

'Ik moet gaan,' zei Bram, 'maar we houden contact.' Hij hield nog altijd Elvira's hand vast.

Bij de deur draaide hij zich nog een keer om. 'Jullie waren fantastisch.' Toen trok zijn vrouw hem mee.

In de kleedkamer stonden Brigitte en Roberto te zoenen. Dat deden ze al de hele week. Ze droeg zo'n hemdje waar haar navel onder uitstak. Er zaten ook twee ringen in die navel.

'Dag jongens,' zei ze. Ze gaf ons een kus. Haar lippen waren nog nat van zijn speeksel.

Ze wist na deze week niet meer zeker of ze verder wilde gaan in de grime. De horeca riep haar. Een eigen restaurant. 'Als ik de krant lees,' fluisterde ze, 'dan denk ik: Waar zijn we mee bezig?'

Broccoli klopte geruststellend op de rug van haar hand.

Acht weken later zijn Broccoli en ik haar in een café tegengekomen en toen wilde ze buikdanseres worden.

Voor de ingang stond de cameraman op een taxi te wachten.

'Veel geluk,' riep hij ons na. We keken om. Nog één keer zagen we zijn mond waarin de drie voortanden ontbraken.

Roberto ben ik een paar jaar later tegengekomen voor een stoplicht. Hij herkende mij. Ik hem niet. Toen hij zei: 'Weet je nog, de FNV-film,' wist ik het weer. Dankzij Jezus Christus had hij geweld en neuken afgezworen. Zijn acteertalenten gebruikte hij nu om te zingen in een gospelkoortje. Voor hij doorliep omhelsde hij me als een oude vriend. Hij zag nog kans me een uitnodiging voor een kerkdienst in de hand te drukken.

Gare du Nord

Een week na de opnames voor de FNV-film gingen we naar Parijs. Elvira had gehoord dat daar in een kleine bioscoop op een woensdagmiddag haar Argentijnse film zou worden vertoond. We zouden maar een dag blijven, omdat ze anders acteerlessen zou missen.

Broccoli had een pak aangetrokken. Hij verwachtte een gala of iets dergelijks.

'Waarom heb je dat gedaan?' vroeg Elvira in de stationshal.

'Je gaat toch ook niet trouwen in een pyjama,' zei Broccoli.

We namen de trein van zeven uur 's ochtends. Elvira had tortilla voor ons gemaakt. Broccoli had een fles wijn meegenomen en een kurkentrekker. Iets voorbij Brussel zei hij: 'Dat FNV-filmpje, dat wordt onze doorbraak, er hoeft maar één regisseur te zijn die het ziet en die zegt: "Ja."' Toen verviel hij weer in gepeins.

'Waarom ben je naar Nederland gegaan?' vroeg ik.

'Ik wilde Europa zien,' zei Elvira. 'Bovendien moest ik weg uit Buenos Aires.'

'Had je daar zoveel vijanden?'

Ze lachte. 'Nee, ik moest gewoon weg en bovendien heb ik daar mijn hele leven gewoond, dus op een gegeven moment heb je het wel gezien.'

Broccoli had zijn hoofd op haar schoot gelegd en was in slaap gevallen. Hij had de Belgische conducteur nog een van zijn beroemde kaartjes aangeboden. 'Mr. Broccoli heeft de eer u een drankje aan te bieden.' De Belgische conducteur vond het helemaal geen eer, die vond het zelfs een belediging.

We hadden de glazen vergeten, dus dronken we uit de fles. De conducteur wilde niets drinken en hij wilde ook niet een van Broccoli's kaartjes aannemen. Hij noemde ons 'het vuil der aarde' maar dan in het Frans. Ik zei nog: 'Nee nee, dat betekent heel iets anders, dat betekent niet "het vuil der aarde".' Ik was bang dat Broccoli weer achter hem aan zou rennen en voor opschudding zou zorgen. Maar Broccoli was niet te overtuigen. 'Hij heeft ons het vuil der aarde genoemd,' zei hij. Toen viel hij in slaap.

Elvira schreef iets in haar rode opschrijfboekje.

We keken naar het eentonige Noord-Franse landschap.

'De cameraman is ook in Parijs,' zei ze.

Misschien kwam het door de wijn of misschien door de manier waarop we daar zaten, met Broccoli zo half over ons heen, of door de warmte in de trein. Ik kuste haar vlak onder haar oor. Alsof het iets was wat ik dagelijks deed. De wijn moet me geholpen hebben. De wijn en Broccoli die daar lag.

Toen zei Elvira: 'Ik ben achtentwintig.' Op een toon alsof ze het vergeten was en ze het zich plotseling weer herinnerde. Het leek wel alsof ze er zelf verbaasd over was. Misschien was ze nog nooit door iemand gekust die tien jaar jonger was dan zij.

Voor het eerst zag ik dat Elvira een heel klein beetje een snor had. Een minuscule snor. Het woord snor was een te groot woord, voor de paar bruine haartjes die praktisch onzichtbaar waren op haar lichtbruine huid.

'Ik had in Argentinië een waterbed,' zei Elvira terwijl ze uit het raam keek.

'Grappig,' zei ik, 'ik heb een opklapbed, hebben mijn ouders voor me gekocht toen ik acht werd.'

'Mijn moeder heeft dat waterbed voor me gekocht, maar ik moest het wegdoen, want het begon te lekken.'

'Elektrische dekens zijn ook heel gevaarlijk,' zei ik.

Ze keek nog altijd uit het raam.

'Het is leuk met je te praten,' zei Elvira.

'Ja, vind ik ook, heel leuk.'

'Maar ik houd niet van goeie gesprekken, het is maar dat je het weet. Bij mij op de acteercursus zit een meisje en die zegt soms: "Ik heb vanavond zin in een goed gesprek." Gek hè.'

'Absurd,' zei ik. 'Waarschijnlijk is ze ziek.'

'Gesprekken hoeven voor mij niet zo nodig, ik dans liever.'

'Ik dans niet, maar gesprekken hoeven voor mij ook niet zo nodig.'

Toen was het een tijdje stil. Ten slotte vroeg ik: 'Is Buenos Aires een leuke stad?'

'Je kunt er lekker eten,' zei ze, 'en je kunt er heel laat eten en heel laat uitgaan. In Amsterdam gaat alles zo vroeg dicht.'

Dat beaamde ik. Ik zei dat ik om zes uur in de ochtend een keer een uur door de stad had gelopen op zoek naar een broodje shoarma.

‘Wat een barbaren,’ zei Elvira. ‘Willen ze dan geen geld verdienen?’

Ik wist bijna zeker dat we deze trein nooit meer zouden verlaten. We zouden de stamgasten van de restauratiewagen worden en voor altijd heen en weer reizen tussen Amsterdam en Parijs. ‘O die,’ zou de ober zeggen, ‘die zitten hier altijd.’ Dan zou hij in het oor fluisteren van de man die naar ons gevraagd had: ‘Om u de waarheid te zeggen, ze wonen hier.’

Van Gare du Nord namen we een taxi naar de bioscoop. Het was de eerste keer dat ik in Parijs was. Broccoli was nog altijd erg slaperig. Op het perron pakte hij me bij mijn arm.

‘Een van ons drieën moet een ster worden,’ fluisterde hij. En hij keek me aan met zo’n merkwaardige blik in zijn ogen dat ik even dacht met een waanzinnige te maken te hebben. ‘De FNV-film moet ons helpen,’ prevelde hij. ‘Als mensen dan vragen: “Wat hebben jullie gedaan?” dan kunnen we altijd de FNV-film laten zien.’

Het was warm in Parijs. Mijn kleren plakten aan mijn lichaam. Ik zag er niet uit als een vriend van een filmster. Zo zag ik er nooit uit. Toch had ik er een klein vermogen voor overgehad om er zo uit te zien. Misschien is dat wat ze bedoelen met de dwaasheid van de jeugd, maar wat is het niet? Sommige levens laten zich samenvatten in vier woorden: dwaasheid van de jeugd. Maar wat zegt dat? Doet dat recht aan die levens?

Misschien was Elvira ook niet echt een filmster, was ze het alleen voor Broccoli, en daarom ook voor mij.

De taxichauffeur vroeg Elvira of ze net als hij uit Marokko kwam. Toen we uitstapten noemde hij haar ‘kleine mooie’.

Ik heb geen idee in welke buurt de bioscoop lag. In ieder geval in een buurt met nogal veel woonkazernes. Er werd een festival gehouden van Zuid-Amerikaanse films. Deze middag was de enige keer dat de film van Elvira zou worden vertoond. Het was de eerste keer dat ze hem zou zien. Ze was niet erg zenuwachtig. Ze maakte eerder een gelaten indruk. Ze zei: ‘In het begin bekeken we nog elke dag de rushes, maar daar hielden we al snel mee op.’

Er waren niet veel mensen op deze film afgekomen. Een stuk of zes. Onder hen was een jong meisje met twee peuters. Ze leek me een au pair. Ze keek zenuwachtig om zich heen. Alsof de bioscoop eigenlijk een peepshow was.

In de lounge van de bioscoop stond de cameraman. Hij was lang en slank en had een halve baard. Zo'n baard waarvan niet te zeggen was of iemand probeert die te laten staan of dat hij gewoon twee weken door het oerwoud heeft gezworven. Hij heette David en hij scheen erg op Elvira gesteld te zijn. Hij tilde haar in ieder geval op. Broccoli was meteen klaarwakker toen hij dat zag. 'Dit zullen wij nooit kunnen,' zei hij. Ik moest hem gelijk geven. Zelfs als we vanaf dat moment iedere dag naar de sportschool waren gegaan was het vrijwel uitgesloten dat we haar ooit hoog de lucht in zouden kunnen tillen.

David begroette ons ook alsof we al tien jaar lang geregeld bij hem over de vloer kwamen. 'De vrienden van Elvira zijn mijn vrienden,' zei hij. Broccoli wilde hem een van zijn kaartjes geven, maar Elvira legde uit dat David geen letter Nederlands kon lezen en dat het echt beter was die kaartjes nu niet uit te delen. We gingen naar binnen.

De bioscoop deed me denken aan bioscoop Du Midi in de Apollolaan waar mijn vader en ik geregeld de enige bezoekers waren. Het duurde altijd een minuut of tien voor je een stoel had gevonden waar geen kauwgom op plakte. 'Het is levensgevaarlijk te laat te komen in Du Midi,' zei mijn vader. 'Ik heb er al drie pakken geruïneerd.' Ik heb sterk de indruk dat hij uiteindelijk een handje heeft meegeholpen aan de ondergang van Du Midi. Hij liet ze altijd opdraaien voor zijn stomerijkosten.

De film was in zwart-wit met Franse ondertiteling, daardoor ging het verhaal volledig langs me heen. Ik kon ook niet zeggen of Elvira haar rol goed speelde. Ze werd lang en zwijgend in beeld gebracht. Er was een scène dat ze op de wc zat te plassen en de hand van haar geliefde vasthield. Dat is het enige wat ik me nog kan herinneren van die film. En voor de rest dat het verhaal zich afspeelt in een dorp waar nooit wat gebeurt. Het merkwaardige was dat je helemaal niet in de gaten had dat een aanzienlijk gedeelte van de film ontbrak. Toen de film was afgelopen zei de cameraman luid: 'Je was fantastisch.' Hij zei het een keer in het Engels en daarna nog een tweede keer in het Frans.

De zaallichten gingen aan. Niemand had in de gaten dat Elvira in de film had gespeeld. Het meisje met de twee kinderen botste tegen haar op, en mompelde: 'Stomme trut.'

Een oude man was in slaap gevallen. Broccoli wekte hem. 'Het is over,' zei hij.

De kaartjesverkoopster zat te breien. 'Was het net zo erg als de andere films?' vroeg ze aan de oude man. Hij haalde zijn schouders op. Toen zag hij Elvira. Even dacht ik dat hij haar herkende, maar hij maakte alleen maar een geluid met zijn tong.

'Ze heeft in de film gespeeld,' zei de cameraman, 'ze was dat meisje.' De oude man zette zijn bril op.

'O ja,' zei hij, 'nu zie ik het. Goed gedaan hoor, goed gedaan.' Hij gaf haar een hand. Toen liep hij weg. Bij de deur draaide hij zich nog een keer om. Hij keek alsof we hem in de maling hadden genomen.

'Het was erg hè,' zei Elvira. We zeiden allemaal dat het absoluut niet erg was, dat de film zelfs wel wat had.

In een café twee huizen naast de bioscoop dronken we een fles wijn. We zaten in de tuin van het café.

'Argentinië heeft geen filmindustrie, daarom ben ik er weggegaan,' zei David. Hij rookte Gauloises. Zo nu en dan raakte hij Elvira's schouder aan. Hij had de neiging iedereen aan te raken als hij met ze praatte. Zelfs de ober van het café had hij aangeraakt, tot zichtbaar ongenoegen van die man.

Toen de fles wijn op was zei Elvira nog een keer: 'Het was erg hè?'

Met iets minder vuur dan een uur geleden probeerden wij haar van het tegendeel te overtuigen. Toen David even naar de wc was, kuste Broccoli haar snel op haar wang. Dit was niet erg grappig, toch moesten we erom lachen. De ober kwam zelfs kijken wat er aan de hand was. Misschien moesten we meer lachen om die film waarvan de helft ontbrak zonder dat iemand het merkte, of om de eigenaar van het café die zijn vuilniszakken gewoon bij ons op het terras gooide.

David had nog een fles wijn besteld. Hij vertelde dat de producent van de film, Galani, was overleden. Men zei dat het een ongeluk was, maar iedereen wist dat hij zelfmoord had gepleegd. 'De politie heeft hem op moeten vissen,' zei David, 'hij had een week in het water gelegen.'

Elvira scheen zich dit erg aan te trekken. Ik vroeg me af hoe goed zij Galani had gekend. Ze schreef weer iets op in haar rode opschrijfboek.

Bij het afscheid tilde David Elvira opnieuw de lucht in en hij beloofde snel naar Amsterdam te komen.

In de taxi zei Broccoli: 'Het had niet veel gescheeld of hij had ons ook opgetild. Die man wil iedereen optillen. Dat is een afwijking.'

Ook deze taxichauffeur noemde Elvira 'kleine mooie'. We reden met een noodgang door een industriebuurt. Niemand zei iets, alleen Broccoli fluisterde: 'Dat doet hij om indruk te maken.' We vroegen niet of hij de cameraman bedoelde of de taxichauffeur.

We waren veel te vroeg. In een café precies tegenover het Gare du Nord bestelden we nog een fles wijn. Het leek een café voor handelsreizigers en voor forenzen die zich hier nog snel vol lieten lopen voor ze naar hun voorsteden vertrokken.

'Hoe goed ken je die David?' vroeg Broccoli. We zaten op het terras aan de straat en keken naar de mensen die langs kwamen rennen om hun trein te halen.

'Het gaat wel,' zei Elvira. 'Zijn ouders komen uit Montevideo. Hij had me een paar keer uitgenodigd om naar Uruguay te komen, daar had hij een huisje aan het strand. Na een tijd besloot ik dat maar te doen. Hij haalde me op van het vliegveld. Hij had een grote ballon bij zich waarop "I love you" stond.

David was een kleine reus. Hij stak boven iedereen en alles uit. Ik zag hem daar op het vliegveld van Montevideo staan, met die grote ballon boven zijn hoofd. Hij had zich weer twee weken niet geschoren.

We hebben een maand in dat buitenhuis gewoond. Altijd als we van het strand kwamen zei ik: "Ga nu maar wat slapen."

Een paar uur voor mijn vliegtuig vertrok zijn we nog een keer met elkaar naar bed gegaan en toen heb ik gezegd: "Dit was het dan."'

Het was de eerste keer dat ik Elvira zoveel hoorde vertellen.

Op de stoep stond een dame op het punt een taxichauffeur met haar parasol dood te prikken. Er stonden allemaal mensen omheen die haar aanmoedigden. Maar ik zag Elvira voor me, zittend op een bed, ergens in een huis aan het strand in Uruguay. Het is middag en ze is bezig haar schoenen aan te trekken. Ze zegt: 'Dit was het dan.' Ik dacht dat ik zo had moeten zijn als de cameraman, want dan had ik ook Elvira in mijn buitenhuis aan het strand kunnen ontvangen. Maar ik was niet als de cameraman en het kostte me moeite me voor te stellen dat ik ooit zo zou worden. Een joviale man met een baard van twee weken die mensen optilt en Gauloises rookt. Eentje die bruin wordt in de zon, in plaats van rood. Misschien besefte ik onbewust toen al dat ik de geldwolf zou worden, misschien heb ik dat stiekem altijd geweten.

Er was nu politie bij gekomen. De dame met de parasol riep met hoge stem: 'Klootzak.'

'We hadden elkaar bij Galani ontmoet,' zei Elvira.

'Was dat een vriend van je?'

Broccoli keek haar aan met zijn altijd ietwat spottende, maar toch zeer charmante glimlachje. Misschien hadden we haar minder moeten vermoeien met onze vragen, en haar gewoon mee naar de disco moeten nemen, want ze wilde zo graag dansen.

'Zo ongeveer,' zei Elvira. Ze vertelde dat Galani in leer en huiden en bont had gehandeld en op zijn achtenveertigste had besloten dat het leven niet alleen uit leer kon bestaan. Hij was toen begonnen films te produceren.

In de trein zijn we in de restauratiewagen gaan zitten, want er was nergens anders meer plaats. We bestelden nog wat te drinken, maar de ober verstond ons niet zo goed. We kregen een konijn en soep voor en kaas toe. En twee flessen wijn.

De vrouw van de slager

Meneer Frohlich had een rol voor me. In een grote Nederlandse speelfilm. Ik moest iemand spelen die de trap af werd gegooid. Mijn tekst bestond uit de woorden: 'Sodeju hé.' Hoe het kwam dat iemand die de trap af werd gegooid in zijn val de woorden 'sodeju hé' uitsprak was mij een raadsel. Maar gelukkig hoefde ik daar niet over na te denken. Het moest allemaal heel snel gebeuren, een paar dagen nadat we terug waren uit Parijs. 'Je kan het, lieveling,' had meneer Frohlich gezegd, 'ik voel dat je het kan.'

En Broccoli zei: 'Dit wordt je doorbraak. Ik heb het toch altijd al gezegd. Als ze ons maar even voorbij laten lopen, dan zijn we niet meer weg te krijgen.'

De opnames waren 's nachts in Rotterdam. Ik werd afgehaald door een kleine mevrouw met een wollen mutsje op. Op dat mutsje zaten versiersels die nog het meest weg hadden van frambozen en bramen.

Als je goed keek kon je zien dat er een hele fruitsalade op haar mutsje zat.

Ze zei dat ik vooral niet moest denken dat ze de chauffeur was. Ze was de fotografe en ze was zo vriendelijk andere mensen een lift te geven. 'En jij bent,' zei ze, en keek in het script, 'en jij bent de puistige puber?'

'Ja?' zei ik. Want ik wist niet hoe ik genoemd werd in het script. Later bleek dat ze gelijk had. Degene die ik moest spelen werd in het script 'puistige puber' genoemd. Zo ben ik ook op de aftiteling terechtgekomen.

In de auto zat ook nog de beroemde acteur Klaus Zwaagstra; hij speelde een hoofdrol in deze film, die trouwens *De vrouw van de slager* heette. Klaus Zwaagstra was een stuk. In ieder geval, zo werd hij omschreven door sommige meisjes bij mij in de klas toen ik nog op school zat. Het blad *Yes* had een enquête gehouden onder jonge vrouwen en volgens deze enquête was Klaus Zwaagstra zonder concurrentie de mooiste man van Nederland.

Ik zei 'dag' toen ik de auto instapte, maar Zwaagstra zweeg. De nekhaartjes van Klaus Zwaagstra waren nog nat, blijkbaar kwam hij zo onder de douche vandaan.

Klaus en de fotografe met het wollen mutsje praatten over cocaïne. Ik zat op de achterbank en dacht: Dit is het, dit is het leven, Klaus Zwaagstra, cocaïne, de Nederlandse speelfilm *De vrouw van de slager* – hier begint Hollywood.

De opnames vonden plaats in een flatgebouw dat half was afgebouwd. Of half op instorten stond. De regisseur Dany Brummelkamp gaf mij bij wijze van begroeting een kneepje in mijn wang en zei: 'Dit is de achttiende nacht, maar het voelt als drie jaar. Het zijn tropenjaren, film, geloof me, tropenjaren.'

Toen liet hij zich op een klapstoeltje vallen en stak een sigaret op. Brummelkamp deed me meer denken aan een gepensioneerde veearts dan aan een filmregisseur, maar waarschijnlijk kwam dat omdat ik nog maar zo heel weinig filmregisseurs in mijn leven was tegengekomen.

De grimeuse bracht me naar een spiegel. 'Zo, die pukkels hoeven we ook niet meer te schminken,' zei ze. 'Dat scheelt een hoop tijd.'

'Ja,' zei ik.

Twintig keer hebben ze me die nacht van de trap gegooid. Om precies te zijn, een hoer moest me de trap af gooien omdat ik niet kon betalen. Dat was de scène. Daarom moest ik met mijn broek op mijn enkels de trap af worden gegooid. En terwijl dat gebeurde riep ik: 'Sodeju hé.' Daarna gooide ze me nog wat van mijn kleren na.

Twintig keer heb ik die nacht 'sodeju hé' geroepen, terwijl ik door de lucht zweefde. Ik mocht mijn bril niet ophebben, dus het gebeurde wel een paar keer dat ik niet terechtkwam op de plek waar ik moest terechtkomen maar tegen een scriptgirl aan viel of tegen een van die andere mensen die om de camera heen stonden. Als dat gebeurde schopten ze me zachtjes weg, want er mocht niet te veel lawaai worden gemaakt omdat de scène gewoon doorging. Eén keer werd er geroepen: 'Die lul is weer tegen de camera aan gevlogen.' Maar toen riep Dany Brummelkamp: 'Stilte op de set.' Daarna hield iedereen zijn mond.

Na afloop van iedere opname werd om de schouders van de mevrouw die de hoer speelde een deken heen geslagen. Het was koud. Om mijn schouders sloeg niemand een deken, wat ik vooral vervelend vond omdat ik daar halfnaakt stond. Om warm te worden sloop ik af en toe naar de kleedkamer waar twee grimeuses de krant zaten te lezen. 'Ze hebben er wel een type voor uitgezocht,' hoorde ik de ene zeggen. En die andere zei: 'Ja, zeg dat wel, niet te zuinig.'

Midden in de nacht gingen we op de bovenste verdieping van het flatgebouw met z'n allen eten. Er waren houten banken en houten tafels neergezet en een oudere vrouw met een zwarte sjaal om stond achter een grote pot met boerenkool. Je moest een plastic bordje pakken en dan langs die vrouw lopen om je bord vol te laten scheppen.

'Dat vind ik het mooiste aan film,' riep Klaus Zwaagstra, 'dat gezamenlijke eten, die eenheid, die solidariteit.' Daarna duwde hij een paar mensen opzij om eerder bij de boerenkool te komen.

Toen ik eindelijk bij de pot met de boerenkool was vroeg de vrouw met de sjaal: 'Zo, hoor jij er ook bij?' Zonder op antwoord te wachten liet ze een kwak boerenkool op mijn bord vallen. De helft viel ernaast, op mijn schoen, maar daar trok ze zich niets van aan. Ik kon er ook niets van zeggen, want op dat moment nam Brummelkamp het woord.

'Mensen, smakelijk eten,' riep hij. Dat de meesten hun bord al leeg hadden scheen hem ontgaan te zijn. Er ontging hem wel meer. Hij zag eruit alsof hij zwaar onder de verdovende middelen zat. Misschien had de producent halverwege besloten Brummelkamp op een dieet van verdovende middelen te zetten om de film te redden. Of had Brummelkamp zelf ingezien dat hij de opnames van deze film alleen kon overleven met veel verdovende middelen.

Aangezien de enige plaats die nog vrij was naast Brummelkamp was ging ik daar zitten. Hij had me al drie keer aangesproken met steeds een andere naam, maar dat weerhield hem er niet van mij nu voor de vierde keer met weer een nieuwe naam aan te spreken. Ik liet het maar zitten, ik vind het helemaal niet erg als mensen me niet bij mijn echte naam noemen.

'De Poolse filosoof Kamelakowski,' zei Brummelkamp met een volle mond, 'heeft een hele interessante theorie over identiteit. In een blauwe kamer heb je een totaal andere identiteit dan in een rooie of een groene.'

Hij nam weer een grote hap van zijn boerenkool. Het scheen hem niet te smaken, want na iedere hap nam hij een slok mineraalwater om het mee weg te spoelen.

Ik bukte me om met een servet de boerenkool van mijn schoen te vegen. Toen ik weer rechtop zat zei ik: 'Dus eigenlijk heb je in een blauwe kamer een blauwe identiteit en in een groene een groene?'

'Precies,' zei Brummelkamp verheugd, 'dat is de kern van Kamelakowski's theorie. En ik heb mij eigenlijk door hem laten leiden bij het maken van deze film.' Hij wilde nog meer zeggen, maar toen stond de productieleider op en riep: 'Het eten was weer heerlijk, tante Sjaak.'

'Ja,' riep Klaus Zwaagstra, 'leve tante Sjaak.' Iedereen riep toen: 'Leve tante Sjaak.' Tante Sjaak zelf stond glunderend achter de pot boerenkool. Brummelkamp had net zijn mond vol, dus hij kon niet 'leve tante Sjaak' roepen. Daarom klopte hij een paar keer met zijn platte hand op de tafel. Daarna spoelde hij zijn mond nog eens met mineraalwater en riep: 'We gaan weer aan het werk, mensen.'

Hij was al een paar stappen bij me vandaan toen hij zich omdraaide alsof hij iets vergeten was en zei: 'Het was leuk met je gepraat te hebben. Kamelakowski, vergeet die naam niet.'

In de volgende scène zat ik niet. Ik moest in de kleedkamer wachten tot ze klaar waren en ze me naar huis zouden brengen. Tante Sjaak zat er ook en ze zei telkens: 'Die Klaus Zwaagstra, zo beroemd en toch zo charmant.'

Om zes uur in de ochtend was het eindelijk afgelopen. Brummelkamp kwam als eerste de kleedkamer binnen. Meer dan ooit zag hij eruit als een uitgerookt spook. Hij gooide bruispoeder in een glas water en spoelde het naar binnen. 'Mijn maag,' zei hij, 'het late eten.' Maar niemand luisterde naar hem. Ze hadden zich allemaal rond Klaus Zwaagstra verzameld die anekdotes uit zijn leven vertelde terwijl een van de grimeuses zijn schoenen uittrok. Zwaagstra zette zijn bril op. Hij had een goudkleurige bril. Hij praatte heel zacht, zodat iedereen heel stil moest zijn om hem te kunnen verstaan.

'Ik denk dat ik binnenkort zelf maar eens een film ga regisseren,' hoorde ik hem fluisteren. 'Je moet namelijk wel iets te vertellen hebben als je een film wilt maken. Ik wil iets gaan doen met Genet. Die onderwereld van Genet, die rauwheid, die pijn van Genet, dat is geen particuliere pijn meer, dat is metafysisch.'

Tante Sjaak viel bijna flauw. 'O God,' riep ze, 'kunnen jullie niet stil zijn, ik kan hem niet verstaan.'

Toen Brummelkamp mij zag zitten leek het alsof hem iets te binnen schoot. 'Kamelakowski,' zei hij hijgend, 'heeft alles gezegd wat ik wilde zeggen, ik moet er alleen nog film van maken.' Toen greep hij als een pathetische dronkaard de hand van de actrice die mij van de trap had moeten duwen en herhaalde: 'Ik moet er alleen nog film van maken.'

'Ja ja,' zei zij, 'het leven is een hel.' Maar aan haar gezicht kon je zien dat ze het maar wat gezellig vond in die hel.

II

Meneer Berk

Elvira wilde een stuk uit *Macbeth* spelen.

Broccoli was begonnen met de repetities in haar kleine woning. Zij las de monologen van Lady Macbeth en hij zat op de bank. Af en toe riep hij: 'Geweldig!' Hij had toch niets te doen. Zo ontstond het plan zijn huis aan de Bernard Zweerskade om te bouwen tot theater, zodat Elvira een podium zou hebben waarop ze kon schitteren. Ik vroeg of hij hiervoor geen toestemming van zijn ouders nodig had. Maar hij zei: 'Als meneer Berk ja zegt, is alles in orde.'

Ik geloof dat ik meneer Berk een paar dagen nadat we uit Parijs terug waren heb ontmoet. Het was in Henry Smith's. Broccoli had me ermee naartoe genomen. Hij had er een rekening lopen. Of beter gezegd, zijn vader had daar een rekening lopen.

Meneer Berk werd aan me voorgesteld als een vriend van Broccoli's vader. Hij schudde mijn hand terwijl hij naar zijn schoenen keek. Meneer Berk zei dat ze hem verzocht hadden een oogje in het zeil te houden. Eten wilde hij niet, wel dronk hij een paar glazen whisky. Hij had een groot hoofd en was volkomen kaal. Hij vertelde dat zijn ouders uit Roemenië kwamen en Bercowicz heetten. Maar ze hadden de koningin een brief geschreven en die had hun toestemming gegeven hun naam te veranderen in Berk. Op zijn beurt was hij nu van plan zijn naam af te korten tot B. Hij had al een brief gereed die zo naar de koningin kon. Broccoli en ik hadden grote twijfels of de koningin achternamen zou toestaan die maar uit één letter bestonden. Maar meneer Berk was vol van zijn idee.

Na zijn derde whisky vroeg Berk: 'Hoe gaat het met je plannen?'

'Goed,' zei Broccoli. Hij vertelde dat hij Elvira had ontmoet, dat ze een actrice was en dat wij ook van plan waren acteurs te worden. Niet zomaar acteurs, nee, wereldberoemde.

Meneer Berk was hierover zeer opgetogen. 'Wereldberoemde acteurs,' zei hij, 'dat is een goed plan. Je moet altijd plannen maken in je leven, ook al gaan ze niet door, dat is onbelangrijk.' Hij kondigde aan een lied over de lente te gaan zingen, maar het was in het Roemeens dus konden we er niets van verstaan. Toen hij klaar was met zingen stond hij erop dat hij ons eten zou betalen. Hij liep naar achteren, en toen heeft hij ook nog voor een paar wildvreemden in het Roemeens over de lente gezongen.

Toen hij afscheid van ons nam zei hij: 'Ik heb mijn zakenrelaties en bekenden op de hoogte gebracht dat de laatste drie letters van mijn naam binnenkort komen te vervallen.' Daarna bracht hij zijn glas naar zijn mond, maar het was al leeg.

'Berk,' fluisterde hij terwijl hij zijn lachen nauwelijks kon inhouden, 'dat is toch geen naam, zeg nou zelf, dat is toch geen naam.'

Het regende zacht, en toen hij al bijna bij de Gerrit van der Veenstraat was zagen we het grote kale hoofd van meneer Berk nog oplichten in het donker.

Toen we meneer Berk opnieuw zagen was hij, naar eigen zeggen, veranderd in meneer B. Hij zat hele dagen in Henry Smith's. Zijn grootste geluk leek in het zingen van liederen over de lente te liggen. De vraag of het huis aan de Bernard Zweerskade verbouwd mocht worden tot theater weigerde hij te beantwoorden.

Broccoli riep: 'Meneer B., alstublieft, Elvira heeft een podium nodig.' Deze smeekbede beantwoordde meneer B. door weer in het Roemeens te gaan zingen.

Tussendoor zei hij: 'Atletiek, hebben jullie daar wel eens over nagedacht. Wereldberoemde atleten zijn ook nooit weg, en je bent veel op televisie. Je moet altijd op twee paarden gokken. Ik heb mijn hele leven op twee paarden gegokt.' Toen begon hij weer te zingen.

De gerant van Henry Smith's keek hoofdschuddend toe. 'Het is dat ik zijn vader zo goed gekend heb, de oude Eckstein, wat een boef, wat een boef,' zei hij.

Ik wist niet of hij de oude of de jonge Eckstein een boef vond. Zeker is wel dat de zingende meneer B. een halfuur later uit het restaurant werd verwijderd. Hij heeft toen zeker tien minuten voor het raam staan zingen, maar Broccoli luisterde niet naar hem. Hij was in gepeins verzonken over de plaats waar Elvira Lady Macbeth zou moeten spelen. Ik vond het beschamend dat wij daar zaten te eten terwijl de oude meneer B. aan de andere kant van het glas stond te zingen. Daarom knikte ik zo af en toe naar hem om aan te geven dat ik zijn zangkunst op mijn manier wel waardeerde.

Een paar keer ben ik bij de repetities in Elvira's woning geweest. Niet te vaak, want ze waren erg saai.

Midden in een repetitie zei Elvira: 'Ik eet het liefste lopend.' We gingen naar buiten, om lopend iets te eten. Ze wilde rijstpudding. Omdat we het allemaal lopend moesten eten lieten we een spoor van rijstpudding achter.

'Waarom eet je toch het liefste lopend?' vroeg ik, want het was erg onhandig lopend je rijstpudding te eten.

'Ik eet nu eenmaal het liefste lopend,' zei Elvira. 'Als ik alleen ben, eet ik ook altijd lopend.'

We waren allemaal erg vrolijk, daarom vroeg ik niet verder. Het leven dat we het liefste wilden leven lag binnen handbereik.

'Kunnen jullie iets voor me doen?' vroeg Elvira toen we klaar waren met lopend eten. We knikten. 'Mijn moeder komt me binnenkort opzoeken, maar mijn huis is zo klein.'

'De Bernard Zweerskade,' zei Broccoli. Hij glunderde. 'Ik zal er voor haar een klein paleisje van maken. Daar heeft meneer Berk niets over te zeggen. Ik zal mevrouw Meerschwam vragen de kamers in orde te brengen.'

'Ze is niet makkelijk,' zei Elvira.

Het was vreemd, opeens zag ik Broccoli en de moeder van Elvira in de tuin aan de Bernard Zweerskade badminton spelen.

Broccoli zei: 'Ik heb ervaring met moeders. Ik kan ze allemaal aan. Ik heb niet voor niets mijn halve jeugd op het dakterras gezeten om viool te spelen. Terwijl de rotte appels me om de oren vlogen. Daar word je hard van. En dat ben ik geworden, ik ben een van de hardste mannen van Amsterdam, daarom heb ik het zo ver geschopt. Ik ga over lijken, anders word je ook geen voorzitter van de Vereniging voor Genieën.'

Elvira moest heel hard lachen. Broccoli ging een kiosk binnen en kwam naar buiten met *La Gazzetta dello Sport.*

'Weet je wat ik zo leuk aan jou vind,' zei ik tegen Broccoli, 'jij bent niet gezond.'

'Ik ben heel gezond,' antwoordde Broccoli. 'Ik kan zelfs kunstschaatsen. Mijn moeder zag in mij een kunstschaatser. "Jij bent mijn prins op het ijs," zei ze tegen mij; dat heeft jouw moeder zeker nog nooit tegen je gezegd?'

'Nee,' zei ik, 'dat heeft mijn moeder nog nooit tegen me gezegd.'

Die middag wilde Broccoli allemaal kleren kopen voor Elvira. We renden door warenhuizen en kledingwinkels, terwijl Broccoli de ene jurk na de andere kocht. Soms had Elvira niet eens tijd om ze te passen.

In De Bonneterie sloten we ons op in een pashokje. Elvira paste een zomerjurk.

'Wat moet ik met al die jurken?' vroeg ze.

'Jij bent een femme fatale,' zei Broccoli, 'een femme fatale heeft elke dag een andere jurk aan. En nu moeten we de eed afleggen.'

'Welke eed?' vroeg ik.

'De eed dat Elvira een femme fatale is.'

'Een femme fatale,' zei Elvira, 'ik weet het niet.'

Broccoli duldde geen tegenspraak. We moesten onze handen op de jurk van Elvira leggen en zweren dat ze een femme fatale was en dat ook altijd zou blijven. Zelfs als haar as allang over de Atlantische Oceaan zou zijn uitgestrooid, en als onze as allang zou zijn uitgestrooid en de rest van de mensen allemaal een eigen helikopter had, dan nog bleef zij een femme fatale. Daar zou de Vereniging voor Genieën voor zorgen. Zei Broccoli.

Adolf Hitler-café

Elvira had een aanbidder. Een kleine joodse dokter die haar geregeld bloemen stuurde. Ze moest er zelf om lachen. Ze hadden elkaar ontmoet in een nachtclub. Van meer dan wat ook op deze wereld hield Elvira van slapen en dansen.

Ik kende alleen zijn voornaam, Wolf. Hij werkte in een ziekenhuis op de afdeling neurologie, maar zijn werkelijke interesse gold niet de neurologie maar vrouwen die minstens twintig jaar jonger waren dan hij.

Hij had Elvira verteld dat hij vijfendertig was, maar ze zei dat je kon zien dat hij al tegen de vijftig liep. Ze vroeg zich af hoe iemand tot vier uur 's nachts in nachtclubs kon rondhangen en de volgende ochtend om tien uur weer in staat was een hoofd open te schroeven.

In 't Haantje heb ik hem uiteindelijk ontmoet. Na lang aandringen had Elvira ingestemd om met hem een broodje te gaan eten, maar op het laatste moment had ze ons gevraagd of we toch niet mee wilden.

Hij zat er al. Hij droeg een duur pak, in ieder geval een pak dat bedoeld was er zo uit te zien. Broccoli had Elvira een arm gegeven. Zonder die arm los te laten stelde hij zich voor aan de neuroloog. 'Broccoli,' zei hij, 'organisator van evenementen.'

De dokter stond op. Hij reikte tot aan Elvira's schouder. 'Wolf,' hoorde ik hem zeggen, 'een vriend.' Toen gaf hij Elvira drie kussen en gingen we allemaal zitten. Lopatin zat twee tafeltjes verderop, maar hij durfde niet dichterbij te komen. Broccoli was nerveus. Wolf merkte dat niet omdat hij volledig opging in Elvira. Hij maakte haar aan één stuk door complimentjes, zelfs over de manier waarop ze een broodje kaas at. Broccoli werd hierdoor nog nerveuzer en hij begon Wolf complimenten te maken over de manier waarop die zijn broodjes kaas at.

'Heeft u een waterbed?' informeerde Broccoli.

Wolf schudde verstoord zijn hoofd.

'Elvira is dol op waterbedden, ik heb net weer een nieuwe besteld, want ze lekken als de pest.'

'Interessant,' zei Wolf.

Broccoli wees op mij. 'Zijn vader doet in waterbedden. Vlak bij de Loosdrechtse Plassen heeft hij een grote showroom.'

'Nee,' zei ik.

'Jawel,' zei Broccoli. 'Krieg, de waterbeddenkoning van Nederland, dat is zijn vader, en dit is Krieg jr.'

'Je verwisselt me met een andere Krieg.'

Wat mijn vader ook deed, hij deed niet in waterbedden. Die Wolf was wel het type dat op een ochtend voor de deur van mijn ouders zou kunnen staan voor een waterbed. Dat vond ik geen prettig idee.

De neuroloog was vastbesloten zijn lunch niet door ons te laten bederven. Op het laatst zat hij bijna bij Elvira op schoot en hij zei: 'Goddelijk, goddelijk.' Elvira lachte alleen maar, zonder iets te zeggen. Maar toen hij nog een keer 'goddelijk' zei, zei ze: 'Nou, dat is een beetje overdreven hoor.' En Broccoli zei: 'Ja, zo kan die wel weer.'

Wolf voelde zich hierdoor blijkbaar niet ontmoedigd, want hij pakte Elvira's kin en zei: 'Met jou zou ik willen trouwen.'

Waarschijnlijk was hij een moment vergeten dat hij al getrouwd was. Hij had Elvira verteld, nadat ze een keer gezoend hadden – 'Eén keertje maar,' had ze gezegd –, dat zijn vrouw ziekelijk was en de eerste tien jaar van hun huwelijk de slaapkamer niet uit was gekomen en nu in een soort gesticht zat.

'Hoe kun je met zo iemand zoenen?' had Broccoli geroepen, 'hoe kan dat?'

Elvira antwoordde: 'Het kan. Later zul je dat wel begrijpen.'

Nu wendde Wolf zich tot ons: 'En jullie zullen mijn bruidsjonkers zijn.' Zijn bril was naar het puntje van zijn neus gegleden. Hij zweette in het zonlicht. Misschien zweette hij ook omdat hij zo dicht bij Elvira was.

'Laten we nog een broodje eten,' zei Wolf. 'Ik moet pas om vier uur weer in het ziekenhuis zijn.'

'Maar je hebt toch een vrouw, Wolf,' zei Elvira.

Als iemand brandende olie op zijn hoofd had gegooid, had zijn gezicht niet meer kunnen betrekken. Hij liet Elvira los.

'Bedlegerig,' zei hij zacht tegen ons, 'bedlegerig, al geruime tijd.' Toen pakte hij de suikerpot en zette die met een klap weer op tafel. 'Ze ziet spoken,' zei hij. Alsof het een bekentenis was waarop we al die tijd hadden zitten wachten. Hij veegde zorgvuldig de kruimels van tafel en ik vroeg me af of hij niet het spook was dat zij zag.

Sinds Broccoli besloten had *Macbeth* voor Elvira te produceren begon hij café De Smoeshaan te bezoeken. Volgens hem kwamen daar veel artiesten. Vooral veel acteurs. Hij zei: 'Ik moet me tussen de artiesten mengen en jij moet dat ook gaan doen.'

Ik wilde me eigenlijk helemaal niet tussen de artiesten mengen. Ik voelde me niet zo op mijn gemak tussen artiesten. Er waren maar weinig mensen waarbij ik me op mijn gemak voelde. Dat zei ik natuurlijk niet tegen Broccoli.

Hij had nieuwe visitekaartjes laten maken. Tegenwoordig stond erop:

Voor Elvira had hij een boa constrictor gekocht, die ze om haar hals moest hangen. Ik bedoel een sjaal die eruitzag als een boa constrictor.

Broccoli had gezegd: 'Ze kennen me al in dat café, ze willen allemaal met me praten. Je weet hoe dat gaat als je een wonderkind bent.'

Eén keer ben ik met hem meegegaan. Er was die avond niemand die met hem wilde praten. Er stonden allemaal mensen die we opzij moesten duwen om bij de bar te komen. Er komt een vochtige warmte van mensen af, vooral als ze een hele avond dicht tegen elkaar gedrukt in een café staan.

'Laten we hier weggaan,' fluisterde ik tegen Broccoli. 'Het is hier te druk.'

'Nee,' zei hij, 'we moeten ons tussen de artiesten mengen. Als we ons eenmaal tussen de artiesten hebben gemengd, komt de rest vanzelf.'

Toen we eindelijk bij de bar waren raakten we in gesprek met een man die vertelde dat alle mannen jagers waren en aan ons vroeg hij of wij ook jagers waren.

'Laten we drinken op de jagers,' zei Broccoli.

Die avond besefte ik voor het eerst in mijn leven dat ik een jager moest worden. Het maakte niet uit waarop gejaagd ging worden, zolang er maar gejaagd werd.

'Ja,' zei ik, 'laten we drinken op de jagers.'

Later op de avond kwamen we Wolf nog tegen in het café. Hij stond tussen allemaal mensen. 'Kom erbij staan, jongens,' riep hij, 'kom erbij staan.'

Broccoli en Elvira stonden daar hele avonden, maar de belangstelling voor Elvira, de boa constrictor, en de visitekaartjes van Broccoli was gering.

Na een paar weken begon Broccoli De Smoeshaan het mislukte-artiestencafé te noemen en niet veel later het Adolf Hitler-café. 'Adolf Hitler,' zei hij, 'zoals bekend een mislukt artiest.'

Nadat hij zich bijna anderhalve maand avond aan avond tussen de artiesten had gemengd was Broccoli eindelijk in gesprek gekomen met een man met kortgeknipt zwart haar die beweerde een artistiek leider te zijn.

'Van wat weet ik nog niet,' vertelde Broccoli me, 'maar een artistiek leider is hij, en dat is wat we nodig hebben voor Elvira.'

De volgende avond ging ik met Broccoli mee om kennis te maken met de artistiek leider. Hij luisterde nauwelijks naar ons. 'Ja ja,' zei hij op alles wat Broccoli zei, terwijl hij nerveus om zich heen keek alsof hij bang was iets of iemand te missen.

Een halfuur later kwam ik hem tegen op het toilet. We stonden naast elkaar te plassen. Ik merkte dat hij me aanstaarde. 'We kennen elkaar geloof ik,' fluisterde hij.

'Ja,' zei ik, 'we hebben elkaar net beneden ontmoet.'

Zonder dat ik daartoe enige aanleiding had gegeven pakte hij mijn hoofd en gaf me een kus. Ik voelde zijn ongeschoren wangen en ik plaste over mijn schoenen.

Terwijl hij voor de spiegel zijn kleren stond te fatsoeneren, zei hij: 'Was ik nog maar jong, o god, was ik nog maar zo jong.'

Ik had geen idee wat ik tegen hem moest zeggen. Ik was niet bekend met dergelijke situaties. Daarom knikte ik heel vriendelijk. Vriendelijk knikken, dat is vaak het beste.

Tegen ons zei Broccoli: 'De drank maakt wrakken van de mislukte artiesten van het Adolf Hitler-café. Wij hebben hier niets meer te zoeken.' Hij liet het pak visitekaartjes waarop stond dat hij een organisator was van evenementen achter op een tafel.

'Vind je dat niet zonde?' vroeg ik. 'Je hebt ze net laten drukken.'

Broccoli schudde zijn hoofd.

Toen we langs het Americain liepen maakte hij een praatje met de portier. Hij informeerde naar de prijzen van een suite.

'Portiers moet je altijd te vriend houden,' fluisterde hij. En meteen daarna: 'We gaan naar Bark. Er moet gegeten worden. Elvira houdt van eten in de nacht.'

'Ik dacht dat ze van lopend eten hield,' fluisterde ik. Ik keek naar Elvira. Ze had haar opschrijfboekje in haar hand. En ook de boa constrictor.

'Het is warm,' zei ze alleen maar.

Ik vroeg me af waarom ze Buenos Aires had verlaten en wat ze in Amsterdam zocht, uitgerekend in Amsterdam.

We kochten spekkies bij een fruitkraam. De spekkies waren zo oud dat we ze niet door konden bijten en ze roken naar uitlaatgassen.

Ik vond het opeens niet onvoorstelbaar dat wij altijd bij elkaar zouden blijven, Broccoli, Elvira en ik.

We liepen naar Bark in de Van Baerlestraat. Elvira zweeg de hele weg. Pas toen we bij het restaurant waren zei ze dat ze Galani miste, dat ze Buenos Aires miste en dat ze zoiets als de FNV-film nooit meer wilde doen.

'Dat was de FNV,' zei Broccoli toen we in het restaurant zaten. 'Wacht maar tot de mensen jou als Lady Macbeth hebben gezien. En jou,' toen wees hij op mij, 'als Macbeth zelf.'

Aan het eind van de avond hoorden we een ober tegen Broccoli zeggen: 'Uw creditcard is geweigerd, meneer Eckstein, het spijt me.'

Broccoli werd spierwit. 'Dat kan niet,' riep hij, 'dat is onmogelijk.'

Broccoli zonder geld was als iemand zonder kleren. Ik had hem nog nooit zo radeloos gezien als die avond. 'We moeten meneer Berk bellen,' riep hij steeds weer. 'Meneer Berk moet hiervan weten.' Maar in het huis van meneer Berk nam niemand op.

Elvira betaalde. Ze zei dat ze geld van Wolf had gekregen. Dit maakte Broccoli nog razender.

'Wie denkt die Wolf eigenlijk dat hij is?' riep hij. 'Wat doet die kleine pooier eigenlijk om aan zijn geld te komen?'

'Wolf is een van mijn contacten,' zei Elvira. 'Als je hem beter leert kennen zul je hem vast aardig vinden.'

Broccoli ging tekeer tegen Wolf, hij ging tekeer tegen de obers, hij ging tekeer tegen dit restaurant in het bijzonder en tegen alle restaurants in het algemeen. Hij ging tekeer tegen Elvira die hij een parasiet noemde van het ergste soort. Zij zei niets, misschien kende ze het woord parasiet niet of deed ze alsof ze het niet kende. Mij noemde hij ook een parasiet. Hij ging tekeer tegen meneer Berk, die volgens hem nergens anders goed voor was dan het zingen van liederen over de lente. Hij noemde hem een verrader en deed voor hoe vals hij zong. Toen Broccoli begon te zingen, hebben we hem mee naar buiten genomen.

'Een krant,' mompelde hij terwijl we op een taxi wachtten. 'We zouden een eigen krant moeten beginnen. Een dagblad, anders dan alle andere dagbladen.'

Zijn humeur klaarde pas op toen we midden in de nacht in het Beatrixpark gingen voetballen. Elvira had een korte broek van Broccoli aangetrokken.

'Misschien worden we verkracht en vermoord,' zei Elvira.

'Ja,' zei ik, 'misschien worden we verkracht en vermoord.'

Mevrouw Lopez

Mevrouw Meerschwam had geweigerd de slaapkamer van de ouders van Broccoli in gereedheid te brengen voor de moeder van Elvira. Ze had gekrijst als een varken, hoewel ik erbij stond, en volgens Broccoli krijste mevrouw Meerschwam uitsluitend als ze met hem alleen was. 'Dit doe ik je ouders niet aan,' riep ze, 'dit doe ik ze niet aan!'

'Ze zitten in Lenzerheide,' zei Broccoli steeds weer, 'ze komen nooit meer terug. Die slaapkamer is toch geen museum?'

'Ik doe het niet,' riep mevrouw Meerschwam, 'en als je me dwingt kom ík nooit meer terug.'

Ze leek me een hartinfarct nabij. Plotseling wendde ze zich tot mij. 'Jij hebt meneer en mevrouw Eckstein nooit gekend. Het waren bijzondere mensen. Royale mensen. Buitengewoon royaal. En niet alleen met de kerst.' Ik begreep dat het bijzondere van meneer en mevrouw Eckstein vooral lag in hun vrijgevigheid.

Ten slotte had Broccoli besloten dat mevrouw Lopez dan maar in de woonkamer moest slapen. Met grote tegenzin begon mevrouw Meerschwam een bed op te maken. 'Ik zal meneer Bercowicz hierover inlichten,' zei ze. Ze bleef hem Bercowicz noemen, hoewel hij al een generatie lang Berk heette.

'Hij heet tegenwoordig meneer B.,' zei Broccoli, 'en het enige wat voor hem telt is de zangkunst.'

'Houd op,' riep ze, 'ik kan het niet meer horen.'

In de keuken zei ze tegen mij: 'Ik kom al dertig jaar in dit huis. Ik heb hier het een en ander meegemaakt. Feesten. Ik zal je de details besparen.'

'Ja, bespaar hem de details,' riep Broccoli vanuit de andere kamer. 'In godsnaam, bespaar hem de details. Mij hebben ze nooit een detail bespaard en kijk wat er van mij is geworden.'

'Hoor je dat?' zei mevrouw Meerschwam. 'En daar ga jij mee om.'

We stonden in de aankomsthal van Schiphol, Elvira, Broccoli en ik. Broccoli had kauwgom uitgedeeld, zodat we fris zouden ruiken. Hij had gezegd dat het heel goed zou kunnen dat we de moeder van Elvira zouden moeten omhelzen, en Elvira zei dat dat in het geval van haar moeder inderdaad niet onwaarschijnlijk was. Ze waarschuwde ons zelfs dat we moesten oppassen niet platgedrukt te worden bij de omhelzing.

Na anderhalf uur zei Elvira: 'Daar is ze.'

Mevrouw Lopez liep voetje voor voetje. Dat zou te maken kunnen hebben met de hoeveelheid kleren die ze aanhad, maar misschien kwam het gewoon door de schoenen met de reusachtige hakken die ze had aangetrokken. Ze had een bontjas aan en droeg een hoed met een stel veren erbovenop geplakt. Een glimmend rood tasje slingerde aan haar arm. Het leek alsof ze ieder moment haar evenwicht zou kunnen verliezen. Toen ze bij Elvira was omhelsde ze haar vurig. Net zo vurig omhelsde ze overigens ook Broccoli en mij. Om dat te kunnen doen moest ze eerst met haar volle gewicht aan onze schouders gaan hangen. Het leek meer op iemand die zich vastklampt aan een reddingsboei dan op een begroeting.

'Ik heb veel over jullie gehoord,' zei ze tegen ons in het Engels. 'Jullie moeten me maar Helena noemen.'

Toen kwam een man op ons af die de hele tijd achter mevrouw Lopez had gelopen. Hij had zes koffers bij zich en nog wat plastic tassen. We wisten niet dat de moeder van Elvira haar vriend mee zou nemen. Dus we waren verbaasd toen de wildvreemde man ons opeens ook begon te omhelzen.

'Dat is Emile,' riep mevrouw Lopez, 'mijn tortelduifje.'

Elvira had volgens mij nog nooit van Emile gehoord, maar dat liet ze natuurlijk niet blijken.

Met al die koffers die hij moest sjouwen maakte hij een onbeholpen indruk.

'Het is helemaal geen duif, het is meer een goedaardige beer,' fluisterde Broccoli. Emile en Elvira begonnen Spaans te spreken en mevrouw Lopez opende haar tas en drukte ons allemaal cadeautjes in de hand.

'Niet hier, mama,' riep Elvira nog. Maar ze was niet te houden. We kregen ieder wel drie flessen aftershave.

'Misschien hebben ze een parfumwinkel,' zei Broccoli zacht.

We liepen naar een taxi. Emile met vier koffers, Broccoli met twee. En mevrouw Lopez voetje voor voetje. Haar hoed met de veren waaide de hele tijd af en dan moest Broccoli erachteraan rennen. 'Pak hem,' riep ze, 'pak hem.' Het leek net een sportwedstrijd.

Met een taxi gingen we naar de Bernard Zweerskade. Bij alles wat ze zag riep ze: 'Mijn God, wat is het mooi.' Op een toon alsof ze ademnood had. Net alsof de Maagd Maria zich aan haar had geopenbaard. Wat zou er gebeuren als de Maagd Maria zich echt aan haar zou openbaren?

Ze installeerden zich in de woonkamer van Broccoli's huis. Het is maar goed dat mevrouw Meerschwam het niet heeft gezien.

Elvira moest bij Emile op schoot komen zitten. Ze pakte cadeautjes uit en Emile zei: 'Je lijkt totaal niet op je moeder.'

Mevrouw Lopez liep nog altijd op hoge hakken. Als ze haar evenwicht dreigde kwijt te raken greep ze zich vast aan alles waar ze zich maar aan vast kon grijpen. Daarbij gooide ze de eerste dag al twee vazen kapot. Elke keer als ze iets kapotgooide of als er iets omviel riep ze: 'Wat is het hier een prachtig huis.'

Wij noemden haar natuurlijk niet Helena. Wij noemden haar mevrouw Lopez. Hoewel ze bleef herhalen dat ze niets liever wilde dan dat we haar Helena zouden noemen.

Emile en mevrouw Lopez hadden hun hele klerenkast meegenomen en een ongelooflijke hoeveelheid parfumflesjes. Het begon in Broccoli's huis naar een dameskapsalon te ruiken. Uit haar mond rook mevrouw Lopez naar een oud zoldertje. Misschien was ze daarom zo scheutig met de parfumfles. Niemand wil naar oude zoldertjes ruiken. Vroeger dacht ik altijd dat mensen het onmogelijke willen, het grote onmogelijke. Mensen willen helemaal niet het grote onmogelijke. Dat is maar goed ook. Mensen willen niet uit hun mond naar oude zoldertjes ruiken en ze willen zo af en toe een schone onderbroek, en op een warme zomerdag een lekkere perzik is ook nooit weg.

Toen de inhoud van zes koffers was weggewerkt pakte mevrouw Lopez de handen van Broccoli vast, drukte ze tegen haar borsten en zei: 'Wat ben jij toch een fijne jongen.'

Broccoli fluisterde: 'Ik ben een wonderkind. Op mijn achtste hebben ze het ontdekt, toen heb ik vier jaar lang op het dakterras moeten zitten om viool te spelen. De buren richtten hun tuinslang op me, maar daar ging ik alleen maar mooier van spelen.'

Gelukkig luisterde ze niet naar wat Broccoli allemaal te zeggen had. Ze luisterde naar niemand, alleen naar zichzelf. Dat is ook een manier om je door het leven te slaan.

Uit haar handtasje haalde ze een klein fotoalbum. Ze ademde zwaar. We stonden ieder aan een kant van haar. Ze drukte ons tegen zich aan. Of we wilden of niet, we moesten de foto's bekijken. Haar grote borsten gingen op en neer. Het waren net beestjes. Ik voelde de neiging erin te prikken of erin te bijten. Ik had nog nooit in borsten van een vrouw gebeten. Wat ik zo gehoord had scheen het er wel bij te horen. Bijna alle mannen die ik sprak hadden wel eens in de borsten van een vrouw gebeten en ze deden er allemaal juichend over. En ik had ook wel eens een vrouw gesproken die me vertelde dat ze bijna niets zo lekker vond als in de billetjes van haar baby bijten. Als ik die vrouw moest geloven was het het hoogtepunt van haar leven om in de billetjes van haar baby te bijten.

'En dit,' zei mevrouw Lopez, 'is Elvira's man.' Ze wees op een man. Een echte man. Opeens begreep ik wat ze bedoelden met de uitspraak dat mannen jagers zijn. We bekeken de man van Elvira aandachtig.

'Mooi,' zei Broccoli ten slotte, 'mooie man.'

Aan het begin van de avond kwam meneer Berk binnen. Hij had de sleutels. Berk scheen zich niet te verbazen over de gasten. Hij liep direct op Broccoli af.

'Afgewezen,' zei hij, 'afgewezen.' Zijn kale schedel glom als vanouds. Ik heb nog nooit zo'n mooie ronde schedel gezien als die van meneer Berk. Hij liet ons een brief lezen. 'We zien geen reden uw verzoek tot naamswijziging in te willigen. Het spijt ons u niet beter te kunnen berichten.'

Hij droeg het bruine pak dat hij altijd aanhad en zijn grote bruine schoenen. Mevrouw Lopez schudde hem de hand, maar hij scheen het niet op te merken. Uit de binnenzak van zijn colbertje haalde meneer Berk een zak dropjes en begon die uit te delen. Ook Emile schudde hem de hand, maar de gedachten van meneer Berk waren, volgens mij, nog altijd bij de brief van de koningin.

Toen iedereen een dropje had borg hij de zak weer op in zijn binnenzak en zei tegen Broccoli: 'Ik heb je vader gesproken. Hij is volgende week donderdag voor een dag in Amsterdam. Hij wil je ontmoeten.'

Bij het weggaan stapte hij op de bedden die we met zoveel moeite hadden opgemaakt. Hij scheen het niet te merken, of misschien was het zijn manier om te protesteren tegen de ravage die in het huis van zijn vriend werd aangericht.

Tegen mij heeft meneer Berk nooit veel gezegd. Behalve die ene keer in de tram, toen hij zonder enige aanleiding opeens zei: 'Ik heb je vader gekend toen hij jong was. Hij was een echte billenknijper.'

Hij zei het zonder enige afkeuring. Misschien was hij zelf ook wel een billenknijper toen hij jong was. Misschien was hij het nog steeds, hoewel ik me dat moeilijk kon voorstellen.

'Meneer Berk,' zei Broccoli, 'dit is Elvira, over wie ik u verteld heb.'

Bij de keukendeur draaide Berk zich om. Hij liep op haar af. Lang voor hij bij haar was stak hij zijn hand al uit. In plaats van naar Elvira te kijken keek hij naar zijn schoenen. Toen schudden ze elkaar langdurig de hand. Ik denk dat dat voornamelijk door meneer Berk kwam, omdat hij niet losliet.

'Het genoegen is geheel aan mijn kant,' zei hij nog voor hij wegging.

Sokophaler

'Zo oud als God en zo jong als de morgen,' zei mevrouw Lopez. Ze sprak Engels met een zwaar accent en liep nog altijd in een wolk van parfum. Net als Emile.

Ze woonden nu twee weken in het huis van Broccoli en niets wees erop dat ze daar spoedig zouden vertrekken. Het huis vervuilde langzaam; mevrouw Meerschwam weigerde er te komen zolang ze in de woonkamer sliepen.

Mevrouw Lopez had zich in tenniskleding gehuld en zat aan de bar van een tennisclub aan de Karel Lotsylaan de ene gin-tonic na de andere achterover te slaan. Ook Emile had een kort broekje aan en nu pas werd zijn totale omvang goed zichtbaar. Hij had het aan zijn hart en daarom droeg hij altijd een gouden doosje met pillen bij zich.

'Als ik onderuitga moet ik een pil onder mijn tong leggen,' had hij tegen mij gezegd, 'en als ik het niet meer kan moet jij het maar doen.' Eigenlijk vond ik dat iemand die ieder moment een pilletje onder zijn tong zou moeten leggen beter niet kon tennissen. Daarom knikte ik alleen maar. Broccoli was allang blij dat ze even het huis uit waren.

Elvira was sinds de komst van Emile en haar moeder steeds stiller geworden. Vaak zaten Broccoli en ik alleen met mevrouw Lopez en Emile opgescheept omdat Elvira geen tijd had of omdat ze acteerlessen moest nemen of zich niet goed voelde. Volgens Broccoli ontmoette ze neuroloog Wolf bijna iedere dag. 'Wat ziet ze in de neuroloog?' vroeg hij minstens twee keer per dag. 'Wat ziet ze in die kabouter?'

'Zo oud als God en zo jong als de morgen,' zei mevrouw Lopez nog een keer. Ze was in gesprek met een jongeman en ze waren al een halfuur bezig met een spelletje dat erop neerkwam dat ze elkaars leeftijd moesten raden. Emile liep voor het raam heen en weer. Af en toe hees hij zijn korte broek op. Het doosje met pillen stond op de bar naast zijn glas bier. 'Beheersing,' had hij gezegd, 'beheersing, dat is het begin en het einde van alles.'

'Wordt het niet tijd dat u een balletje gaat slaan?' vroeg Broccoli.

Mevrouw Lopez schudde haar hoofd. 'We wachten nog even tot de wind gaat liggen.' Ze wachtten al de hele ochtend tot de wind zou gaan liggen.

'Elk jaar laat ik me helemaal nakijken,' hoorde ik haar zeggen, 'van top tot teen. In Miami, want daar zijn de beste doktoren. Ik wil geen prutsers. Daarvoor is mijn lichaam te kostbaar. Ik heb het mijn huisarts in Buenos Aires verteld: "Jij bent een prutser. Ik zou mijn fiets nog niet door jou laten repareren."'

'Je moet geen prutsers aan je lichaam laten komen,' beaamde de man naast haar. Hij bestelde nog een gin-tonic voor mevrouw Lopez en toen hoorde ik haar zeggen: 'Jij ziet er niet uit als een prutser.'

Emile drentelde nog steeds voor het raam heen en weer met het gehuurde racket in zijn hand. Regelmatig zwaaide hij zijn racket naar achteren en sloeg er dan mee tegen de lucht. 'Ik ben in vorm,' zei hij zacht. 'Ik ben in vorm.'

In de verte zag ik de buurvrouw van mijn ouders aankomen. Ze deed blijkbaar niet alleen aan badminton, maar ook aan tennis. Ze deed trouwens ook aan snelwandelen. Ik heb haar wel eens in de tuin horen zeggen: 'Als je wilt afvallen is het enige wat helpt snelwandelen. En het allerbeste is snelwandelen met gewichten in je handen.'

Dat was precies wat de buurvrouw nu aan het doen was. Ze had twee gewichten in haar handen en op haar rug zat een tennisracket gebonden. Zo snel als haar oude benen haar maar konden dragen wandelde ze in de richting van het clubhuis. Ze droeg een knalrood trainingspak. Ze leek op een tropische vogel, maar wel eentje die gemarteld was.

'Kom, laten we gaan,' zei Broccoli. 'We kunnen ze wel alleen laten.'

We gingen naar het huis van Elvira, maar ze was er niet.

'Ze ligt vast weer met die neuroloog te vozen,' riep Broccoli. Hij leek me totaal overstuur. Ik had hem nog nooit zo meegemaakt.

'Dit geeft geen pas voor de voorzitter van de Vereniging voor Genieën,' zei ik nog, maar het hielp niets. Hij duwde me weg en begon tegen de deur te trappen tot iemand een raam opende en riep: 'Ik breek je poten.'

Toen we 's avonds in het huis van Broccoli aankwamen waren mevrouw Lopez en Emile er nog niet.

'Ze wachten nog altijd tot de wind gaat liggen,' mompelde Broccoli.

Om elf uur werden we gebeld dat we ze moesten komen ophalen. Ze waren de allerlaatsten in het clubhuis. Het gouden pillendoosje van Emile stond nog altijd op de bar. Mevrouw Lopez had zich half ontkleed, alleen van boven.

'We zouden wat kunnen gaan eten,' zei ze toen we binnenkwamen. Emile zei niets. Hij had nog altijd zijn tennisracket in zijn hand. Toen we weer in zijn huis waren ging Broccoli zonder nog iets tegen mevrouw Lopez te zeggen naar bed. Hij bezwoer me dat hij daar vierentwintig uur lang niet meer uit zou komen.

De volgende ochtend om acht uur belde Elvira mij op in het huis van mijn ouders. Ze belde daar anders nooit. Ik had haar het nummer niet gegeven. Ik wilde niet dat mensen mij daar opbelden. 'Kun je naar me toe komen?' vroeg ze.

We ontmoetten elkaar in een poffertjestent. Ze had haar boa constrictor om. Ik wist dat ze die alleen maar droeg om Broccoli een plezier te doen. Alles was vet in de poffertjestent. Het haar van de ober, de tafels, de stoelen, zelfs het wc-papier.

'De neuroloog heeft met zelfmoord gedreigd,' zei ze.

'O ja?' zei ik.

'Ja,' zei ze, 'als ik hem niet regelmatig blijf zien. Mensen zijn zo pathetisch.'

'Ja,' zei ik, 'heel pathetisch.'

Toen keek ze me even aan en zei: 'Jij bent gelukkig niet pathetisch.'

'Ook nooit geweest,' zei ik.

Elvira bukte zich, verdween zeker twee minuten onder tafel en toen ze weer bovenkwam zei ze zachtjes: 'Het elastiek van mijn sokken is naar de klote, wil je het zien?'

'Ja, laat maar zien,' zei ik. Ook ik verdween onder tafel. Het elastiek van haar sokken was inderdaad waardeloos. Ze hingen allebei op halfzeven.

'Net gekocht,' zei Elvira, 'twee dagen geleden.'

'Waardeloos,' mompelde ik. En toen begon ik zachtjes haar been te strelen, precies op de plaats waar eigenlijk haar sokken hoorden te zitten. Ik wist niet wat me overkwam. Dit had ik nog nooit eerder gedurfd en nu zat ik daar onder de tafel en streelde haar benen, alsof ik mijn hele leven niets anders gedaan had dan onder tafels zitten en benen van dames strelen.

'Arme sokken,' mompelde ik, 'arme sokken, we moeten ze begraven, ergens dicht bij de zee. Wat is er toch met jullie gebeurd, sokken, dat jullie elastiek kapot is gegaan? Jullie zijn pas twee dagen oud en nu al zijn jullie naar de verdoemenis. Nu moeten we jullie begraven op de grote sokkenbegraafplaats, dicht bij zee.'

Zo bleef ik maar praten, als een gek, terwijl ik het been van Elvira streelde. En haar haren voelde en het kapotte elastiek en maar bleef praten als een idioot. Niemand deed of er iets aan de hand was, maar stiekem zat de hele poffertjestent naar ons te kijken. Dat vertelde Elvira later, veel later. Op het moment zelf durfde ze niets te zeggen, want ze was bang dat ik dan zou ophouden haar been te strelen. Ze vond het wel prettig dat iemand haar been streelde, precies op die plek waar eigenlijk haar sokken hoorden te zitten. Op die plek had nog nooit iemand haar gestreeld, en ze vond het wel prettig dat dat nu eens gebeurde.

'Ik zal vandaag je sokken ophalen,' zei ik toen ik weer bovenkwam omdat ik een lamme arm had.

Ze keek me even peinzend aan. 'Dat is wel een beroep dat bij je past, sokophaler.'

Ik zei dat ik het daar helemaal mee eens was. Dat ik mijn ambities het liefst zou laten varen om de rest van de tijd als sokophaler door het leven te gaan. Maar dat ik mijn ouders dat niet kon aandoen.

Ook Elvira was volgens mij niet erg onder de indruk van de zelfmoordplannen van de neuroloog. Ze was bezig een groot bord poffertjes te verorberen. Het was half tien 's ochtends, maar ze noemde het 'haar diner'. Ik zat tegenover haar en dacht erover om ook maar wat eten te bestellen.

'Ik heb een tijd een affaire gehad met een rugbyspeler,' zei ze plotseling. 'Ik ontmoette hem in een hotel in Argentinië. Er waren allemaal rugbyspelers in dat hotel. En ik en mijn ouders. Hij was heel galant. Hij begon mijn schouders te masseren in het zwembad. Een beetje brutaal maar toch ook galant, vind je niet?'

'Ja,' zei ik, 'een beetje brutaal maar toch ook galant.'

'Die avond ben ik met hem naar bed gegaan. Ik zag het meer als een oefening; ik was al heel lang niet meer met iemand naar bed gegaan. Maar hij dacht dat het meer was dan een oefening. Hij zocht me op in Buenos Aires, en hij schreef een brief aan mijn ouders dat hij de rugbysport wilde opgeven voor mij.

Hij had een motor. Hij was helemaal gek van rugby en van die motor. Ik vond het wel fijn achter op die motor te zitten. Misschien vond ik die motor wel leuker dan de rugbyspeler. Toen kreeg ik een rol aangeboden in die film. Hij kwam iedere dag met zijn motor naar de opnames; hij had zelfs speciaal voor mij een zijspan laten maken. Maar hij dacht dat ik zat te rotzooien met andere mannen. Daarom kwam hij overal naartoe met zijn zijspan. Hij werkte bij de post, ze hadden hem daar alleen al heel lang niet gezien omdat hij mij steeds achtervolgde.'

Haar bord was leeg. Ik vroeg me af waarom ze mij dit allemaal vertelde. En of ze vond dat Broccoli en ik haar ook achtervolgden. Ik wilde iets zeggen dat haar op haar gemak zou stellen, dat haar duidelijk zou maken dat ik het prettig vond dat ze dit aan mij had verteld, maar ik kon niets bedenken. Daarom verdween ik maar weer onder tafel om haar sokken op te halen.

Wolfs verjaardag

Ik heb de oude meneer Eckstein uiteindelijk ontmoet. In het café van het Victoriahotel, tegenover het Centraal Station. Broccoli wilde per se dat ik meeging.

'Dat is mijn vader,' zei hij. Hij wees op een man die in gesprek was met een draaiorgelspeler. Meneer Eckstein droeg een grijs colbert. Hij was slecht geschoren, hele stukken had hij overgeslagen. Hij zag er onopvallend uit. Niet iemand van wie je zou zeggen dat hij de grootste drollen ter wereld produceert.

'Je hebt van mijn huis een tentenkamp gemaakt,' zei meneer Eckstein, zonder zich aan mij voor te stellen.

'Dat is geen tentenkamp,' zei Broccoli, 'dat zijn hele aardige mensen.'

'Een tentenkamp,' herhaalde meneer Eckstein, 'ik heb het van Bercowicz gehoord.'

Die arme meneer Berk. Ook de vader van Broccoli noemde hem Bercowicz. Die man moest wel helemaal gek worden.

We gingen aan een tafeltje bij het raam zitten.

'En jij,' zei meneer Eckstein plotseling tegen mij, 'slaap jij ook in dat tentenkamp?'

'Nee, ik slaap gewoon thuis,' zei ik.

Meneer Eckstein bestelde koffie voor ons allemaal, zonder te vragen of we dat wel wilden, en zei toen zacht: 'Je ruïneert me.'

'Ik ben met allerlei dingen bezig,' zei Broccoli.

Meneer Eckstein schudde zijn hoofd. Hij keek naar de onophoudelijke stroom voorbijgangers. Alsof hij op zoek was naar een bekend gezicht.

'En wat doe jij?' vroeg hij.

Ik aarzelde.

'Ik werk met Broccoli samen.' Ik wist niet zeker of ik 'uw zoon' moest zeggen of 'Broccoli'. Ik koos voor het laatste. Hij was er ondertussen vast wel aan gewend dat zijn zoon zich 'Broccoli' noemde.

Meneer Eckstein begon te lachen. Hij hield zijn hoofd met beide handen vast en mompelde: 'Nog zo een.'

Was dit de man die die verschrikkelijke tuinfeesten organiseerde waarover mevrouw Meerschwam had verteld?

Met een verfrommelde zakdoek depte Eckstein zijn mond.

'Ik moet terug,' zei hij. We brachten hem naar het station. Hij liep zoals Broccoli. Alsof zijn benen trommelstokjes waren die heel snel op en neer gingen. In de stationskiosk namen we afscheid.

'Je moeder mist je,' zei hij tegen Broccoli. 'We missen je allemaal.' Hij omhelsde Broccoli. Mij gaf hij een hand. Hij wilde mijn naam weten.

'Ewald Krieg,' zei ik, 'eigenlijk Ewald Stanislas Krieg.' Die naam scheen hem te interesseren. Hij noteerde hem achter op een papieren servet.

Hij liep weg, maar hij kwam weer terug. 'Hoe gaat het met dat meisje? Ik hoorde het van Bercowicz.'

'Het gaat goed,' zei Broccoli.

Meneer Eckstein begon weer te lachen, net als in het Victoriahotel. Maar dit keer pakte hij zijn hoofd niet met beide handen vast. Hij bleef alleen even staan, midden in de hal van het Centraal Station. 'Pas maar goed op haar,' zei hij.

Toen gaf hij ons allebei een briefje van honderd en fluisterde: 'Koop hier iets gezonds van. Je lichaam krijg je nooit meer terug.'

Meteen daarna liep hij zo snel als hij kon naar zijn trein, hoewel hij nog twintig minuten de tijd had.

We liepen naar buiten. Broccoli zei niets over de ontmoeting met zijn vader en ik durfde ook niets te vragen. Ik vroeg me wel af of ik die honderd gulden moest houden of dat ik ze aan Broccoli moest geven.

'Laten we Elvira gaan ophalen,' zei hij.

Voor het gebouw waar de acteercursus werd gegeven ontmoetten we Wolf. Het was een privé-school waar iedereen die maar betaalde cursussen kon volgen. Je hoefde niets te kunnen, je hoefde alleen maar te betalen.

Op de stoep zaten vier meisjes te roken. Ze zagen eruit alsof ze op het punt stonden zich te verhangen.

Wolf deed of hij erg blij was ons te zien. 'Dag jongens,' riep hij. We zwaaiden naar hem vanuit de verte, maar dat hielp niet, want hij kwam gewoon op ons af.

'Ik ben jarig,' zei hij, 'ik geef vanavond een feestje. Als jullie willen komen...'

'Dat is erg aardig,' zei Broccoli.

We gaven Wolf een hand om hem te feliciteren en Broccoli vroeg: 'Hoe oud ben je nou geworden?'

Het feest vond plaats op de zolderkamer van Wolf, precies boven het appartement van zijn moeder. Maar hij had wel een eigen opgang. De zolder bestond uit twee kleine kamers en een keuken. Af en toe klonk er van beneden gebonk. Dat was de moeder van Wolf die met haar wandelstok tegen het plafond sloeg om ons duidelijk te maken dat de muziek te hard stond.

'Mijn vrouw ligt in het ziekenhuis,' vertelde Wolf, 'daarom ben ik maar weer ingetrokken bij mijn moeder. Dat lege huis maakte me gek.'

Er zaten drie verpleegsters uit het ziekenhuis op de bank. Verder waren er nog een mannelijke collega van Wolf en een vriend van de universiteit. En wij.

Een bakje eiersalade dat de moeder van Wolf had gemaakt stond op het aanrecht. Niemand wilde eiersalade, hoewel Wolf herhaaldelijk riep: 'Er moet ook gegeten worden, mensen.'

We hadden Wolf een pan gegeven waarin niets kon aanbakken. Hij scheen er blij mee te zijn.

Een van de verpleegsters, ik geloof dat zij Emmie heette, was erg geïnteresseerd in Broccoli. Helemaal toen hij haar een van zijn visitekaartjes had gegeven.

'Ik heb altijd al actrice willen worden,' verklaarde ze.

De collega van Wolf heette professor Roos. 'Roos,' zei hij tegen Elvira, 'professor Roos, maar jij mag me Jimmy noemen.' Hij praatte maar tegen Elvira aan, het hield niet op.

'Ik ben ook in Buenos Aires geweest,' hoorden we hem zeggen. 'Dat café, dat beroemde café, daar heb ik toen gezeten, het begint met een H.'

Elvira zei: 'Ik ken geen café met een H.'

Even danste ze met Wolf. Het leek meer op schuifelen zoals wij dat deden op klassenfeestjes in de brugklas aan het eind van de avond. In ieder geval sommigen van ons. Nu ik erover nadenk, ik heb in mijn leven nooit geschuifeld. Een van die dingen die ik heb opgespaard voor een volgend leven.

Emmie zei tegen Broccoli: 'Ik vind het zo interessant wat je doet.'

'Dat vind ik ook,' zei Broccoli. Ik dacht aan Elvira en aan die sokken van haar, of ze vandaag weer sokken droeg die begraven moesten worden op de sokkenbegraafplaats. Het was niet te zien. Ze droeg geen jurk, maar een broek.

Halverwege de avond, toen professor Roos tamelijk klef met een van de verpleegsters aan het dansen was, was Elvira plotseling verdwenen. We vonden haar terug in de slaapkamer van Wolf. Ze lag in bed. Dat moest ook wel, want het was daar behoorlijk koud. We zijn samen met haar in het bed van Wolf gaan liggen. Het bed stonk een beetje naar Wolf, maar er waren nu eenmaal geen andere bedden.

Broccoli knoopte haar blouse los en kuste haar borstjes, die ik nu voor de eerste keer zag. Misschien had ik weg moeten gaan, want naast zoiets blijf je niet liggen. Maar ik was te moe en te dronken.

Plotseling pakte Elvira mijn hoofd en drukte het tegen haar schouders. Ook ik kuste haar borstjes en ik kuste haar tepels. Als in een reflex. Ik dacht er niet over na. Pas later heb ik erover na kunnen denken en dat heb ik ook vaak gedaan. Ik heb het nooit zonde van mijn tijd gevonden, hoewel ik er wel dagen over na heb gedacht, aan één stuk door.

'Ik vind je lief,' fluisterde Broccoli. Het is de enige keer dat ik Broccoli zoiets heb horen zeggen. Misschien had hij zich voorgenomen het maar drie keer in zijn leven te zeggen, of twee keer.

Ik viel in slaap en werd pas wakker toen Elvira's lichaam heen en weer schudde en er merkwaardige geluiden uit haar mond kwamen. Eerst dacht ik dat ze met Broccoli aan het vrijen was. Of dat er een aardbeving aan de gang was of nog iets ergers, maar ze huilde.

'Ze mogen het niet horen,' fluisterde ze.

Ik heb nooit meer iemand zo horen huilen als Elvira die avond. Het was alsof al het verdriet van de hele wereld uit haar mond kwam en uit haar ogen en haar neus en haar oren.

'Ze mogen het niet horen,' fluisterde ze nogmaals.

We moesten het hoofdkussen van Wolf stevig op haar mond drukken, want ze schreeuwde tussen het huilen door.

'Het geeft niet,' zei ik steeds weer, 'het geeft niet.' Ik wist niets anders te zeggen.

Verder deden we niets, we zaten op het bed en keken toe hoe ze huilde. Ten slotte vielen we alledrie weer in slaap.

We werden wakker gemaakt door de moeder van Wolf. Ze kwam de kamer binnen, deed het licht aan en riep: 'Kunnen jullie wel, op de verjaardag van mijn zoon, weten jullie hoe ik dit noem?'

We zijn nooit te weten gekomen hoe ze dit noemde, want ze begon als een gek met haar wandelstok op de dekens te slaan en op de grond. Dat geluid overstemde alles, inclusief haar eigen geschreeuw. Ze had nog heel veel kracht voor zo'n oud vrouwtje. We zijn opgestaan, hebben onze schoenen gepakt en zijn weggerend. Het feest was allang afgelopen. Alleen Wolf stond in een hoek tegen Emmie aan gedrukt. Zijn overhemd was open tot aan zijn navel. Hij had een hoop borsthaar gekweekt in de loop der jaren.

Terwijl we voorbijliepen zwaaide hij naar ons. We hadden geen tijd om te blijven staan, want zijn moeder kwam achter ons aan. In de deuropening zag ik nog hoe ze het bakje eiersalade van het aanrecht griste, klaar om het over ons uit te storten. Maar ze was te laat.

Buiten zei Broccoli: 'Laten we naar mijn huis gaan.'

Het was bijna ochtend. Ik ben er nooit achter gekomen waarom Elvira die nacht zo gehuild heeft. Ik heb het ook nooit durven vragen.

Ook over dat halfuur dat Elvira zo verschrikkelijk gehuild heeft heb ik nog vaak nagedacht en ook dat heb ik nooit zonde van mijn tijd gevonden. Terwijl ik toch zoveel dingen zonde van mijn tijd heb gevonden. Er waren dagen dat ik bijna alles zonde van mijn tijd vond.

We zijn nog een keer uit eten gegaan met mevrouw Lopez en Emile. Elvira was er dit keer ook bij. We moesten haar overtuigen dat het echt beter was mee te gaan. Haar moeder liep weer op hakken van vijftien centimeter.

Emile had een wit kostuum aangetrokken. Hij was zenuwachtiger dan ooit. Het gouden doosje zat in zijn hand geklemd. 'Ze hebben niets kunnen vinden,' fluisterde hij in de taxi, 'maar ze kunnen ook niets garanderen.' Even later fluisterde hij: 'Ik kan ieder moment dood neervallen.'

Elvira en Broccoli zaten in een aparte taxi. Hij had mevrouw Lopez en Emile laten weten dat zijn vader zijn gastvrijheid aanzag voor een tentenkamp.

Meneer Berk kwam iedere dag poolshoogte nemen. Zogenaamd om de post op te halen, maar we begrepen dat hij gezonden was door de oude Eckstein om te kijken of het tentenkamp nog bestond. Dat hij het iedere keer weer klaarspeelde om op de bedden te trappen was zeker geen toeval. Na lang aandringen hadden mevrouw Lopez en Emile aangekondigd dat ze naar Rome zouden vertrekken en van daaruit terug naar Buenos Aires zouden gaan.

'Ik hoop dat ik Rome nog haal,' had Emile al een paar keer gezegd. Toch zag hij er gezonder uit dan ooit. Al werd hij wel steeds dikker.

Volgens Broccoli zei Emile vaak midden in de nacht: 'Ik zou nog wel een kippenpootje lusten.' Dan moest Broccoli naar de avondwinkel in de Beethovenstraat om gebraden kippenpootjes te kopen. Ze kenden hem al in die avondwinkel. Nog voor hij iets kon zeggen overhandigden ze hem de kippenpootjes. Minstens vier kippenpootjes verslond Emile per nacht.

'U rijdt fantastisch,' hoorde ik mevrouw Lopez tegen de taxichauffeur zeggen.

'Ze flirt met iedereen,' fluisterde Emile, 'dat zul je ook wel gemerkt hebben. Maar het is onschuldig. Het is volkomen onschuldig.' Toen schudde hij aan mijn schouder en zei: 'Je bent een goeie jongen.'

Broccoli had een restaurant gekozen op 't Spui. Mevrouw Lopez viel de eerste de beste ober die ze zag om de hals. Twee obers moesten haar naar haar stoel brengen. Toen ze zat begon ze kushandjes te blazen. Niet alleen naar de twee obers die haar naar haar stoel gebracht hadden, maar zo ongeveer naar het complete bedienend personeel.

'We komen terug,' zei mevrouw Lopez. 'We komen je nog een keer opzoeken.'

'Is dat een dreigement?' vroeg Broccoli.

Elvira speelde met haar rijst. Ze had haar boa constrictor om.

'Waar heb je dat verschrikkelijke ding vandaan?' vroeg haar moeder. Ze wachtte niet op antwoord. Ze wachtte nooit op antwoord. Ze ging weer verder met haar gesprek met Broccoli. 'Ik houd in november in Buenos Aires een expositie. Ik schilder ook, moet je weten. Vliegende vrouwen en bomen. Ik zal je een schilderij opsturen. Jullie zijn zo geweldig voor ons geweest al die weken.'

'Dat is aardig,' zei Broccoli.

Het leek net alsof Elvira de helft van het gesprek niet verstond. Af en toe keek ze me aan. Dan lachte ze. Ik lachte niet terug, want mevrouw Lopez hield iedereen goed in de gaten.

Na het eten zei Emile: 'Het was lekker, maar het waren geen kippenpootjes.' Hij had diepe wallen onder zijn ogen.

Toen de koffie kwam haalde hij een pot met zoetjes uit zijn zak en gooide twee tabletten in zijn koffie. 'Ik houd van zoet,' fluisterde hij. En even later: 'Ik voel het weer in mijn arm.' Hij legde zijn linkerarm op tafel alsof het een grote worst was. Ik zat naast hem, maar ik vroeg niet wat hij in zijn arm voelde.

'Ik hoop dat je binnenkort weer naar Buenos Aires komt, Elvira,' zei haar moeder.

'Ik voel het weer in mijn arm,' riep Emile.

Maar mevrouw Lopez sloeg met haar hand op tafel en riep: 'Bespaar ons toch een avond de pijn in je armen. Je bent onderzocht en je hebt niets.' Ze nam een grote slok koffie en zei toen: 'Je man wacht op je, Elvira, wij wachten allemaal op je.'

Elvira zweeg. Niemand zei iets, alleen Emile fluisterde in mijn oor: 'Het is niet te harden.' Ik wist niet of hij de pijn in zijn arm bedoelde of mevrouw Lopez.

'Je kunt toch iemand die van je houdt niet zo achterlaten,' zei mevrouw Lopez, 'en helemaal niet je man.'

Elvira glimlachte. Misschien wilde ze zeggen dat je iedereen kunt achterlaten of het je man is of niet, of ze van je houden of niet.

'Het is echt het beste zo,' zei Elvira ten slotte.

'Dit is hem,' zei haar moeder en wees op een foto die ze uit haar tas tevoorschijn had gehaald. Nog een keer moesten we de foto van Elvira's man bekijken. Het was de rugbyspeler, of anders wel een uitsmijter.

'Toen Elvira achttien werd heb ik haar een waterbed cadeau gedaan,' zei mevrouw Lopez. Ze glunderde. Broccoli pakte haar hand, zoals ik hem eerder de hand van mevrouw Meerschwam had zien pakken.

'Ik had op mijn vierde al reuma, maar denk je dat mijn ouders met een waterbed op de proppen kwamen? Houten planken en een oud matras. Daarop heb ik vijftien jaar gelegen.'

We stonden op. Broccoli en ik moesten mevrouw Lopez ondersteunen. Toch speelde ze het nog klaar tegen een ober aan te vallen. Emile schudde me door elkaar toen hij afscheid van me nam. 'Je bent een goeie jongen,' zei hij weer.

Mevrouw Lopez huilde. De taxi was er al. Ze huilde zoals sommige vrouwen doen als ze klaarkomen. Met grote uithalen en hartverscheurende snikken.

'Zeg het hem tenminste zelf,' zei ze. 'Hij lijdt er zo onder. Hij houdt toch van je.'

Toen mevrouw Lopez het niet kon zien gaf Emile snel nog wat geld aan Elvira. Mij gaf hij ook twee tientjes. 'Stop maar snel weg,' zei hij, 'ik kom toch nooit meer terug naar Nederland en jonge mensen kunnen altijd wat extra's gebruiken.'

Ze stapten in de taxi. Mevrouw Lopez voorin, en Broccoli en Emile op de achterbank. Mevrouw Lopez draaide het raampje open. 'Kom terug,' riep ze, 'kom toch terug.' Maar het was onduidelijk tegen wie ze het riep. We hoorden haar nog roepen: 'O god, ik heb morgen een afspraak bij de kapper.'

Emile stak zijn hand uit het raam om mij en Elvira een hand te geven, maar hij was te laat. Ze reden met een noodgang weg. Elvira en ik bleven achter, voor de deur van het restaurant. Daar zijn we een tijd blijven staan.

Elvira wilde niet naar huis. Ze was bang dat Wolf voor de deur zou staan. 'Wolf staat niet voor de deur,' zei ik een paar keer. Maar ze geloofde het niet.

We liepen over de Herengracht. Ze hield mijn hand vast. We zweetten allebei verschrikkelijk. Misschien kwam dat door het exotische eten, want zo warm was het niet. Ik zag dat er vier jongens achter ons aan kwamen. Ik wilde er niets van zeggen. Ik begon alleen sneller te lopen.

'Hoeveel heeft hij jou gegeven?'

'Twee tientjes,' zei ik.

'Daar komen we niet ver mee,' zei ze.

We gingen op een bank zitten naast een pissoir.

'Galani wilde met me trouwen,' zei ze. 'Hij zei altijd: "Ik ben ziek, Elvira, ik ben ziek." Hij beweerde ziek te zijn van de liefde. Kun je je dat voorstellen? Maar hij was al helemaal uitgezakt. Ik wil geen man die al helemaal uitgezakt is.'

'Nee,' zei ik.

'"Het gaat niet," zei ik tegen hem, "het gaat niet." "Maar ik ben ziek, Elvira," zei hij, "ik ben ziek."

Hij kon heel goed kaartspelen. Altijd als we klaar waren met filmen moesten de mannen met hem kaarten. Hij won altijd. Op een gegeven moment hadden ze er genoeg van. Maar ze waren afhankelijk van zijn geld. Daarom bleven ze spelen.

Op het laatst was Galani meer geïnteresseerd in kaarten dan in de film. Soms riep hij om twee uur al: "Houd maar op voor vandaag." Dan moesten we weer gaan kaarten.

Toen ik een keer bij Galani op schoot zat, zei hij: "Ik heb vijfentwintig jaar in huiden gehandeld, alleen maar voor mezelf. Nu maak ik deze film voor jou."

Op een dag riep hij alle medewerkers van de film bij zich. "Gisteren was de laatste opnamedag," zei hij, "het geld is op. Mensen hebben hoe dan ook geen geduld meer voor die lange films." Ze zijn weer gaan kaarten.

"Trouw met me," zei hij. Hij wilde met mij naar het festival van Cannes. "Een huidenverkoper op het festival van Cannes, dat zal ze goeddoen daar," zei hij. Later, toen alles voorbij was, heb ik hem nog een keer bij hem thuis opgezocht. Hij woonde in een heel klein kamertje. De rest had hij moeten verkopen. Hij lag op de bank. Overal lagen bontjassen. Hij had alles verkocht om die film te maken, maar een paar bontjassen had hij nog over. Je kon er bijna niet lopen. "Stap er maar overheen," zei hij.

Ik heb een tijdje naast hem gezeten. Hij viel de hele tijd in slaap. Toen ik weg wilde gaan zei hij: "Zoek maar een bontjas uit, dan kun je aan mij denken als het winter is."

Ik begon er een uit te zoeken. Overal lagen bontjassen. Zelfs de badkuip lag er vol mee. Maar hij had mijn maat niet. Hij begon te vloeken. Hij propte twee jassen in een kast, maar ook hij kon mijn maat niet vinden. Toen zei hij: "Nou, dan moet je maar zonder bontjas aan me denken als het winter is." Daarna ging hij weer op de bank liggen.

Ik ben toen maar getrouwd met de rugbyspeler. Ik dacht: Dan ben ik ervan af.'

Opnieuw vroeg ik me af waarom Elvira dit allemaal aan mij vertelde en wat ik moest antwoorden, wat ik in godsnaam moest antwoorden. Later ben ik erachter gekomen dat mensen je van alles vertellen als je maar zwijgt.

Ze droeg die avond sokken die niet afzakten. Ik had me al een paar keer gebukt, maar het was steeds voor niets.

'Waar woon jij eigenlijk?' vroeg ze.

'In Zuid, maar mijn ouders houden niet van logés.'

Ik dacht aan Broccoli die nu waarschijnlijk in de avondwinkel van de Beethovenstraat gebraden kippenpootjes stond te kopen. Ik dacht aan mevrouw Lopez die vliegende vrouwen schilderde. In olieverf, alleen in olieverf, had ze er nog bij verteld.

'Ik kan niet meer,' zei ik. 'Ik ben moe.'

'Breng me naar mijn huis,' zei ze. 'Misschien is Wolf er. Je hebt geen idee hoe gek hij is.'

We konden geen taxi nemen. Broccoli was er niet om te betalen. Elvira had honderd gulden gekregen van Emile maar die wilde ze liever gebruiken voor iets anders.

Toen we eindelijk bij haar huis waren zei ze: 'Mijn moeder heeft er een groot feest van gemaakt, van mijn huwelijk.'

'Ja?' zei ik.

'Ja,' zei ze. 'Een heel groot feest. Maar ik ben niet in het wit gegaan, dat heb ik verdomd. Dat vond ze heel erg. Ze heeft het er nog jaren over gehad.'

Ik miste Broccoli. Broccoli wist wat je moest doen in dit soort situaties. Hij zou niet bang zijn geweest en hij had vast een grap gemaakt. Bier, bonbons en slechte grappen, dat was waar het volgens Broccoli om ging. Ik had geen bier, ook geen bonbons, en de paar slechte grappen die ik kende had ik al te vaak verteld.

'In welke kleur ben je dan getrouwd?'

'In het blauw,' zei Elvira, 'tegen het paars aan. Om ze te pesten.'

'Aha,' mompelde ik.

'Zullen we nog wat artisjokkenlikeur drinken?' vroeg Elvira. De gedachte aan artisjokkenlikeur maakte me misselijk.

'Dat is goed,' zei ik.

Toen we de trap op liepen zei ik: 'Zie je wel, de neuroloog is er niet.' Ik ging op de enige stoel in haar woning zitten. 'De andere stoelen heb ik moeten verkopen,' zei ze.

Wat er nog in de fles artisjokkenlikeur zat, schonk ze in twee espressokopjes.

Naast haar bed stond een kartonnen pizzadoos waar nog een halve pizza in zat. Ik was er al twee keer in gestapt. Er kleefden stukjes olijf en ansjovis aan mijn tenen en nu lagen er ook stukjes olijf en ansjovis in haar bed. Dat vond ze niet erg.

Ze had me gekust midden in een gesprek. Over *Macbeth* ging het geloof ik. Of over de rugbyspeler. Of misschien wel over vliegende vrouwen. Op mijn wang. Daar kuste ze me. Zomaar. Vanuit het niets. We hadden elkaar echt niet romantisch zitten aanstaren. Als ik ergens een hekel aan heb is het aan mensen die elkaar romantisch zitten aanstaren. Dat moet je met mij niet proberen. En met Elvira ook niet.

Ik kuste haar terug. Op haar mond. 'Jij bent ermee begonnen,' zei ze.

'Nee,' zei ik, 'jíj bent ermee begonnen. Ik weet het zeker.' Toen ging het gesprek weer verder. Over *Macbeth* of over vliegende vrouwen of misschien wel over Buenos Aires.

Plotseling zei ze: 'Ik wil je in me voelen.' Ik keek haar aan. Eerst zei ik niets, maar toen vroeg ik: 'Je wilt me in je voelen?' Het was het grappigste dat ik ooit had gehoord. Ik heb nooit meer zoiets grappigs gehoord. Ik kon niet meer van het lachen. Zij ook niet. 'Ik wil je in me voelen,' herhaalde ze steeds weer. Ik bleef het ook herhalen, terwijl de tranen me over de wangen stroomden. Schierbeek heeft eens een gedicht geschreven dat we niet moeten vergeten hoe we gelachen hebben. Dat gedicht heb ik nog nooit zo goed begrepen als die avond. Het is ook zo grappig als iemand tegen je zegt: 'Ik wil je in me voelen.' Terwijl je ziek bent van de artisjokkenlikeur.

We konden niet ophouden met lachen. Ik boog me telkens voorover om in haar oor te fluisteren: 'Ik wil je in me voelen.' Ik moest zo lachen dat ik kwijlde. Het liep op haar T-shirt.

De volgende dag vonden we een groene vlek op haar T-shirt, ter hoogte van haar linkerschouder. Ik heb natuurlijk niet gezegd dat dat van mijn kwijl was. Ik kwijl trouwens niet alleen als ik lach, ik kwijl ook in mijn slaap.

Ten slotte liepen we naar haar bed. Toen trapte ik voor de eerste keer in die pizza.

'Altijd als ik een meisje heel erg leuk vind kom ik te snel klaar,' zei ik zacht. Volgens mij kwam ik altijd te snel klaar. Het was een hypothese die ik nog niet aan de werkelijkheid had kunnen toetsen. Ik moest toch wat zeggen. 'Maar ik kan nog een keer,' zei ik. Ik was niet bang om dat te zeggen. Want iemand met wie je zo kan lachen dat de tranen uit je ogen lopen en het kwijl uit je mond en dat twintig minuten lang, daar hoef je niet bang voor te zijn.

We deden alles nog een keer en nu duurde het iets minder kort. Ik lag naast haar en zei: 'Ik heb geen condoom meer om.' Dat was merkwaardig, want ik weet zeker dat ik dat eerst wel om had gehad. Elvira had me er een gegeven. Uit een theekopje. Daar moesten we ook zo om lachen, dat er condooms uit theekopjes werden gevist.

Eerst gingen we in bed zoeken, maar daar was het niet. Toen onder het bed, maar ook dat leverde geen resultaat op. We doorzochten de hele pizzadoos, maar ook daar vonden we niets.

'Het is in mij achtergebleven,' zei ze. Voor de derde keer die avond hadden we het niet meer van het lachen. Ik wist bijna zeker dat ik nooit meer zo zou lachen als die avond. Het was meer dan lachen, al zou ik niet weten hoe je dat 'meer' zou moeten omschrijven.

'Maar ik voel het niet,' zei ze. Nu lachte ze niet meer. Ze had haar hand in zich gestoken om het te zoeken, maar ze vond het niet.

'Jij moet me helpen,' zei ze.

Ik stapte uit bed en trapte weer in die pizza.

'Ik?' zei ik. 'Ik ben toch geen dokter.'

'Het kan daar toch niet blijven zitten,' riep ze.

Ik liep rondjes door de kamer. 'Je hebt toch zo'n stichting,' riep ik terug. 'Die doen van alles. Die halen er ook wel condooms uit.'

'Ik ga er niet naartoe,' zei ze. 'Ik ga niet naar zo'n stichting. Jij kan me toch helpen?'

Ze huilde.

'Ik ben toch geen gynaecoloog,' zei ik. 'Ik heb geen ervaring met dat soort dingen. En ik ben ook niet steriel.'

Haar hele lichaam schokte. Net als toen op het bed van Wolf. 'Ik ga niet naar zo'n stichting,' riep ze. 'Ik ga er nooit meer naartoe.'

Ik liep nog steeds rondjes door de kamer. Ik had nu al vijf keer in de pizza getrapt. 'Anders laten we het in een ziekenhuis doen,' stelde ik voor. 'Het kan daar toch niet blijven zitten. Misschien gaat het rotten. Dat is nog veel erger.'

Maar ze wilde ook niet naar een ziekenhuis. Ze wilde nog liever dat dat condoom in haar zou gaan rotten dan naar een ziekenhuis.

'Ik kan er niet bij,' zei ze, 'anders had ik het zelf gedaan.'

'Ik ben toch geen dokter,' zei ik. Ik hield haar hoofd vast. 'Aan mijn hele lichaam kleeft pizza. Heb je ooit een dokter gezien wiens lichaam volgeplakt zit met halfverrotte pizza?'

'Je moet je handen heel goed wassen,' zei ze. 'Alsjeblieft.'

Ik wilde dat ze ophield met huilen, daarom waste ik mijn handen.

'Je doet me pijn,' zei ze.

'Ik kan er niets aan doen.' Ik moest mijn hele hand in haar stoppen. Uiteindelijk voelde ik iets dat op een condoom leek. Maar het was nog heel lastig het te pakken. Alles was behoorlijk glibberig daarbinnen. Toen ik het er eindelijk uit had gooide ik het condoom op de pizza. Ik rook aan mijn hand. Hij rook heel in de verte naar poep. Ik vond het geen vieze geur.

We hielden elkaar vast. Zo zijn we in slaap gevallen.

Twee dagen later had ze een blaasontsteking.

'Het komt door je hand,' zei ze. En lachte.

We zijn nooit meer met elkaar naar bed geweest, hoewel ik dat nog best had gewild en ook nog een keer voorzichtig heb geprobeerd.

'Mijn hand heeft jou een blaasontsteking gegeven,' zei ik nog wel eens tegen haar. En dan zei ze: 'Ja, jouw hand.' Dan moesten we lachen. Niet omdat het zo geestig was wat we tegen elkaar zeiden, maar omdat we ons herinnerden hoe we gelachen hadden.

Uiensoep en Churchill-sigaren

Nog een avond heb ik zo met Elvira gelachen als die nacht dat ik een condoom uit haar moest halen. Het was in de tijd dat ze die blaasontsteking had. Niet dat ze zich daar veel van aantrok.

We hadden Broccoli een paar dagen niet gezien. Hij was bezig belangrijke contacten te leggen, zei hij. We lieten hem maar met rust. Ik haalde haar aan het eind van de middag op van de acteercursus. Ze had haar rode opschrijfboekje bij zich, zoals altijd. Ik mocht erin lezen. Er stonden dingen in als: 'De Meisner-methode voor acteurs. Eerste dag. Luisteren is de sleutel.' En: 'Tweede dag. Stel geen vragen. Doe niets totdat je voelt dat je iets moet doen.' En: 'Als er een pauze is, ga niet terug.' Afgewisseld met telefoonnummers van vreemden en notities voor afspraken. En hier en daar een Spaans woord, met de Nederlandse vertaling ernaast.

Omdat Broccoli er niet was konden we niet naar de restaurants waar hij ons mee naartoe nam. Daar hadden we geen geld voor. Er waren dagen dat Elvira niets anders at dan wat rijstpudding. Soms kregen we midden in de nacht honger. Zo zijn we een keer in 't Kalfje beland. Er stond 'nachtrestaurant' op de deur.

We bestelden uiensoep, het goedkoopste gerecht op de kaart. Over de soep kan ik kort zijn: het was de smerigste uiensoep die ik ooit heb gegeten. Om eerlijk te zijn, ik heb na mijn ervaringen in 't Kalfje twee jaar lang geen uiensoep meer gegeten.

'Deze uiensoep scheppen ze zo uit de wc,' zei Elvira.

Ik ging op mijn stoel staan en riep: 'Een rondje uiensoep voor de hele zaak. Barkeeper, schep de uiensoep maar uit de wc.' Het stond daar vol met mensen die wisten dat ze het in het leven gingen maken of die dat al hadden gedaan. Elvira moest me van mijn stoel trekken.

'Straks gaan ze met je vechten,' zei ze. 'Dan heb ik geen sokophaler meer.' Toen de zaak dichtging stond onze uiensoep nog voor ons en waren we nog altijd aan het lachen. Ik had weer op haar gekwijld. Dat kwam zo: ik boog me telkens naar haar toe om iets in haar oor te fluisteren, maar dan moest ik zo lachen dat ik kwijlde en dat druppelde allemaal op haar schouder.

'Kunnen we het meenemen?' vroeg ik aan de barkeeper en ik wees op de uiensoep, 'dan gaan we het thuis lekker oppeuzelen.'

Toen Broccoli weer opdook was hij naar de kapper geweest. Hij zat in een witte stoel in zijn tuin. Het gras reikte tot aan zijn knieën. Niemand knipte het. Mevrouw Meerschwam verdomde het. Eén keer heb ik haar horen roepen: 'Ik ben toch geen tuinman.'

Broccoli had een sigaar in zijn mond en om zijn stoel stonden allemaal flesjes bier. 'Ik heb het geregeld,' riep hij toen hij Elvira en mij voor het tuinhek zag staan. Hij droeg de kleren van zijn vader. In ieder geval, dat neem ik aan. Hij zag eruit als iemand die verdwaald is in zijn kleren.

Meneer Berk zat naast hem. Berk gaf ons een hand en zei dat hij blij was dat het tentenkamp in de woonkamer was afgebroken. Hij begon dit keer geen liederen over de lente te zingen. Elvira had een kalmerende invloed op hem.

Broccoli trok een houten doosje van onder zijn stoel tevoorschijn. Er zaten grote sigaren in. Van die Churchill-sigaren. Elvira en ik moesten er een opsteken. De sigaar paste nauwelijks in mijn mond, zo dik was die.

'Dit is een belangrijke dag,' zei Broccoli. 'Ik heb besloten dat we Churchill-sigaren gaan roken.'

Elvira vroeg: 'Wat heeft hij besloten?'

'Als we zestig zijn,' ging Broccoli verder, 'zullen we nog steeds Churchill-sigaren roken en we zullen ons de dag dat we besloten Churchill-sigaren te gaan roken herinneren als een mooie dag. En op ons sterfbed zullen we zeggen: "We hebben veel domme dingen gedaan, maar die dag dat we besloten Churchill-sigaren te gaan roken, dat was een goeie dag."' Daarop drukte hij zijn vinger tegen mijn borst en zei:

'Schrijf op wat ik zeg, anders gaat het voor het nageslacht verloren.'

Die dag was de eerste keer dat hij dat tegen me zei.

Meneer Berk en Broccoli hadden geschaakt. Meneer Berk zat nog altijd naar het schaakbord te turen.

'Ik heb contact gelegd met de agent van Marlon Brando,' fluisterde Broccoli. 'Dit is het begin van iets heel groots.' Nog een keer fluisterde hij: 'Marlon Brando.' Alsof het een toverformule was.

Elvira leek niet erg onder de indruk van Marlon Brando. Ze had een doosje tuttifrutti bij zich. Af en toe nam ze er eentje uit. Ik keek naar haar om te zien of ze zich de uiensoep van 't Kalfje nog herinnerde, maar toen ik haar iets wilde vragen zei ze alleen: 'Concentreer je.'

'Waarop?' vroeg ik.

'Op Marlon Brando.'

We moesten de agent van Marlon Brando onmiddellijk bellen. De woonkamer was weer zoals vroeger. Banken bedekt met plastic hoezen. Anderhalf uur belde Broccoli met allerlei mensen. Op het laatst konden we niet meer geloven dat hij Marlon Brando ooit te pakken zou krijgen. Misschien dat Elvira het van het begin af aan al niet had geloofd.

Meneer Berk zat nog altijd in de tuin voor het schaakspel. Hij had weer die verdwaasde uitdrukking op zijn gezicht. Ik verwachtte dat hij ieder moment uit zou barsten in Roemeens gezang. Elvira zat naast Broccoli op de bank. Ze had me ooit verteld dat ze geen kinderen wilde. Alleen als Broccoli bereid was de vader van haar kinderen te worden, wilde ze er nog wel een nachtje over slapen.

'Ik moet hem morgen terugbellen,' zei Broccoli ten slotte. 'Ik zal een ontmoeting met Marlon Brando organiseren. Operatie-Brando gaat nu van start. Als we Marlon Brando eenmaal hebben ontmoet, is de rest een peulenschil.'

Elvira wilde weten wat een peulenschil was. Ze heeft zeker een uur zitten mokken omdat Broccoli het haar niet wilde vertellen. Uiteindelijk vroeg ze mij het woord 'peulenschil' op te schrijven in haar opschrijfboekje. Daarop verdween ze naar boven en een halfuur later vonden we haar in bad. In een schuimbad.

'In Buenos Aires ging ik iedere dag in bad,' zei ze. Daarvan was Broccoli niet erg onder de indruk.

'Mevrouw Meerschwam neemt ook iedere dag een bad, dat is geen prestatie.'

'Mijn moeder was nog veel erger,' riep Elvira ons na, 'die ging iedere dag naar de kapper.'

Broccoli nam me mee naar de kelder om een blikje fruitsalade te zoeken. Hij wilde Elvira fruitsalade presenteren in haar schuimbad.

'Heb je het gemerkt?' vroeg hij terwijl hij tussen wel duizend blikjes rondscharrelde.

'Wat?'

'In mijn bad ligt op dit moment een femme fatale,' zei hij. 'Dit is de belangrijkste dag in mijn leven.'

Franse liedjes

We luisterden naar Franse liedjes. We zaten in café Cox en daar draaiden ze die ochtend aan één stuk door Franse liedjes. Café Cox was net geopend en volgens Broccoli maakte het een goeie kans het tweede Adolf Hitler-café te worden. We zaten daar te wachten tot we met iemand in gesprek zouden komen die ons verder zou kunnen helpen.

'In cafés leg je contacten,' zei Broccoli, 'neem dat maar van me aan.'

We zaten hele dagen in cafés. Maar we legden nergens contacten. Soms spraken ze Elvira aan, die altijd een doosje tuttifrutti bij zich had, of een blikje fruitsalade, of pistachenoten. Vaak bestond haar conversatie er alleen maar uit dat ze ons wat aanbood van wat ze in doosjes met zich meesleepte. En Broccoli zei: 'We worden zo aangesproken, ik voel het, het gaat zo gebeuren. Vandaag gaan we belangrijke contacten leggen.'

Eén keer werden we aangesproken, 's ochtends om tien uur. Een jongen vroeg of hij aan ons tafeltje mocht zitten.

'Het gaat gebeuren,' fluisterde Broccoli in mijn oor, 'dit is een acteur, een echte.'

De eerste woorden van de jongeman waren: 'Het is een kwestie van hormoonhuishouding. Alles is uiteindelijk een kwestie van hormoonhuishouding.'

Hij had de haren aan de zijkant van zijn hoofd weggeschoren. 'Zoals je de werkelijkheid kunt zien als een verzameling atomen, zo kun je de mens zien als een verzameling hormonen,' zei de jongeman. 'Wat leert ons dit?'

Hij had priemende bruine ogen waarmee hij ons allemaal doordringend aankeek, maar vooral Elvira.

'Geen idee,' zei Broccoli. Elvira keek uit het raam. Ze had nog niets gezegd. Ze zou ook niets gaan zeggen. Misschien had ze toen al hetzelfde punt in haar leven bereikt als ik nu. Ik kom nog wel in bars, maar niet meer om te worden aangesproken. Liever niet zelfs.

Ik dacht aan Broccoli en hoe we op zijn kamer hadden gezeten en hij me beloofde dat de wereld niet meer hetzelfde zou zijn als wij eenmaal acteurs waren. Er zou sprake zijn van een keerpunt in ons leven. We zouden niet langer bang zijn voor vrouwen en hun mannen. Ook niet voor dieren. Noch voor auto's. Ze zouden Broccoli niet meer met rotte appels bekogelen wanneer hij op het dakterras viool speelde. We zouden geen kaartjes meer nodig hebben waarop stond: 'M.J. Broccoli, producent, organisator van evenementen'. We zouden eindelijk weten waar we thuishoren. We zouden bij de acteurs horen en bij de actrices en bij de grimeuses en bij de mannen van de techniek.

Toen we daar in café Cox tegenover die jongen zaten wist ik opeens dat we daar nooit bij zouden horen. Misschien kwam het door de manier waarop Elvira naar buiten staarde. Of misschien wel doordat ze opeens in mijn oor fluisterde, terwijl we met die jongen aan het praten waren: 'Concentreer je.' Ze glimlachte, zo'n verborgen glimlach. Je wist alleen maar dat het een glimlach was als je haar heel goed kende.

'Waarom?'

Broccoli en die jongen praatten maar door. Ze hadden het over filosofie.

'Als het niet lukt in bed zeg ik ook altijd dat ze zich moeten concentreren.' Ze zei het heel dromerig. En toen, toen zei ze: 'Ik houd van sperma tussen mijn benen.'

Ik keek Broccoli aan, maar die had het niet gehoord en die andere jongen gelukkig ook niet. We keken elkaar aan, en we moesten bijna lachen. Maar we lachten niet. Misschien moest ze wel huilen, bij Elvira wist je dat niet.

'Ik houd van sperma in mijn oren,' fluisterde ik.

Ze knikte. 'Ja, ik ook, heel veel zelfs, en ook van sperma in mijn haren. Dat het zo kleeft, dat je het wel drie keer moet wassen voor het eruit is.'

'Ik houd van sperma tussen mijn tenen.'

Ze knikte. 'Ja, en ik houd van sperma in mijn darmen, waar het brandt alsof het sambal is.'

'Ik houd van sperma in het eten.'

'En ik,' zei ze, 'houd van sperma op mijn ogen, waar het prikt alsof het shampoo is.'

'Ik houd van sperma op een chocoladetaartje.'

'En ik van sperma in mijn keel, liters sperma, dat daar allemaal rondzwemt terwijl jij denkt dat je stikt, daar houd ik van. Zodat het lijkt alsof je de oceaan moet overzwemmen maar niet meer verder kan. Daar houd ik van.'

Ze praatte niet veel over seks, maar altijd als ze erover praatte, was ze heel dromerig. In haar seks kwam een weiland voor, een roeiboot en picknickmanden, jawel picknickmanden. Ik kon het eerst ook niet geloven. Dan had ze het over picknickmanden, maar dan wisten wij dat ze het eigenlijk over seks had. Over hele ruige seks. Zo ruig als ruige seks maar kan zijn. Zo ruig dat de tranen je in de ogen springen.

Verder zei ik maar niets meer, daar in café Cox, en ik heb haar ook nooit gevraagd: 'Waarom ben je één keer met me naar bed gegaan, en niet tien keer, of twee keer, of nul keer, of drieënzestig keer, waarom één enkele keer?' Ik dacht toen dat wanhoop iets ernstigs was, als in boeken en films. Wanhoop is uitermate droog en komisch. Eigenlijk precies zoals Elvira, die een hele ochtend bezig kon zijn met het eten van tuttifrutti en dan plotseling zei: 'Ik houd van sperma tussen mijn benen.'

Het was zo'n ochtend vroeg in de herfst. Het was nog mistig maar over een paar uur zou die mist zijn opgetrokken, en dan konden we nog een keer naar het strand, of in het Beatrixpark voetballen.

'Ik ben een jonge god,' hoorde ik de jongeman plotseling zeggen. Hij speelde met een koekje en keek ons hoopvol aan, alsof hij verwachtte dat wij nu zouden bevestigen dat hij inderdaad een jonge god was. Hij zag er moe uit. Eigenlijk allesbehalve een jonge god.

'Ja,' zei Broccoli, 'je bent een jonge god.'

Jaren later ben ik hem nog een keer 's ochtends vroeg op het Leidseplein tegengekomen. Ik kwam uit een café, hij sprong zowat op mijn nek. 'Ze gaan een film maken over Indonesië, ik speel de hoofdrol. Ze hebben nog een paar inboorlingen nodig, misschien iets voor jou?' 'Ik zal erover nadenken,' beloofde ik. 'Je zou een goeie inboorling zijn,' riep hij me nog na.

Toen stonden we op, want Broccoli had een afspraak gemaakt met meneer Kuilman van het toneelgezelschap. Hoe hij daarin was geslaagd was mij een raadsel. Ik geloofde toen dat Broccoli in alles zou slagen.

'Ik heb zoveel jonge goden gekend,' zei Elvira in de lift. 'En oude.'

Drie keer moest Broccoli zijn naam zeggen. De receptioniste weigerde hem te verstaan. Ten slotte nam ze de hoorn van de haak. 'Karel, er is hier een jongen die beweert een afspraak met je te hebben.'

'Ga maar zitten,' zei ze tegen ons. Hoewel er nergens stoelen waren te bekennen. Het was wel duidelijk dat ze ons er het liefst meteen uit had gegooid. Of levend had gevild.

We stonden tegen de muur geleund. Elvira had haar ogen dichtgedaan. Het leek of ze sliep. De receptioniste las een tijdschrift. Af en toe nam ze de telefoon op en dan zei ze: 'Die is er niet.' Eén keer hoorde ik haar zeggen: 'Als u het niet gelooft komt u toch langs om te kijken.'

Na een halfuur verscheen Karel Kuilman. Zijn haren stonden rechtovereind, maar dat kwam niet omdat hij net uit bed kwam. Dat was zijn kapsel. Hij keek ons verbaasd aan alsof hij eigenlijk verwacht had dat we heel iemand anders waren. Toen hij Broccoli zag zei hij: 'Kom maar.'

Hij nam ons mee naar een hok, een groot uitgevallen klerenkast. 'Ja?' zei Kuilman.

'Het gaat om haar,' zei Broccoli en wees op Elvira. Ze keek Kuilman aan.

'U heeft me beloofd dat ze auditie mag doen.'

Kuilman maakte zijn nagels schoon.

'Ik weet het, maar het was meer een grap,' zei hij zacht. 'Ik denk dat je de sfeer van die avond niet helemaal hebt aangevoeld.'

'U heeft het me beloofd,' zei Broccoli.

'Goed, goed,' zei Kuilman tegen Elvira, 'doe maar wat.'

'Nu?' vroeg Elvira.

'Ja nu,' zei Kuilman. Zijn nagels waren schoon en nu begon hij met zijn nagels de spleetjes tussen zijn tanden schoon te maken.

'Wat moet ik doen?' vroeg Elvira.

'Wat je altijd doet,' zei Kuilman.

Het was erg warm geworden in het hok. Elvira stond op. Ze begon aan een monoloog. Na twee minuten onderbrak Kuilman haar. 'Zeg het maar gewoon,' zei hij. Toen keek hij mij en Broccoli aan en zei: 'Dat is eigenlijk de kunst van het toneelspelen, het gewoon zeggen.' Daarna keek hij zo'n beetje schuin omhoog naar het plafond. Waarschijnlijk voelde hij zich een soort Einstein. Even later ging hij weer verder met zijn tanden. Uiteindelijk schudde hij mismoedig zijn hoofd.

'Nee,' zei hij, 'dit wordt niets.' Hij stond op.

'Ben je teleurgesteld?' vroeg hij aan Broccoli, maar hij wachtte niet op antwoord.

We gingen weer naar café Cox. Broccoli zei: 'We moeten wodka gaan drinken. De leden van de Vereniging voor Genieën moeten wodka gaan drinken.' Hij had een schrift gekocht waarin de vergaderingen van de Vereniging moesten worden genotuleerd. Dat moest ik doen, dat notuleren. Ik was benoemd tot secretaris.

Op de eerste vergadering hadden we besloten Churchill-sigaren te gaan roken en op de tweede vergadering dat we wodka moesten gaan drinken, zonder ijs in een klein glaasje.

De rooie hond

Broccoli gaf een feest. Wij waren er en Lopatin. Beneden zat meneer Berk. Mooie Bo, een zakenvriend volgens Broccoli, was er ook.

Broccoli had een paar dozen wijn in huis gehaald en een grote hoeveelheid lychees. Er waren lychees voor een heel weeshuis. 'Ik heb ze voor een speciale prijs gekregen,' zei Broccoli.

Voor Lopatin was er chocoladetaart. Broccoli had een handdoek onder zijn stoel gelegd, maar dat vond Lopatin niet erg. Af en toe noemde hij Elvira Mimi. Halverwege het feest klom Lopatin op zijn stoel. Hij wilde een toespraak houden, had hij aangekondigd, maar de toespraak bestond uit maar drie woorden: 'Mimi is lief.' Daarna klom hij weer van zijn stoel af.

Niet lang na dit feest heeft de echte Mimi trouwens zo hard met haar soeplepel op de hand van Lopatin geslagen dat zijn middenhandsbeentje brak. Hij moest zes weken met z'n hand in het gips. 't Haantje stuurde hem een slagroomtaart, maar hij durfde er toch niet meer te komen. Merkwaardig genoeg nam hij het Mimi niet kwalijk dat ze zijn hand had gebroken. Hij ging vanaf die tijd vaak voor het raam van 't Haantje staan om naar haar te kijken.

Boven op zijn zolderkamer draaide Broccoli steeds hetzelfde nummer. 'Nenanana,' zong die mevrouw wier naam ik vergeten ben. Het liedje werd telkens opnieuw gedraaid, want Broccoli hield ervan liedjes telkens opnieuw te draaien. De gasten hadden zich op de lychees gestort, behalve meneer Berk die een krant zat te lezen. Af en toe riep hij: 'Laat mij toch wat zingen.'

'Jij bent met Elvira naar bed geweest,' fluisterde Broccoli.

'Ja,' zei ik, 'jij ook?'

'Daar praat je niet over,' zei Broccoli. 'Het is heel vulgair over dat soort dingen te praten. Hebben ze jou dat nooit geleerd?'

Ik schudde mijn hoofd.

'Maak haar gelukkig,' zei Broccoli.

'Wie?' vroeg ik.

'Jij,' zei Broccoli, 'maak haar gelukkig.' Ik had nog nooit iemand gelukkig gemaakt. Ik had nog niet eens mezelf gelukkig gemaakt. Volgens mijn moeder was ik een wandelende verspreider van ongeluk.

'Hoe dan?' fluisterde ik, want Elvira was uit haar stoel opgestaan en kwam bij ons staan.

'Gewoon,' zei Broccoli, 'zoals je mensen gelukkig maakt.'

Toen brak het lycheegevecht los.

Het was Lopatin die ermee begon. Hij gooide een lychee naar beneden en volgens meneer Berk was die op zijn hoofd terechtgekomen. Daarom had hij een lychee teruggegooid. Vanaf dat moment begon iedereen met lychees te gooien. Eerst alleen met de schillen, maar later ook met lychees die niet gepeld waren. Er waren zoveel lychees dat het lycheegevecht wel de hele nacht had kunnen duren. En het heeft ook bijna de hele nacht geduurd. Een vriendin van Mooie Bo die hem om drie uur kwam ophalen, schrok zo van het lycheegevecht dat ze zonder iets te zeggen meteen weer is weggegaan.

Bij het afscheid kregen we allemaal een zak lychees mee als aandenken. Toch waren er op het eind nog zoveel lychees over dat we er wel twee vuilniszakken mee hadden kunnen vullen.

Meneer Berk is tot het laatst gebleven. We moesten zeggen: 'Meneer Berk, het lycheegevecht is over, het is al bijna dag.' Toen pas pakte hij zijn paraplu, bedankte ons voor de mooie avond en liep weg.

De volgende ochtend was er geen plek in het huis waar we geen lychee vonden. Zelfs de badkuip lag er vol mee. 'Ik ga niet in bad met allemaal lycheeschillen,' zei Elvira. Sommige lychees zaten tegen de muur gekleefd. Broccoli pakte de tuinspuit om ze er vanaf te spuiten. Toen hij daarmee klaar was zei hij: 'Laten we een auto huren en naar Zuid-Frankrijk rijden.'

Hij begon allemaal autoverhuurbedrijven te bellen. Hij had vier creditcards en er was er altijd nog wel een die het deed.

'Ik zal vast de hele tijd aan Galani denken,' zei Elvira. Niemand vroeg haar waarom. We vroegen Broccoli ook niet wat we daar gingen doen in Zuid-Frankrijk. Alleen Elvira zei: 'Ik wist helemaal niet dat je auto kon rijden.'

Uiteindelijk heeft Broccoli een auto geregeld. Eentje met open dak. Daarmee hebben we acht uur lang in de file gestaan, iets ten noorden van Lyon. Behalve kauwgom hadden we niets te eten bij ons.

Op grote borden stond dat we op de Route du Soleil reden en hoe warm het was, maar het werd niet warmer. In de file begon het te onweren. De hele tijd hadden we een man zien langslopen die cola en wc-papier verkocht, maar nu het begon te stortregenen rende ook hij naar zijn auto.

Elvira lag op de achterbank. Ze zei: 'Toen ik klein was droomde ik ervan ontvoerd te worden.'

'Dit is geen ontvoering,' zei Broccoli, 'dit is een file.'

Elvira begon te lachen. 'Het is zo grappig,' zei ze. Ze wilde niet zeggen wat zo grappig was.

Het werd steeds donkerder en we zagen hoe de andere auto's veranderden in huizen. Sommige mensen hingen zelfs gordijnen voor de ramen. In de auto naast ons lagen ze te vrijen. Ze deden het zonder gordijnen, maar ze hielden hun kleren er ook bij aan.

We keken ernaar. Het was een soort erotische film zonder geluid. Toen ze klaar waren rende de man naar buiten in de regen en plaste tegen de vangrail. Daarna rende hij weer terug. Het meisje ging slapen en de man probeerde een kruiswoordpuzzel op te lossen. Hij was heel mooi, maar hij kauwde wel op zijn potlood.

'Ik ben samen met mijn vader heel vaak naar Zuid-Frankrijk gereden,' zei Broccoli. 'Hij hield ervan in de nacht te rijden.'

'Wat deden jullie daar dan?' vroeg Elvira.

'Niets,' zei Broccoli. 'We bleven er een dag, soms nog korter. Mijn vader hield ervan om lange afstanden te rijden. Hij hield van snelwegen in de nacht, als er bijna geen verkeer is. Hij reed zo hard hij kon en als hij in slaap dreigde te vallen stak hij zijn hoofd uit het raampje, maar hij stopte niet. Het maakte hem rustig. Vaak kwamen we 's ochtends vroeg aan. Dan leegde hij zijn postbus en liepen we over het strand. Hij liet zich scheren bij een kapper die hij al twintig jaar kende, een dikke man met een groot mes. Ik wilde me er ook eens laten scheren, maar ik had nog niets. Als we erg vroeg waren huurde hij soms een kamer en daar sliepen we dan een paar uur. Het was maar voor een paar uur, toch wilde mijn vader altijd een kamer met uitzicht op zee.

Eén keer mocht ik niet mee. Hij zei dat hij een afspraak had en dat ik in de lounge maar op hem moest wachten. Bij de receptioniste hoorde ik hem een kreeft en twee flessen champagne bestellen. Hij at nooit kreeft.

Ik wachtte vijf uur in die lounge. Toen het helemaal donker was ben ik naar boven gegaan. Ik klopte, maar niemand gaf me antwoord. Toen deed ik de deur open. Mijn vader lag met zijn kleren aan op bed. Alleen een paar knoopjes van zijn hemd waren los. De kreeft en de champagne stonden onaangeroerd op een dienblad. Hij sliep niet, hij had zijn handen onder zijn hoofd gelegd. "Ze kon niet komen," zei hij, "haar kinderen hadden de rooie hond."

We sloten de kamer af; op de gang zei hij: "Wacht even." Hij kwam terug met de twee flessen champagne in zijn hand. "We hoeven ze geen cadeautjes te geven."

Op een gegeven moment werd hij niet meer rustig van die lange autoritten en vanaf die tijd nam hij altijd de trein.'

Het was nu helemaal donker. De jongen naast ons was nog altijd bezig aan zijn kruiswoordpuzzel.

‘Ik heb het koud,’ zei Elvira.

Broccoli legde zijn trui over haar heen.

‘Laten we een spel doen,’ zei Elvira, ‘laten we elkaar een geheim vertellen.’

Broccoli knikte, maar ik was bang dat ik geen geheim had en dat ik niet zou weten wat ik moest vertellen.

‘Vertel,’ zei Elvira, maar Broccoli zei: ‘Jij moet eerst.’

Ze zei een tijdje niets, en toen: ‘Eerst plassen.’

Broccoli bracht haar naar het gras achter de vangrail. Daar hurkte ze en ik keek naar ze vanuit de auto. Toen ze terugkwamen waren ze doorweekt en hadden ze genoeg modder aan hun voeten om een kleine vrachtwagen mee te vullen.

‘Vertel,’ zei Broccoli. Er vielen druppels uit zijn haren. Hij zag er bleker uit dan ooit, maar dat kon ook van vermoeidheid zijn. We hadden de autoradio uitgedaan. Het leek wel alsof er alleen nog maar deze file was, alsof we daar altijd zouden blijven staan in de regen, iets ten noorden van Lyon.

‘Ik heb alles al verteld,’ zei Elvira. Ze had haar ogen dichtgedaan. Ze lag op de achterbank als een kleine natte kat die niet van plan was op te staan. ‘Ik heb alleen zin om straks te dansen, ik heb al zo lang niet gedanst. Het is jammer dat jullie niet van dansen houden.

Toen ik vijftien was heb ik veel gedanst. Ik had toen een vriendin die veel van dansen hield, Beatrice. Ze had altijd van die lange nepnagels, die liet ze maken bij een oud vrouwtje. Ik vond dat prachtig, die lange nepnagels. Ik vond dat zo ongeveer het mooiste wat er was. Van mijn moeder mocht ik geen lange nepnagels. Die zei: “Wat is er mooier dan een ongeschonden meisjesnagel?” Maar mijn nagels waren helemaal niet ongeschonden, want ik beet. Op een ochtend heeft Beatrice met haar nepnagels de tekenleraar over zijn arm gekrabd. Hij had een tekening van haar afgekeurd. We moesten bomen tekenen en hij zei: “Dit is geen boom.” Toen heeft ze hem gekrabd. Haar nagels braken af, dus zij had er meer last van dan de tekenleraar. Maar hij zag dat anders. Hij was heel gelovig. Hij zei: “Je moet gaan biechten en als je een boom voor me tekent die op een boom lijkt, mag je terugkomen in mijn lessen.” Ze wilde niet biechten en ze wilde al helemaal geen boom tekenen die op een boom leek. Vanaf die dag waren we vriendinnen.

Haar vader was taxichauffeur. In het weekend stond ze om elf uur 's avonds op, dan haalde ik haar af en gingen we dansen. Alle energie die ze had gebruikte ze om te dansen. Ik bleef vaak bij haar logeren; haar vader sliep toch in zijn taxi. Op een zondagmiddag wilde ze een naaktportret van me schilderen. "Dat is goed," zei ik, "maar dan schilder ik jou ook meteen."

Het zijn twee mooie tekeningen geworden. Ik heb de mijne nog steeds. Daarna zijn we met elkaar naar bed gegaan. Ze zei dat ze verliefd op me was, en ik was ook wel verliefd op haar. Ik liet toen ook van die lange nepnagels maken. Na verloop van tijd werd ik ook verliefd op mannen, maar Beatrice bleef verliefd op mij.

Ze wilde danseres worden. Ze is toen weggelopen en gaan dansen in een club. Ik heb haar daar een keer opgezocht. Ze had niet meer van die lange nagels. Ze herkende me meteen. En ze heeft voor mij gedanst. "Geef je me een goeie tip?" zei ze na afloop. Ik heb haar een goeie tip gegeven, maar ik ben niet lang gebleven, want ik voelde me niet zo op mijn gemak tussen al die mannen.'

We zijn uiteindelijk niet verder gereden dan Lyon. Het was vroeg in de ochtend toen we daar aankwamen. Op een bankje in een park hebben we gewacht tot de cafés zouden opengaan. Toen hebben we koffie met cognac gedronken en pannenkoeken gegeten. Daarna zijn we weer op dat bankje gaan zitten. Ik kan me niets van Lyon herinneren. We zijn er maar een paar uur geweest.

Op een gegeven moment zei Broccoli: 'Ik heb zin om te schaken.' We hebben toen heel Lyon doorkruist op zoek naar een schaakspel. Het maakte me niet uit, ik was overal met ze mee heen gegaan zonder me af te vragen wat ik daar moest doen en waar ik zou wonen en of ze er wel een begrafenisverzekering voor me hadden en een accountant.

Met het schaakspel onder de arm zijn we teruggelopen naar het bankje in het park. Daar hebben we een spelletje gespeeld. Elvira keek toe. Ik verloor. Het was vrij snel bekeken. Elvira en ik vielen in slaap en Broccoli zei dat hij even een rondje ging wandelen. Toen we wakker werden was hij in gesprek met een bedelaar.

Daarna zijn we teruggereden. We hebben nog een grote salamiworst gekocht en een fles wodka voor het geval we weer in een file zouden belanden, maar er kwam geen file. Broccoli zat zwijgend achter het stuur. Hij stonk naar mannenzweet. Af en toe deed hij het raampje open en stak zijn hoofd naar buiten.

Een mooie schuur

De man had een grijze baard. Hij wreef steeds met de rug van zijn hand over die baard. Hij wilde zijn schuur aan ons verhuren, zodat Broccoli daar *Macbeth* kon produceren met Elvira als Lady Macbeth. Broccoli was niet van dit idee af te brengen. 'Als maar een paar mensen haar als Lady Macbeth hebben gezien komt de rest vanzelf,' zei hij.

De man met de baard stak een sigaret op. 'Vierhonderd per avond,' zei hij, 'en ik doe de belichting.' Hij heette Lebbing, Harry Lebbing.

We zaten op een terras. Elvira zat iets op te schrijven in haar opschrijfboekje. Een visitekaartje van Broccoli lag op tafel. Zelf rookte hij een sigaar. Hij was het enige lid van de Vereniging dat nog Churchill-sigaren rookte. Elvira en ik konden er niet meer tegen. Zelfs als we ontzettend ons best deden, werden we helemaal misselijk van die Churchill-sigaren.

'Het is een mooie schuur,' zei Lebbing. 'Normaal verhuur ik hem voor kleine feesten, maar dit vind ik eigenlijk veel leuker.' Toen tikte hij op Elvira's hand en zei: 'En ik zie het wel in je zitten. Ik heb vaak met artiesten gewerkt en dan krijg je er kijk op.'

Elvira knikte en ging toen weer verder met schrijven.

'Dus vierhonderd?' vroeg Broccoli.

'Vierhonderd,' zei Lebbing, 'en dat is eigenlijk al een koopje. Ik deed vroeger de belichting voor modeshows en als ik jullie vertel wat ik daarvoor op een avond kreeg, daar zullen jullie oren van klepperen.'

'Onze oren klepperen niet zo gauw,' zei Broccoli.

'Dat is dan afgesproken,' zei Lebbing. Hij pulkte een plukje tabak van zijn lip en gaf Broccoli een hand. 'De helft nu en de rest na afloop.'

Toen zei hij tegen Elvira: 'Het is mooi dat je vrienden hebt die dat soort dingen voor je doen.' Hij nam haar kin in zijn hand. 'Dat is mooi,' zei hij nog een keer. Maar nu iets zachter. En toen begon hij weer met de rug van zijn hand over zijn baard te wrijven.

Broccoli moest naar de Amro op de Stadionweg. Eerst kocht hij nog een fles wijn voor Tuinier.

Toen hij ons zag aankomen riep Tuinier al: 'Ah, jongeheer Eckstein, kom maar mee naar beneden.'

We kregen koffie aangeboden. Meneer Tuinier kon maar niet ophouden met praten. Over het weer, en over de oude heer Eckstein en over de jonge heer Eckstein. Elvira zat er onbeweeglijk bij; waarschijnlijk was ze in Buenos Aires bij Galani of bij Beatrice. Of misschien was ze wel helemaal nergens.

Ten slotte vroeg Tuinier: 'Wil je naar de kluis?'

'Ja,' zei Broccoli.

'Een van mijn collega's zal je erheen brengen.'

Hij bleef ons lachend aankijken.

Er kwam iemand om Broccoli op te halen.

'Blijven jullie maar hier,' zei Tuinier. We bleven achter in zijn kamertje. Hij wist zich geen raad met ons en bladerde wat in een dossier. Maar terwijl hij bladerde bleef hij ons aanstaren.

'Een bijzonder mens,' zei hij na een tijdje en wees op de deur, 'een bijzondere familie.' Zijn woorden maakten hem zelf geloof ik ongemakkelijk want hij kuchte een paar keer. Daarna ging hij weer door met bladeren.

Ik keek naar Elvira. Ik had haar graag willen kussen, maar ze zei alleen maar: 'Ik moet zo naar mijn acteerlessen en ik wil eerst nog in bad.' Ze stak een paar suikerklontjes van de Amro in haar zak.

Toen Broccoli weer terugkwam bracht Tuinier ons helemaal naar de deur.

Die avond zijn we met zijn drieën gaan biljarten in een biljartcentrum boven de Hema in de Reguliersbreestraat. We konden helemaal niet biljarten. Broccoli niet. Ik niet, en Elvira ook niet.

III

Ze zullen ons nawijzen

We moesten meneer Eckstein ophalen van het station. Broccoli had gevraagd of ik meeging. Meneer Berk was er ook.

'Daar is hij,' zei meneer Berk. Het klonk alsof hij op de loer had gelegen om een zeldzame vogel te zien.

De vader van Broccoli droeg hetzelfde pak als de vorige keer, maar dit keer liep hij met een stok. Achter hem liep een kleine vrouw met zwart haar. Ze had een rugzak om. Was dat zijn vrouw?

Hij begroette ons amper. Zelfs Broccoli niet.

'Is het tentenkamp er nog?' waren zijn eerste woorden.

'Nee,' zei meneer Berk snel, 'het tentenkamp is ontmanteld.'

'Anders had ik een hotel genomen,' zei meneer Eckstein. De vrouw met de rugzak volgde hem. Ze omhelsde Broccoli zo langdurig dat ik dacht dat ze hem wilde dooddrukken. Net als Elvira's moeder, die wilde ook iedereen dooddrukken. Meneer Eckstein liep naar de lift op het perron. Hij scheen niemand te zien.

'Waar gaan we naartoe?' vroeg meneer Berk.

'Naar het Victoriahotel,' zei Eckstein.

'En de bagage?'

'Er is geen bagage. We blijven niet lang.'

Toen de liftdeuren opengingen zei hij tegen mij: 'Jij bent er ook weer.' Hij knikte, alsof hij niet anders had verwacht.

Zo liepen we naar het Victoriahotel. Meneer Eckstein met zijn stok voorop. Daarachter meneer Berk, daarachter Broccoli en ik, en helemaal achteraan mevrouw Eckstein met haar rugzak. Ik nam in ieder geval aan dat het mevrouw Eckstein was.

De obers van het Victoriahotel schenen hem te kennen. 'Goed u weer te zien, meneer Eckstein,' zeiden ze. Meneer Eckstein knikte alleen maar.

We gingen zitten. Ze schenen zich van mijn aanwezigheid niets aan te trekken en begonnen door elkaar te praten. Ik luisterde niet. Ik dacht aan Elvira. Haar acteerlessen waren bijna afgelopen. Straks zou ze alleen door de stad lopen. Wel hoorde ik mevrouw Eckstein steeds zeggen: 'We eindigen allemaal in de gevangenis, ik heb het altijd wel geweten.' Ik dacht aan Harry Lebbing en de *Macbeth* die Broccoli in zijn schuur zou produceren. Tussendoor hoorde ik meneer Eckstein zeggen: 'Waarom heb je niet beter opgepast?' En meneer Berk antwoordde: 'Ik heb mijn best gedaan.'

'Je best doen is niet genoeg,' zei meneer Eckstein. En daarna weer de klaaglijke stem van zijn vrouw: 'We eindigen allemaal in de gevangenis. Ik heb het altijd wel geweten. Ze zullen ons nawijzen.'

Ik luisterde niet naar hun gesprekken. Ik dacht eraan dat ik dringend een nieuwe broek moest kopen. Maar steeds weer hoorde ik mevrouw Eckstein zeggen: 'Ze zullen ons nawijzen. Ze hebben ons altijd al nagewezen. En nu hebben ze eindelijk een reden om ons na te wijzen.'

Meneer Eckstein dronk koffie met cognac. Er waren andere obers gekomen. Waarschijnlijk zaten we hier al meer dan twee uur. Ik besefte het pas toen ik plotseling Broccoli's stem hoorde.

'Ik weet het niet,' zei hij. 'Ik weet het echt niet.' Op dat moment sloeg meneer Eckstein zo hard op tafel dat de koffie opspatte. Twee obers kwamen dichterbij, klaar om in te grijpen. Zelfs mevrouw Eckstein hield even haar mond.

'Ik weet niet, bestaat niet,' zei meneer Eckstein. Hij nam zijn hoofd tussen zijn handen. Ik had het hem eerder zien doen, maar nu zag het eruit alsof hij ging huilen. Hij huilde niet. Hij fluisterde: 'Waar is mijn auto?'

'Waar die altijd is,' zei meneer Berk. 'Je hebt me toch precieze instructies gegeven –'

Voor de tweede keer sloeg meneer Eckstein op tafel. Er zat al bijna geen koffie meer in de kopjes. Meteen daarna gilde mevrouw Eckstein: 'We zullen in de gevangenis eindigen.'

'Instructies,' riep Eckstein, 'laat me niet lachen.' Maar hij lachte. Hij lachte alsof hij net de beste mop van de eeuw had gehoord. En mevrouw Eckstein zei: 'Wat zullen ze een plezier hebben op de bridgeclub. De Ecksteins in de gevangenis, zullen ze zeggen, we hebben het altijd wel geweten.'

'Het kan toch nog met een sisser aflopen,' zei Berk.

'Ja,' zei Broccoli, 'misschien loopt het wel met een sisser af.' Het was de eerste keer dat hij zich in het gesprek mengde.

'In deze wereld loopt nooit iets met een sisser af,' brulde Eckstein. 'Heb ik te maken met geestelijk minderbedeelden?' Daarna fluisterde hij: 'Breng me naar mijn auto.'

'In deze toestand kun je niet rijden.' Meneer Berk draaide zich om naar Ecksteins vrouw, maar ze leek hem niet te zien. Waarschijnlijk waren haar gedachten bij de dames van de bridgeclub. Ze prevelde in ieder geval: 'O, wat zullen ze een plezier hebben, de Ecksteins in de gevangenis. En wat voor eten hebben ze in de gevangenis? Daar kan mijn maag toch niet tegen.'

'Breng me naar mijn auto,' fluisterde Eckstein. 'Of is die ook verdwenen?'

'Nee, natuurlijk niet,' zei meneer Berk.

'Breng me er dan naartoe.'

'In deze toestand kun je niet rijden.' En meteen daarna vroeg hij: 'Mag ik een lied voor jullie zingen?' Meneer Berk zag er hulpeloos uit. Het was goed te begrijpen dat hij allerlei instructies niet had opgevolgd. Ze waren gewoon langs hem heen gegaan. Zoals alles langs hem heen leek te gaan.

'Ludwig, als je hier gaat zingen breek ik je nek.' Meneer Eckstein stond langzaam op. Het leek hem moeite te kosten. 'Ga naar het huis en haal daar op wat je niet kunt missen,' zei hij tegen zijn vrouw. 'En laat de rest maar aan mij over.'

Meneer Berk moest hem vastgrijpen, anders was hij gevallen.

'Moet ik terug naar dat huis?' riep mevrouw Eckstein.

'Niets moet,' zei meneer Eckstein, 'en nu wil ik naar mijn auto.' Aan Broccoli vroeg hij: 'Wat doet hij hier eigenlijk?' En wees op mij.

'Dat is een vriend,' zei Broccoli.

Voor het eerst die middag keek meneer Eckstein me aan.

'O ja,' zei hij. 'Mooie vrienden heb je.' En daarna, iets zachter: 'Mooie vrienden heb ik, wat een familie.'

Plotseling begon hij in zijn binnenzakken te zoeken. 'Ik heb jouw naam ergens genoteerd,' zei hij, 'ik weet het zeker.' Er kwamen allerlei spullen uit zijn binnenzak tevoorschijn, waaronder een aansteker, een kam, vier rolletjes pepermunt en een nagelvijl, maar het briefje met mijn naam zat er niet bij.

'Ewald Stanislas Krieg,' zei ik.

'Ewald Stanislas Krieg,' herhaalde meneer Eckstein en voor de tweede keer noteerde hij mijn naam op een papieren servet. Toen hij langs de ober liep drukte hij hem een fooi in zijn hand. Meneer Berk liep achter hem aan. En achter meneer Berk liepen Broccoli en ik. We waren al bij de hoek toen mevrouw Eckstein achter ons aan kwam gerend. 'Pas goed op hem, Ludwig,' riep ze. 'Hij heeft zichzelf niet in de hand.'

Meneer Eckstein maakte een gebaar met zijn hand. 'Laat me toch eindelijk met rust,' riep hij.

Toen kwam mevrouw Eckstein niet meer achter ons aan. Met haar rugzak in haar hand zag ze eruit alsof ze op het punt stond folders uit te gaan delen.

Welke leeftijd geniet uw vader nou?

We namen een taxi naar de Minervalaan. Meneer Eckstein zat voorin. Hij zei niets. Ook Broccoli zei niets. Hij leek niet meer op de Broccoli die ik kende.

We stapten uit voor een garage. Meneer Berk ging naar de garagehouder toe. Die nam ons mee naar een auto helemaal achterin. Het was een heel gewone auto. Ik weet niet eens meer van welk merk.

'Uw auto, meneer Eckstein,' zei de garagehouder. 'We hebben goed op hem gepast.'

'Dat mag ook wel voor dat geld,' zei Eckstein. Hij stapte in.

'Waar wil je naartoe?' vroeg meneer Berk. 'Wat heeft dit te betekenen?'

'Laat me toch met rust,' herhaalde Eckstein. Hij zocht naar iets in zijn zakken. Misschien naar de autosleutels, maar die had Berk in zijn hand.

'Praat jij met hem?' zei Berk. Maar Broccoli schudde zijn hoofd.

De garagehouder stond nog steeds naast ons. 'Welke leeftijd geniet uw vader nou?' fluisterde hij in het oor van Broccoli.

'Mijn vader geniet niet,' zei Broccoli. 'Misschien heeft hij ooit de indruk gewekt dat hij genoten heeft, maar dat is lang geleden.'

Toen keek de garagehouder mij aan. Hij trok zijn wenkbrauwen op. 'Het zal wel jiddische humor zijn,' zei hij zacht.

We zagen hoe meneer Eckstein uit de auto probeerde te stappen. Zijn wandelstok was op de grond gevallen. Hij bukte zich, maar toen hij zich eenmaal gebukt had leek het wel alsof hij niet meer kon opstaan.

'Een goeie klant,' zei de garagehouder, 'waar vind je die nog?'

Meneer Berk probeerde Eckstein overeind te helpen, maar die sloeg hem van zich af. 'Behandel me toch niet altijd als een kind, Ludwig,' riep hij. Zijn stem schalde door de garage. Zoals meneer Eckstein daar op de grond gehurkt zat in zijn grijze pak leek hij op een klein beest.

'Gaan we een lekker ritje maken, meneer Eckstein?' vroeg de garagehouder. Hij kwam langzaam dichterbij, alsof hij niet echt durfde.

Eckstein reageerde niet. Hij had zijn wandelstok te pakken. De garagehouder stond nu naast Eckstein. Hij pakte Eckstein bij zijn arm en hees hem op. 'Dat was dat,' zei hij.

'Ja,' zei Eckstein, 'dat was dat.' Er zat een grote zwarte vlek op zijn broek.

'Geef me de sleutels, Ludwig.'

Berk keek de garagehouder aan. 'Het is misdadig,' zei hij zacht.

'Weet je wie misdadig zijn? De banken,' riep Eckstein, 'de banken, die zijn misdadig!' Hij sloeg met zijn vlakke hand op het dak van zijn auto.

'Michaël,' zei Berk, 'rijd jij je vader waar hij heen wil?' Broccoli had al die tijd tegen een pilaar gestaan. Hij pakte de sleutels uit de handen van Berk en ging achter het stuur zitten.

Meneer Eckstein liep langzaam naar de garagehouder. Hij pakte zijn portemonnee uit zijn zak. Het viel me nu pas op hoe zijn handen trilden, vooral zijn linker. 'Ik kom hier niet meer terug,' zei hij, 'dus dit is alvast voor een kerstkrans.' Toen ging hij naast zijn zoon in de auto zitten.

'Wat moet ik met de post doen?' vroeg Berk.

'Opeten zou het beste zijn,' zei meneer Eckstein. En meteen erachteraan: 'Ga nou maar.'

Vanuit de verte riep de garagehouder: 'Dat heb ik toch niet verdiend, meneer Eckstein.'

Ik vroeg me af of het niet tijd werd naar huis te gaan. Meneer Eckstein gromde. Daar leek het in ieder geval op. 'Wat willen ze toch allemaal van me, Ludwig?' hoorde ik hem zeggen. 'Wat willen ze toch van me?'

Berk antwoordde niet. Hij had zijn hoofd door het raampje gestoken.

'Twintig jaar heb ik voor u klaargestaan, meneer Eckstein, zelfs op zondag,' riep de garagehouder.

'Ga met ons mee,' zei Broccoli tegen mij.

Ik stapte in. Ik was overal met hem mee naartoe gegaan. Het rook in de auto naar mottenballen. Net als in hun huis aan de Bernard Zweerskade.

'Nu wordt het toch echt tijd,' zei Eckstein tegen meneer Berk. Ze gaven elkaar een hand. Berk opende zijn mond een paar keer alsof hij iets wilde zeggen, maar er kwam geen geluid uit.

'Geen plichtplegingen, Ludwig,' bromde Eckstein. 'Genoeg plichtplegingen.'

Op de achtergrond brulde de garagehouder: 'Zo komt u niet van me af, meneer Eckstein.'

Toen zei Eckstein: 'Rijd.'

Mijn schoenen kunt u overslaan

Meneer Eckstein wilde naar het strand. Hij ademde zwaar. Onderweg, bij een benzinestation, belde ik Elvira, maar ze was niet thuis. Ik dacht aan haar en stelde me voor dat ik haar opnieuw zou vragen: 'Waarom één keer? En niet twintig keer of vierentachtig keer of nul keer?' Ik dacht dat er zinnige antwoorden op dat soort vragen mogelijk waren. Antwoorden die alles verklaarden. Antwoorden waar iedereen vrede mee zou kunnen hebben.

'Hoe is het met dat meisje?' vroeg Eckstein.

'Goed,' zei Broccoli.

'Krijg ik haar nog 'ns te zien?'

'Misschien.'

Meneer Eckstein hing in zijn stoel. Af en toe veegde hij zijn mond af met een zakdoek. Hij draaide zich naar mij om en zei: 'Mijn vriendinnetjes nodigde ik altijd bij me thuis uit op mijn zolderkamer en dan bakte ik een uitsmijter voor ze.'

Ik knikte.

'Ja,' zei Eckstein, 'dat was mijn truc, de uitsmijter.' Even was het stil, maar toen vervolgde hij: 'Ik deed er altijd erg mijn best op. Ik gaf ze het beste van het beste, al moest ik daarna drie dagen droog brood eten.'

Broccoli zei niets.

'Eigenlijk hield ik het meest van de hongerigen,' ging Eckstein verder, 'niet van die dames die aan een halve uitsmijter al genoeg hadden. Nee, als ze zeiden: "Kun je er nog eentje voor me bakken?" dan raakte ik pas goed op dreef. Ik had er natuurlijk stiekem al rekening mee gehouden. Ik schatte ze altijd van tevoren in. Zullen het een of twee uitsmijters worden? En meestal zat ik goed.' Hij knikte heel tevreden, alsof hem niets mooiers in zijn leven was overkomen dan dat.

We reden door de duinen. Wat doe ik hier? vroeg ik me af.

Bij een restaurant vlak bij de zee stopten we. Broccoli gaf meneer Eckstein een arm. Ik wist niet of ik dat ook moest doen, dus liep ik maar zo'n beetje dicht naast hem. Toen hij dreigde te vallen greep ik zijn arm, maar Eckstein rukte zich los en zei: 'Behandel me toch niet altijd als een kind.'

We kregen een tafel bij het raam. Het restaurant was bijna leeg. Een vrouw in een cocktailjurk zat aan de bar. Ik had even het idee dat ze Eckstein kende, maar misschien was ze gewoon op zoek naar gezelschap. Ze was al oud en de cocktailjurk had zijn beste tijd gehad.

'We zullen hier niet meer terugkomen,' zei meneer Eckstein. 'Ik zal de haring missen.'

Voor het eerst viel het me op dat er grijze haren uit zijn neus groeiden.

'We moeten een woning voor je zoeken,' zei hij tegen Broccoli. 'Kun je voorlopig bij dat meisje terecht?'

'Ik weet niet,' zei Broccoli. 'We zullen zien.' Het leek Broccoli niet te interesseren waar hij zou slapen.

Meneer Eckstein bestelde cognac. Ik vroeg me af hoeveel flessen hij al had gedronken. 'Om warm te worden,' zei hij zacht. Maar als hij nu nog niet warm was van de cognac zou hij het wel nooit meer worden.

Eigenlijk had ik moeten opstaan en moeten zeggen dat het een hele mooie dag was geweest, maar dat ik nu echt naar huis moest. Ik wist dat mijn ouders zich ongerust maakten, maar het kon me niets schelen.

'Wat zoekt u?' vroeg ik.

'Mijn vergrootglas,' zei meneer Eckstein. 'Ik kan de kaart niet lezen.'

Hij wenkte de serveerster. 'Heeft u een vergrootglas?'

'Nee,' zei ze, 'helaas. Misschien kan een van uw kinderen u de kaart voorlezen.'

'Ten eerste,' zei meneer Eckstein, 'zijn dit mijn kinderen niet. Ten tweede, als ze die kaart gaan voorlezen zitten we hier morgen nog. Ten derde wil ik u vragen iets voor mij uit te zoeken. U heeft vast een goeie smaak. Alles is goed, behalve varkensvlees. Niet dat ik religieus ben, maar ik krijg er uitslag van.'

'Pardon?' zei de serveerster.

'Uitslag,' zei meneer Eckstein, 'pukkels. Zoekt u maar een vis uit, we zijn hier tenslotte in een visrestaurant.' Toen stond hij op en zei: 'En nu wil ik gaan dansen.'

Broccoli stond ook op. 'Papa,' zei hij.

Aangezien iedereen was opgestaan stond ik ook maar op.

'En wat willen jullie eten?' vroeg de serveerster.

'Hetzelfde,' zei Broccoli. Hij liep achter zijn vader aan. 'Papa, alsjeblieft.'

Meneer Eckstein bleef staan. 'Houd toch op met dat ge-papa alsjeblieft,' zei hij, 'je lijkt je moeder wel.' Zijn wandelstok was uit zijn handen op de houten vloer gegleden. Een bejaard stel dat ook bij het raam zat keek naar ons. Eckstein liet zijn stok liggen. Hij zocht steun bij stoelen en tafels. Hoe hij het klaarspeelde is mij een raadsel, maar het lukte hem de bar te bereiken.

Hij vroeg iets aan de vrouw in de cocktailjurk. Ik kon niet verstaan wat. Haar schouders waren zo dik dat ze als vetrandjes over de jurk heen hingen. Bovendien was de jurk haar iets te krap, zodat de stof was opgekropen. Toen ze zich van haar barkruk liet glijden stond ze praktisch in haar onderbroek.

Ze liepen naar de dansvloer. Meneer Eckstein leunde zwaar op de vrouw in de cocktailjurk.

Broccoli had de stok van zijn vader opgeraapt. 'Er zitten drie spuitbussen haarlak in dat kapsel,' zei hij.
'Is dat je vader?' vroeg de serveerster.
'Nee,' zei Broccoli, 'verre familie.'

We liepen terug naar ons tafeltje. De dansmuziek begon.
Wat ze deden kon je geen dansen noemen. Meneer Eckstein deed een pas naar voren en dan weer een pas naar achteren. Dat hij niet viel was alleen te danken aan de vrouw in de cocktailjurk. Ze hield hem stevig vast tussen haar twee dikke armen. Het leek net alsof meneer Eckstein deeg was dat ze aan het kneden was.
Een paar keer liep Broccoli naar de dansvloer. Dan zei hij iets tegen zijn vader. Waarschijnlijk fluisterde hij weer zoiets als: 'Papa, alsjeblieft.' Maar ik zag dat meneer Eckstein niets antwoordde. Hij stond alleen maar tegen de vrouw in de cocktailjurk gedrukt. Ze was bijna twee hoofden groter dan hij.
We kregen onze soep. 'Laten we maar beginnen,' zei Broccoli. Hij keek naar buiten, naar de zee en de paar mensen die nog op het strand liepen.
Toen we onze soep op hadden hield meneer Eckstein eindelijk op met dansen. Hij kwam langzaam naar ons toe gelopen. Hij had een rood hoofd gekregen.
'Jullie moeten straks Sabine leren kennen,' zei hij.
Aangezien Broccoli niets zei, vroeg ik: 'Kent u Sabine al lang?'
Eckstein ging zitten en zei: 'Twintig minuten.'
Toen begon hij een stukje stokbrood boven zijn soep te verkruimelen. Hij deed wel tien minuten over het verkruimelen. Hij verkruimelde met een ongelooflijke precisie.
'De soep is koud,' verklaarde hij na een paar happen met luide stem, 'maar beter koude soep dan geen soep.'
Af en toe knikte hij naar Sabine aan de bar. Hij wenkte de serveerster en zei dat Sabine op een drankje getrakteerd moest worden. Zelf nam hij nog wat cognac.
Later ben ik nog vaak in bars geweest en ik ben er altijd mannen tegengekomen die er alleen maar leken te zitten om vrouwen op drankjes te trakteren. Ik heb het altijd een merkwaardig ritueel gevonden. Als ik lang in zo'n bar bleef had ik steeds het idee dat meneer Eckstein

ieder moment kon binnenstappen. En dat hij dan weer door een kleine beweging te kennen zou geven dat die ene daar in de hoek op een drankje moest worden getrakteerd.

Eckstein was nog niet eens halverwege zijn soep maar schoof zijn bord weg. 'Maestro, muziek,' riep hij.

'Alsjeblieft niet weer,' zei Broccoli.

Even dacht ik dat ze zouden gaan vechten.

Meneer Eckstein leunde met zijn volle gewicht op de tafel om op te staan. De tafel wankelde en Ecksteins bord soep viel op de grond. Hij scheen zich niet te bekommeren om de dingen die hij op de grond gooide en pakte zijn glas op.

'Michaël,' zei hij en nam een slok. Hij keek om zich heen. Het was alsof hij voor een enorme tafel met gasten stond en nu het bruidspaar ging toespreken. Misschien had hij dat altijd stiekem gewild, maar was het er nooit van gekomen. En nu deed hij maar alsof.

'Michaël,' zei hij, 'je bent nu alweer heel lang mijn zoon en het wordt tijd dat je zelfstandig door het leven gaat.' Hij leek zich niet te kunnen herinneren hoe lang Broccoli zijn zoon was. Hij zocht naar woorden; het duurde wel een paar seconden voor er weer wat uit zijn mond kwam.

'Je kunt niet je hele leven aan de Bernard Zweerskade blijven wonen. Je moeder en ik...' Hij nam opnieuw een slok, dit keer een hele grote. Het paste niet allemaal in zijn mond. De serveerster lag onder meneer Eckstein de soep op te dweilen. 'Je moeder en ik zouden het fijn vinden als je met ons meekwam, maar ik kan goed begrijpen dat je dat niet wilt. Wij zullen hier niet meer terugkomen, dat heb je begrepen. Als je in Amsterdam wilt blijven zul je een manier moeten vinden om in je onderhoud te voorzien.' Hij keek nu naar beneden waar de serveerster aan het dweilen was.

'Mijn schoenen kunt u overslaan,' zei hij. Toen zette hij het glas neer, want zijn hand trilde te veel en hij zei: 'Ik kan eerlijk zijn. Ik heb veel van je verwacht. Het heeft even geduurd, maar ik begrijp nu dat dat een vergissing is geweest. Daarom ben ik blij met elk beroep dat je uit zult kiezen. Al word je schoenmaker. Zolang je er geld mee verdient, er niet ziek van wordt, en er niet te veel advocaten voor nodig hebt. Want banken, verzekeringsmaatschappijen en advocaten zijn bandieten.'

De serveerster was eindelijk opgestaan. Sabine zwaaide naar meneer

Eckstein, maar hij zag het niet. Misschien wilde ze een nieuw drankje.

'Ik weet,' ging hij verder, 'dat je acteur wilt worden. Je moeder denkt dat je daar totaal geen talent voor hebt. Meestal heeft ze ongelijk, maar in dit geval weet ik het niet zo zeker.'

Hij ging zitten. Waarschijnlijk was het staan hem te veel geworden. Toch deed hij nog altijd alsof hij een gezelschap toesprak van meer dan dertig mensen. Soms knikte hij zelfs naar de lege tafels.

'Wat zegt u?' vroeg de serveerster.

'Cognac,' zei Eckstein. Zijn manier van praten hield op dat moment het midden tussen hoesten en praten met volle mond. Zijn lippen waren paars en zijn hoofd was nog iets roder geworden.

Toen het glas voor hem stond mompelde hij: 'We gaan naar de verdoemenis, maar nu nog niet.' Hij keek ons allebei aan en zei nu iets harder: 'Naar de verdoemenis gaan is iets dat je moet doen als je zo oud bent als ik.' Hij nam een slok, zette het glas neer en vervolgde: 'Of nog ouder. Dat is eigenlijk nog beter.'

Hij stond op. Broccoli deed niets, daarom pakte ík hem maar vast. Dit keer schudde hij zich niet van me af. Misschien merkte hij niet eens dat iemand hem vastpakte. Ik bracht hem naar Sabine. Ze gaf me een natte warme hand. Ze legde haar hand in zijn nek.

'Dat doet goed,' zei meneer Eckstein. Hij leunde op de bar. Gelukkig kon die niet omkieperen.

'Lieverd,' hoorde ik Sabine zeggen. Ik had zulke oude mensen nog nooit lieverd tegen elkaar horen zeggen. Het gaf me een ongemakkelijk gevoel. Ik wist ook niet of ik aan de bar moest blijven staan of terug moest gaan naar ons tafeltje. Ik had nog altijd meneer Ecksteins arm vast.

Toen zei Sabine ook tegen mij: 'Lieverd.'

Ik zag haar gezicht vlak voor het mijne en dacht even dat ze me zou gaan kussen, zoals ze net ook Eckstein had gekust. Ze gaf me alleen een knipoog.

Eckstein had nog een cognac besteld. De hoofdgerechten stonden inmiddels op onze tafel, maar Broccoli at niets.

'Zijn jullie familie?' vroeg Sabine.

'Vandaag wel,' zei Eckstein.

Je kon zien dat Sabine ooit een mooie vrouw was geweest, maar dat was lang geleden.

'Ik geloof dat dit uw laatste drankje is,' zei de man achter de bar.

'Dat maak ik zelf wel uit,' zei Eckstein. Hij liet de bar los en sloeg zijn armen om Sabine. 'Jij bent een schoonheid,' fluisterde hij.

'Ik weet het,' zei Sabine zacht.

'Je moet me masseren,' zei hij, 'hier, op mijn kale plek.' Hij boog zijn hoofd, zodat we zijn kale plek goed konden zien. Er zaten korsten op. Waarschijnlijk was hij daar lange tijd niet meer gemasseerd.

Toen ze hem over zijn hoofd begon te wrijven liep ik terug naar onze tafel.

Een laatste dans, lieverd

Ze hebben nog een keer gedanst. Sabine sleepte meneer Eckstein achter zich aan en hij liet zich gewillig meeslepen.

'Eet maar,' zei Broccoli. 'Hij eet toch niet meer.'

Ik liep naar beneden en belde Elvira op, maar ze was nog altijd niet thuis.

'Ze komt wel weer,' zei Broccoli.

Ik had nu graag met hem over Elvira willen praten. Ik had willen weten wat hij van haar dacht en of hij, net als ik, van plan was altijd bij haar te blijven. Ik had willen vragen wat Elvira tegen hem had gezegd voor ze met hem naar bed ging. Of ze ook tegen hem 'ik wil je in me voelen' had gezegd. En of hij daar net zo verschrikkelijk om had moeten lachen als ik. Misschien zei ze tegen iedereen iets anders. Ook dat wilde ik weten. Ik had willen vragen of ze naakt door het huis liep als hij er was en of hij ook vond dat ze naar een Frans kaasje rook als ze 's ochtends vroeg wakker werd. Maar we praatten niet over Elvira. We praatten nergens over.

Broccoli keek alleen maar naar zijn vader. Hoe hij danste en hoe hij later naar beneden liep, naar de wc's. Toen keek hij weer naar Sabine. Ze was aan de bar gaan zitten en had weer dezelfde cocktail besteld.

'Ruimt u maar af,' zei Broccoli tegen de serveerster. 'Dit wordt niets meer.'

Toen meneer Eckstein na een halfuur nog niet terug was, zijn we beneden gaan kijken.

Er waren zes pisbakken en vier wc's. Op een van die wc's zat meneer Eckstein. De deur stond open; hij zat daar gewoon met zijn broek en zijn jas aan alsof hij op een tuinstoel wat zat uit te rusten.

'Ik dacht dat jullie nooit zouden komen,' zei Eckstein.

Broccoli reageerde niet.

Er was verder niemand. Naast de wastafel lagen handdoekjes met de naam van het restaurant.

'Ik kon niet meer naar boven komen,' zei meneer Eckstein.

'Je moet naar huis,' zei Broccoli.

'Nee,' zei meneer Eckstein, 'we gaan nog lang niet naar huis.' Hij sloeg met een klap de deur van de wc dicht. Eerst begreep ik niet wat er aan de hand was. Ik dacht dat hij misschien nodig moest plassen of moest overgeven. Maar aan de geluiden te horen die uit het hokje kwamen zat hij te huilen.

Broccoli stond tegen de muur geleund, alsof hij er niet bij hoorde. Ik begon mijn handen te wassen. Ik hoopte dat het geluid van het water het gesnik van meneer Eckstein zou overstemmen.

Na tien minuten ging de deur van de wc open. Meneer Eckstein zat er nog precies zo bij als hij ons had achtergelaten.

'Mannen huilen niet,' zei hij. Toen probeerde hij zich op te trekken aan de rol wc-papier die links van hem hing.

'Niet doen,' riep Broccoli nog. Maar het was al te laat. Het hele mechanisme waaraan het wc-papier hing werd door Eckstein uit de muur getrokken. Meteen daarna gooide meneer Eckstein de deur weer dicht en hij riep: 'Laat me toch ook alleen.'

We wachtten ruim een kwartier. Ik durfde Broccoli niets te vragen. Hij stond daar maar. Misschien had hij vaker zo gestaan en wist hij dat je gewoon geduldig moest zijn en dat dan alles wel in orde zou komen. Er kwam een ober de wc binnen. Hij keek een beetje vreemd, maar hij zei niets. Hij frunnikte wat aan zijn wenkbrauwen voor de spiegel.

Toen hij weg was klopte Broccoli weer op de deur. 'Kunnen we eindelijk gaan?'

'Ik kan niet meer,' zei meneer Eckstein zacht. 'Laat me toch alleen, is dat te veel gevraagd?'

We hadden moeite hem te verstaan.

Broccoli opende de deur. Meneer Eckstein lag ingeklemd tussen de muur en de wc. Maar hij zat niet op de grond. Daarvoor was er te weinig plaats tussen de wc en de muur. Hij zweefde en keek ons venijnig aan.

Broccoli trok Eckstein uit de wc. Ik hoorde het scheuren van stof, maar het pak van Eckstein had toch al heel wat te verduren gehad vandaag. Hij nam Eckstein mee naar boven. Ik liep achter ze aan. Bij een tafeltje vlak bij de bar liet hij Eckstein los en die viel meteen in een stoel.

'We willen de rekening,' zei Broccoli, waarop de serveerster meteen de rekening op tafel legde. De ober die beneden aan zijn wenkbrauwen had gefrunnikt vroeg: 'Was alles naar wens?'

Niemand antwoordde. Sabine zat nog altijd aan de bar. Ze gaf ons kushandjes.

Broccoli doorzocht de binnenzakken van Eckstein. Er kwam opnieuw van alles uit, krantenknipsels, pennen, treinkaartjes, een vergeelde foto, een papieren servet, een bibliotheekkaart, een 65+pas.

'Waar is je creditcard?' vroeg Broccoli. Hij brulde nu bijna.

'Stel toch niet altijd van die domme vragen,' mompelde Eckstein. 'Waar zou mijn creditcard moeten zijn?' Toen zag hij Sabine en hij zwaaide.

Uiteindelijk vond Broccoli de creditcard van meneer Eckstein in zijn borstzakje. Hij gaf hem aan de serveerster. Sabine was van haar kruk opgestaan. Haar jurk was nu zo ongeveer tot haar navel opgekropen.

De creditcard kwam terug. Broccoli drukte een pen in de hand van zijn vader. 'Even je handtekening zetten,' zei hij.

Meneer Eckstein hield de pen in zijn hand. Een paar seconden keek hij sloom voor zich uit. Toen tekende hij iets dat nog het meest leek op een zwaard waarmee de Turken vroeger de christenen te lijf gingen. Het stond ook niet op de plaats waar de handtekening had moeten staan. Het stond dwars door de hele rekening.

'Nee,' zei de serveerster, 'dit kunnen we niet accepteren. Dit is geen handtekening.'

'Wat kunnen ze niet accepteren?' vroeg meneer Eckstein.

Ook de ober kwam er nu bij staan. Met zijn tweeën bogen ze zich over de tekening van meneer Eckstein.

'Nee,' zei de ober, 'dit is uw handtekening niet. U heeft een heel andere handtekening. U moet het overdoen.'

Sabine stond nu naast meneer Eckstein. Ze had haar hand op zijn schouder gelegd.

'Wat willen ze toch van me?' mompelde Eckstein. 'Wat weten die mensen van mijn handtekening?'

Broccoli drukte de pen weer in de hand van zijn vader en riep: 'Je gaat nu die handtekening zetten. Ik wil hier weg.'

Zonder te kijken krabbelde meneer Eckstein iets neer. Het had voor een handtekening kunnen doorgaan, maar het stond op het tafelkleed.

'Je gaat me toch niet verlaten?' zei Sabine.

'Meneer Eckstein,' riep de ober, 'u moet er wel een beetje bijblijven. Dit is het tafelkleed.'

'Nee,' zei meneer Eckstein, 'ik ga je niet verlaten.'

'Blijft u er even bij,' brulde de ober in Ecksteins oor, 'dit was het tafelkleed.'

'O ja,' zei Eckstein. Volgens mij begreep hij totaal niet waar de ober het over had. De serveerster liep weg. Waarschijnlijk om hulp te halen.

'Je gaat nu die handtekening zetten,' brulde Broccoli, 'of ik sla je dood.' Dit maakte op iedereen grote indruk, behalve op meneer Eckstein zelf. Ik had Broccoli nog nooit zo meegemaakt.

'Houd je gemak, jongen,' riep Sabine met hoge stem, 'we staan hier niet op de kermis.' Toen zei ze nadrukkelijk: 'Dit is een grand-restaurant.'

'Wat staat erop?' vroeg Eckstein. 'Ik heb mijn vergrootglas niet bij me.'

Niemand zei iets.

'Wat staat er op de rekening?' vroeg meneer Eckstein.

Broccoli las het bedrag voor.

'Wat een afzetters,' mompelde Eckstein.

Broccoli pakte de pen. Hij wilde tekenen. Maar de ober was hem voor. 'Nee nee,' zei hij, 'dat kunnen we niet accepteren. Meneer Eckstein moet echt zelf zijn handtekening zetten. Anders krijgen we later moeilijkheden met de bank.'

'Ik verdom het,' brulde Eckstein. 'En kan iedereen ophouden met brullen. Ik ben niet doof.'

'Ja,' zei de ober zachter, 'wat mij betreft had uw zoon mogen tekenen, maar u weet hoe de banken zijn tegenwoordig. Ik krijg er moeilijkheden mee. Ook met mijn baas. U weet hoe dat gaat tegenwoordig, voor mij tien anderen.'

'Ga toch lekker naar huis, man,' zei Eckstein.

De serveerster kwam terug met een andere ober. Waarschijnlijk de gerant. Ik heb nog nooit iemand zo beschaafd Nederlands horen praten als deze gerant.

'U moet even een handtekening zetten,' zei hij, 'dan kunt u lekker naar huis.'

'Ik wil niet lekker naar huis,' zei Eckstein.

'U moet niet lastig worden, meneer Eckstein,' zei de gerant. 'Het is al vriendelijk van ons dat we de prijs van het tafelkleed niet in rekening brengen, want zo'n vulpen gaat er niet meer uit.'

'Michaël,' brulde Eckstein, 'geef die man geld voor het tafelkleed en neem het mee naar huis.'

'Hoeveel moet u ervoor hebben?' vroeg Broccoli.

De gerant aarzelde. 'Vijfentwintig gulden,' zei hij, 'het is heel bijzonder linnen.'

Broccoli betaalde. De gerant stopte de vijfentwintig gulden in zijn broekzak.

'En nu: teken!' brulde Broccoli.

Toen zette Eckstein zijn handtekening, maar meteen daarna zei hij: 'Ik teken nooit meer iets.'

De gerant en de ober liepen weg. We waren weer alleen met Sabine.

'Kom lieverd, nog een laatste dans,' zei ze.

Meneer Eckstein zat nog altijd met zijn pen in zijn hand. 'Cognac,' prevelde hij.

Broccoli propte de papieren en de andere rotzooi terug in de binnenzak van zijn vader en Sabine herhaalde: 'Een laatste dans, lieverd.'

Er was niemand meer in het restaurant, alleen de barkeeper. Ik dacht aan Elvira, maar ik durfde haar niet nog een keer te bellen.

'Ik ken hem al zo lang,' zei Sabine, 'hij is zo'n lieverd.'

Ze kende hem hooguit een paar uur. Er moest iets met haar geheugen zijn. Ik vroeg me af waarom niemand de moeite nam haar te vertellen dat ze in haar onderbroek stond. Misschien moest ik het doen. Maar ik dacht aan Elvira, en dat was het enige waaraan ik wilde denken.

Meneer Eckstein probeerde de pen op te bergen, maar hij kon zijn binnenzak niet vinden. Broccoli moest hem helpen. Toen keek Eckstein schuin omhoog naar Sabine. Er liep wat bruin speeksel uit zijn mondhoek. Dat was voor Sabine geen probleem. Ze kuste hem, zoals ze hem een uur daarvoor al had gekust.

'Dans met me,' zei ze. In het begin had ze een beetje geaffecteerd gepraat, maar nu was daar niets meer van over.

'Maar eerst drinken we,' zei Eckstein. Hij wilde zijn arm omhoogsteken om de barkeeper te wenken, maar Broccoli trok die arm weer naar beneden. Je kon de botten horen kraken. Dat zijn arm niet uit de kom was getrokken was een wonder.

'Verdammt nochmal,' riep Eckstein, 'ik zit toch niet in de gevangenis.'

'Ik ben bij je,' zei Sabine. Ze had nu ook een stoel gepakt en was naast hem gaan zitten.

'Ja, dat zie ik,' zei Eckstein. Dit keer stak Sabine haar hand op. Broccoli deed niets. Hij kon moeilijk ook haar arm uit de kom trekken.

De barkeeper kwam naar ons tafeltje. 'Zo,' zei hij, 'een tafelkleedje op de kop getikt.'

Sabine fluisterde iets in het oor van de barkeeper en Eckstein zei: 'Voilà, une femme.' Hij keek of wij het wel gehoord hadden. Voor de zekerheid zei hij nog een keer: 'Voilà, une femme.' Hij moest erg om zichzelf lachen, maar Broccoli deed of hij niets hoorde. Daarom deed ik ook maar of ik niets gehoord had.

'Ik verlang naar Elvira,' zei ik tegen hem. Maar hij zei: 'Houd je mond, houd eindelijk je mond.'

Toch verlangde ik echt naar Elvira. Volgens mij heb ik nooit meer zo erg naar haar verlangd als die avond in dat lege restaurant. Er is bijna niets dat zo goed en grondig verpest kan worden als verlangen. Niet dat het verdwijnt. Het wordt zelfs steeds belangrijker, maar dat waarnaar je verlangt wordt steeds onbelangrijker. Misschien wel omdat als je dronken bent iedereen op elkaar gaat lijken. Altijd als ik aan Elvira denk zie ik meneer Eckstein voor me en als ik Eckstein zie, zie ik ook Sabine en dan hoor ik Eckstein weer zeggen: 'Voilà une femme,' terwijl hij op zijn honderdste cognacje wacht.

Hij dronk nog een cognacje terwijl Sabine zijn hand vasthield. Toen stonden ze samen op. Broccoli deed niets meer. Hij zei niet eens: 'Papa, alsjeblieft.'

Er was geen dansmuziek meer. Er kwam alleen wat muziek uit de radio of misschien was het een bandje van de barkeeper. Ze dansten net zoals een uur geleden, maar nu was het nog iets erger. Plotseling riep Eckstein: 'Michaël, waar is mijn wandelstok?'

Broccoli stond op. Hij keek onder de tafel, liep naar de barkeeper, en toen naar beneden naar de wc's. Ik ging achter hem aan. De wandelstok van Eckstein stond in de wc. Er kleefde kauwgom aan.

'Broccoli,' zei ik.

'Houd je mond,' zei hij, 'houd eindelijk je mond.'

Toen we bovenkwamen zaten Sabine en Eckstein op de grond van de dansvloer. De muziek ging gewoon verder en ook de barkeeper was niet opgehouden met het spoelen van glazen. Toen Broccoli geen aanstalten maakte iets te ondernemen zei de barkeeper: 'Ze kunnen daar niet blijven liggen.'

'Ze houden van elkaar,' zei Broccoli.

'Dan moeten ze maar een kamer huren.'

Broccoli liep naar de dansvloer. Sabine was bezig in de richting van een stoel te kruipen. Ik geloof dat ze daarop wilde gaan zitten. Ze had een ongelooflijk groot achterwerk.

'Het gaat prima,' zei Eckstein toen hij zijn zoon zag, 'ik heb niets gebroken. En als ik iets breek, brengen ze me wel naar het ziekenhuis.' Toen wees hij op de kruipende Sabine en fluisterde: 'Wat een vrouw, wat een vrouw.'

'Het houdt nooit op, hè,' zei Broccoli.

'Nee,' zei Eckstein, 'het houdt nooit op.'

Kun je mijn vader gelukkig maken?

Sabine moest uiteindelijk meehelpen om Eckstein overeind te krijgen. Ze had haar schoenen ervoor uitgetrokken. Anders gleed ze uit, zei ze.

Sabine is met ons meegelopen naar de auto. Meneer Eckstein protesteerde nog toen we het restaurant verlieten, maar tevergeefs. 'Waar is mijn eten dan, waar ik voor betaald heb?' riep hij. Niemand nam de moeite hem te vertellen waar dat eten was gebleven. Hij had het waarschijnlijk toch niet geloofd.

We hielden hem met zijn drieën vast. Elke keer als de wandelstok viel raapte ik hem op. Sabine hield de billen van meneer Eckstein vast. Dat was nergens voor nodig, maar misschien gaf het hem wat extra evenwicht.

Toen we eindelijk bij de auto waren had ik het idee dat Broccoli niet meer kon. Hij ging voorin zitten en legde zijn hoofd op het stuur. Meneer Eckstein zat naast hem. Hij draaide het raampje open en zei tegen Sabine: 'Ik heb altijd het kleinste stuk vlees gekregen.' Er zat een rare zenuwtrek om zijn mond. Misschien had die daar altijd al gezeten of misschien kwam het door de cognac.

'Het komt wel goed,' zei Sabine. Ze hield zijn hand vast.

'Daar geloof ik niets van,' zei Eckstein.

Toen ik de deur wilde openen om achterin te gaan zitten liet ze zijn hand los en kuste me op mijn voorhoofd. Daarbij fluisterde ze iets wat nog het meest leek op 'God zegene je'.

We reden weg. Sabine bleef staan om ons uit te zwaaien met haar schoenen. Op een gegeven moment was er niets anders van haar te zien dan haar cocktailjurk.

'Ik heb altijd het kleinste stuk vlees gekregen,' herhaalde meneer Eckstein. We zeiden niets. Misschien sloeg het op het eten dat hem die avond was onthouden. Het ligt natuurlijk in de lijn der verwachtingen dat als je altijd het kleinste stuk vlees krijgt je op een gegeven moment helemaal geen eten meer krijgt.

Broccoli reed zwijgend en veel te hard. Ik durfde niets tegen hem te zeggen en het leek me ook beter niet tegen Eckstein te praten. De kraag van zijn witte overhemd was grijs geworden en hij had zijn stropdas niet meer om. Vlak voor Amsterdam richtte hij zich op met een kracht die ik niet meer van hem verwachtte.

'We gaan toch niet naar huis?!' riep hij.

'Nee,' zei Broccoli, 'we gaan nog niet naar huis.'

Ik had natuurlijk moeten zeggen: 'Laat mij er maar ergens uit, ik neem wel een bus naar huis.' Ik wist dat mijn ouders op me wachtten. Maar ik bleef zitten, waarschijnlijk omdat dat het makkelijkste was. Op de vraag waarom mensen bepaalde dingen in hun leven hebben gedaan is vaak maar één antwoord mogelijk: 'Omdat dat op dat moment het makkelijkste was.'

Voor een stoplicht knoopte Broccoli de bovenste knoopjes van het overhemd van Eckstein dicht. 'Het komt wel goed,' zei Broccoli. Toen kuste hij hem.

We reden kriskras door de binnenstad.

'Waar gaan we heen?' vroeg Eckstein na een tijdje.

'Je wilt toch niet naar huis?' zei Broccoli.

'Nee,' zei Eckstein, 'ik wil niet naar huis.'

Opnieuw dacht ik aan Elvira en ik stelde me voor hoe ze nu met Wolf danste. Misschien had ik tegen haar moeten zeggen dat het niet erg was om geen actrice te worden, dat het niet erg was om met minder genoegen te nemen, dat het niet erg was je plannen te wijzigen, dat iedereen dit deed. Op een dag kom je erachter dat je je verlangens moet aanpassen aan de realiteit. Broccoli had me dat vast niet vergeven. Hij wilde niet met minder genoegen nemen. Hij wilde zijn verlangens niet aanpassen aan de realiteit, hij wilde dat de realiteit zich aanpaste aan zijn verlangens. Zelfs als ik dit allemaal tegen Elvira had gezegd, had ze vast alleen geantwoord: 'Concentreer je.'

Broccoli pakte een flesje parfum. Het had al die tijd in de auto gelegen, waarschijnlijk al jaren. Hij sprenkelde het uit over de wangen van Eckstein. 'Je moet lekker ruiken,' zei hij.

'Ja,' zei Eckstein, 'dat is belangrijk.' Toen reden we verder. Ik had het gevoel dat we voor altijd zouden blijven rondrijden. Meneer Eckstein zei: 'Ik zou wel wat cognac lusten.' Maar Broccoli schudde zijn hoofd. Toen zei niemand meer iets, ook Eckstein zelf niet. Ongeveer een kwartier later stopte Broccoli. Hij draaide het raampje open.

'Kun je mijn vader gelukkig maken?' hoorde ik hem vragen.

Ik kon het antwoord niet verstaan, maar het moet negatief zijn geweest, want we reden verder. Ik keek naar buiten en zei: 'Je bent gek, Broccoli.'

'Ja,' zei Broccoli, 'ik ben gek. Knetter.' Hij lachte. Hij had dezelfde uitdrukking op zijn gezicht als die avond toen hij had gezegd: 'We moeten een krant beginnen. Een dagblad. Anders dan alle andere dagbladen.'

Opnieuw stopte hij. Hij stelde dezelfde vraag. Meneer Eckstein staarde voor zich uit. Misschien probeerde hij zich te herinneren hoe ze hem altijd het kleinste stuk vlees hadden gegeven. Weer was het antwoord negatief, want we reden verder.

Nog een keer of zes stelde Broccoli die vraag, toen stapte er een meisje in. Ze moest naast me gaan zitten, want voorin was geen plaats meer. Ze boog zich naar Broccoli en zei: 'Ik heb heel veel vaders gelukkig gemaakt in mijn leven.' Toen fluisterde ze iets in zijn oor en Broccoli zei: 'Dat is goed.'

Ze was niet veel ouder dan ik. Ze had zwart haar, waarschijnlijk geverfd. Ze had een smal gezicht en haar lippen waren roze geverfd. Ze stonk een beetje naar parfum, maar zo lekker was het parfum van meneer Eckstein nou ook weer niet.

We reden verder. 'O ja,' zei het meisje nog een keer, 'ik heb veel vaders gelukkig gemaakt in mijn leven.' Ze moest erom lachen. Ikzelf trouwens ook. Waarschijnlijk uit verlegenheid. Maar niemand anders lachte.

'God zal het je belonen,' mompelde Eckstein, 'maar ik zou wel een cognacje lusten.'

We reden door het westelijk havengebied. Ik kende die buurt niet. Nog steeds niet trouwens.

'Hoe heet je?' vroeg het meisje even later. Ik noemde haar mijn naam. Ze had een kleine schoudertas bij zich. Het leek wel een schoudertas die je in speelgoedwinkels koopt voor poppen.

Daarna was het weer tien minuten stil, alleen meneer Eckstein mompelde nog een keer: 'Kunnen ze me dan niet met rust laten?'

Opnieuw probeerde ik aan Elvira te denken. Ik had Broccoli willen vragen waarom ik haar gelukkig moest maken en vooral hoe. Dit was de eerste keer dat ik bang voor hem was. Hij kwam uit een wereld waarin ik altijd een vreemde zou blijven, hoe lang ik er ook in zou ronddwalen. Mijn eigen ouders zouden nooit in de gevangenis belanden en zouden daar ook nooit bang voor hoeven zijn. Ze waren al bang voor de tramconducteur. En hun zoon was een wandelende verspreider van ongeluk.

We stopten. Ik had geen idee waar we waren. Het meisje fluisterde in mijn oor: 'Ik heb een wapen bij me. Ik zeg het maar. Er lopen een hoop gekken rond.'

Ik keek naar haar, en ik zag aan de wortels van haar haar dat ze ooit donkerblond haar gehad moest hebben. 'Ja,' zei ik, 'er lopen een hoop gekken rond.'

Broccoli stapte uit. Ook het meisje stapte uit. Ze keek me aan toen ze het portier dichtgooide. Ik dacht dat ze iets van me verwachtte. Dat ik ook naar buiten zou komen, of misschien wel dat ik Broccoli zou vertellen dat ze gewapend was of in ieder geval geprobeerd had zich te wapenen. Nu denk ik dat ze me zomaar aankeek. Ze zal wel geweten hebben dat niemand zo geschikt is het slachtoffer te worden van bedrog als degene die op redding hoopt. Ja, misschien is het wel het kenmerk van de bedrogenen dat ze op redding hebben gehoopt. Als ze dat niet hadden gedaan zouden ze niet zo blind zijn geweest en hebben gezien wat ieder ander had kunnen zien. Nu denk ik zelfs dat er tussen redding en bedrog helemaal geen verschil bestaat.

'Ze onderhandelen,' zei meneer Eckstein. Hij draaide zich om, tenminste, hij probeerde het.

'Ben jij nu echt zijn vriend?' Hij vroeg het een tweede keer en toen gebruikte hij niet het woord 'vriend' maar het woord 'makker'. Ik herinner me dat omdat ik het zo'n raar woord vond dat me deed denken aan sinterklaasliedjes.

'Ik geloof het,' zei ik.

Hij rommelde in zijn binnenzakken. 'Ewald,' mompelde hij, 'Ewald Krieg.'

'Ewald Stanislas Krieg,' hielp ik hem.

Hij knikte. 'Ben je toevallig familie van de zanger?'

'Er komen geen zangers in onze familie voor,' zei ik. 'We hadden wel een dierenimitator in de familie, bedoelt u die misschien?'

Hij schudde zijn hoofd. Toen keek hij weer naar buiten. Ze stonden nog steeds te praten. 'Ze onderhandelen,' zei hij nogmaals.

Een paar minuten daarna deed Broccoli het portier open. 'Kom maar,' zei hij tegen zijn vader.

Meneer Eckstein maakte een gebaar met zijn hand. Hetzelfde gebaar dat hij gemaakt had toen hij zei dat hij altijd het kleinste stuk vlees kreeg.

'Help even,' zei Broccoli.

Ik stapte uit. Er was weinig ruimte om te helpen.

'Hij is wel oud,' zei het meisje. Opnieuw dacht ik aan Elvira en ik hoorde Broccoli zeggen: 'Je moet wel een beetje meehelpen.'

Toen stond Eckstein eindelijk buiten, geleund tegen zijn auto.

'Trek hem zijn broek uit,' zei het meisje. 'Dat lukt me zelf nooit.'

Broccoli begon de broek van meneer Eckstein open te maken. Het was zo'n ouderwetse broek met knopen aan de zijkant. Hoewel het bij-

na helemaal donker was zag ik de zwarte vlek op de pijpen nog goed.
'Ik vat toch kou,' mompelde meneer Eckstein. 'Kan het niet binnen?'
'Nee,' zei Broccoli, 'het kan niet binnen. Dit is een goeie plek.'

Faire pipi

We stonden op een plek die het midden hield tussen een bouwput en een parkje. De grijze broek van meneer Eckstein en zijn witte onderbroek hingen op zijn enkels. Ik zag zijn witte billen die mij deden denken aan twee slagroomtaartjes die van ouderdom waren ingezakt. Meneer Eckstein scheen zich over zijn situatie niet erg druk te maken. Hij zei: 'Wat me nu goed zou doen is cognac.' Hij hield zich vast aan de achteruitkijkspiegel. Ik hoopte dat het er eentje was van het stevige soort.

'Nu betalen alsjeblieft,' zei het meisje.

Broccoli haalde het geld uit de binnenzak van Eckstein. Hij had het zelf opgeborgen, dus hij wist waar het zat.

'Nu omdraaien,' zei ze.

'Wat?' vroeg Broccoli.

'Omdraaien jullie twee,' zei ze. 'Dan kan ik het opbergen.'

We draaiden ons om.

'Laten we maar zo blijven staan,' zei Broccoli. We hoorden meneer Eckstein zeggen: 'Ik vat vast kou. Kunnen we niet ergens naar binnen gaan?'

'Nee,' zei het meisje, 'je vat geen kou. Daar zorg ik wel voor.' En toen Eckstein: 'God zal het je belonen.' En het meisje: 'Nee nee, dat hoeft niet. Als u het maar doet. Straks na afloop. Een mooie tip.'

We hoorden meneer Eckstein hoesten en toen zeggen: 'Als God het niet doet, zal ik het wel weer moeten doen.'

Het werd stil. Wij stonden daar met onze handen op onze rug en staarden voor ons uit zonder ons een keer om te draaien. Het was al donker en we konden nergens anders naar kijken dan naar wat bomen die op schaduwen leken.

Ik dacht dat als er redding bestond die toch zeker het gezicht zou hebben van Elvira, en haar ogen en haar mond en haar accent en zelfs haar artisjokkenlikeur. Maar hoe ik ook mijn best deed, ik zag Elvira niet, ik zag het meisje met haar zwarte slierterige haar en haar roze lippenstift en meneer Eckstein, zonder ook maar één keer naar ze te kijken. En ik hoorde haar weer zeggen: 'Ik heb wel een wapen bij me, er lopen een hoop gekken rond, weet je.' En daarna: 'Ik heb zoveel vaders gelukkig gemaakt in mijn leven.'

Naast mij stond Broccoli. Hij staarde ook voor zich uit en hij leek de geluiden die ik hoorde helemaal niet te horen. Hij deed me denken aan een generaal die uitkijkt over de slachtpartij die hij net heeft aangericht.

Het duurde heel lang. Het leek een eeuwigheid. Toen hoorden we het meisje eindelijk zeggen: 'Het is klaar.'

Broccoli draaide zich als eerste om.

Meneer Eckstein stond nog precies zo tegen de auto als we hem daar hadden neergezet. Hij had een erectie of in ieder geval iets wat daarop leek. Zo zien erecties er dus uit als je heel erg oud bent, dacht ik.

Het meisje stiftte haar lippen bij. Broccoli sjorde de onderbroek en de grijze broek van Eckstein omhoog.

'Krijg ik nu een mooie tip?' vroeg het meisje.

'O ja,' zei Eckstein. Ik vroeg me af of hij de vraag verstaan had.

'Het was een hele klus,' zei het meisje zacht, 'ik dacht dat het nooit meer zou gebeuren.'

Eckstein was blijkbaar wakker geworden, want plotseling zei hij: 'Alles gebeurt twee keer in dit leven, heeft Marx gezegd.'

'Nee,' zei het meisje, 'één keer is genoeg.'

Eckstein hing half over Broccoli heen, maar hij was weer aangekleed. 'Ik moet,' zei Eckstein. Hij aarzelde. 'Ik moet – faire pipi,' piepte hij. Het kwam er heel hoog uit, alsof hij een castraat was.

'Had je dat niet eerder kunnen zeggen,' riep Broccoli.

Er kwam een schor geluid uit de mond van Eckstein. We konden hem niet verstaan. Broccoli bracht hem naar een boom. Daar bleven ze wel een kwartier staan. Ik bleef met het meisje bij de auto.

'Faire pipi,' zei ze.

'Faire pipi,' herhaalde ik. Want ik wist niet wat ik moest zeggen. Ik moest aan mijn lerares Frans denken en ik vroeg me af wat zij op dit moment deed.

Toen ze eindelijk terugkwamen beweerde meneer Eckstein zijn manchetknoop verloren te hebben. Hij ademde zwaar, het was meer hijgen. 'Laten we even naar mijn manchetknoop zoeken.'

'Nee,' zei Broccoli, 'dat kan niet.'

'Een goeie tip,' herhaalde het meisje.

'We hadden toch een prijs afgesproken,' zei Broccoli terwijl hij Eckstein weer tegen de auto zette.

'Hij heeft het me beloofd,' zei ze. Voor het eerst had ik medelijden met haar.

Die avond op die zandvlakte of die bouwput of wat het dan ook was keek ik naar het meisje en ik dacht aan Elvira en aan de redding en de verlossing die haar gezicht zou hebben.

'Geef haar maar een tip,' zei Eckstein. 'Ik heb toch al kougevat en mijn manchetknoop verloren.'

Broccoli haalde een briefje van vijfentwintig uit de binnenzak van Eckstein. Dit keer zei het meisje niet: 'Omdraaien.' Ze borg het geld op waar we bij waren.

'Dan gaan we maar terug,' zei Broccoli.

'Ja, daar gaan we dan,' zei Eckstein.

Broccoli bracht Eckstein naar de andere kant van de auto. Ik liep achter ze aan zonder echt te helpen. Het meisje wachtte tot we allemaal waren ingestapt, toen stapte ze ook in. Weer zat ik naast haar.

'Mijn wandelstok,' riep Eckstein.

'Die ligt hier,' zei Broccoli.

We reden over een zandweg, in ieder geval een weg met veel hobbels.

Eckstein probeerde zich om te draaien naar mij en het meisje. Broccoli kauwde kauwgom.

'Weten jullie,' zei Eckstein, 'dat me vroeger niets erger leek dan dat je voelt dat je moet plassen, maar dat het maar niet komt. Maar in werkelijkheid is het toch nog erger. Zoals altijd.'

Niemand reageerde. Alleen Broccoli vroeg: 'Ben je nu gelukkig?'

Eckstein moest even over die vraag nadenken, toen zei hij: 'Niet ongelukkig. Een beetje cognac zou me goeddoen, maar ik ben niet ongelukkig.' Hij begon weer te huilen. Het was een gegrom met grote uithalen. Dit keer was er geen wc waarin hij zich kon opsluiten.

'Hoe heet je?' vroeg ik aan het meisje, precies zoals ze mij had gevraagd.

'O, vergeet het,' zei ze.

We reden niet meer op de zandweg. Het gesnik van meneer Eckstein werd steeds zachter tot het helemaal ophield. Hij draaide zich om. 'Ik huilde niet,' zei hij.

'Het is goed,' zei het meisje, 'ik heb wel meer mensen zien huilen.'

Broccoli reed als een waanzinnige. Volgens mij wilde hij ons allemaal dood hebben. Ik was bang dat ik opeens aan Eckstein zou vragen: 'Bent u nou de man die de grootste drollen ter wereld produceert?' Ik was zo bang dat ik dat plotseling zou gaan zeggen, dat ik me moest concentreren.

Broccoli stopte op de plek waar we het meisje hadden opgepikt. Maar ze zei: 'Nee, rijd maar even verder, daar om de hoek is beter.'

Voor ze uitstapte zei ze: 'Tot ziens.'

'Tot ziens,' zei Eckstein, 'als we elkaar nog een keer ontmoeten hoop ik dat het niet meer onder de blote hemel hoeft. Ik ben niet zo'n natuurmens.'

We keken hoe ze wegliep. Ze viel niet op tussen de andere mensen. Broccoli startte de auto.

'Ik weet zeker dat ik kou heb gevat,' zei Eckstein. Hij draaide zich naar mij om. 'Een kou op mijn leeftijd kan fataal zijn, zou die gekke Ludwig zeggen.' Toen begon hij te lachen.

Een bankrekening in Zürich

We reden naar het huis aan de Bernard Zweerskade. Daar kwamen we mevrouw Eckstein tegen. Meneer Eckstein zonk neer in een fauteuil. In het felle licht van de woonkamer zag ik pas goed hoe hij eruitzag. Alsof hij een paar nachten onder een brug had geslapen.

Mevrouw Eckstein had allemaal koffers uit de kelder gehaald en was aan het inpakken geslagen. Helemaal achter in de woonkamer zat meneer Berk. Toen hij ons zag stak hij zijn hand op. Hij las de krant.

Mevrouw Eckstein liep heen en weer met linnengoed en kandelaars. 'Ik heb het wel geweten,' riep ze, 'ik heb altijd wel geweten dat het zo zou eindigen.' Niemand vroeg of het niet tijd werd dat ik eens naar huis ging. En ik wilde nu niet meer naar huis. Als Broccoli met zijn ouders mee op reis was gegaan was ik achter ze aan gegaan, want het enige wat ik op dat moment wilde was weg. Weg van de plaats waar ik geboren was, weg van de plaats waar de mensen me kenden en waar ze om die reden ook dachten te weten wat er van mij zou worden. Weg van Amsterdam-Zuid waar aan ieder portiek, ieder stoplicht wel een of andere herinnering kleefde. Had ik daar niet die gezoend, was het niet die winkel waar ik kauwgom had gestolen, en was het niet die ijssalon waar we 's zomers de tijd zaten te doden om maar niet naar huis te hoeven? Uren zaten we daar, tot het begon te schemeren, en dat was vaak pas om tien uur. Waar hebben we in godsnaam op gewacht?

Later, toen leeftijdsgenoten begonnen te trouwen, en ik in mijn beste pak achter in de kerk de inzegening bijwoonde, probeerde ik om de verveling te verdrijven altijd te denken aan die ijssalon. Wat deden we daar anders dan ijs eten en praten, om de verveling te verdrijven, over de huwelijken die zouden worden gesloten, de kinderen die zouden worden verwekt, de reizen die zouden worden gemaakt, de grote daden die we zouden verrichten?

'Dit kan niet allemaal mee,' mompelde Eckstein en wees op de spullen die zijn vrouw naar de koffers bracht.

'Dat heeft mijn moeder nog geborduurd,' zei mevrouw Eckstein.

'Dat was heel lief van haar, maar het kan niet mee.' Toen draaide Eckstein zich om naar meneer Berk en zei: 'Al die jaren heeft ze geen goed woord voor haar moeder overgehad en nu moeten we ons afsjouwen met de tafellakens van die vrouw.'

Mevrouw Eckstein gooide het tafellaken op de grond en riep: 'Als dit niet meegaat ga ik ook niet. Ik laat me nog liever oppakken. Dit tafellaken gaat mee.'

'In de gevangenis heb je genoeg tijd voor naaiwerk,' mompelde Eckstein. Hij keek meneer Berk aan en zei: 'Ludwig, geef me toch wat cognac, ik heb kougevat.'

Meneer Berk stond op en wilde naar de kast lopen, maar mevrouw Eckstein riep: 'Heb je kougevat? Dat ontbrak er nog aan. Nu moet ik met een zieke man op reis. We eindigen allemaal in de gevangenis, ik heb het altijd wel geweten. Mijn tante heeft het me voorspeld. Als je met die man trouwt eindig je in de gevangenis. Mijn ouders zouden zich in hun graf omdraaien.' Plotseling keek ze mij aan en zei: 'Ik kwam uit zo'n goeie familie.' Ik sloeg mijn ogen neer.

'Ze hebben geen graf, dus ze kunnen zich niet omdraaien,' riep Eckstein, 'en nu wil ik mijn cognac.'

Meneer Berk opende de kast en pakte er een fles cognac uit. Even leek het of mevrouw Eckstein meneer Berk zou aanvliegen, maar toen liep ze naar Broccoli, drukte hem tegen zich aan en zei: 'Eet veel appels als we weg zijn. Fruit is het enige dat helpt.'

'Wat?' vroeg Eckstein.

'Fruit is het enige dat helpt,' herhaalde mevrouw Eckstein. 'Jij bent toch ons wonderkind,' riep ze tegen Broccoli, 'ons enige wonderkind.'

En Broccoli zei: 'Ja, ik ben jullie wonderkind.'

Hij wordt een hele grote professor,' zei ze tegen mij, 'een hele grote. Weet je hoe ze hem op school noemden? De professor, omdat hij zo knap was, een echt wonderkind, daarom noemden ze hem de professor.' Toen liet ze hem los. Al het bloed was uit zijn gezicht weggetrokken.

'Nee,' zei Broccoli, 'dat is een misverstand. Ik ben nooit de professor genoemd op school.'

Ze liep naar de andere kamer en kwam terug met een handvol bestek.

'Wat is dat?' riep Eckstein.

'Bestek.'

'Dat zie ik, maar dat gaat niet mee.'

Mevrouw Eckstein legde het bestek in de koffer en zei heel rustig: 'Ik dacht dat we daar misschien een hotel kunnen beginnen.'

Eckstein greep zijn hoofd, zoals ik hem dat al een paar keer eerder had zien doen. Hij begon te lachen.

'Een hotel,' zei hij, 'horen jullie dat? Ze is niet goed wijs. Een hotel. Ze wordt elke dag gekker.'

'Ik heb mevrouw Meerschwam gebeld,' ging mevrouw Eckstein onverstoorbaar verder. 'Ze komt me zo helpen inpakken. Midden in de nacht, wie zou dat doen? Het is zo'n goed mens. Zij zei ook dat een hotel een heel goed idee was.'

'Wie heb je gebeld?' vroeg Eckstein.

'Mevrouw Meerschwam, zij is de enige die we hier nog hebben. Door jou. Bij de slager beginnen ze te fluisteren als ik binnenkom.'

Een verschrikkelijke kreet kwam uit de mond van meneer Eckstein. 'Hoor je dat, Ludwig,' riep hij.

'Ik kan dit toch niet allemaal alleen inpakken,' zei mevrouw Eckstein. 'Moet je kijken wat ik allemaal nog moet inpakken, de hele kelder ligt nog vol.'

'Nee,' onderbrak Eckstein haar, 'we gaan ons niet afslepen met conserven, we gaan ons níet afslepen met conserven, hoor je me?'

Meneer Berk zat weer over zijn krant gebogen.

'Ik pieker er niet over om dat allemaal weg te gooien, ik pieker er niet over; het zijn trouwens niet alleen conserven, er staat nog veel meer. Een hele kostbare wijnverzameling, mixen voor chocoladetaart.' Ze deed een paar stappen van de koffers vandaan, in mijn richting. 'Dat zijn speciale mixen, die kun je niet meer krijgen, die laat ik hier toch niet staan, ik ben toch niet gek. Ludwig, die chocoladetaart die ik altijd voor je verjaardag maak, die vind jij toch ook heerlijk?'

'Heerlijk,' zei Berk, 'heerlijk.'

Meneer Eckstein had een kandelaar van tafel gepakt en zwaaide ermee in het rond. 'Als die feeks van een Meerschwam,' brulde hij, 'hier vannacht één stap over de drempel zet, dan drijf ik haar naar buiten, desnoods met geweld.' Eckstein zette de kandelaar met een klap weer op tafel, pakte zijn glas cognac en gooide het kapot tegen de muur. Er moet nog wat in hebben gezeten want er bleef een gele vlek achter op het behang. Zachtjes zei hij daarna: 'Ludwig, geef me een nieuw glas.'

'Niet doen,' zei mevrouw Eckstein, 'hij gaat het weer kapotgooien.'

'Boebie,' riep Eckstein, 'ik waarschuw je, Boebie.'

'Hij noemde haar vroeger Boebie,' fluisterde Broccoli, 'maar soms vergist hij zich en noemt haar nog steeds Boebie.'

'Boebie, dat is een mooie naam,' fluisterde ik terug. Broccoli keek me aan of ik gek was.

Berk kwam met een nieuw glas. Hij schonk het vol.

'Michaël,' zei meneer Eckstein, 'zo vlak voor ons vertrek wil ik je nog vertellen –' Hij kreeg een hoestaanval die drie minuten duurde.

'Hij spuugt de hele kamer onder,' riep mevrouw Eckstein. 'Zien jullie dat? Het beest.'

Toen de hoestaanval over was zei meneer Eckstein: 'Ik wil je dus vertellen, Michaël, dat je overgrootvader een bankrekening had in Zürich, dat je grootvader een bankrekening had in Zürich, dat je vader een bankrekening had in Zürich, maar gezien de manier waarop je leeft zul jij de laatste Eckstein zijn met een bankrekening in Zürich. Denk hieraan voordat je aan kinderen begint.'

Zoals hij eruitzag met de vlekken op zijn broek en zijn gescheurde colbertje en zijn overhemd open leek hij meer op een zwerver dan op iemand met een bankrekening in Zürich. Meneer Eckstein probeerde op te staan om het bestek uit de koffers te verwijderen, maar het lukte hem niet. Daarom riep hij: 'Ludwig, dat bestek gaat niet mee, pak het weer uit.'

Meneer Berk liep naar de koffers, maar mevrouw Eckstein pakte uit een van de open koffers zo'n schaar waarmee je kippetjes in stukjes kan knippen. Ze had de blik van een waanzinnige in haar ogen. Of misschien meer de blik van een wilde kat die in het nauw was gedreven.

'Ik val jullie aan,' riep ze. 'Als jullie aan mijn bestek komen, val ik jullie aan.'

Meneer Berk deinsde achteruit. 'Dit is wat overdreven,' zei hij, 'we kennen elkaar al zo lang.'

Mijn aanwezigheid leek iedereen volledig vergeten te zijn.

'Ik schijt op jullie bankrekeningen in Zürich,' riep ze, 'ik schijt op jullie cognac. Mijn bestek gaat mee.'

'Die vrouw is een gevaar,' mompelde Eckstein, 'in zo'n situatie zoveel tijd verliezen met bestek.'

'Dat bestek gaat mee,' krijste mevrouw Eckstein. 'We laten hier al genoeg achter.'

Ik wist het zeker, ze was gereed zich dood te vechten voor haar bestek. Maar plotseling liet ze zich op een stoel zakken. Ze had de kippenschaar nog wel in haar hand, maar heel losjes.

'Ons leven is voorbij,' mompelde ze.

'Ja,' zei meneer Eckstein, 'dat is voorbij, dat is al heel lang voorbij en nu wil ik naar bed. Ik slaap wel op de bank.'

Meneer Berk liep naar de bank toe alsof hij het bed wilde opmaken voor meneer Eckstein. Hij bedacht zich blijkbaar want hij stopte halverwege en keerde weer terug naar zijn stoel achter in de kamer. Niemand verroerde zich.

'Kan ik even bellen?' vroeg ik. Broccoli knikte. Ik draaide het nummer van Elvira, maar nog altijd nam er niemand op. Toen ik terugkwam was mevrouw Eckstein bezig een hele koffer vol te laden met bestek. Meneer Eckstein had de strijd dus opgegeven. Berk zat zachtjes te neuriën en Broccoli bladerde afwezig in de Gouden Gids.

'Ludwig, doe mijn hemd uit,' fluisterde Eckstein.

'Kan je dat niet eens meer zelf?' zei mevrouw Eckstein terwijl ze de koffer dichtmaakte.

'Heks,' fluisterde Eckstein. Hij schopte zijn schoenen uit. Hij had zwarte sokken aan met gaten erin. 'En breng me mijn ochtendjas.'

Meneer Berk knoopte het overhemd van Eckstein los. Met zijn zakdoek veegde hij Ecksteins gezicht schoon. Mevrouw Eckstein vulde de ene koffer na de andere. Ze rende met bestek en kandelaars heen en weer alsof het een olympische sport was.

De telefoon ging. Mevrouw Eckstein bleef staan. 'Wie zou dat zijn, midden in de nacht?' riep ze.

Elvira, wilde ik zeggen, dat is vast Elvira, laat mij maar.

Niemand nam op. Iedereen staarde naar de telefoon alsof ze nog nooit een telefoon hadden horen rinkelen. Berk was opgehouden het overhemd van Eckstein los te knopen. Hij staarde bewegingloos voor zich uit. Ten slotte nam Broccoli op.

'Het is voor jou,' zei hij. Hij bracht de telefoon naar Eckstein. Toen Eckstein de hoorn vastpakte viel het me weer op hoe zijn handen trilden. Ik dacht dat de hoorn ieder moment uit zijn hand zou kunnen kletteren.

'Du Vollblutidiot,' hoorden we hem zeggen. Toen gleed de hoorn inderdaad uit zijn handen. Meneer Berk raapte hem op.

'Met Berk,' zei hij, 'hallo.' En na een kleine pauze: 'Nee, het gaat hier prima. Alles is onder controle. Zodra hij is aangekomen zal hij contact met je opnemen.'

'O god,' riep mevrouw Eckstein. Ze rende naar Broccoli en zei: 'Veel fruit eten, geloof me, dat is het allerbelangrijkste.' Ze omhelsde hem, maar sneller dan de eerste keer liet ze hem los en rende naar haar man. Ze schudde hem heen en weer terwijl ze riep: 'Wat heb je ons aangedaan? Wat heb je ons aangedaan?' Elke keer dat ze aan hem trok veerde Eckstein op uit zijn stoel en dan zonk hij er weer in terug – alsof hij op een trampoline zat. 'We kunnen toch niet altijd in Lenzerheide blijven. Ze zullen ons daar toch vinden. Ze zullen ons overal vinden. En ze zullen ons nawijzen. Bij de slager hielden ze al een halfjaar geleden op met praten als ik binnenkwam.'

'Ze kunnen me niets maken,' zei Eckstein. 'Geloof me nou maar, ze kunnen me niets maken. En Ludwig, nu wil ik mijn ochtendjas.' Hij had zijn overhemd nog altijd half aan. Mevrouw Eckstein had hem losgelaten. Door het heen en weer sjorren waren Ecksteins bretels losgeschoten. Hij stond op. 'Ze kunnen me niets maken,' brulde hij. 'Ik ben toch geen Vollblutidiot, zoals die daar, of zoals die daar.' Hij wees eerst naar meneer Berk en toen naar zijn zoon. Daarna liet hij zich terugvallen in zijn stoel en gooide het tweede cognacglas tegen de muur.

Berk vond het kennelijk niet erg voor Vollblutidiot te worden uitgemaakt, of hij was eraan gewend geraakt. Hij kwam met een donkerrode ochtendjas aanlopen.

'Die is van mijn vrouw,' mompelde Eckstein.

'Dit huwelijk was een vergissing, een grote vergissing,' zei mevrouw Eckstein en knoopte een touw om de koffer waarin het bestek zat.

'Dat is een beetje laat na dertig jaar,' fluisterde Eckstein, 'maar beter laat dan nooit.'

Berk bracht een blauwe ochtendjas. 'Ja,' zei Eckstein, 'dat is de mijne.' Toen keek hij naar Broccoli, die weer in de Gouden Gids aan het bladeren was, en zei: 'Je moet niet bang zijn. Ik ben te oud om me zorgen te maken of de mensen me aardig vinden of niet. Als ik jou was zou ik me ook geen zorgen maken of de mensen me aardig vinden of niet. Het is verloren moeite. Als je maar geld hebt, zolang je maar geld hebt. Dan kun je tenminste in een goed hotel slapen.'

Broccoli bestudeerde de Gouden Gids en leek niets te horen.

Toen Berk Eckstein eindelijk in zijn blauwe ochtendjas had gehesen zei hij: 'Ik wil het huis nog een keer bekijken.'

'Dit huis was ons ongeluk,' zei mevrouw Eckstein. Er ging een touw om de vijfde koffer. Ik geloof dat ze allemaal vol zaten met huishoudelijke artikelen.

'Heks,' fluisterde Eckstein. En tegen Broccoli zei hij: 'Als de families niet meer bij elkaar blijven, houdt alles op. Dan is alles verloren. Hoe denk je dat de eerste Eckstein ooit in Zürich is beland? Vergeet niet dat we uit de goot kwamen.' Hij deed een stap in de richting van Broccoli en pakte zijn kin. 'Als de families bij elkaar waren gebleven hadden we nu een klein imperium gehad. Een klein imperium, geloof me.'

Ze brachten Eckstein naar de eerste verdieping. Meneer Berk trok hem en Broccoli duwde hem van achteren.

Hij bleef staan voor een kamer. De kamer was leeg, op een kast en een tafel met een naaimachine na.

'Hier ben je geboren,' zei Eckstein. Hij leunde tegen de deurpost en kreeg opnieuw een hoestaanval. Er kwam weer bruin spul uit zijn mond. Meneer Berk veegde Ecksteins gezicht schoon.

'Vollblutidiot,' siste Eckstein. Hij deed een lade van de kast open. Mevrouw Eckstein had ze kennelijk al leeggehaald. 'Daar stond je ledikant,' zei hij. 'Na je geboorte moest ik een maand op vakantie om bij te komen. Die negen maanden waren een hel.'

Ik was met ze meegelopen om niet achter te hoeven blijven bij mevrouw Eckstein en haar bestek. We gingen een andere kamer binnen. Er stond een groot bureau dat afgedekt was met plastic.

'Hier werkte ik,' zei Eckstein. 'Jij speelde op de grond. Ik had een autobus voor je gekocht. Een rode autobus uit Londen.' Opnieuw bevuilde hij zijn eigen gezicht en meneer Berk haalde weer zijn zakdoek tevoorschijn.

'Vollblutidiot,' riep Eckstein toen zijn mond voor de zoveelste keer werd afgeveegd. Hij liep naar het bureau. 'Die moet hier nog ergens liggen, die autobus.' Hij trok wat kastjes open, maar hij kon de autobus klaarblijkelijk niet vinden.

Meneer Berk liep achter hem aan als een trouwe hond. Klaar om in te grijpen als hij zou struikelen. Eckstein leunde op zijn bureau. 'Wat heb je met mijn geld gedaan?' zei hij zacht.

'Wie?' vroeg Berk.

'Hij daar,' zei Eckstein en wees op Broccoli. 'Wat heb je met mijn geld gedaan?'

Broccoli deed een paar passen in de richting van het bureau.

'Niets bijzonders.'

Beneden hoorden we het gerinkel van glazen.

'Dit is nu toch niet het moment...' begon meneer Berk.

'Jij moet je mond houden, Ludwig,' zei Eckstein. 'Jij bent een Vollblutidiot. Altijd al geweest. Daar kun je ook niets aan doen.' Hij leunde tegen meneer Berk. 'Is dat de telefoon?'

'Nee, dat zijn de glazen,' zei Berk.

'O god,' prevelde Eckstein, 'o grote god, de glazen. Die ook nog.'

De zenuwtrek rond zijn mond was nu nog erger dan een paar uur geleden. 'Als je je zoon niet meer kunt vertrouwen,' zei hij zacht, 'dan houdt alles op. Als de families niet bij elkaar blijven is alles verloren.' Hij rukte zich los uit de handen van meneer Berk. Hij zwaaide op zijn benen, maar hij bleef staan. Toen brulde hij: 'Houd op met dat gerinkel, je maakt me gek. Dat gerinkel maakt me gek. Hoor je me?'

'Al rinkel ik de hele nacht,' riep mevrouw Eckstein van beneden, 'dat is mijn zaak. En als het je niet aanstaat, dan hang je je maar op.'

We gingen de volgende kamer binnen.

'Hier sliepen we,' zei Eckstein. Hij wees op het bed, ook al overtrokken met een dikke laag plastic. 'Maar jij bent hier niet verwekt. Jij bent in het Zwarte Woud verwekt. Ze nam elke dag haar temperatuur op om te weten welke dag de vruchtbaarste zou zijn. En die dag waren we in het Zwarte Woud.'

Met een zucht liet hij zich op het bed vallen en zei: 'Laat mij maar even.'

'Moet ik niet het plastic eraf halen?' vroeg Berk.

'Nee,' zei Eckstein, 'dat is nergens voor nodig.' We hoorden hem mompelen: 'Laat mevrouw Meerschwam alles opruimen als ik weg ben. En geef haar een goeie tip.'

We liepen naar beneden. Er werd nog altijd met glazen gerinkeld. Meneer Berk maakte thee voor ons. Hij vroeg of hij een lied over de lente mocht zingen.

'Als je het zachtjes doet,' zei Broccoli.

We dronken thee in de keuken.

Het bestek gaat mee

'Blijf maar hier slapen,' zei Broccoli. 'We moeten vroeg op. Hun trein gaat om negen uur.'

Weer liep ik naar de telefoon. Dit keer nam Elvira op.

'Waar ben je al die tijd geweest?' vroeg ik.

'Op stap,' zei ze.

'Je klinkt ver weg.'

'Nee hoor,' zei ze.

Ik wist zeker dat ze ver weg klonk, maar het was nu niet het moment daar ruzie over te maken. 'Kom je naar de Bernard Zweerskade?'

'Wanneer?'

'Het is nu vijf uur,' zei ik, 'over twee uur?'

'Dat is goed.'

Het gerinkel van glazen deed er nu niet meer toe, en meneer en mevrouw Eckstein deden er ook niet toe, zelfs het gedrag van Broccoli was onbelangrijk. Voor de tweede keer die nacht herinnerde ik me dat ik niets liever wilde dan weggaan. Ook ik wilde vluchten, maar niet met allemaal bestek en kippenschaartjes.

Om half zes verscheen mevrouw Meerschwam. Ze had een grote boodschappentas bij zich. Toen ze mevrouw Eckstein zag, wilde ze haar meteen om de hals vliegen, maar mevrouw Eckstein duwde haar weg. 'Snel,' riep ze, 'snel, er moeten nog minstens drie koffers worden gepakt.'

'Ik doe dit alleen voor u,' zei mevrouw Meerschwam terwijl ze een schort uit haar boodschappentas haalde en die ombond. 'U denkt toch niet dat ik bij andere mensen op dit tijdstip koffers ga inpakken?' Ze daalde af naar de kelder en begon als een razende de complete voedselvoorraad naar de woonkamer te verhuizen.

De rest van de nacht zaten Berk, Broccoli en ik in de keuken terwijl mevrouw Eckstein en mevrouw Meerschwam de koffers inpakten. Regelmatig hoorden we boem-boem-boem. Broccoli legde uit dat mevrouw Meerschwam nu eenmaal dat soort geluiden maakte wanneer ze de keldertrap afliep. Eén keer hoorden we mevrouw Eckstein schreeuwen: 'Die mixen voor chocoladetaart zijn niet meer te krijgen, Frida, niet meer te krijgen, hoor je me?'

'Heet ze Frida?' vroeg ik.

'Ja,' zei Broccoli, 'mevrouw Meerschwam heet Frida. Maar we mogen haar absoluut geen Frida noemen. Ik smeek je, noem haar geen Frida, ze krijgt een toeval.'

Meneer Berk knikte. 'Er zijn maar zes mensen op de hele wereld die haar Frida mogen noemen. Twee ervan zijn dood.'

Af en toe kwam mevrouw Eckstein de keuken binnen om te kijken of er nog wat achter was gebleven in de kastjes. 'In die kast zit het fruit,' zei ze. 'Maak dat nog op voor het wordt weggehaald. Ik kan niet alles meenemen.'

Toen Broccoli een sigaret wilde opsteken, rukte ze de sigaret uit zijn mond en verfrommelde die boven de vuilnisbak. 'Nee,' riep ze, 'nee, grote god in de hemel, nee. Nee, nee, nee en nog eens nee.'

'Ze neemt zelfs de zakjes thee mee,' zei meneer Berk tussen twee liederen door. Hij was weer aan het zingen geslagen.

'Ik heb Elvira gevraagd te komen,' zei ik tegen Broccoli.

'Dat is goed,' mompelde hij. 'Heel goed. Elvira erbij, dat ontbrak er nog maar aan.'

Ik moest denken aan hoe hij met Elvira had gezoend in haar keuken, en hoe ik had toegekeken zonder dat ze het wisten. Of misschien wisten ze het maar lieten ze niets merken. Ik wist dat hij net zo naar Elvira verlangde als ik, misschien nog wel meer, en ik hoopte dat hij me ooit alles over haar zou vertellen wat ze mij niet verteld had. 'Wat zegt ze tegen je als jullie alleen zijn?' heb ik wel eens gevraagd. 'Later,' zei hij altijd. Of: 'Een andere keer.' Of: 'Over dat soort dingen praat je niet. Hebben ze je dat nooit verteld? Ben ik dan de eerste fatsoenlijke mens die je in je leven tegenkomt?'

Zo zaten we daar tot meneer Berk om half zeven zei: 'We moeten hem maar wakker maken.' Berk en Broccoli gingen de trap op. De woonkamer was veranderd in een delicatessenwinkel. Het gerinkel van glazen was eindelijk opgehouden. Opnieuw liep ik achter ze aan als een hond die telkens terugkeert naar zijn oude huis.

Hij lag op het plastic, zoals we hem hadden achtergelaten, met zijn sokken nog aan. Alleen zijn ochtendjas was opengevallen.

'Je gaat vandaag op reis,' zei meneer Berk.

Eckstein reageerde niet.

'Je moet je nog aankleden,' zei meneer Berk nu iets harder. Hij schudde aan de schouders van Eckstein. Toen gingen zijn ogen open.

'Geef me wat cognac,' brulde Eckstein.

'Hij is wakker,' zei Berk.

Eckstein keek ons aan zonder iets te zeggen. Hij maakte wat grimassen met zijn mond, daarna keek hij naar zijn sokken en zijn ochtendjas.

'Wie heeft me zo uitgedost?' vroeg hij schor.

'Ik,' zei Berk.

'Vollblutidiot,' fluisterde hij.

Meneer Berk trok hem overeind. Toen hij mij in de deuropening zag staan vernauwde hij zijn ogen alsof hij me beter wilde bekijken. Alsof hij niet meer wist wie ik was.

'Hoe heette dat meisje?' vroeg hij.

'Heeft u het tegen mij?' zei ik.

'Ja jij daar,' zei Eckstein, 'hoe heette dat meisje?'

'Welk meisje?' wilde Berk weten.

Broccoli liep naar het bed. 'Waarom wil je dat weten?'

'Dat is mijn zaak,' brulde Eckstein. 'Hoe heette dat meisje?' Hij zat nu rechtop in bed. Aan zijn onderlip kleefde wat opgedroogd bloed. Hij was net een vogelverschrikker. 'Ze heeft het jou verteld,' zei hij en wees op mij.

Ik schudde mijn hoofd. 'Echt niet.'

'Wie is dat meisje toch?' zei Berk.

Broccoli legde zijn hand op het hoofd van Eckstein. 'Ze heeft zich niet voorgesteld,' zei hij nadrukkelijk. 'We weten niet hoe ze heet.'

'Heeft ze zich niet voorgesteld?' vroeg Eckstein, 'helemaal niet?'

Van beneden klonk gerommel. Het gerinkel met glazen werd hervat, zo te horen.

'Kan ik je misschien helpen?' zei Berk.

Eckstein duwde Berk opzij. 'Jij weet toch van niets,' mompelde hij. Toen kreeg hij een hoestaanval. Tussen het hoesten door bleef hij herhalen dat hij de naam van het meisje wilde weten.

'Waarom toch?' vroeg Broccoli. Maar Eckstein weigerde uitleg te geven.

Toen de hoestaanval was afgelopen zei Berk: 'We moeten je nu echt aankleden, anders moet je naakt de taxi in.'

Eckstein had echt iets venijnigs deze ochtend. Hij trok Berk aan zijn stropdas naar zich toe en fluisterde: 'Dat zou je wel willen hè, Ludwig?'

'Laat ons maar even,' zei Broccoli.

Ik ging naar beneden. Er stonden minstens zoveel koffers als mevrouw Lopez bij zich had gehad en ook nog een paar rugzakken. Toen de bel ging rende ik naar de voordeur, maar mevrouw Eckstein was me voor. 'Het komt niet zo gelegen,' hoorde ik haar zeggen.

Ik wrong me langs haar heen. 'Neem me niet kwalijk,' zei ik, 'dit is Elvira, uw zoon heeft haar uitgenodigd.'

Ze keek me aan. 'Het komt echt niet zo gelegen,' zei ze nog een keer. En toen tegen Elvira: 'Mijn man en ik gaan op reis.' Ze leek me totaal ontredderd. Ze had de botervloot in haar hand.

'Ze blijft maar even,' zei ik. Ik nam Elvira mee naar de keuken.

'Wat is hier aan de hand?' vroeg ze.

Ik had haar willen omhelzen, maar ze gaf geen enkel teken dat ze omhelsd wilde worden. Ze zag er ook niet uit alsof ze de hele nacht niet had geslapen. Misschien had ze wel heel goed geslapen. Misschien had ze een nieuw bed.

'Ze gaan op reis,' zei ik. 'Ik zal Broccoli halen.' In het voorbijgaan raakte ik haar arm aan. Het hoefde niets te betekenen, het had ook per ongeluk kunnen zijn.

In de slaapkamer waren ze Eckstein in een nieuw pak aan het hijsen. Het was nog een hele operatie zo te zien. Toen ik dichterbij kwam trok Eckstein me naar zich toe en fluisterde: 'Jullie weten best hoe ze heette, maar jullie willen het niet zeggen hè, pestkoppen.'

Ik rukte me los. Ze waren allemaal gek aan het worden.

'Elvira zit in de keuken,' zei ik.

'Geef haar maar thee,' zei Broccoli, 'of iets anders. Geef haar voor mijn part cognac.' Hij ging verder met het strikken van de stropdas van zijn vader.

'Pestkoppen,' fluisterde Eckstein.

Toen ik terugkwam in de keuken zat Elvira een broodje te eten.

'Dat zijn lekkere broodjes, hè,' zei mevrouw Eckstein. Ze had de volgende al in haar hand.

'Waar ben je de hele nacht geweest?'

'Laat dat meisje eten,' zei mevrouw Eckstein.

Ik ging naar de woonkamer. Zo ongeveer alles wat loszat in dit huis was ingepakt. Boven hoorde ik meneer Eckstein schreeuwen: 'Als jullie me haar naam niet geven, reis ik niet af.' En toen meneer Berk: 'Doe toch niet zo eigenwijs, ik smeek je, wees voor één keer niet zo eigenwijs.'

De deur van de slaapkamer werd opengegooid. Eckstein verscheen op de overloop. Hij had een wit pak aan. Ze hadden hem een strooien hoed opgezet en hem zo te zien ook geschoren. Hij deed me denken aan een verdwaald circuspaard. Hij had zijn wandelstok in zijn hand.

'Niet alleen de trap af,' riep Berk.

'Zie je hoe ik word behandeld,' zei Eckstein en wees met zijn wandelstok in mijn richting, 'zie je dat?'

Voetje voor voetje gingen ze de trap af. Eckstein staarde naar de treden. Halverwege viel zijn hoed af. Hij gaf er een schop tegen. 'Zie je wat ze me opzetten?' zei hij tegen mij en opnieuw wees hij met zijn wandelstok in mijn richting.

Berk raapte de hoed op. 'Kom nou maar,' zei hij.

Toen hij eindelijk beneden was bekeek hij alle koffers en rugzakken en de enorme hoeveelheid blikjes. Hij schudde een paar keer zijn hoofd. Hij ging naast me zitten. 'Hoe heette ze?' fluisterde hij, 'alsjeblieft, hoe heette ze?'

Op dat moment kwam mevrouw Meerschwam uit de kelder met blikken geconcentreerd citroensap in haar hand. Ik kende dat soort blikken, mijn moeder had ze ook.

'Boebie,' riep meneer Eckstein, 'Boebie, wat heb ik je gezegd?'

Mevrouw Meerschwam zei: 'Het is goed dat ik u eindelijk weer eens spreek, meneer Eckstein. Heeft u al naar de tuin gekeken? Denkt u dat ik op mijn leeftijd nog het gras ga knippen? De buren spreken schande van uw tuin. Ik kom hier elke maand, dan hoor je het een en ander. Ze zeggen: "Die man woont in zo'n kast van een huis en weigert zijn tuin fatsoenlijk te onderhouden." Nou, ik kan ze geen ongelijk geven.' Ze keek meneer Eckstein uitdagend aan.

'Boebie,' riep meneer Eckstein met onvaste stem, 'Boebie, doe wat, of ik bega een ongeluk.'

Eindelijk kwam mevrouw Eckstein uit de keuken.

'Ik heb het hem gezegd,' zei mevrouw Meerschwam, 'ik heb het hem gezegd.' Toen zette ze de blikken een voor een op tafel.

'Hoor je het nu,' zei mevrouw Eckstein, 'ik zeg het je toch al jaren hoe ze me aankijken vanwege die tuin. En hoe zullen ze ons nu aankijken? Nu we in de gevangenis eindigen. O god, we komen vast in de krant. We komen in de krant, dat overleef ik niet.'

'Nee, nee,' zei meneer Berk, 'met de hand op mijn hart beloof ik je dat je niet in de krant zult komen.'

'Waar het om gaat,' zei mevrouw Meerschwam, 'waar het nu even om gaat is dat het nooit de afspraak was dat ik de tuin zou onderhouden. Daarom onderhoud ik de tuin ook niet, maar de buren kijken mij erop aan dat u geen tuinman in dienst neemt. Daarom sta ik dan ten slotte toch maar de bladeren te rapen, met mijn rug. En die houten stokken met rooie besjes die u in '85 heeft geplant, weet u dat ik in de herfst wel drie dagen bezig ben die rooie besjes van de grond te rapen. En ik heb u gewaarschuwd in '85: begin er niet aan. Je hele tuin komt onder de rooie besjes. En wie mag ze oprapen?'

'Dat zijn geen houten stokken met rooie besjes,' riep meneer Eckstein, 'dat zijn Japanse boompjes. Boebie, zeg haar dat ze nu moet gaan, en dat ze moet terugkomen als ik weg ben, voor er ongelukken gebeuren.'

Meneer Eckstein had zijn wandelstok vooruitgestoken en schuifelde zo in de richting van Frida Meerschwam. 'Laat me met rust,' brulde hij, 'laat me eindelijk met rust.'

Boebie schreeuwde: 'Ik ben getrouwd met een oude boef, mijn familie heeft het altijd al gezegd: "Die man wordt jouw ongeluk." En nu zullen ze het allemaal in de krant lezen.'

Meneer Eckstein stond nu vlak voor mevrouw Meerschwam. Hij keek haar een paar seconden zwijgend aan.

'Raus,' riep hij plotseling, 'raus, voor ik een ongeluk bega.'

'Zal ik gaan?' vroeg mevrouw Meerschwam.

Meneer Berk klopte op haar rug, want ze kreeg een hoestaanval. 'U weet toch hoe het hier toegaat,' fluisterde hij.

'Ga,' riep meneer Eckstein, 'ga, en neem die conserven mee.' Hij sloeg met zijn wandelstok op de blikjes.

'Ga maar,' fluisterde mevrouw Eckstein en duwde haar drie blikjes citroensap in de handen. 'En neem dit maar mee, voor je kinderen, het is niet meer te krijgen, het is het beste van het beste, geloof me. Ik ben er al die jaren enorm zuinig op geweest, maar neem ze nu maar mee.'

'Ik heb u gewaarschuwd,' zei mevrouw Meerschwam, 'ik heb u gewaarschuwd. Die houten stokken met rooie besjes eraan, dat wordt de hel. En het is nog niet eens mooi, als het nou nog mooi was, dan is het wat anders. En weet u wat de buren zeggen? "Die stokken met rooie besjes eraan, die groeien en groeien, en ze nemen onze zon weg. En wij hebben die rooie besjes ook in de tuin. En we hebben kinderen en die stoppen die besjes in hun mond. Die denken: Ha lekker." En ze kijken mij erop aan, de buren. Want u bent er nooit. U zit daar in Zwitserland. "Oh," zeggen de buren, "zit die weer in Zwitserland? Hij heeft geld om het hele jaar in Zwitserland te zitten, maar nog geen tuinman.

Nog geen tuinman." Ik heb het u al die tijd al willen zeggen, maar het kwam er nooit van. Ik word erop aangekeken. Daar heb ik geen trek in. Als u weg bent, ruk ik ze eruit, die stokken met rooie besjes.' Toen verdween ze met haar boodschappentas en de blikjes.

'Wat kan die vrouw praten,' zei Berk toen ze weg was, 'ongelooflijk.'

Ik stond op en ging naar de keuken. Daar was ik alleen met Elvira. Ze staarde naar haar broodje. Ik wist niets beters te doen dan ook maar naar haar halfopgegeten broodje staren. 'Wat ben je stil,' zei ik ten slotte.

'Zo ben ik soms,' zei ze. Toen pakte ze plotseling mijn hoofd alsof het een voetbal was en kuste me. Ik vond het niet erg dat ze deed of mijn hoofd een voetbal was. Hield ze mijn hoofd maar vaker vast alsof het een voetbal was. Maar het moment was een beetje vreemd en opeens begreep ik wat mensen bedoelden wanneer ze zeiden dat ze bang waren om gek te worden. Ik rukte me voorzichtig los. 'Laten we maar naar binnen gaan.'

'Vind je dat ik dik aan het worden ben?' vroeg ze.

'Nee,' zei ik, 'helemaal niet, absoluut niet, integendeel.'

Ze keek me peinzend aan en toen schreef ze iets op in haar opschrijfboekje.

Broccoli had ook een pak aangetrokken. Hij en Berk waren de haren van Eckstein aan het kammen, maar toen we binnenkwamen hielden ze daarmee op. Iedereen staarde ons aan, of beter gezegd, ze staarden Elvira aan. Vooral meneer Eckstein. Zijn ogen werden heel groot. Voor het eerst deden ze me denken aan de ogen van Derrick, de Duitse commissaris.

Elvira staarde hem net zo aan als hij haar. Ik wist zeker dat zij niet de gewoonte had mensen aan te staren.

Niemand zei iets, tot meneer Eckstein riep: 'Word ik niet even voorgesteld?'

Broccoli bracht Elvira naar Eckstein. Ze moesten over de koffers heen stappen, wat maar nauwelijks lukte. 'Dit is Elvira,' zei hij.

Eckstein pakte de hand van Elvira vast. Haar hand trilde in zijn hand, maar dat deed alles wat hij vasthield. 'Hoe?' zei hij en lachte.

'Elvira,' zei ze nu zelf.

'Dat is een mooie naam,' zei Eckstein. Hij gaf een kus op haar hand

en liet hem los. Er zat nog altijd opgedroogd bloed op zijn lip.
'Ludwig, wanneer komt de taxi?'
'Over een kwartier,' zei Berk.
'Dan haal ons wat uit de Keller.'
'Wat moet ik uit de Keller halen?'
'Champagne, du Vollblutidiot.'
'Is dit wel het moment?' vroeg Berk.
'Ik gooi het naar jullie hoofd,' zei mevrouw Eckstein. 'Ik gooi het naar jullie hoofd, ik waarschuw jullie.' Maar meneer Eckstein zwaaide met zijn wandelstok om zich heen en brulde: 'Een fles uit mijn Keller.'
Door de opwinding was de wond op zijn lip opengesprongen. Broccoli drukte zijn zakdoek ertegen. En Berk ging naar beneden.
'Aangezien dit leven weinig aanleiding geeft tot feestjes,' zei Eckstein, 'moet het minste of geringste aanleiding zijn voor een goed glas, geloof me. Ik praat uit ervaring. Het minste of geringste.' Tijdens het spreken bleef hij Elvira aankijken. En zij keek terug. De wond bloedde enorm. Ik vroeg me af of ze elkaar ergens van kenden.

Berk kwam terug met glazen en een reusachtige fles, zo'n anderhalveliterfles champagne.
'Jij doet het,' zei Eckstein en wees op Broccoli.
Broccoli ontkurkte de fles. Niemand zei iets, zelfs mevrouw Eckstein niet. Eckstein hief zijn glas, maar het enige wat hij zei was: 'Champagne is volkomen onschuldig.' Even later was zijn glas alweer leeg.
Broccoli zette de radio aan. Een man zong: 'Ich bin so hässlich. Ich bin der Hass.'
'Nog een glas,' zei Eckstein.
'Je moet toch reizen,' zei Berk, maar het was een zwak verweer, want nog voor hij was uitgesproken was Ecksteins glas alweer vol.
Nu zong een vrouw: 'Denn die Liebe, Liebe, Liebe, Liebe, die macht viel Spass, viel mehr Spass als irgendwas.'
Toen de fles op was zei Eckstein: 'Ik houd niet van die scènes op het station, dus neem nu maar afscheid van me.'
Mevrouw Eckstein had al die tijd haar mond gehouden, maar nu riep ze: 'Maar de taxi komt zo. Wil je ons dan allemaal kapotmaken? Moeten we in de gevangenis eindigen?' Ze voegde eraan toe: 'En het bestek gaat mee.' Daarbij klopte ze op haar drie rugzakken alsof het haar paarden waren.

'Dat is haar strijdkreet geworden,' fluisterde Broccoli, 'het bestek gaat mee.'

'Ik word nerveus van die scènes op het station,' zei Eckstein.

Omdat Broccoli zijn zakdoek niet langer tegen de lippen van Eckstein gedrukt hield liep er een dun straaltje bloed langs zijn kin, maar niemand scheen het te merken.

'Zeg toch wat, Ludwig,' riep mevrouw Eckstein.

Berk maakte een gebaar dat hij was uitgesproken, dat hij al een hele tijd geleden was uitgesproken.

'Ga maar,' fluisterde Broccoli. Hij duwde me naar voren. Ik struikelde bijna over een koffer. Ik liep naar Eckstein en gaf hem een hand. 'Een goeie reis,' zei ik, maar hij luisterde niet naar wat ik te zeggen had. Dat was maar goed ook, want ik had niet veel te zeggen. Hij klopte met zijn hand op mijn schouder en zei: 'Het is goed dat het tentenkamp hier is ontmanteld. Als je ooit nog een vrouw nodig hebt, koop eerst een goed bed. Geen verstandig mens heeft een hernia over voor de liefde.'

Iedereen bekeek hem alsof hij een profeet was of een buitenaards wezen. Eckstein moest erg om zichzelf lachen. Hij tilde zijn glas op en wees ermee naar Berk, maar er was geen champagne meer. Daarom vulde Berk het met cognac. Toen trok Eckstein Berk voor de tweede keer aan zijn stropdas naar zich toe. Dit keer omhelsde hij hem en fluisterde: 'Du Vollblutidiot.'

Wat hij tegen Broccoli zei kon niemand verstaan. Wel zagen we hoe hij op het eind Broccoli aan zijn oor trok. Hij moet het nogal hardhandig hebben gedaan, want Broccoli's oor werd helemaal rood. Ik keek om me heen of de anderen het ook hadden gezien, maar iedereen bekeek de rugzakken en de koffers en meneer Berk neuriede. Voor de tweede keer die nacht dacht ik: Ze zijn allemaal gek geworden. Buitenaardse wezens zijn vannacht geland en hebben de waanzin in Amsterdam-Zuid verspreid.

Toen hij Broccoli had losgelaten keek hij Elvira aan. Meneer Berk was opgehouden te neuriën, alleen de radio speelde door. Ze liep naar hem toe. Nog voor ze helemaal bij hem was had Eckstein haar hoofd al gepakt en het tegen het zijne gedrukt. Zo bleef hij zitten, zonder iets te zeggen. Minutenlang, zo leek het. Broccoli wreef over zijn oor en meneer Berk begon weer te neuriën.

Mevrouw Eckstein doorbrak de stilte door te zeggen: 'Maar je kent haar helemaal niet.'

Eckstein liet haar los. 'Dat is onbelangrijk,' zei hij, 'dat is volkomen onbelangrijk.'

Ik keek naar Elvira, maar ze keek naar de grond. Er kleefde bloed aan haar kin en ik bedacht me hoe weinig ervoor nodig is om iemand er belachelijk te laten uitzien.

Eckstein stond op en gooide zijn champagneglas in dezelfde hoek waar hij 's nachts al twee cognacglazen heen gegooid had. 'Nu jullie,' riep hij. Door de omhelzing met Elvira zat het bloed over zijn hele gezicht. Hij leek me eerlijk gezegd door het dolle heen.

'Mijn kristallen glazen,' brulde mevrouw Eckstein.

'Die hebben we niet meer nodig,' brulde Eckstein terug, 'gooi ze kapot.' Hij keek ons aan alsof wij troepen waren die hij inspecteerde.

Elvira deed als eerste een stap naar voren. Ze ging staan waar Eckstein had gestaan. Ik heb haar zelden meer zo mooi gevonden als op dat moment. Niet om wat ze aanhad, of om haar lippenstift, of om de bloedvlekken of omdat ze mooi was. Maar omdat ze daar waardig en ongenaakbaar stond. Precies wat wij niet waren, maar wel wilden zijn. Het leek alsof alle rugbyspelers en cameramannen en filmproducenten van haar af waren gegleden als water. Het was natuurlijk niet zo, maar het leek zo en dat was mooi.

Mevrouw Eckstein wierp zich voor Elvira, tussen het glas en de muur. 'Dit zijn onze mooiste kristallen glazen,' riep ze. En toen zachtjes: 'Ze zijn nauwelijks gebruikt.' Ze keek Elvira aan, maar Elvira keek terug alsof ze er niets aan kon doen dat ze daar nu eenmaal stond en dat ze dat glas kapot ging gooien.

Berk probeerde mevrouw Eckstein weg te trekken. 'Is dat nou nodig?' zei hij tegen mevrouw Eckstein, 'we kennen elkaar al zo lang, moeten we zo afscheid nemen?'

Op de radio werd de ene Duitse schlager na de andere gespeeld.

'Mijn glazen,' zei ze.

'Die zijn vervangbaar,' zei Berk.

Toen hoorden we hoe een glas kapotsloeg. Het was Broccoli die zijn champagneglas kapot had gegooid. We draaiden ons allemaal naar hem om en daardoor zagen we dat in de deur naar de keuken een klein mannetje stond, met een snor en met een pet in zijn hand.

Het mannetje kuchte een paar keer. Toen zei hij: 'De keukendeur stond open.' Hij stapte naar voren, nog altijd met zijn pet in zijn hand.

'Goed dat u er bent,' zei mevrouw Eckstein. 'Eindelijk.'

Hij knikte. Hij stevende recht op meneer Eckstein af, greep zijn hand en prevelde: 'Het is goed u te zien, in goede gezondheid, bedoel ik. Uw vrouw vertelde mij over uw plotselinge vertrek. Het spijt me zo –'

'Hoe minder je zegt hoe beter het is,' zei Eckstein.

'Trekt u zich er maar niets van aan,' zei mevrouw Eckstein tegen het mannetje, 'hij is een beetje in de war.'

'Dat is te begrijpen,' zei het mannetje. Hij veegde voortdurend met de rug van zijn hand over zijn bezwete voorhoofd. Maar zo warm was het niet.

'Dit is de man van mevrouw Meerschwam,' fluisterde Broccoli, 'hij verhuurt zich soms als taxichauffeur. Zwart natuurlijk.'

'U ruikt als een roosje en u bent als een roosje,' hoorden we meneer Meerschwam tegen mevrouw Eckstein zeggen. Ze begon zachtjes te huilen.

'Mijn glazen,' prevelde ze. Huilde ze echt om haar glazen? Ik heb het haar niet gevraagd. Niemand heeft het haar gevraagd.

'Dat was dat, Ludwig,' zei Eckstein tegen Berk. 'Laat mevrouw Meerschwam het opruimen en geef haar een goeie tip. Het is hier een zwijnenstal.' Hij wees op de scherven in de hoek. 'En geef de conserven aan een goed doel.' Door de hele kamer verspreid stonden blikjes die mevrouw Eckstein niet meer kwijt kon in haar koffers. En in een hoek, vlak bij de open haard, stonden minstens vijftig potten appelmoes.

Toen zei Eckstein tegen ons: 'Belangrijke gebeurtenissen moet je niet onopgemerkt voorbij laten gaan.'

Berk knikte. Elvira stond tegen de muur geleund. Ze schreef iets op in haar rode opschrijfboekje.

'We moeten echt gaan,' zei het mannetje. Hij had twee koffers opgepakt. Een rugzak zat al op zijn rug.

Berk zette de hoed op het hoofd van Eckstein, maar die sloeg hem er meteen weer vanaf. 'Onthoud maar dat ik geen clown ben,' zei hij zacht, 'en zelfs als ik een clown ben, dan ben ik nog altijd een clown met smaak.'

Berk raapte de hoed op. Er was nu zo vaak tegenaan geschopt dat er allemaal zwarte vlekken op zaten. 'Maar je vat vast kou,' zei Berk en hij tikte op zijn hoofd alsof hij wilde aangeven dat Eckstein bijna geen haar meer had.

'Dat is dan mijn zaak,' zei Eckstein.

Meneer Meerschwam kwam weer binnen. Hij pakte drie koffers en rende ermee weg. Als een nerveuze pakezel.

'Dus geen hoed?' zei Berk. Hij klonk heel bedroefd. Ik begreep opeens dat hij die hoed voor Eckstein had uitgezocht, misschien was het wel een cadeau.

'Geen hoed,' zei Eckstein.

'En zij gaan ook allemaal mee?' vroeg Meerschwam. Hij wees op ons. Alle koffers zaten inmiddels in zijn auto.

'Ja, wij gaan allemaal mee,' zei Broccoli.

'Dat gaat nooit in de auto,' riep Meerschwam. 'En we zitten al in tijdnood.' Hij leek me een zenuwinzinking nabij.

'Kan ik niet met mijn vaders auto gaan?' informeerde Broccoli.

'Nee, nee,' zei Berk, 'liever niet. Alles moet worden verkocht.'

Toen kwam mevrouw Eckstein tevoorschijn uit de badkamer. Ze had een hoed opgezet. Het leek meer een omgekeerde bloempot. Er zaten van die bloemetjes opgeplakt, maar daar had volgens mij de mot in gezeten.

'Ik ben hier nog mee getrouwd,' zei ze zacht tegen mij en wees op haar hoofddeksel. Ik vroeg me af of de anderen ook hadden opgemerkt wat mevrouw Eckstein op haar hoofd had gezet, maar niemand schonk de minste aandacht aan haar.

'We moeten echt gaan,' riep Meerschwam. 'De trein wacht niet op jullie.'

Eckstein liep naar de voordeur. Berk liep achter hem aan, maar toen Berk hem een arm wilde geven draaide hij zich om. Hij bekeek de woonkamer. 'Dat was het dan,' zei hij. Het leek net of hij tegen Elvira praatte.

Toen trok Berk hem mee. Daarachter liep mevrouw Eckstein, ze had vier plastic tassen van Albert Heijn in haar hand. 'Niets dan ongeluk heeft dit huis ons gebracht,' prevelde ze nog. Daarachter liep de nerveuze pakezel, en toen kwamen wij. Broccoli sloot af.

Eckstein zat voorin, naast de chauffeur. Net als de vorige nacht.

Meerschwam hield het portier open. Toen mevrouw Eckstein instapte zei hij: 'U heeft een prachtige hoed op.' Ze begon te stralen. 'Het is mijn trouwhoed,' zei ze.

De pakezel grijnsde. Toen gooide hij het portier dicht. Meneer Berk zat naast mevrouw Eckstein. Hij zwaaide naar ons.

Ze reden weg. Elvira, Broccoli en ik bleven staan om te wachten op de taxi die Broccoli besteld had. Er zat nog altijd wat bloed op Elvira's kin, maar we durfden er niets van te zeggen. We moesten een kwartier wachten. 'We halen het nooit meer,' zei Elvira.

Toen de taxi eindelijk kwam zei Broccoli dat ik maar voorin moest gaan zitten. Elvira legde haar hoofd op zijn schoot. Alsof ze wilde slapen.

'We hebben haast,' zei Broccoli.

'Wie niet,' zei de chauffeur.

We kwamen ze weer tegen op het perron. De trein was er nog niet. Meneer Meerschwam paste op de koffers. Hij keek schichtig om zich heen. Eckstein deelde pepermunt uit.

Ik zag nu dat Berk de hoed toch had meegenomen, in een plastic zak. 'Als je hem toch nog wilt hebben,' hoorde ik hem zeggen, 'het schijnt koud te zijn in Zürich.'

Er waren niet veel mensen op het perron. Wat oude dametjes met hutkoffers, vast op weg naar de bergen. De trein naar Zürich zou niet vol worden.

Mevrouw Eckstein liep nerveus over het perron met haar omgekeerde bloempot. 'We zijn hier als misdadigers gekomen en we gaan hier weer als misdadigers weg, en dat allemaal door jou,' zei ze en wees naar Eckstein. 'Ze zouden zich omdraaien in hun graf.'

'Ze hebben geen graf,' zei Eckstein rustig, 'dat zou een geruststelling moeten zijn.' Hij stak zelf het laatste pepermuntje in zijn mond en zei: 'En zet die muts af, anders ga ik niet met jou in één coupé.'

Ze luisterde niet meer, ze liep naar de pakezel en zei: 'Doet u de groeten aan uw vrouw?' Het mannetje knikte. Mevrouw Eckstein zette de vier plastic tassen die ze al die tijd had vastgehouden ineens op de grond en zei: 'Ik kan dit toch allemaal niet meer, ik ben toch geen vijftien meer. We zullen de rest van ons leven in de gevangenis slijten. We zullen nergens meer een rustig moment hebben.'

'Het komt vast allemaal goed,' zei de pakezel, 'en die hoed staat u beeldig.' Hij veegde zijn gezicht weer af.

'Haute couture,' zei mevrouw Eckstein zacht, en wees op haar hoed, 'haute couture.'

Elvira bestudeerde de dienstregeling. Of deed alsof. Af en toe keek ik in haar richting, maar ze keek niet terug. En Eckstein riep: 'Voor niets heb ik me gehaast, zo gaat het al mijn hele leven.'

Toen kwam de trein. Mevrouw Eckstein rukte het eerste het beste portier open dat ze zag en wilde naar binnen gaan, maar Berk riep: 'Ho ho, ik heb toch gereserveerd, eerste klas, wagon 176.'

Meneer Meerschwam begon met de koffers te rennen zonder precies te weten waarnaartoe, zodat het er uiteindelijk op neerkwam dat hij rondjes rende.

Berk klampte een conducteur aan. 'Wagon 176?' vroeg hij.

De conducteur wees naar de locomotief. 'Helemaal vooraan,' zei hij.

Meneer Berk begon naar voren te rennen. De pakezel rende achter hem aan met de koffers, daarachter mevrouw Eckstein. Ze had haar hoedje afgezet.

Eckstein riep: 'Ludwig, houd de deur open, dan gaat de trein niet weg.'

Elvira had al die tijd achteraf gestaan, maar nu kwam ze naast Eckstein lopen. Ze gaf hem een arm. Het leek net of ze op weg waren naar een ceremonie, zo langzaam liepen ze, of naar een feest. Maar waarschijnlijk kon Eckstein niet sneller.

Toen we allemaal bij wagon 176 waren riep mevrouw Eckstein: 'De vijfde koffer, waar is de vijfde koffer?'

Berk telde de koffers na. Hij kwam inderdaad maar tot vier.

'We zijn met vijf koffers weggegaan,' zei mevrouw Eckstein, 'ik weet het zeker. Hij staat nog op het perron.'

Meneer Meerschwam rende terug. 'Laat die koffer toch,' zei Eckstein. Maar mevrouw Eckstein ging voor een conducteur staan die langsliep. 'Alstublieft niet weggaan,' zei ze, 'mijn bestek staat nog op het perron.' Ze wilde zijn hand vastgrijpen, maar de conducteur liep verder en zei rustig: 'Ik ga daar niet over.'

'Mijn bestek staat nog op het perron,' gilde mevrouw Eckstein nu.

Elvira stond naast meneer Eckstein en ik zag dat hij iets in haar oor fluisterde. Niemand lette daarop, want ze keken allemaal naar de pakezel die met een Schots geruite koffer kwam aangerend. 'Hij stond er nog,' hijgde hij, 'hij stond er nog.'

Mevrouw Eckstein griste de koffer uit zijn handen.

Ze stapten in.

Meneer Meerschwam greep de hand van Eckstein en zei: 'Het is me altijd een eer geweest voor u te werken, ik weet dat u veel voor onze familie heeft gedaan –'

'Ja ja,' zei Eckstein. Toen draaide hij zich om naar Berk en zei zacht: 'Geef hem een goeie tip, Ludwig.'

We gingen allemaal mee naar de coupé, behalve meneer Meerschwam, die bleef buiten staan. Er konden zes mensen in de coupé, maar door alle koffers, rugzakken en plastic tassen was er nauwelijks plaats voor meneer en mevrouw Eckstein zelf.

Eckstein had zich in een hoek genesteld.

'Waar zijn de paspoorten?' vroeg hij.

'Welke?' zei Berk.

'Zoveel hebben we er ook weer niet.'

'Ik heb alle papieren vanochtend in je binnenzak gestopt,' zei Berk.

Elvira was buiten op de gang blijven staan.

'Ze zullen ons bij de grens oppakken,' riep mevrouw Eckstein in paniek. 'Ze zullen ons bij de grens oppakken.'

'Gelooft u me, alles is geregeld,' zei Berk en klopte haar geruststellend op haar schouder. Ze lachte. 'Om in de gevangenis te eindigen.'

'Sterkte,' zei Berk en hij gaf haar een kus op haar wang, 'sterkte.'

Ze haalde fruit uit een plastic tas.

'De families moeten bij elkaar blijven,' zei Eckstein vanuit zijn hoek, 'anders waren we nooit in Zürich beland. Nooit. En nu moeten jullie weg.' Hij omhelsde Berk gehaast. Tegen mij zei hij nog: 'Michaël vertelde dat jullie vrienden zijn. Het was een aangename ontmoeting, alleen een beetje haastig.' Toen rommelde hij in zijn binnenzak, zonder te vinden wat hij zocht.

'Ewald Krieg,' zei hij ten slotte, 'was het niet Ewald Krieg?'

Ik knikte.

'Geef de groeten aan je familie. Zeg maar "de groeten van Eckstein", ze weten vast wel wie ik ben, zeg maar "de Eckstein van de Bernard Zweerskade", dat kan niet missen.' Hij haalde twee briefjes van honderd uit zijn broekzak en stopte ze in mijn hand, terwijl hij mompelde:

'Jonge mensen hebben toch altijd geld nodig.'

Daarna draaide hij zich om naar Broccoli. Het leek wel alsof hij Broccoli wilde optillen, maar het lukte hem natuurlijk niet. Tegen Elvira zei hij niets meer.

Berk zei: 'De hoed ligt in het bagagenet.'

Eckstein keek omhoog. 'Ik kan hem altijd nog aan een bedelaar geven,' fluisterde hij.

We liepen allemaal naar buiten en gingen voor het open raam van de coupé van de Ecksteins staan. Mevrouw Eckstein had een washandje gepakt en was nu bezig de handen van haar man te wassen. 'Anders krijg je ziektes,' hoorden we haar zeggen.

De pakezel fluisterde: 'Wat een lieve mensen.' Maar niemand lette op hem.

Toen zijn handen waren gewassen stond Eckstein op en deed het raam nog verder open.

'Bel op als je bent aangekomen,' zei Berk.

Eckstein knikte. Hij keek naar Elvira. Of leek het maar zo? Dacht ik dat iedereen naar Elvira keek?

Mevrouw Eckstein had haar bloempot weer opgezet. Ze had een thermosfles gepakt en was nu bezig koffie te pompen; de pomp werkte niet meer zo goed, want er kwam geen koffie uit.

'Ik zal alles afhandelen,' zei Berk, 'maak je geen zorgen.'

'Vollblutidiot,' was het antwoord van Eckstein. Hij draaide zich om naar zijn vrouw. 'Boebie, zet dat hoedje af. Zo kan ik niet met je op reis.'

Het was haar net gelukt wat koffie uit de thermosfles te krijgen. 'Nooit,' zei ze. 'Ik houd mijn hoed op. Het is haute couture, ik hoef me er niet voor te schamen.'

'Zet die hoed af, Boebie,' riep Eckstein.

Mevrouw Eckstein haalde een paraplu uit een van de plastic tassen en zette 'm op. Het was een rode paraplu.

'Zo blijf ik nu de hele reis zitten,' zei ze.

We kwamen wat dichter bij het raam staan om dit beter te kunnen bekijken. Mevrouw Eckstein zat onder een paraplu alsof ze regen in de trein verwachtte of iets te veel zonneschijn.

'Ik blijf de hele reis zo zitten,' verklaarde ze nog een keer, 'al pakken ze me op, het kan me niet schelen.'

Berk duwde ons opzij. 'Dat is overdreven,' zei hij rustig, 'doe die paraplu nou maar dicht.'

'Ik blijf er de hele reis onder zitten,' verklaarde ze, 'dan hoef ik tenminste die vent niet te zien.' Ze wees op Eckstein. Hij stond nog altijd uit het raam geleund.

'De families moeten bij elkaar blijven,' zei hij, 'anders is alles verloren. Geloof me, ik had een imperium kunnen hebben als ik de enige was geweest die had nagedacht. Als niemand anders zich ermee had bemoeid, als ik niet naar de adviezen van die idioten had geluisterd. Ja Ludwig, dat waren fantastische adviezen, je wordt gefeliciteerd.'

Hij wees op Broccoli. 'Jij zult de laatste Eckstein zijn met een bankrekening in Zürich. Vergeet dat niet.'

Mevrouw Eckstein zat nog altijd onder haar paraplu. Ze zeggen dat de liefde een gezicht heeft en een mond en ogen, maar dan moet ook het bedrog een gezicht hebben en ogen en een mond. Ook bedrog bestaat alleen voor degene die het wil zien, en er was niet veel dat ik wilde zien, er was maar heel weinig dat ik wilde zien.

'Doe die paraplu nou dicht,' probeerde Berk nog een keer. Ze deed de paraplu inderdaad dicht, maar niet voor lang.

'Ik schijt op je kale hoofd, Ludwig,' riep ze, 'ik schijt erop.' Toen ging de paraplu weer open.

Berk keek ons aan. 'Het is een grapje,' zei hij alsof hij haar wilde verontschuldigen.

'Eet veel vers fruit,' riep ze nog tegen Broccoli, 'anders vallen je tanden uit. Appels, appels zijn het beste.'

'Ik houd niet van appels,' zei Broccoli, maar ze hoorde hem niet of luisterde niet. 'Mijn wonderkind,' riep ze, 'mijn wonderkind.' En toen tegen ons: 'Hij wordt een hele grote professor.'

De trein begon te rijden. Heel langzaam, stap voor stap. We bleven staan waar we stonden. Eerst zagen we het hoofd van Eckstein uit het raam, toen trok hij het terug, en een paar seconden later verscheen zijn wandelstok in beeld.

'O god,' zei Berk. Maar toen verdween ook die wandelstok weer en verscheen de Schots geruite koffer. Een paar seconden bleef de Schots geruite koffer op het raam balanceren, half binnen, half buiten de coupé. Meneer Berk begon achter de trein te rennen. De koffer viel op het perron. Meteen daarna verscheen het hoofd van Eckstein weer uit het raam. 'Het bestek blijft hier,' brulde hij. Hij brulde nog meer, maar dat konden we niet verstaan, want de trein maakte te veel lawaai. Ten slotte zagen we alleen nog maar zijn vuist uit het raampje.

We liepen naar meneer Berk toe. Hij stond op ons te wachten met de koffer in zijn hand. 'Laten we maar even naar het eind van het perron lopen,' zei hij, 'misschien heeft hij nog meer uit de trein gegooid.'

Inderdaad, helemaal aan het eind van het perron vonden we nog de rode paraplu en vier pakken mix voor chocoladetaart.

'Ik hoop dat ze niet helemaal met lege handen in Zürich aankomen,' zei Berk en raapte de paraplu op.

We liepen naar de uitgang.

'Wat een mens,' zei Berk zacht, 'wat een onmogelijk mens. Maar ja, hij komt nog uit het oude Europa.' Alsof dat alles verklaarde, alsof alle mensen uit het oude Europa onmogelijk waren.

'Kan ik u naar huis rijden?' vroeg Meerschwam.

'Nee,' zei Berk, 'we nemen wel de tram. We hebben niet zoveel bagage.' Hij drukte het mannetje wat bankbiljetten in zijn hand.

'Zeg tegen uw vrouw dat ze maar snel moet langskomen,' zei Berk. 'En dat ze het meneer Eckstein maar niet kwalijk moet nemen, het is niet niets, zo'n verhuizing.'

Het mannetje liep achteruitlopend weg, alsof hij een buiging wilde maken.

'Waar is Elvira?' zei Broccoli.

We moesten tien minuten op haar wachten. Ik dacht eraan hoe vaak ik niet de reis had gemaakt die de Ecksteins nu maakten. Helemaal langs de Rijn naar beneden. En steeds hadden we voor het raam gewacht op de Lorelei. 'We moeten wel de Lorelei zien,' zei mijn vader altijd. Maar hoe konden we de Lorelei herkennen tussen al die bergen?

'Waar was je?' vroeg Broccoli.

'Ik was even wat zoeken,' zei Elvira. Ze had een pak mix voor chocoladetaart in haar hand.

Broccoli schudde zijn hoofd. 'Wie gaat er dingen zoeken op perron 7b? Begrijp jij dat?'

'We hebben wel wat koffie verdiend,' zei Berk.

We liepen naar Smits Koffiehuis. Het was half tien in de ochtend en het was echt een prachtige herfstdag.

IV

Wattenstaafje

'Nu zijn ze in Keulen,' zei Berk. We hadden al twee uur zwijgend aan een tafel bij het raam gezeten en naar de rondvaartboten gekeken. Het leek hem treurig te stemmen dat ze al in Keulen waren. Maar misschien was het gewoon de ochtend, de zon, het water of de koffie. Het was behoorlijk slechte koffie.

Elvira tekende wat in haar opschrijfboekje en Broccoli zag er nog altijd uit alsof hij een nacht in een vrieskast had doorgebracht.

'Je kunt niet aan de Bernard Zweerskade blijven wonen,' zei Berk. 'Het moet allemaal snel gebeuren. Het heeft haast.'

'Ik weet het,' zei Broccoli.

Ik dacht aan de mensen die mij dringend hadden aangeraden over de toekomst na te denken en dan vooral over die van mijzelf. Ik had daar de afgelopen maanden niet over nagedacht en hier aan deze tafel leek me dat het enige juiste.

'Ik ga wel in een hotel,' zei Broccoli.

'Dat is toch waanzin,' zei Berk, 'dat zou je vader nooit goed hebben gevonden.' Hij roerde in zijn kopje, maar het was leeg.

'Je kan bij mij slapen,' zei Elvira.

Ze keken elkaar aan, maar Broccoli zei niets. Ik vond het niet erg dat Broccoli bij haar zou gaan wonen, ik vond het zelfs wel handig.

'Toen ik acht was,' zei Elvira, 'wilde ik een heilige worden. Ik ging elke dag na school naar de kerk, hoewel mijn vader het verschrikkelijk vond, want die had een hekel aan kerken. Er was een man in de kerk, die zei: "Kom maar mee, ik zal een heilige van je maken, kom maar mee, dan word je een heilige."'

'Waarom wilde je een heilige worden?' vroeg ik.

'Ik vond niets zo mooi als heiligen,' zei Elvira, 'hoe ze eruitzagen, en wat ze deden, en hoe ze leefden. Ze waren het mooiste wat er was.'

'Ik heb nooit een heilige willen worden,' zei Broccoli, 'geen haar op mijn hoofd die erover dacht een heilige te worden.'

Berk stond op. 'Ik moet weg, het wordt een drukke dag,' zei hij. Hij pakte de koffer.

We zagen hem naar de tram lopen. Hij liep een beetje scheef. Ik vroeg me af wat er met dat bestek zou gebeuren.

'Een van ons moet wereldberoemd worden,' zei Broccoli plotseling, 'een van ons moet het lukken.' Hij keek ons aan alsof hij verwachtte dat wij nu zouden beslissen wie van ons drieën het zou worden.

Elvira lachte. 'Ik begrijp niets van mannen,' zei ze.

'En van vrouwen?' vroeg Broccoli.

'Misschien ook niet. Dus je komt bij me wonen?' Het was alsof ze iemand uitnodigde een ijsje te gaan eten.

'Dat is goed,' zei Broccoli. 'Zie je de neuroloog nog wel eens?'

'Bijna niet,' zei ze. 'Hij gaat helemaal op in zijn werk.' Ze stond op en ik herinnerde me hoe ze een paar uur daarvoor in het huis van de familie Eckstein met het champagneglas in haar hand had gestaan, klaar om het kapot te gooien. Als de avonden lang zijn gooi ik wel eens wat glazen kapot in een hoek van de woonkamer. Bij wijze van saluut. Zoals andere mensen drinken op een verre vriend.

Broccoli betaalde. Ik nam me voor ooit voor Broccoli te betalen, zoals hij voor mij had betaald. En als hij er niet meer was, dan voor iemand anders. Het is beter voor anderen te betalen, dan dat zij voor jou betalen. Met bedrog is het geloof ik andersom. Het is beter bedrogen te worden dan zelf te bedriegen. Misschien geldt dat ook wel voor moord.

We liepen over het Damrak en toen over het Rokin, helemaal naar beneden tot we op de Ceintuurbaan stonden.

'Laten we naar de Chinees gaan,' zei Broccoli.

'De Chinees?' vroeg Elvira.

'De Chinees,' zei Broccoli. 'Sin Ta Wah in de Scheldestraat, de beste Chinees van Amsterdam, dat staat op het uithangbord. Ik zou eigenlijk een boek over Chinese restaurants moeten schrijven, mijn vader is dol op Chinees eten. Hij is dol op alles dat uit China komt.'

'Dat valt volgens mij best mee,' zei Elvira.

We liepen naar de Scheldestraat. We bestelden foeyonghai om mee naar huis te nemen. Daarna gingen we langs ijssalon Venetië. Ze waren nog open. In de herfst gingen ze op een gegeven moment dicht, en pas in de lente gingen ze dan weer open. Ik dacht aan hoe vaak ik hier had gezeten, maar nooit met Broccoli en Elvira.

We gingen binnen zitten.

'Je vader is een rare man,' zei Elvira.

'Ja,' zei Broccoli, 'hij is een rare man.' Hij had nog altijd dat pak aan, dat ik nog niet eerder had gezien. Hij zag eruit alsof hij naar een feest moest. Ik had net voorgesteld naar Venetië te gaan. De stad.

'Wat moeten we in Venetië?' vroeg Broccoli.

'Hetzelfde wat we hier doen,' zei ik.

'Dan is het goed,' zei Elvira.

Inderdaad, we hebben overal hetzelfde gedaan wat we in Amsterdam deden. En zelfs toen wij niet meer samen waren ben ik hetzelfde blijven doen. Het was een manier van leven die me goed beviel. Rondlopend door een stad, zonder haast en zonder werkelijk doel, als een handelsreiziger zonder handel.

We dronken ijskoffie, behalve Elvira, zij wilde iets ingewikkelds met een halve perzik. We moesten er een halfuur op wachten en toen ze het geproefd had zei ze: 'Die perzik is nog uit de jaren zeventig.'

Er was geen enkele reden meer om aan de gebeurtenissen van die ochtend te denken. Het ijs was goed, net als de middag. Straks zouden we naar haar huis gaan. Het enige wat ik vurig hoopte was dat ze ons niet weer artisjokkenlikeur zou serveren. Maar dat was een kleine, relatief makkelijk vervulbare wens.

'Ben je nu gelukkig?' vroeg ze.

Ik keek haar verbaasd aan.

Ze glimlachte. 'Grapje.'

'Nee,' zei ik, 'het is een goeie vraag.' Ze veegde haar handen af aan haar blote been.

We hadden geen artisjokkenlikeur gedronken, maar we waren wel dronken geworden. En onder in de bakken foeyonghai hadden we kattenharen gevonden. Niet één, nee, hele bossen. Toen Broccoli Sin Ta Wah opbelde, zei een vrouw: 'Ja, neem ons niet kwalijk, maar we hebben muizen.'

Daarna heeft Elvira ons afgetrokken. Eerst Broccoli en toen mij. We hadden wel met haar naar bed gewild, maar ze zei dat dat niet kon. Dat het haar ontzettend speet, maar dat het echt niet kon vandaag. En toen begon ze er weer over dat we een picknickmand moesten kopen, een hele grote, met echt bestek. En terwijl ze over die picknickmand ouwehoerde knoopte ze haar bloesje los. Zo is het gegaan. We begrepen er niets van, maar zo is het gegaan.

Ik schaamde me niet. Alles wat Elvira deed was vanzelfsprekend. Of leek vanzelfsprekend. Om je te schamen heb je juist een gevoel nodig dat iets totaal niet vanzelfsprekend is. Elvira had het talent om alles wat ze deed eruit te laten zien alsof het voor haar de gewoonste zaak van de wereld was, alsof ze het al honderd jaar deed. Mensen hebben me verteld dat dat een gevaarlijk talent is.

Ik keek naar Broccoli en naar haar hand. Ik vond het adembenemend. Niet omdat zij zo mooi was, of omdat de liefde zo mooi is. Waarschijnlijk is het ook adembenemend als je voor de eerste keer ziet hoe een koe wordt gemolken. Zelfs al ben je zelf een koe. Mijn vriend en voorzitter van de Vereniging voor Genieën werd afgetrokken door het meisje van wie ik wel had willen houden als ik had geweten hoe dat moest.

Toen ging ze op mij zitten. Op mijn buik, met haar rug naar mijn gezicht. Ik streelde haar rug, en later draaide ze zich om, en kuste ik haar navel. Ik had nog nooit de navel van een vrouw gekust, ook niet van een man trouwens. Navels zijn vreemde dingen. Ik maak mijn navel één keer per week schoon met een wattenstaafje. Ik ben bang dat mijn navel anders gaat stinken; bovendien weet je nooit wanneer iemand je navel gaat kussen.

Broccoli lag naast mij, zijn handen onder zijn hoofd gevouwen. Hij leek te dromen. Misschien dacht hij aan Elvira, als Lady Macbeth. Of dacht hij aan zijn ouders, of aan het meisje van wie zijn vader zo graag had willen weten hoe ze heette.

Misschien bewonderde ik Elvira te veel. Dat schijnt niet goed te zijn. Van bewondering blijft meestal alleen maar minachting over. Ik heb zelfs eens een contract met iemand getekend waarin we afspraken de minachting die we voor elkaar voelden zo goed mogelijk te verbergen, de laatste paar maanden die we nog samen moesten zijn. Ik had mijn bewondering voor Elvira ook beter kunnen verbergen, maar dat kon ik nog niet zo goed. Niet zo goed als ik het nu kan.

Ik schaamde me dat het zo lang duurde, daarom perste ik alsof ik een kind moest krijgen. Ten slotte veegde ze haar hand af aan haar blote been en vroeg: 'Ben je nu gelukkig?'

Het was zo'n gekke vraag dat we alledrie moesten lachen. Niet zo erg als die ene avond, maar toch. 'Ik weet het niet,' zei ik.

Maar Broccoli zei: 'Als je naar een kerk gaat om te bidden en je bent klaar, dan vraagt God ook niet: "Ben je nu gelukkig?"'

'Dat is waar,' zei ik, 'dat vraagt God nooit.'

'Daarom mag ik het toch nog wel vragen,' zei Elvira. Ze lag tussen ons in.

'Ik begrijp niets van mannen,' zei ze zacht.

'En van vrouwen?' vroeg Broccoli.

Ze schudde haar hoofd. Waarschijnlijk herinnerde ze zich dat ze hetzelfde gesprek al een keer hadden gevoerd.

Broccoli en ik stonden op. We zouden in de avondwinkel wat halen. We wisten niet of ze ergens in huis nog een paar flessen artisjokkenlikeur verstopt had, maar we wilden het zekere voor het onzekere nemen.

Ze lag onbeweeglijk op bed. Ze zei: 'Er is lekkage in de keuken, maar volgens mij gaat het hier ook lekken.'

In de avondwinkel zei Broccoli: 'Ik neem haar binnenkort mee naar Amerika. Het wordt hier niets.' Hij had een fles wijn in zijn hand.

Ik vroeg me af of Elvira meegenomen wilde worden. Ik kon het me niet voorstellen. Hoewel het uiteindelijk wel precies is wat de meesten van ons willen, meegenomen worden, door iets of iemand, desnoods door God.

Toen we terugkwamen lag Elvira nog steeds op bed. Ze zei, starend naar het plafond: 'We moeten paraplu's boven het bed hangen, anders worden we nat.'

Operatie-Brando

We beklommen de trappen naar de woning van meneer Berk. Het rook er naar kattenpis. Elvira had een bos bloemen in haar hand. 'Zijn we er al?' vroeg ze bij elke deur.

Berk had ons uitgenodigd voor het eten. 'Om de toestand te bespreken,' had hij volgens Broccoli gezegd.

Toen we eindelijk voor de zolder van Berk stonden vroeg Elvira: 'Woont hij hier?'

Er hing een handgeschreven briefje waarop 'Berk' stond.

Hij leek erg blij ons te zien. Hij begon klapstoelen open te vouwen. Hoewel Berk de zeventig al gepasseerd moest zijn leek het alsof hij zijn studentenwoning nooit had verlaten. Er was niets aan gedaan om het hier gezellig te maken. Overal lagen kranten, in een hoek stond een boekenkast met daarin behalve boeken merkwaardig genoeg ook twee stukken kaas en een salamiworst.

'Ze moeten drogen,' zei Berk toen hij mij zag kijken.

Elvira gaf hem de bloemen. Hij wist niet of hij haar moest kussen of niet, daarom kuste hij maar haar hand. Hij ging op zoek naar een vaas, maar vond er geen en verdeelde de bloemen uiteindelijk over drie lege wijnflessen. Naast de deur stond de Schots geruite koffer.

'Kan ik jullie wat wijn aanbieden?' vroeg hij. Uit een kartonnen doos haalde hij drie glazen. Het zou me niets verbazen als we hier nog studieboeken zouden tegenkomen die al vijftig jaar op dezelfde plaats opengeslagen lagen.

'Je ouders zijn goed aangekomen,' zei Berk, 'ze laten je groeten.' Hij had de glazen volgeschonken. Elvira keek hem aandachtig aan.

Aan een spijker in de muur hingen drie identieke pakken. Zo te zien net van de stomerij gehaald.

'Ze zijn nu in Zürich, maar je moeder is niet van plan daar te blijven. Ze wil naar Mexico.' Berk zweeg alsof hij deze mededeling goed tot ons wilde laten doordringen. Maar wat kon ons Mexico schelen?

'Waarom Mexico?' vroeg Broccoli ten slotte.

'Ze wil daar een hotel beginnen.'

Ik keek weer naar de koffer met het bestek. Het viel me nu op dat onder de radiator drie muizenvallen op een rij stonden.

'Ik had haar aan de telefoon. Ze zei dat het in Zwitserland wemelde van de hotels. Ze zei: "Ze zien me daar al aankomen met mijn hotel." Bovendien vertrouwt ze het Zwitserse bankgeheim niet.'

'Waarom niet?' vroeg Broccoli.

'Ze heeft er geen reden voor gegeven. Ze vertrouwt het gewoon niet en ze is niet op andere gedachten te brengen. Je vader is wanhopig. Hij wil niet naar Mexico. Mexico wordt zijn dood heeft hij mij verteld.'

Broccoli kauwde kauwgom. Hij zei niets.

'Ik dacht: Misschien kun jij even met haar spreken,' zei Berk. Van onder een stapel kranten trok hij een telefoon tevoorschijn. Het was nog zo'n ouwe. Hij draaide een nummer. We hoorden hem een kamernummer noemen. Toen gaf hij de hoorn aan Broccoli.

Elvira knipoogde. Ik knipoogde terug.

'Je eindigt echt niet in de gevangenis,' hoorden we Broccoli zeggen, 'ze zullen je daar niet vinden, maak je maar niet druk, maak je maar niet druk.' Hij bleef het herhalen, maar het hielp niet. Zo te horen maakte zijn moeder zich ontzettend druk.

Meneer Berk begon stukjes worst te snijden. 'Het is echte Hongaarse,' zei hij.

'Waarom bewaart hij zijn worst in de boekenkast?' fluisterde Elvira.

'Daar schijnen ze het best te drogen,' zei ik.

'Aha,' fluisterde ze. Toen zei Broccoli: 'Maar in Mexico zijn al veel hotels. Ze hebben jouw hotel niet nodig.'

Berk zuchtte. Hij deelde de worst uit. Tegen Elvira zei hij: 'Daarom ben ik nooit getrouwd. Allergisch voor het huwelijk, al vanaf mijn tweede.'

Ze knikte. Alsof ze het met hem eens was, alsof zij ook al vanaf haar tweede allergisch was voor het huwelijk.

Broccoli zei: 'Blijf nou maar daar. Je zit er goed. Je kan altijd nog naar Mexico. Mexico loopt niet weg.' Toen hing hij op.

'Ze is niet te vermurwen, hè,' zei Berk. Hij schoof de telefoon weer onder de kranten alsof hij bang was dat die onder het stof zou komen te zitten.

'Nee,' zei Broccoli, 'ze is niet te vermurwen.'

'Willen jullie hier eten of ergens anders?' vroeg Berk.

'Ergens anders,' zei Elvira.

Berk hield het schoteltje worst voor Broccoli. 'Echt Hongaars,' zei hij trots, 'ruik maar.'

Broccoli rook. Toen legde Berk zijn hand op Broccoli's schouder en zei: 'Het heeft altijd in haar gezeten. Het moest er een keer uitkomen.' Hij legde niet uit wat altijd in haar had gezeten en er een keer uit moest komen. We vroegen er ook niet naar. Hij hielp Elvira in haar jas.

'De ouwe Eckstein was erg op je gesteld,' zei hij tegen Elvira.

Voor de benedendeur van Berks huis bleven we staan. Niemand wilde beslissen waar we zouden gaan eten.

'Ik weet een heel leuk eetcafé,' zei meneer Berk ten slotte. 'Goedkoop en toch eetbaar.'

Het was naast bioscoop Rialto. We bleven voor Rialto staan om te kijken welke films er draaiden.

'We moeten proberen op Marlon Brando te gaan lijken,' zei Broccoli, terwijl we de foto's bekeken.

'Ja,' zei ik, 'dat moeten we proberen.'

Berk en Elvira stonden voor het café en bestudeerden het menu.

'Wat heeft ze voor jas aan?' zei Broccoli. 'Moet je kijken, het lijkt wel een jas van vogelveren.' Allebei keken we naar haar jas. Het was een nieuwe jas.

'Ja,' zei ik, 'het lijken net vogelveren.'

'Dat gaat te ver,' zei Broccoli, 'dat gaat echt te ver. Vogelveren. Dat is zeker een idee van de neuroloog. Een jas van vogelveren. Al die neurologen zijn toch knettergek.'

Toen we binnen waren vroeg Broccoli: 'Heb je die jas van de neuroloog gekregen?'

Ze lachte. 'Nee,' zei ze, 'ik heb hem zelf gekocht.'

'Maar het zijn vogelveren,' zei Broccoli.

'Geen echte.'

Berk boog zich over de jas. Hij stak zijn neus er zelfs in om eraan te ruiken. 'Nee,' zei hij, 'het lijken vogelveren, maar het zijn het niet.'

'Die Argentijnse vriend handelde toch in vogelveren?' zei ik.

'Nee,' zei ze, 'in bont.'

Berk bestelde wijn. Hij was uitgelaten voor zijn doen.

'We hebben ons voorgenomen om op Marlon Brando te gaan lijken,' vertelde ik.

'Dan drinken we op Marlon Brando,' zei Elvira.

We tilden allemaal ons glas op. 'Op Marlon Brando,' zeiden we.

'Op de jonge of de oude?' vroeg Berk.

'Op allebei,' zei Broccoli. 'Het is ons belangrijkste project. Het is nog geheim, maar jullie kunnen we het alvast vertellen. Operatie-Brando is de naam van het tot nog toe strikt geheime project. Het heeft absolute voorrang. Als we slagen zullen we helden zijn, en zo niet, dan zullen we voor de rest van ons leven weten wat nederigheid is.'

'Komt er cosmetische chirurgie aan te pas?' vroeg Elvira.

'We sluiten niets uit in dit stadium,' zei Broccoli. 'In ieder geval moet ons haar dunner worden.'

'We richten ons namelijk toch op de oudere Brando,' legde ik uit.

'We hebben al contact opgenomen met een haarspecialist,' ging Broccoli verder. 'Hij heeft ons een hormoonkuur voorgeschreven waardoor ons haar dunner zal worden en ook precies de kleur van Brando's haar zal aannemen.'

'De Brando uit *Last Tango in Paris*,' zei ik, 'dat is toch de Brando waar we naartoe willen.'

'Maar het moet absoluut geheim blijven, als de pers hier lucht van krijgt zijn we verloren,' zei Broccoli.

'Op mij kunnen jullie rekenen,' zei Berk.

'Op mij ook,' zei Elvira.

'Het is een wereldwijde geheime organisatie. Overal ter wereld zijn mensen bezig voorbereidingen te treffen om Marlon Brando te worden, of ze zijn het al, maar ze houden het nog geheim tot het moment daar is.'

'En hoe staan jullie met elkaar in contact?' vroeg Elvira.

'Via onze schoenen,' zei Broccoli. 'Als het je eenmaal gelukt is lid te worden van onze organisatie krijg je een schoen met een telefoon erin. Zo kunnen wij altijd contact met elkaar hebben. Het zal een revolutie zijn, te vergelijken met de Franse en de Russische. Maar ons programma is eenvoudiger, dat is onze kracht. Deze wereld heeft meer Marlon Brando's nodig. Dat is alles.'

'En jullie bellen met jullie schoenen?' vroeg Elvira.

'Ja,' zei Broccoli, 'onze schoenen zijn telefoons. Maar nogmaals, absolute geheimhouding is vereist. Anders slaan we terug. Onze organisatie is hard maar rechtvaardig.'

Toen kwam de soep. Ik keek naar Elvira en ik geloofde alles wat wij hadden gezegd. Ze lepelde in haar soep.

'Ik heb zo'n zin in slakken,' zei ze, 'zouden ze hier slakken hebben? In Argentinië at ik heel vaak slakken. Eten jullie ook vaak slakken?'

Berk schudde zijn hoofd.

Midden onder het eten deed Broccoli opeens zijn schoen uit en drukte hem tegen zijn oor. 'Hallo,' zei hij, 'dit is Brando 4. Kan ik Brando 8 spreken?'

Elvira deed haar schoen uit, drukte hem tegen haar oor en zei: 'Dit is Brando 8, kom erin, Brando 4.'

'Nee,' zei Broccoli, 'jij bent Brando 8 niet, jij bent Brando 12.'

Toen moest Elvira zo lachen dat haar schoen in haar soep viel. Het spette alle kanten op.

'Wat moet ik doen?' vroeg Elvira. 'Wat moet ik doen?'

'Je moet hem er door de ober uit laten vissen,' zei Berk. Toen moest hij zelf vreselijk lachen. We hadden hem nog nooit zo zien lachen. 'Ober, er is een schoen in mijn soep gevallen,' herhaalde hij steeds weer. Ten slotte konden wij ook niet meer en ik moest denken aan Elvira, hoe we op haar bed hadden gelegen en hoe ze had gevraagd: 'Ben je nu gelukkig?'

De andere gasten keken naar ons, maar het kon ons niets schelen.

Ten slotte kwam de ober. 'Er zit een schoen in uw soep, zie ik,' zei hij.

'Ja,' zei Elvira, 'dat heeft u goed gezien.'

'Zal ik hem eruit halen?'

'Heel graag,' zei Elvira.

Tegelijk met het hoofdgerecht kwam ook de schoen van Elvira terug.

'Hij is schoon,' zei ze, 'maar hij ruikt nog altijd naar vissoep.'

Een paar weken later, toen ik met haar alleen was, trok ze opeens haar schoen uit en zei: 'Hier, ruik maar, hij ruikt nog altijd naar vissoep.'

'Dat is geen vissoep,' zei ik, 'dat zijn je voetsappen.'

'Mijn voeten ruiken niet naar vissoep,' zei ze. 'Verbeeld je. Hier, moet je deze schoen ruiken, ruikt die soms naar vissoep, nou, ruikt die naar vissoep of niet?'

Echt fris vond ik die andere schoen ook niet ruiken, maar ik moest toegeven dat die niet de geur van vissoep had.

'Laat nu maar jouw schoenen ruiken,' zei Elvira.

'Nee nee,' zei ik, 'daar kan ik niet aan beginnen. Mijn schoenen zijn niet in de vissoep gevallen. Mijn schoenen laat ik niet zomaar aan vreemde mensen ruiken. Ik kijk wel uit.'

'Je laat me nu je schoenen ruiken,' zei Elvira, 'of ik hoef je nooit meer te zien.' Toen heb ik haar maar een schoen laten ruiken. Ze ging er helemaal in met haar neus. 'Ik houd van echt menselijke luchten,' zei ze, 'dan weet je tenminste dat je leeft.'

'Dat weet je zo toch ook wel,' zei ik. Volgens Elvira begreep ik er niets van.

Als ik aan Elvira denk, denk ik vaak aan haar voeten en of ze echt niet een beetje naar vissoep roken.

'Het huis wordt waarschijnlijk nog deze week verkocht,' zei Berk toen hij was bijgekomen van Elvira's schoen. 'Mevrouw Meerschwam is vandaag al begonnen met opruimen en leeghalen. Ze steunt en ze zucht dat het niet mooi meer is. Als je niet wil dat jouw spullen in haar handen vallen moet je je haasten.'

Broccoli knikte.

'Is jouw huis groot genoeg om er wat in op te slaan?' vroeg Berk.

'Mijn huis is bijna leeg,' zei Elvira. 'Ik heb alles verkocht.'

'Ik heb nooit begrepen waarom mensen zich zo omringen met meubelen,' zei Berk. Ik moest weer aan zijn zolderkamer denken en aan de worst in de boekenkast.

De cognac werd gebracht.

'Op Eckstein dan maar,' zei Berk. Hij had zijn colbertje uitgedaan.

'Op operatie-Brando,' zei Broccoli. 'Ik heb mijn leven verbonden aan deze operatie. Vanaf vanavond zijn we samenzweerders. Als jullie de samenzwering verbreken zal de organisatie jullie weten te vinden, waar ter wereld jullie ook zijn.'

'Juist,' zei Berk, 'heel goed.' En Elvira zei: 'Op de samenzwering die nooit verbroken mag worden.'

'Ik heb je vader op een vuilnisbak ontmoet,' zei Berk. Zijn glas was leeg en hij had de bovenste knoopjes van zijn overhemd losgeknoopt. Hij rook een beetje naar de Hongaarse salami die hij ons eerder op de avond had laten ruiken. 'Ik zat altijd op de vuilnisbak voor mijn huis. Je vader kwam vaak langs, want we woonden in dezelfde buurt. En op een avond bleef hij staan en vroeg: "Wat doet u hier toch altijd op die vuilnisbak?" "Ik wacht op mijn dochter," zei ik. "Zolang ze nog niet thuis is heb ik binnen geen rust."

We hebben een tijdje staan praten en ten slotte nodigde ik hem uit binnen te komen. Want hij wilde niet plaatsnemen op een vuilnisbak. Ik woonde toen al waar ik nu nog steeds woon. We liepen al die trappen omhoog. Ik kon wel zien dat hij dat niet gewend was. Toen we eindelijk boven waren vroeg hij: "En wat doet u?"

"Ik ben boekhouder, een kleine boekhouder, ik werk thuis," zei ik.

"Misschien kunt u ook wel eens wat voor mij doen," zei hij. Ik maakte koffie voor hem. Ik praatte wel vaker met mensen als ik buiten op de vuilnisbak zat, maar ze wilden nooit binnenkomen.

"En waar blijft die dochter van u?" vroeg hij.

"Die komt," zei ik, "die komt eraan. Ze is niet zo stipt." Zo wachtten we die avond samen op mijn dochter. Ik had een erg mooie dochter, al zeggen alle vaders dat natuurlijk. Ook Eckstein vond haar mooi. Ik zag het meteen.

"Zou ik haar eens mee mogen nemen naar het Lido?" vroeg hij.

"Dat moet u niet aan mij vragen," zei ik.

Ze zagen elkaar geregeld, geloof ik. Ik vroeg er niet naar. Tenslotte werkte ik in die tijd al voor Eckstein. Eerst in mijn eigen huis, en later in het zijne. Hij had een kamer voor me vrijgemaakt.

Op een middag kwam ik van de supermarkt thuis. Op de hoek van de straat hield de buurvrouw me tegen. "Oh meneer Berk," zei ze, "gaat u niet verder, het is verschrikkelijk, gaat u niet verder." Ze wilde me tegenhouden, maar ik rukte me los. Ze rende achter me aan. "Luistert u eerst naar me," zei ze. Toen zag ik mijn dochter. Ze lag zo ongeveer op de plaats waar ik altijd op haar had zitten wachten. Ze had alleen een jurk aan. Ik deed mijn jas uit en legde die over haar heen, want het was koud die dag. Er stonden mensen om ons heen, maar ik zag ze niet. Ik pakte voorzichtig haar hoofd. "Zeg toch wat," zei ik, "zeg toch alsjeblieft wat." Maar ze zei niets.

"Ze is gesprongen," zei de buurvrouw, "ik hoorde het. Eerst dacht ik nog: Iemand heeft een vuilniszak naar buiten gegooid. Ik ben onmiddellijk naar beneden gerend."

De politie kwam. "Ik kan u niets vertellen," zei ik, "u moet het mijn dochter vragen."

"Uw dochter kan ons ook niets meer vertellen," zeiden ze. Ze moesten haar eerst onderzoeken, daarom is ze pas een week later begraven. Ik wist niet wie haar vrienden waren, daarom heb ik niemand uitgenodigd. Alleen Eckstein kwam op een motor. "Spring maar achterop," zei hij. We waren aan de late kant, dus reed hij als een gek. Ik was bang dat we te laat zouden komen, maar we kwamen nog net op tijd. De portier van de begraafplaats wilde ons er eerst niet doorlaten met de motor, maar Eckstein riep: "Dit is een noodsituatie," en hij reed gewoon verder op zijn motor. Toen we eindelijk bij het graf waren was ik zo in de war dat ik vergat mijn helm af te zetten. Maar dat was maar goed ook, want ik had geen keppeltje bij me. De grafdelver tikte een paar keer op zijn hoofd. Eerst dacht ik dat het erbij hoorde, maar toen begreep ik dat hij mijn helm bedoelde. Ik wilde hem afzetten, maar Eckstein siste: "We moeten onze helm ophouden, anders zijn we blootshoofds en dat kan hier niet." Zo stonden we daar met onze helmen.

De rabbijn vroeg of we nog wat wilden zeggen.

"Nee," zei ik, "zegt u het maar. Tenslotte bent u ervoor opgeleid."

Ik heb met Eckstein nooit meer een woord gewisseld over mijn dochter. Een jaar later trouwde hij en hij vroeg of ik zijn getuige wilde zijn. Hij heeft alleen geweigerd ooit nog op mijn zolderkamer te komen.

Zelf verloor ik het contact met de meeste mensen omdat er geen reden meer was om buiten op de vuilnisbak te gaan zitten.' Hij stond op.

'Ik heb nog veel te doen,' zei hij, 'ik moet de zaken afhandelen.' Hij legde wat geld op tafel en liep zomaar weg, alsof hij opeens besefte wat voor ontzettende haast hij had.

We gingen hem achterna.

Een brief van mevrouw Meerschwam

We volgden Berk tot aan de deur van zijn huis. Misschien hadden we verwacht dat hij ons nog een plakje Hongaarse salami zou aanbieden. Maar hij zei alleen: 'Ik heb nog veel te doen, het was een mooie avond.'

Even legde hij zijn hand op Broccoli's hoofd. 'Ik hoop niet dat ze naar Mexico gaan, die hitte is toch niets voor je vader.'

'Nee,' zei Broccoli, 'niets voor mijn vader.'

Berk gaf Elvira een hand. 'Je moet binnenkort maar contact met me opnemen, dan kunnen we de zaken afhandelen.'

Toen hij weg was vroeg ik: 'Wat zijn dat voor zaken?'

'Niets belangrijks,' antwoordde Elvira. 'Eigenlijk iets volkomen onbelangrijks.'

Ik dacht aan operatie-Brando. Het leek wel alsof ik voor het eerst een duidelijk omschreven doel in mijn leven had. Ik zou niet meer met een mond vol tanden staan als ze zouden vragen wat ik van de toekomst verwachtte.

In ieder geval zouden we nooit zo eindigen als onze ouders. In het clubhuis van een tennisvereniging, wachtend tot de wind eindelijk zou gaan liggen. En we zouden ook nooit op reis gaan met een koffer vol bestek. Operatie-Brando sloot dat uit.

Broccoli wilde naar de Bernard Zweerskade. De meeste meubelen waren al uit het huis gehaald. Op de keukentafel vonden we een brief van mevrouw Meerschwam.

'Michaël! Je kamer is een zwijnenstal. Zelfs de kamer van je vader was nooit zo'n zwijnenstal als jouw kamer nu. Ik heb het aan mijn rug, maar wil je ouders in deze moeilijke tijden niet in de steek laten. Tenslotte zijn we niet alleen op de wereld, al denk jij daar waarschijnlijk anders over. Als jouw kamer voor dinsdag niet is leeggehaald geef ik alles mee aan de vuilnis. Ik heb ook al het Leger des Heils gebeld. Frida Meerschwam.'

Broccoli vouwde de brief zorgvuldig op en stopte hem in zijn broekzak. 'Brieven van Frida Meerschwam zijn zeldzaam,' verklaarde hij, 'zeer zeldzaam.'

We liepen door het huis alsof we potentiële kopers waren. In de woonkamer stonden nog allemaal blikjes, maar de meubelen waren weggehaald, net als de potten appelmoes. Het zag er gek uit: een lege kamer, met alleen maar blikjes. De kamer van Broccoli was nog onveranderd.

'Mevrouw Meerschwam,' zei Broccoli, 'draagt een gruwelijk geheim met zich mee.'

'O ja,' zei ik.

'Iedereen draagt gruwelijke geheimen met zich mee,' zei Elvira.

'Het geheim van mevrouw Meerschwam is bijzonder gruwelijk. Zal ik het vertellen?'

Wij knikten.

'Mevrouw Meerschwam heeft een konijn op haar geweten. Toen ik zes was kochten mijn ouders een konijn voor me, opdat ik niet zo alleen zou zijn. Ik was dol op het konijn en het konijn was dol op mij. Het was wat onbaatzuchtige liefde wordt genoemd. Mevrouw Meerschwam meende dat zij overal konijnenharen vond en dat zij van die konijnenharen moest niezen. Op een ochtend heeft zij mijn konijn met behulp van haar stofzuiger om zeep geholpen. Toen ik thuiskwam van school lag mijn konijn in een plastic zak, ik mocht er niet meer naar kijken. Natuurlijk heb ik er wel naar gekeken. Vanaf dat moment begreep ik dat diep binnen in mevrouw Meerschwam een monster woonde, wiens agressie zich voornamelijk richtte op onschuldige beesten als konijnen. Ik vind dat jullie dit moeten weten.'

'Ga je vanavond verhuizen?' vroeg Elvira.

'Hoe weet je dat het met de stofzuiger is gebeurd?' vroeg ik.

'Daar wil ik het niet over hebben,' zei Broccoli. 'Ik ben niet een klein geniepig jongetje dat zich verlustigt aan gruwelijke details.'

Broccoli keek rond. 'Ja,' zei hij, 'ik ga vanavond verhuizen.'

'Wie gaan er nu eigenlijk wonen?'

'Dat weet ik niet, Berk regelt alles,' zei Broccoli. Hij deed wat spullen in een tas, maar haalde ze er vervolgens weer uit en deed er andere spullen in. Een witte ochtendjas, een spijkerbroek, een badmintonracket, een lege agenda uit 1974.

Elvira ging op het bed liggen.

'Dus je komt hier nooit meer terug?' vroeg ze.

'Ik denk het niet,' zei Broccoli. 'Het wordt verkocht. Daarom heeft mevrouw Meerschwam alvast het Leger des Heils gebeld. Maar in vertrouwen kan ik jullie vertellen dat mevrouw Meerschwam iedere lente het Leger des Heils belde om ons huis te laten leeghalen. Als ik er niet was geweest hadden we in een leeg huis gewoond. Ik heb mijn ouders beschermd voor menig onheil, maar ik geloof niet dat ze het beseffen.'

'Maar waarom belde ze het Leger des Heils dan?' vroeg ik.

Broccoli was gaan zitten, maar sprong nu woedend op.

'Waarom? Omdat ze niet helemaal goed wijs is, begrijp je dat dan nog steeds niet? Welk normaal mens gaat een onschuldig konijn met een stofzuiger te lijf? Welk normaal mens belt iedere lente het Leger des Heils om het huis van onschuldige mensen te laten leeghalen? En was het nog maar bij het Leger des Heils gebleven. Ze belde de Hulp voor Onbehuisden, het Rode Kruis, de liefdadigheidsvereniging van de liberaal-joodse gemeente. Nu we het toch over haar hebben, welk normaal mens beklaagt zich over kleine rooie besjes in de tuin alsof die rooie besjes haar ik weet niet wat aandoen? En wie eet elke dag een doos bonbons? Ken jij iemand die elke dag een doos bonbons opeet, en bovendien in staat is drie uur lang over rooie besjes in de tuin te praten? Nou? Geef antwoord!'

Ik moest toegeven dat ik zo iemand niet kende.

Achter een doos vond Broccoli nog vier platgetrapte lychees. Hij liet ze ons zien.

'Blijf je altijd bij me wonen?' vroeg Elvira.

'Ik weet het niet,' zei Broccoli afwezig, 'ik weet niet.'

Ze gooide een lycheeschil naar hem toe. 'Wat zei je vader nog aan de telefoon?'

'O, wat algemene dingen,' zei hij. 'Niets bijzonders. Adviezen, algemene adviezen, levenswijsheden van een oude man.' Zijn tas was nu vol.

'En de rest?' vroeg Elvira terwijl ze om zich heen keek.

'Dat komt later,' zei hij, 'het meeste is toch ouwe rotzooi.'

Ik herinnerde me hoe ik naar Elvira had gekeken toen ze sliep, die nacht dat ik een condoom uit haar had moeten halen. En hoe ze die ene ochtend had verteld dat ze een heilige had willen worden toen ze acht was. En ik vroeg me af of ik haar ooit nog zou durven vragen: 'Waarom één keer? Waarom niet achtenzestig keer of nul keer of vierhonderdachttien keer? En waarom een heilige?'

Het was te laat voor de tram, en Broccoli had geen zin in een taxi. 'We lopen wel,' zei hij, 'het is een heerlijke nacht.'

Op de Leidsestraat zei Broccoli: 'Kijk, daar heb je Lopatin.' Hij stond voor de etalage van de Bruna. We herkenden hem onmiddellijk: zijn spijkerbroek die altijd afzakte, zijn zwarte zomerschoenen zonder veters, zijn snor, zijn halfkale hoofd. We wilden doorlopen, maar hij had ons al gezien.

'Ik heb niet zo'n zin in hem,' fluisterde Elvira.

Hij kwam achter ons aan. ''t Haantje is gesloten,' riep hij, ''t Haantje is gesloten.'

Ten slotte bleven we staan.

'Het gaat wel weer open,' zei Broccoli.

'Nee,' zei Lopatin, 'het is al weken dicht.'

'En waar ontbijt je nu?' vroeg ik.

'Overal en nergens,' zei hij. Hij wees op de Febo en op een ijssalon. Uit zijn jaszak haalde hij een klein geel flesje tevoorschijn. 'Ze hebben me nieuwe medicijnen gegeven.'

'Dat is mooi,' zei Broccoli.

'Maar waar kan ik nu naar Mimi kijken? 't Haantje is dicht.'

'Er komt wel weer een nieuw Haantje,' zei Broccoli, maar Lopatin schudde zijn hoofd.

'Er komt geen nieuw Haantje. Ze zijn met elkaar gaan vechten op een zaterdagmiddag. Ik zat op mijn vaste plaats, en er waren nog drie dames uit Twente. Toen gingen ze op de vuist. De eigenaar met zijn schoonzoon.

"Je hebt mijn dochter mishandeld," riep de eigenaar. En de schoonzoon brulde: "Je bent een dief, ouwe krent."

Alles vloog door de lucht, eiersalade, kaas, broodjes, een thermoskan. De dames uit Twente krijsten als varkens die geslacht werden. Ik kan niet tegen zoveel lawaai.

Mimi liep de straat op en gilde: "Help dan toch, ze maken elkaar af."

Niemand wilde helpen. Integendeel, de overbuurman riep: "Jullie broodjes zijn niet te vreten."

"Maar ze maken elkaar af," riep Mimi.

De dames uit Twente renden weg zonder te betalen. Toen kwam de eigenaar naar buiten. Hij zat onder het bloed en onder de eiersalade. Uit zijn arm stak een vork.

"Dat had al veel eerder moeten gebeuren," zei de overbuurman.

Toen kwam de marechaussee. We werden allemaal in een busje gestopt. Ik ook. De eigenaar had nog steeds een vork in zijn arm.

Ik zei: "Ik kan niet mee, ik moet enveloppen dichtlikken bij de bank, het is mijn beroep, ik krijg er geld voor."

"Dan likt iemand anders maar eens een dagje de enveloppen dicht," zei de politie.

Daarna is 't Haantje nooit meer opengegaan.'

Elvira trok ons mee.

''t Haantje gaat wel weer open,' riep Broccoli nog. Lopatin schudde zijn hoofd.

'Nee,' zei hij, ''t Haantje is weg, Mimi is weg, jullie zijn weg, alleen de enveloppen zijn er nog.' Toen ging hij weer voor de Bruna staan. Ik moest er opeens aan denken dat hij verteld had dat hij altijd naar bed ging met de *Playboy*.

'Welkom in je nieuwe woning,' zei Elvira.

We hoorden het geluid van druppelend water uit de keuken, maar dat negeerden we.

Broccoli zette zijn tas in de hoek. Er stonden wel meer tassen, manden en rugzakken. Hier werd uit koffers geleefd.

Elvira ging meteen op bed liggen, haar handen onder haar hoofd. Had ze niet een keer gezegd dat van alle houdingen om het leven door te komen de liggende veruit de aangenaamste was?

Ik ging op een koffer zitten. We hadden geen licht gemaakt, we hadden genoeg aan het licht van de straat. Er waren geen gordijnen meer in deze woning. Ook weggehaald. Of verkocht. Of afgescheurd in een bui van razernij.

'Ik werkte in een restaurant waar wel tweehonderd mensen konden eten,' zei Elvira, haar ogen op het plafond gericht alsof ze de lekkage wilde bezweren. 'De eigenaar was een Chinees. Hij had wel zeven restaurants. Na drie weken gaf hij mij een vaste wijk in het restaurant. Ik merkte dat sommige mensen steeds gingen zitten aan tafeltjes in mijn wijk. Zo heb ik Galani ontmoet.'

Ik keek naar Broccoli. Hij sliep.

'Hij kwam altijd alleen en las de krant tijdens het eten. Op een dag sprak ik hem aan. Ik weet niet eens meer wat ik zei, iets onbenulligs, waarom hij iedere dag kwam, zoiets. Ik weet ook niet meer waarom ik hem aansprak, waarschijnlijk verveelde ik me.

"Omdat het eten goed is," zei hij.

"U zegt nooit iets," zei ik.

Hij legde zijn vork neer. "Ik geloof niet dat mensen in restaurants gaan serveren omdat ze behoefte hebben aan aanspraak," zei hij. Dat vond ik een merkwaardig antwoord.

De volgende dag vroeg ik hem wat voor werk hij deed. Ik vond hem wel grappig.

Hij zei: "Ik heb kantoor aan huis, ik zit de hele dag tussen het bont."

"Tussen het bont?" vroeg ik.

"Ik handel in bontjassen," zei hij. "Als je een bontjas in deze stad ziet is de kans heel groot dat die van mij afkomstig is." Hij legde zijn visitekaartje op tafel. "De meeste mensen noemen me bij mijn achternaam."

Ik schonk zijn glas vol, geloof ik. Ik wekte in ieder geval de indruk dat ik druk aan het werk was.

"U bent erg zwijgzaam," zei ik.

"Iemand die zich op zijn zevenenveertigste nog gedraagt als een achttienjarige is op zijn best meelijwekkend," zei Galani. "Bovendien houd ik van zwijgende mensen."

"Waarom?"

"Als je de hele dag tussen het bont zit heb je veel tijd om na te denken."

"En tot welke conclusies bent u gekomen?" vroeg ik. Ik deed nu alsof ik zijn tafeltje schoonboende. De serveersters werden namelijk erg in de gaten gehouden. Ik vond dat hij grappige antwoorden gaf, heel anders dan de meeste mensen die daar kwamen.

"Dat je op tijd moet sterven," zei Galani, "niet te vroeg en niet te laat. Zo is het met alles. Iets dat te vroeg komt daar heb je niets aan, iets dat te laat komt ook niet. Dingen moeten op tijd komen. Misschien stel ik daarom zwijgzame mensen wel op prijs. Zij kunnen niet te vroeg of te laat komen. Voor hen is er altijd wel een tafeltje vrij."

Ik weet nog dat dat antwoord veel indruk op me maakte, want ik vertelde het aan een vriendin van me die ook in dat restaurant serveerde.

Daarna heb ik Galani een week niet gesproken, hoewel hij net als voor die tijd iedere dag kwam.

Op een hele drukke vrijdag – vrijdag was altijd de drukste dag – zei hij: "Ik moet voor een paar dagen naar Los Angeles, ik heb daar een grote klant. Als je wil, kan je mee. Ik begrijp dat dit verdacht klinkt, maar ik kan het niet anders zeggen. Als ik me beter had kunnen uitdrukken was ik waarschijnlijk niet in bontjassen gaan handelen."

"Het spijt me," zei ik, "ik kan niet mee. Ik hoop niet dat ik u teleurgesteld heb."

"Natuurlijk heb je me teleurgesteld," zei Galani, "mensen die niet meer teleurgesteld kunnen worden zijn versteend. Het tijdperk van mijn eigen verstening hoop ik nog een paar jaar voor me uit te schuiven. Maar ik hoop je hier weer te zien als ik terug ben."

Toen hij terug was uit Los Angeles vertelde hij dat de bontjassen hem de keel uithingen. Dat hij iets anders wilde doen. Ik vroeg hem wat, maar hij zei dat hij dat nog niet wist. Een paar dagen later zei hij dat hij niet meer tegen het gepraat kon.

"Welk gepraat?" vroeg ik. Hij zat daar elke dag in dezelfde hoek en vrijwel altijd at hij ook hetzelfde.

"Het gepraat van de mensen die bontjassen kopen," zei hij, "en vaak komen ze niet eens alleen. Ze nemen hun hele familie mee. En ze praten maar en praten maar, het is onbegrijpelijk."

Een meisje dat ook serveerde zei: "Dat is Galani, de bontjassenhandelaar, met wie je hebt staan praten."

"Hoe ken je hem?" vroeg ik.

"Iedereen kent hem," zei ze, "iedereen. Hij is berucht." Maar ze wilde niet zeggen waarom.

Op een avond vertelde Galani dat hij films ging produceren. Ik dacht dat hij een grapje maakte, maar hij zei: "Eerst was ik de grootste bontjassenhandelaar van de wijk waarin ik woonde, toen werd ik de grootste bontjassenhandelaar van de stad en nu ben ik de grootste bontjassenhandelaar van het land. Moet ik de grootste bontjassenhandelaar van de wereld worden? Maar dan moet ik nog meer mensen aanhoren die met mij over bont willen spreken of over hun familie of hun kinderen. Alles wat er over bont gezegd kan worden heb ik minstens honderd keer gezegd. Nu wil ik iets zeggen wat alleen in films gezegd kan worden."

"En wat is dat, Galani?" vroeg ik. Maar hij staarde naar zijn bord alsof hij vergeten was dat ik naast hem stond.

Een paar weken zag ik hem niet. Ik dacht al dat ik hem nooit meer zou zien, maar op een avond zat hij er weer, aan zijn vaste tafel bij het raam, met zijn krant.

Hij schudde mij de hand, wat hij anders nooit deed.

"Ik heb alles verkocht," zei hij, "alles. Ik ga films produceren."

Ik feliciteerde hem, maar ik durfde niet te vragen wat voor films hij ging produceren omdat ik bang was dat hij dan weer naar zijn bord zou gaan zitten staren of naar zijn glas. En zou vergeten dat ik naast hem stond.

Hij vroeg of ik de hoofdrol wilde spelen. Ik begon te lachen. "Ik probeer Engels te studeren," zei ik. Maar hij zei: "Nee, nee, ik heb daar oog voor, als producent, jij moet de hoofdrol spelen."

We spraken af in een groot café in de binnenstad, de volgende dag. Hij had allemaal papieren bij zich, die hij uitspreidde over de tafel. Hij begon dingen uit te leggen, maar ik kon hem niet volgen. Ten slotte veegde hij alle papieren van tafel en zei: "Mijn hele leven heb ik mijn best gedaan iets te voelen."

Ik geloof niet dat ik hem begreep. Ik moet hem glazig hebben aangestaard, maar dat weerhield hem er niet van verder te gaan.

"Weet je hoe het is als je probeert iets te voelen en niets voelt? Dat is alsof je aan een eindeloze bevalling bezig bent zonder dat er ooit een kind komt. En het is niet aan je te zien. Integendeel, ik was een graag geziene gast op feesten. 'Daar heb je de bontjassenhandelaar Galani,' fluisterden de mensen."

Hij vroeg of ik wist hoe het was om tussen de mensen te lopen terwijl ze je behandelen als een kleine prins. En het enige wat jij kan denken is: Wie zijn zij, wat willen ze van me, waarom denken ze toch dat ik zo graag over bont wil praten, waarom denken ze dat ik niets anders te zeggen heb dan wat er over bont gezegd kan worden?

Soms stond Galani een hele avond met een vrouw te praten; sommigen dachten dat hij van ze hield. "Je voelt wel voor me, hè Galani," zeiden ze dan. Maar Galani vertelde dat hij bont en geld voelde. En verder niets.

Op een gegeven moment begon hij erover na te denken om een moord te plegen, alleen om iets te voelen. Maar vrienden hebben hem ervan weerhouden.

Toen begon hij orgieën te organiseren. Eerst 's nachts, toen na kantoortijd en ten slotte zelfs tijdens kantoortijd. Om iets te voelen. Het kon hem niet eens schelen dat mensen het merkten en dat de buren over hem begonnen te fluisteren. Tien, twintig meisjes. Jong en mooi. Soms was hij zo radeloos dat hij zei: "Als jullie een hond hebben, neem die ook maar mee."

Zijn secretaris zei: "Wat zullen de mensen zeggen? Galani, de koning van het bont, organiseert orgieën tijdens zijn lunchpauze. Denkt u dat ze bij een organisator van orgieën hun bontjas willen kopen? Denkt u dat ze dan niet naar de concurrentie gaan? U ruïneert uzelf."

"Het kan me niets schelen," zei Galani, "ik wil iets voelen. Ik wil eindelijk iets voelen."

Na drie maanden had hij genoeg van de orgieën. Het begon hem te vervelen. Een paar jaar later kwamen er nog altijd mensen tijdens de lunchpauze naar zijn kantoor die hadden gehoord dat er orgieën werden georganiseerd. Maar hij zei: "Jullie komen te laat."

Een kennis vertelde hem dat hij naar Tibet moest gaan, dat hij daar zeker iets zou voelen. Drie maanden is hij er geweest. Hij voelde niets, en alsof dat niet erg genoeg was, was het eten er slecht en als hij zijn behoefte wilde doen moest hij hurken langs de kant van de weg. Maar dat bedoelde hij niet met voelen.

Dat vertelde hij allemaal aan me, terwijl we daar in dat café zaten. En weet je wat ik dacht? Dat de mensen ook over mij hebben gefluisterd, dat de mensen altijd wel wat te fluisteren zullen hebben.

"En nu," zei ik, "nu u al uw bontjassen heeft verkocht, voelt u nu wat?"

Hij begon weer voor zich uit te staren, zeker vijf minuten lang. Ik dacht dat hij mijn aanwezigheid weer vergeten was. Maar plotseling fluisterde hij: "Ik wil iets zeggen dat alleen in films gezegd kan worden en jij moet het voor me zeggen."

"Dat kan toch niet," zei ik, "ik kan toch niet namens u spreken. Iedereen heeft een eigen mond om mee te spreken."

Hij pakte mijn hand en zei: "Zie je dan niet dat het me niet lukt, mijn mond is een woestijn." Toen sperde hij zijn mond open. Ik had nog nooit zoveel gouden tanden bij elkaar gezien. Zijn mond was net de etalage van een juwelier.

Hij stond op. Ik liep achter hem aan. Ik moest rennen om hem bij te houden, zo hard liep hij. Ten slotte bleven we staan voor een pakhuis.

"Hier," zei hij, "dit heb ik gisteren gekocht. Dit wordt de studio. Galani filmstudio." Hij glunderde.

Op dat moment besloot ik actrice te worden. Ik dacht vooral dat het hoe dan ook beter zou zijn dan serveren in het restaurant van die Chinees.

Een paar weken later zegde ik mijn baan op. Ik werd telefoniste op het kantoor van Galani, tussen de restanten bont. Niet dat er veel mensen belden.

Galani belde aan één stuk door. Af en toe probeerde hij een script te lezen, maar het lukte hem niet zich te concentreren. "Lees jij maar," zei hij dan, "lees jij maar."

Dan liep hij rondjes door het kantoor of ging hij op zijn zwartleren bank liggen. Hij mompelde voor zich uit: "Ze kunnen het niet hebben dat bonthandelaar Galani is veranderd in filmproducent Galani, dat kunnen ze niet hebben."

"Wie dan?" vroeg ik, "wie dan?"

Hij nam me mee naar het raam. Zijn raam keek uit op een plein. "Iedereen," zei hij, "iedereen."

Op een ochtend wilde hij een pistool kopen. Ik moest met hem mee. "Waarom heb je een wapen nodig?" vroeg ik.

"Ik wil niet dat ze later tegen je zullen zeggen: 'Die Galani, die vriend van je, dat was een lafaard.'"

"Maar wie zal dat nou zeggen?" vroeg ik. Hij schudde zijn hoofd alsof hij vond dat ik beter zou moeten weten.

Ik koos een script uit. Het was niet goed, maar het was het beste van alles wat ik had gelezen. Galani bleef zeggen: "Als jij het goedvindt, is het goed."

Hij begon acteurs te bellen en cameramensen en regisseurs. Wanneer wij werden gebeld, waren het vrijwel altijd mensen die geïnteresseerd waren in bontjassen. Ik moest ze steeds weer vertellen dat we die niet meer verkochten.

Een paar maanden voor we zouden gaan draaien kwam ik vlak voor de lunch op kantoor, iets eerder dan was afgesproken. Het eerste wat ik zag was Galani, naakt en met een hondenriem om zijn nek. Toen zag ik ook de naakte vrouwen. De zon scheen door het raam, daardoor leken het net silhouetten. Ik wilde me omdraaien en weggaan, maar Galani was me voor. Hij drukte me tegen de muur. "Niet weggaan," fluisterde hij, "niet weggaan."

"Ik ga," zei ik, "en ik kom niet meer terug."

Hij liet zich op zijn knieën vallen en fluisterde: "Ik probeer toch alleen wat te voelen, begrijp dat dan, ik probeer alleen maar wat te voelen." Hij stond op.

"Laat me tot je toe," smeekte hij.

"Ik heb je al tot me toegelaten," zei ik.

"Niet genoeg," zei Galani. "Ben je vies van me?"

"Niet van jou," zei ik, "van mensen in het algemeen."

"Van mannen en vrouwen?"

"Ik geloof het wel," zei ik.

"Van wie niet?"

"Ik had vroeger een hond," zei ik, "die is van ouderdom in elkaar gezakt, daar was ik niet vies van."

"Ik zal je hond zijn," zei Galani, "ik zal voor je blaffen." Hij begon te blaffen. Ik drukte mijn handen tegen mijn oren om het niet te hoeven horen, maar ik hoorde het toch. De naakte vrouwen kleedden zich haastig aan. Galani liep rond op vier benen en blafte tegen de vrouwen. Sommigen waren bang voor hem. Half aangekleed renden ze de kamer uit. En hij blafte maar door met die hondenriem om zijn nek.

Ten slotte waren we alleen. Hij deed de hondenriem af. Het was de eerste keer dat ik hem naakt zag. Hij was al die tijd al naakt maar het viel me nu pas op, toen hij die hondenriem afdeed. Hij leunde hijgend op de tafel.

"Hoe klinkt mijn geblaf?" vroeg hij.

Waarschijnlijk had ik toen bij hem weg moeten gaan en die hele film moeten laten voor wat het was. Maar ik ben gebleven. Ik dacht: Alles is beter dan weer serveren bij die ouwe Chinees.

Hij kleedde zich aan. Hij droeg altijd hele mooie pakken. Toen gaf hij mij een arm. "We gaan lunchen," zei hij.

Tijdens de lunch praatte hij enthousiast over de film die we zouden gaan maken. We zaten in de tuin van een Frans restaurant. Hij kende de eigenaar en de obers en de serveersters; hij schudde ze allemaal de hand. Met geen woord hebben we ooit meer over de gebeurtenissen van die middag in zijn kantoor gerept.

De weken daarna kwamen de medewerkers langs om de contracten te ondertekenen. Hij bood ze ongelooflijke sommen geld. Hij zei: "Mijn theorie, Elvira, is: hoe meer geld ik uitgeef, hoe meer ik verdien." Hij troonde me nooit meer mee naar het raam om me laten zien dat de wereld het niet kon hebben dat bontjassenhandelaar Galani veranderd was in filmproducent Galani. We dronken bijna de hele dag champagne. Na verloop van tijd kon ik geen champagne meer zien.

"Waarom moet het altijd champagne zijn?" vroeg ik. Galani aarzelde even, alsof hij het zelf ook niet wist.

"Niemand mag ooit zeggen dat ik ze niet het beste van het beste heb gegeven," zei hij.

Ik was niet zijn geliefde, maar ik hield van hem. Misschien is houden van een te groot woord, ik was op hem gesteld. Hij was een rare man.

Soms zei ik dat ook tegen hem. "Jij bent een rare man." Dan moest hij lachen.

Mijn vriendinnen vonden mijn leven surrealistisch, maar vanaf het moment dat ik mijn ouders ontmoette was het al surrealistisch geweest. Ik heb nooit veel anders gedaan dan ik nu deed. Niet te veel vragen stellen en niet al te verbaasd zijn. Alles proberen op te vatten alsof het vanzelfsprekend is, alsof het niet anders kon gaan dan het is gegaan.

Galani nam me mee naar een bruiloft. Het was een maand voor we zouden gaan filmen. Ik wist niet eens wie er gingen trouwen. Het was ergens in de provincie. We zouden erheen vliegen. Hij wilde graag dat ik meeging. Dus ging ik.

Er waren wel driehonderd mensen. Of vierhonderd. Het was in een heel groot hotel. Voor alle gasten waren kamers gereserveerd. We dansten de hele avond. Galani kon erg goed dansen, dat had ik niet van hem verwacht. Ik weet niet meer wat we dronken. Volgens mij dronken we helemaal op het eind een mengeling van champagne en brandy of champagne en cognac. Het kwam uit hele kleine flesjes. Galani zei: "Dit flesje is genoeg om twee mensen volledig tegen de vlakte te krijgen."

Op een gegeven moment begon ik met Galani te zoenen. "Je geeft ze iets, maar niet alles," zei mijn vriendinnetje altijd tegen me, dat vriendinnetje dat later voor geld is gaan dansen. Dat is ook altijd mijn politiek geweest. Bovendien was ik ervoor in de stemming. Ik weet niet meer waarom. Waarom ben je in de stemming voor zoiets?

Om zes uur in de ochtend gingen de meeste mensen naar hun kamer. We hadden twee kamers naast elkaar. Galani wilde nog wat met me uit de minibar drinken, op mijn kamer.

"Eentje dan," zei ik. Toen probeerde hij me uit te kleden.

"Dit is niet de afspraak, Galani," zei ik, "dit is niet de afspraak," en ik duwde hem weg.

Hij sloeg me in mijn gezicht. Hij moet me een bloedneus hebben geslagen, want ik proefde bloed. Ik was zo geschrokken dat ik begon te lachen. Het was absurd. Het was echt om te lachen. "Galani," zei ik. Toen sloeg hij nog een keer.

Hij gooide me op bed. Met zijn hand drukte hij mijn keel dicht. Met zijn knieën probeerde hij mijn benen uit elkaar te duwen. Ik was zo dronken dat ik nauwelijks meer kracht had. Van beneden klonk de muziek, want het feest was nog altijd niet over. Ik weet nog dat ik dacht: Als ik schreeuw wordt het alleen maar erger, bovendien zal niemand me horen. Als ik mijn ogen draaide kon ik de wekkerradio op het nachtkastje zien. Het was al licht aan het worden.

Hij begon tussen mijn benen te graaien, maar de stof ging niet kapot. Het leek uren te duren voor de stof kapotging. Ik dacht: Laat de stof kapotgaan, dan is het sneller voorbij. Ik dacht: Gek dat zo'n dun stukje katoen nog zo stevig is. Daarna dacht ik alleen nog maar: Ik krijg een kind, jezus, ik krijg een kind en ik begon te huilen.

Toen het klaar was liet hij zich van me af glijden en viel vrijwel meteen in slaap. Ik liep door de gangen van het hotel. Ik huilde nog steeds; toen zag ik dat ik halfnaakt was.

Zijn kamer was op slot, dus ging ik naast het bed op de grond liggen. Hij had zijn schoenen nog aan. In de ochtend ging hij naar zijn eigen kamer en kon ik op mijn bed gaan liggen.

We zagen elkaar 's middags terug in de ontbijtzaal. Volgens mij was iedereen nog dronken, behalve de obers.

Het was een mooie dag. Het zonlicht scheen dwars door de ramen, van dat mooie voorjaarslicht. We dronken thee uit zo'n chic servies, zo'n hotelservies. Zelfs op de lepeltjes stond de naam van het hotel. Ik wilde alleen een stukje watermeloen.

We zeiden niets. Pas toen we al aan ons dessert bezig waren zei Galani: "Ik ben je niet waard, je verdient iets beters."

"Wat een geouwehoer," zei ik, "wat een slap geouwehoer." Als mensen dat zeggen: "Ik ben je niet waard," dat heb ik altijd het slapste geouwehoer gevonden dat ik op deze wereld heb gehoord.

Hij prikte in zijn fruitsalade, zonder dat er iets op zijn vork kwam.

Ik hield van je op mijn manier, had ik willen zeggen, maar dat soort dingen zeg je niet.

"Ik maak een film voor je," zei Galani. "Ik wil iets zeggen dat alleen in films gezegd kan worden."

"Waarom zeg je het niet gewoon?" zei ik.

"Dat kan ik niet," zei Galani zacht, "dat kan ik niet."

Ik zag hem opeens weer voor me met die hondenriem en ik vond hem potsierlijk. Ik zou hem vanaf dat moment altijd met die hondenriem zien en ik zou hem altijd potsierlijk vinden.

Hij draaide zich om naar de ober om een fles champagne te bestellen. "Voor mij niet," zei ik. Ik werd misselijk van al die champagne. Maar hij zei: "Drink nou maar."

Die middag zijn we teruggevlogen naar Buenos Aires. Een maand later begonnen de opnames. Dagelijks las Galani bladzijden uit het script, maar gooide ze dan weer weg of begon er zelf stukken bij te schrijven. Vooral als het om teksten ging die ik moest zeggen. Aan iedere zin die er stond voegde hij er wel drie toe.

Een vriendin van me die ook bij die ouwe Chinees serveerde zei: "Moet je geen aangifte doen?"

"Aangifte waarvan?" vroeg ik. Ik moest lachen. "In welke wereld leef je?"

Galani heeft me nooit meer aangeraakt. Misschien mijn handen een paar keer. En mijn haren. Hij streelde me vaak door mijn haren, met zijn vingers gespreid, alsof zijn hand een kam was.

Ik nam nog altijd de telefoontjes aan. "De bonthandel bestaat niet meer," moest ik zeggen, "er worden hier nu films gemaakt, mevrouw, speelfilms." Galani zat aan de andere kant van de kamer. Het was een hele grote kamer. Vroeger was het een pakhuis. Hij had de gewoonte gekregen me met een verrekijker te bekijken. Soms wel een halfuur lang. In het begin werd ik er zenuwachtig van, maar ten slotte wende ik ook daaraan.

"Hoe kom je toch aan die verrekijker?" vroeg ik.

"Ik heb vroeger op vogels gejaagd," zei hij.

"Wanneer?" vroeg ik.

"Vroeger," zei Galani, "veel vroeger."

Hij droeg altijd zwarte schoenen en las drie kranten per dag, maar alleen de overlijdensadvertenties.

"Wat zoek je daar toch?" vroeg ik.

"Namen," zei hij.

"Namen?" Ik begreep het niet.

"Je hebt een goeie artiestennaam nodig," zei Galani.

"En die hoop je daartussen te vinden?"

"Ja," zei hij, "waar anders?"

Soms liet hij me een naam zien.
"Dat kun je niet doen," zei ik. "Die mevrouw heeft echt bestaan, haar familie rouwt om haar."
"Nou en," brulde Galani. "Nu bestaat ze nog wat langer. Wat zijn mensen toch een ondankbare wezens."
Het vinden van een artiestennaam voor mij leek wel belangrijker dan de film zelf. Hij werd er wanhopig van. Soms keek hij op van de krant en zei: "Hoe kunnen ze sterven met zulke namen?"
Toen de opnames al begonnen waren, was hij nog altijd aan het zoeken naar mijn artiestennaam. Maar met elke naam was wel iets mis. De een was te gewoon, de ander was te lang. "Ze moeten het wel kunnen onthouden," zei Galani, "één keer zien en nooit meer vergeten."
Hij had uitgerekend dat er vijfenveertig opnamedagen waren en voor elke opnamedag had hij honderdvijftig flessen champagne besteld. Ons kantoor begon eruit te zien als een champagnekelder. Met hier en daar een verdwaalde bontjas. Waarschijnlijk een uitzonderlijke maat, die de opkoper om die reden niet had willen meenemen.
Ik wist weinig van film, maar ik wist wel dat het ongebruikelijk was elke dag champagne te serveren.
"Waarom doe je dat toch?" vroeg ik.
"Ik wil niet dat ze later zullen zeggen: 'Die Galani heeft ons slecht behandeld. Die Galani heeft ons uitgezogen.' Het beste van het beste moeten ze krijgen. Het beste van het beste is niet goed genoeg."
We struikelden over de dozen champagne. Toen Galani eindelijk een regisseur had gevonden en die naar het kantoor moest komen om het contract te tekenen vroeg hij: "Wat doen al die dozen hier, is het hier een kantoor of een opslagruimte?"
Galani straalde. "U en ik," zei hij terwijl hij over de dozen stapte en naar de regisseur toe liep, "u en ik, wij gaan iets zeggen dat alleen in films gezegd kan worden." Galani was op een paar dozen geklauterd, opende een doos, en liet zien wat erin zat. "Dat moet gevierd worden," riep hij.
Ik geloof dat de regisseur het liefst was weggerend. Maar het fladderende contract in de hand van Galani en het voorschot dat hem beloofd was brachten hem waarschijnlijk op andere gedachten.
Tijdens het grootste gedeelte van de opnames woonden we in caravans. Eerst in een hotel, maar daar moesten we al snel uit. Eén caravan

stond helemaal vol met champagne. Alleen Galani had daar de sleutel van.

Hij begon zijn interesse in de film te verliezen toen de opnames eenmaal begonnen waren. Een krant kwam hem interviewen en hij bleef herhalen dat hij iets wilde zeggen dat alleen in films gezegd kon worden, maar hij kon niet op de naam van de scriptschrijver komen. Ik ook niet trouwens. Ik zat naast hem tijdens het interview. Toen ze begonnen over zijn bontjassenverleden heeft hij de journalisten weggejaagd. "Ze zijn jaloers," zei hij.

"Niemand is jaloers," zei ik.

"Dat is nog erger," zei hij, "waarom zijn ze niet jaloers?"

Hij sloot zich soms hele dagen op in de caravan met de champagne. Over de film zweeg hij. Wel zei hij een paar keer tegen de regisseur: "Jij doet het helemaal verkeerd."

Ze zouden zijn gaan vechten als we ze niet hadden tegengehouden. "Raak mijn buik niet aan," riep de regisseur. En Galani riep: "Ik zou nog liever sterven dan jouw buik aanraken." Vanaf die dag keken ze elkaar nog vuiler aan dan voorheen.

Ik sliep niet met Galani in een caravan, maar de regisseur vroeg me af en toe wel: "Hoe houd je het met hem uit?"

Op een avond zat ik bij Galani in de caravan. Ik deed namelijk ook nog iets dat op de boekhouding moest lijken. Anderen vonden het een beetje merkwaardig dat ik hoofdrolspeelster was en boekhoudster, maar ik vond het niet erg. Overal lagen kleren en kranten. In een plastic zak zaten allemaal vuile sokken en onderbroeken. Over een stoel hingen drie identieke T-shirts en drie identieke overhemden.

Ik was iets aan het uitrekenen, aan een kleine tafel vol plastic bekertjes en lege flessen. Galani zat op zijn bed. Hij had alleen een rode onderbroek aan. Hij was kalend, zijn sterke brillenglazen vervormden zijn ogen, hij had kleine benen en zijn buik hing over zijn rode onderbroek. Hij zweette over zijn hele lichaam. Ik heb nooit geweten dat je van champagne zo ging zweten. Toen vroeg hij me ten huwelijk. Ik keek op van mijn berekeningen.

"Vroeger was ik een mooie jongen," zei hij. "Ik kan je de foto's laten zien." Het klonk alsof de twintig of dertig jaar die tussen hem en de mooie jongen die hij geweest was lagen een onbeduidend detail waren.

Net zo makkelijk overbrugbaar als een plas op straat wanneer het geregend had. Voor ons huwelijk zou het niets uitmaken.

"Ze pikten me op van straat, de vrouwen," zei hij, "zo mooi was ik."

"De meeste mannen worden mooier als ze ouder worden," zei ik.

"Ik niet," zei Galani, "ik ben een uitzondering." Met een borstel veegde hij de weinige haren die hij nog had achterover. Zijn buik ging op en neer alsof het een reusachtige ballon was waarin iemand lucht blies die er vervolgens weer uit liep. Op de set noemden ze hem King Kong. Maar dat was overdreven.

Hij pakte mijn hand. "Trouw met me," zei hij nog een keer.

"Het gaat niet," zei ik, zo zacht dat het nauwelijks verstaanbaar was.

"Wil je de foto's zien?" vroeg hij alsof hij me niet verstaan had, "van toen ik in het leger zat?"

Ik schudde mijn hoofd.

Hij liet mijn hand los en liet zich weer op het bed vallen. "Ik heb nog nooit met een vrouw jonger dan vijfendertig geslapen," zei hij. Ik wist niet of het een constatering was of een ontboezeming. Ik had niet het idee dat hij het zei om indruk op me te maken. Het was ook niet echt iets om onder de indruk van te zijn.

"Wil je champagne?"

Ik schudde mijn hoofd. Ik was met een lange optelling bezig en ik kotste van champagne.

Halverwege de opnames was het geld op. Toen organiseerde Galani een feest. Het was niet echt een feest, het was meer een opruiming van de voorraad champagne. Hij wilde blackjack spelen. Eerst zette hij de voorraad champagne in, toen zijn horloge, daarna wilde hij mij inzetten.

Ik liep weg, maar hij kwam achter me aan. De caravans stonden op een zandvlakte. "Trouw met me," riep hij. Hij struikelde en viel in een zandkuil, maar stond weer op. "Trouw met me," riep hij nog een keer.

In de verte klonk de muziek van het feest. Later vroegen mensen: "Waarom ben je al die tijd bij hem gebleven?" Maar dat wist ik niet. Hoe kun je dat weten?

Voor hij eindelijk bij me kwam was hij wel drie keer gevallen. Hij zat onder het zand. "Kijk," zei hij en wees op de caravans en de vrachtwagen met apparatuur, "dit alles zat in mijn hoofd en nu is het echt. Galani maakt er werkelijkheid van. Galani maakt werkelijkheid van ideeën."

"Het was de laatste opnamedag," zei ik. "Het is voorbij."

"Nee, het begint pas," zei Galani, "het begint pas. De rest van het script gaan we filmen op een Caribisch eiland."

Hij probeerde me te kussen, maar ik deed een stap achteruit. Ik herinnerde me hoe hij die ochtend in het hotel tegenover me had gezeten en had gezegd: "Je verdient iets beters." En hoe hij probeerde fruitsalade op zijn vork te prikken. Ik wist dat ik me hem zo zou herinneren, fris geschoren, zittend achter een bord fruitsalade in de ontbijtzaal van een groot hotel. Hij zag er goed uit, zeker als je bedenkt dat hij twaalf uur achter elkaar gedronken had. Ik wilde me hem niet herinneren met die hondenriem om zijn nek. Hij was een rare man. Ik heb later eigenlijk nooit meer iemand een rare man gevonden, ik heb ook nooit meer tegen iemand gezegd: "Jij bent een rare man."

"Trouw met me," zei hij, "ik ben ziek."

"Ik ga weer serveren," zei ik.

Hij stond voor me. Zelfs in zijn haren zat zand.

"King Kong," zei ik. Ik bedoelde het liefkozend. Ik heb altijd van apen gehouden.

Hij begon te lachen. "King Kong wil met je trouwen," zei hij.

Ik ben meegelopen naar zijn caravan. Hij had fruitsalade. Hij wilde gezond blijven en hij dacht dat het eten van veel fruitsalade hem daarbij zou helpen. Om hem een plezier te doen heb ik wat van die fruitsalade gegeten en ook wat gedronken. We waren bezig aan de laatste flessen champagne.

"In ieder geval hoef ik die niet mee terug te slepen," zei hij.

We zaten op zijn bed. Ik at maar van die fruitsalade, meer van de zenuwen dan omdat ik werkelijk honger had. We hebben gepraat. Ik weet niet meer waarover, volgens mij over artiestennamen. Bij het afscheid kusten we elkaar. "Zelfs mijn mond zit vol zand," zei Galani.

De volgende ochtend kon ik met de regisseur mee terugrijden naar Buenos Aires. "Ik ben blij dat deze nachtmerrie voorbij is," zei hij.

Nog diezelfde avond ben ik weer begonnen bij de ouwe Chinees. Hij ontving me als een verloren dochter.'

Nog nooit had ik Elvira zoveel horen praten. Het leek net alsof ze het allemaal aan zichzelf had verteld, zodat ze het beter zou kunnen onthouden. Dat wij erbij waren geweest, was een onbelangrijk toeval.

'Ik moet naar huis,' zei ik.

'Dat is goed,' zei Elvira. Ze lag nog net zo op bed als twee uur geleden. Ik boog me over haar heen en kuste haar op haar kin. Dat leek me een neutrale plek. Zoals ik me over haar heen moest buigen leek het net alsof ik afscheid nam van een zieke.

Broccoli was wakker geworden. 'Ga je weg?' vroeg hij.

'Ja,' zei ik.

'Vergeet het niet,' riep Broccoli me achterna, 'operatie-Brando heeft alle voorrang.'

Kapstok

Een vrouw in een witte ochtendjas deed open. Ze had een doorgroefd gezicht.

'Ik kom voor de auditie,' zei ik. Zonder iets te zeggen nam ze me mee. Voor de spiegel in de gang schikte ze haar haren en uit een kleine zwarte tas haalde ze een pakje sigaretten. Haastig stak ze er een op. Ik zag dat haar handen trilden. 'Mijn man komt je zo halen,' zei ze. 'Loop maar even mee.'

Het was een gewoon woonhuis ergens in Amsterdam-West. Het verbaasde me dat audities tegenwoordig ook bij mensen thuis werden georganiseerd, vooral omdat haar woning nu al eén te volle indruk maakte.

Ik liep achter haar aan de woonkamer in. In mijn hand hield ik mijn foto en de advertentie waarop ik op dit moment reageerde. Op een papiertje had ik mijn curriculum vitae getypt. Het meeste was verzonnen, maar ik was ervan overtuigd dat niemand daar ooit achter zou komen.

Ze zat tegenover me op zo'n ouderwetse leunstoel die de meeste andere mensen bij het grofvuil zouden zetten.

'Wil je thee?' vroeg ze.

'Alleen water,' zei ik.

Toen ze weer ging zitten streek ze de slippen van haar ochtendjas over haar knieën. Uit de andere kamer klonk geschreeuw.

'Mijn man gaat niet over één nacht ijs,' zei ze. Ze had een hese stem.

'Dat begrijp ik,' zei ik. Op de salontafel lagen vijf koekjes op een schoteltje. Ze had me gezegd dat ik moest toetasten als ik daar zin in had.

Elvira en Broccoli waren thuisgebleven. Broccoli had de advertentie bekeken en gezegd: 'Die man is het nog niet eens waard Elvira's schoenveter vast te binden, laat staan dat ze voor hem auditie gaat doen.' De advertentie kwam uit *de Volkskrant*, rubriek: 'musici en artiesten'. Een rubriek die ik een tijdlang vruchteloos gespeld had. Soms voelde ik me als iemand die elke dag de aandelenkoersen bestudeerde zonder zelf ook maar een aandeel te bezitten.

Ik was wel gegaan, omdat ik me herinnerde dat mijn vader had gezegd dat je het alleen jezelf kon verwijten als je er niet in slaagde je dromen waar te maken. Bij die gelegenheid had hij me aangeraden met iets kleins te beginnen, bijvoorbeeld het halen van een diploma. 'Denk daarbij aan een diploma sneltypen,' had hij gezegd.

De vrouw boog zich voorover en pakte mijn foto van de salontafel. Nadat ze hem enige tijd bestudeerd had zei ze: 'Je bent nog jong, maar je hebt een opwindend handschrift.' Achter op de foto had ik mijn naam en adres geschreven.

'O ja?' zei ik.

'O ja,' zei ze.

Opnieuw klonk er geschreeuw uit de andere kamer, maar dit keer klonk het anders. Het leek nu alsof er twee mensen aan het schreeuwen waren.

Achter de vrouw was een dichtgemetselde open haard en daarboven hing een schilderij. De vrouw op het schilderij vertoonde opvallend veel gelijkenis met de vrouw tegenover mij. Alleen was de vrouw op het schilderij halfnaakt en van beneden een zeemeermin.

Ik durfde er niet lang naar te kijken omdat ik bang was dat ze zou vragen of ik het mooi vond. En als ik 'ja' zou zeggen zou ze misschien wel voorstellen dat ik het voor een vriendschappelijke prijs kon overnemen. Ik had zoiets al eerder meegemaakt.

De deur ging open en een man in een leren jack met grijs haar en een snor kwam naar buiten. Ik meende hem van de televisie te kennen, maar waarschijnlijk was dat inbeelding. Hij had een gejaagde blik in zijn ogen en snelde ons voorbij. Terwijl hij zijn leren jack dichtknoopte mompelde hij: 'De volgende kan naar binnen.'

'Wacht, ik zal je uitlaten,' zei de vrouw. Maar hij was sneller dan zij en nog voor ze kans had gezien op te staan hoorden we de voordeur dichtslaan.

Ik stond op. Aangezien er niemand anders was, was ik de volgende. Ik pakte mijn foto en curriculum vitae van tafel.

'Mijn man gaat niet over één nacht ijs,' zei de vrouw nog een keer.

Ik opende de deur. Op een houten bureau na was de kamer leeg. Achter het bureau zat een lange man in een zwart ietwat versleten kostuum. Ik meende te verstaan dat zijn naam 'Johan' was, maar ik wist het niet zeker en ik durfde het niet nog een keer te vragen.

'Ik ben bezig een nieuwe theatergroep op te richten,' waren zijn eerste woorden, terwijl hij met een beweging van zijn hand duidelijk maakte dat ik moest gaan zitten. Na deze eerste woorden begon hij aan iets dat nog het meest leek op een donderpreek waarbij de maatschappij in het algemeen en het theater in het bijzonder het moesten ontgelden. Een vaak terugkerende zin was: 'Zij sparen zichzelf, maar wie theater wil maken moet zichzelf niet sparen, dat is de kern van het ware theater.' Soms liet hij een korte pauze vallen en van die gelegenheid maakte ik gebruik zijn woorden te beamen met een hoofdknik of met een schor: 'Ja, heel juist.' Maar meestal gaf hij mij zelfs daar niet de gelegenheid voor.

Na twintig minuten hield hij op met praten en haalde hij plotseling een polaroidtoestel van onder de tafel tevoorschijn. 'Ik moet even een foto van je maken,' zei hij, 'anders weet ik straks niet meer wie je bent.' Hij bescheen mijn gezicht met een lamp. 'Ontspan,' riep hij, 'ontspan.' Toen drukte hij af.

Zijn vrouw kwam binnen. 'Gaat het goed?' vroeg ze.

'Heel goed,' zei haar man terwijl hij met de foto wapperde om hem sneller te laten drogen. Toen ze weg was zei hij: 'Dat is Bianca, zij zal verantwoordelijk zijn voor het decor, voor de hele aankleding, ook het briefpapier. Zodat men ons uit duizenden zal herkennen.'

Hij bestudeerde de foto alsof er meer op te zien was dan op mijn eigen gezicht, dat nog geen halve meter van hem verwijderd was.

'Heel goed,' zei hij, 'doe maar je monoloog.'

Ik stond op en begon aan mijn monoloog. Het was een monoloog uit een Griekse tragedie. Dezelfde als die ik had gedaan op de Maastrichtse toneelschool.

Halverwege onderbrak hij me. 'Heel goed,' zei hij, 'heel fraai, heel fraai.' Hij kwam van achter zijn bureau tevoorschijn. Ik zag nu dat hij zwarte puntschoenen aanhad. 'Ik zal je even vertellen,' zei hij, 'aan welke kapstok we het stuk gaan ophangen.' Hij had me nog altijd niet verteld voor welk toneelstuk ik nu precies auditie deed, maar in ieder geval wist ik nu zeker dat er een kapstok zou komen waaraan het stuk zou worden opgehangen.

'De kapstok van het gemis,' zei hij, 'het hele stuk is doordrenkt van gemis. Iedereen mist elkaar. En aan de kapstok van het gemis gaan we het stuk ophangen. Niet ons kleine onbeduidende individuele gemis. Nee, het universele gemis. Wij moeten door ons onbeduidende gemis heen naar het grote gemis. Begrijp je over welk gemis ik het heb?'

Hij stak een sigaret op en ik zei dat ieder verstandig mens het alleen maar met hem eens kon zijn. Opnieuw kwam het er nogal schor uit, maar dat kwam ook omdat hij zo dicht bij me stond.

Hij inhaleerde lang en diep, wreef over zijn ongeschoren wangen, keek mij aan en zei plechtig: 'Hoezo en waarom, dat zijn de kernvragen.' Nu deed hij een paar stappen in mijn richting. Hij duwde zijn wijsvinger tegen mijn borst en herhaalde: 'Hoezo en waarom, dat zijn de kernvragen.'

'Ja,' zei ik, 'dat zijn de kernvragen.'

Toen liep hij langzaam terug naar zijn bureau en haalde een tekstboekje van *De drie zusters* van Tsjechow tevoorschijn. Langzaam fluisterde hij: 'Zij missen en zij missen en zij missen.'

Eindelijk wist ik om welk stuk het ging.

Hij kwam weer achter zijn bureau vandaan, raakte mijn schouder aan en zei: 'Laat even wat pijn zien.' Zoals je in een café een biertje bestelt.

Ik deed een stap achteruit.

'Wanhoop,' verduidelijkte hij, 'schreeuw het maar uit.'

Ik begon te schreeuwen. We waren in een gewoon woonhuis, dus ik vreesde dat de buren nu toch wel het alarmnummer zouden bellen. Maar het succes van de auditie ging voor alles.

‘Laat je maar vallen,’ riep Johan.

Ik liet me vallen en timmerde met mijn vuisten op de vloer, wat Johan toejuichte. Hij knielde naast mij neer en bracht zijn oor dicht bij mijn mond. ‘Daar komt de wanhoop,’ riep hij boven mij uit, ‘daar komt de wanhoop.’

Ten slotte mocht ik ophouden met schreeuwen.

‘Dat was heel goed,’ zei hij, ‘dat was heel goed.’ Hij veegde zijn handen af aan zijn broek.

‘Hoezo en waarom,’ zei hij nog een keer, ‘dat zijn de kernvragen die iedere acteur zichzelf moet stellen, die iedere kunstenaar zichzelf moet stellen.’

Hij ging op de grond liggen en stak een sigaret op.

‘Pak die tekening eens van het bureau,’ zei hij.

Ik pakte de tekening die hij had aangewezen. Het was een tekening van allemaal sokken. Een enorme hoop sokken.

‘Dat is het decor,’ zei hij. Zonder de sigaret uit zijn mond te nemen pakte hij de tekening uit mijn handen en bekeek hem langdurig. ‘Zie je het,’ vroeg hij ten slotte, ‘de berg sokken, het gemis, het universele gemis?’

‘Ja,’ zei ik, ‘ik zie het.’

Hij bleef nog tien minuten zwijgend op de grond liggen, toen zei hij: ‘De auditie is afgelopen.’ Ik dacht aan Elvira, hoe ze op haar bed had gelegen en over Galani vertelde, waarbij het net leek alsof wij er niet waren en in de keuken de lekkage intussen steeds erger werd.

In de woonkamer zat een meisje. Ze had zich zwaar opgemaakt, maar je kon toch nog duidelijk zien dat ze ziek was.

‘Wacht, ik zal je uitlaten,’ zei de vrouw in de witte ochtendjas.

Salamidief

Hij lag op bed. De buurvrouw had hem gevonden: op de deurmat voor zijn eigen zolderkamer. ‘Wat doet u daar toch?’ had ze gevraagd. Meneer Berk had geantwoord dat ze dat nog wel te weten zou komen.

Ik keek om me heen. In de boekenkast lag nog altijd de Hongaarse salami te drogen.

Berk had zijn overhemd en zijn broek nog aan, en zijn sokken. Zijn schoenen had de buurvrouw uitgetrokken. Toen hij Broccoli zag, zei hij: 'Ze wil een hotel in Mexico beginnen.'

'Het komt wel goed,' zei Broccoli.

'Hij heeft volgens mij een longontsteking,' zei de buurvrouw. Ze had zoveel parfum opgedaan dat de geur van haar parfum en die van de salami zich hadden vermengd.

Toen Berk het woord 'longontsteking' hoorde opende hij opnieuw zijn ogen en zei: 'Je ouders hebben gebeld. Je moeder denkt dat ze in de gevangenis zal eindigen. Ze wil in Mexico een hotel beginnen. Mexico, god mag weten waarom Mexico. Je vader kan niet tegen de hitte. Hij heeft je moeder laten weten dat ze zich kan ophangen in Mexico, samen met haar bestek.'

'We zijn eens op vakantie geweest in Mexico,' zei de buurvrouw, 'wat een verrukkelijk land.'

Plotseling richtte Berk zich op. Zijn hoofd rustte op zijn lichaam als het bovenste blokje op een houten toren die ieder moment kan omvallen. Hij wees op de buurvrouw. 'Heeft ze van mijn salami gegeten?'

Niemand antwoordde. De buurvrouw deed een paar stappen achteruit.

'Ze heeft van mijn salami gegeten, ouwe salamidief!' riep hij. Toen viel hij weer terug op zijn kussen.

'Och here,' zei de buurvrouw. Ze sloeg een kruis. Daarna zei ze zacht tegen ons: 'Ik had met hem willen trouwen toen hij jong was.'

Elvira was op een van de klapstoelen gaan zitten. Ze keek me aan.

'Hij woont hier al zo lang,' zei de buurvrouw, 'en nog nooit een schilder in huis gehad.'

Opnieuw richtte Berk zich op. 'Zij proeft toch helemaal niet het verschil tussen boterhamworst en deze salami, dat proeft ze toch niet, die ouwe salamidief.'

Toen het woord 'salamidief' viel bekruiste de buurvrouw zich opnieuw.

'Ik zal maar het ziekenhuis bellen,' zei ze, 'ik kan hem toch niet hier verzorgen, dat vindt mijn man ook niet goed.'

Berks ogen waren roodomrand. 'Ik heb geen ziekenhuis nodig,' zei hij, 'ik wil mijn salami terug. Weten jullie wel hoeveel moeite ik heb gedaan die salami te bemachtigen?'

De buurvrouw belde het ziekenhuis, en terwijl ze een ambulance bestelde riep Berk dat hij niet zou creperen in een ziekenhuis, dat ze nog vreemd zou opkijken als ze dacht dat hij van plan was te creperen in een ziekenhuis.

Het leek wel alsof de buurvrouw verschrikkelijk blij was ons te zien. Ze praatte aan één stuk door. Dat ze een schilder kende die voor een habbekrats de hele woning van Berk kon schilderen, nu hij toch naar het ziekenhuis ging. Dat stond ook wel zo fleurig als hij dan weer thuiskwam. Broccoli informeerde of het huis al verkocht was en of zijn ouders nog in Zürich waren of alweer in Lenzerheide, maar uit de mond van Berk kwam voornamelijk gerochel.

Pas toen de mensen van de ambulance kwamen hield de buurvrouw op met praten. Ze waren met zijn tweeën, een man en een vrouw. De vrouw wilde weten of we familie van hem waren.

We zochten naar een identiteitsbewijs van Berk of een bewijs dat hij verzekerd was, maar dat konden we nergens vinden. Ten slotte zeiden ze dat ze hem wel zo mee zouden nemen.

Toen ze hem op een brancard tilden opende Berk zijn ogen. 'O god, een zwarte,' zei hij, 'gaat die ook van mijn salami eten?' Hij wees op de vrouw van de ambulance.

'Ga maar weer lekker slapen,' zei de vrouw.

Maar Berk riep: 'Ik pieker er niet over.' Toen wees hij op mij en zei: 'Geef me die salami. Anders wordt die ook nog opgegeten. Terwijl ze niet eens het verschil proeven met boterhamworst van de Edah.'

Ik gaf hem de salami uit de boekenkast. Hij stopte hem onder de dekens en viel weer in slaap.

Niemand van het ambulancepersoneel maakte bezwaren dat er een salami mee naar het ziekenhuis werd vervoerd. Ze tilden hem zwijgend de trap af. Wij liepen achter hen aan.

'Blijf je bij me?' vroeg Elvira ineens. 'En als ik wegga, wacht je dan op me?'

'Ja,' zei ik.

'Wel twintig jaar?'

'Wel twintig jaar.'

Buiten scheen de zon, maar die gaf niet veel warmte meer. Broccoli ging mee naar het ziekenhuis.

'Een hele vriendelijke man,' zei de buurvrouw, 'maar als we eens een feestje gaven, dan kwam hij nooit. Merkwaardig hè.' Toen draaide ze zich om en ging terug naar binnen.

Elvira en ik zouden op Broccoli wachten in Henry Smith's. Ze zei: 'Voordat ik naar Amsterdam vertrok heeft Galani me het nummer van Eckstein gegeven. Hij zei: "Als je in de problemen zit, bel hem op en noem mijn naam, we kennen elkaar al heel lang." '

Ik luisterde niet echt. Later ben ik mensen tegengekomen die me hun hele leven vertelden in minder dan twee uur. We zaten tegenover elkaar, en het enige wat ik hoefde te doen was ze aankijken en ze liepen leeg als een ballon. Ik weet niet of dat een talent is.

Soms als mensen in een restaurant tegenover mij hun hele leven vertellen en ik niet veel meer hoef te doen dan te zwijgen en te kijken, denk ik aan Elvira en aan die avond dat ze vertelde dat de mensen ook over haar hadden gefluisterd.

Ik heb haar een keer gevraagd: 'Elvira, wat hebben de mensen dan over jou gefluisterd?'

'De ergste dingen,' zei ze, 'en weet je wat het grappige is? Het was allemaal waar.' Toen keek ze me aan en lachte. Ze lachte zo treurig als ik nooit meer iemand heb zien lachen. Elvira kon zo treurig lachen dat de rillingen over je lichaam liepen. En toen ze was uitgelachen, keek ze naar haar benen en zei: 'Hijs mijn sokken maar weer op, ik heb echt pech met sokken.'

Op een hele koude middag, hebben we de kapotte sokken van Elvira begraven op de sokkenbegraafplaats, drie kilometer ten zuiden van Katwijk aan Zee. Het was een plechtig ritueel. Er was een stoet, de sokken lagen op een zilveren dienblad (ontvreemd uit de Bernard Zweerskade) en Broccoli hield een korte toespraak.

De volgende ochtend belde Frohlich mijn ouders. Hij had weer een rol voor me. Blijkbaar waren ze tevreden over de manier waarop ik in *De vrouw van de slager* van de trap was gegooid.

Dit keer was het voor de TROS. Voor een kleine rol in een televisieserie die mensen niet alleen moest aanzetten gezond te leven, maar ook amusement moest bieden. Ik moest een jongen spelen die het roken niet kon laten. Mijn vader zou gespeeld worden door de grote komiek Peter Bergsteen. Mijn moeder was ook al een actrice van formaat, Katja Stokvis.

'Het is de TROS,' had Broccoli gezegd, 'maar het gaat erom dat ze je ontdekken.' Elvira kuste me. Ze was heel erg blij die dag. 'Straks zien we je op televisie,' zei ze. Ze moest daarom zo lachen dat ze de pistachenoot die ze in haar mond had gestopt weer uit moest spugen. En Broccoli riep: 'Het begraven van sokken brengt geluk, dat moeten we vaker doen.'

Er was een bijeenkomst georganiseerd in een van de televisiestudio's in Aalsmeer. Toen ik binnenkwam zaten Bergsteen en Stokvis al aan een tafel koffie te drinken. Bergsteen was veel kleiner dan hij op televisie leek en hij was ook dik. Katja Stokvis was helemaal niet dik. Zij was slank als een lucifertje en had twee reusachtige blauwe ogen.

'Zo, jij bent dus mijn kind,' zei Bergsteen en hij stak me een nauwelijks geopende hand toe. 'En ik heb er niet eens iets voor hoeven doen.' Voor de zekerheid zei Bergsteen nog een keer: 'Hij is mijn kind en ik heb er niets voor hoeven doen.' Toen begon iedereen te lachen. Ik ook natuurlijk.

Katja Stokvis zei tegen me: 'Je moet hard tegen me praten, want ik heb mijn oordopjes nog in.'

De regisseur, Sebastiaan Geuzing, kwam binnen. Hij was ook heel beroemd. Eindelijk was ik omgeven door beroemde mensen, precies zoals Broccoli me had opgedragen. Geuzing had een mooi doorleefd gezicht. Langwerpig en bruin met bovenop toefjes haar. Hij had zo'n lerarentas bij zich.

Hij ging zitten, haalde het script uit zijn tas en begon te lezen. Volgens mij was het de eerste keer dat hij het las. Toen hij de eerste bladzijde uit had keek hij ons allemaal aan. 'We moeten er de vaart in zetten,' zei hij zacht, 'we moeten er de vaart in zetten.'

Daarna richtte Geuzing zich tot mij. 'Wat is je naam ook alweer?'

Ik heb uiteindelijk nooit in deze serie gespeeld. Ze vonden me bij nader inzien niet geschikt om de zoon van Bergsteen te spelen. Ik voelde het die dag al aankomen; Geuzing zat wat in het script te bladeren en vroeg plotseling aan mij: 'Rook jij zelf eigenlijk wel?'

Nadat ik uit die serie ben gegooid heb ik nooit meer iets van Frohlich gehoord. Ik heb in tranen voor zijn deur gestaan om te vertellen dat ze me uit de serie hadden gegooid. Natuurlijk zorgde ik ervoor dat er geen traan meer te zien was toen ik aanbelde, maar meneer Frohlich had geen tijd om me binnen te laten.

'Jij komt er wel,' zei hij door de intercom, 'jij komt er wel, jij hebt mij toch helemaal niet nodig, lieverd.'

Om me te troosten namen Broccoli en Elvira me die avond mee naar het Americain. Ze hadden zich heel mooi aangekleed.

'Operatie-Brando,' zei Broccoli, 'zal Henry Frohlich als de tijd daar is op een gruwelijke manier straffen. Maak je maar geen zorgen. Om te beginnen sturen we mevrouw Meerschwam op hem af.'

Elvira en ik applaudisseerden. En Elvira trok haar schoen uit om ermee op tafel te slaan. 'Dat heeft Ronald Reagan toch ook een keer gedaan,' zei ze nadat een ober naar onze tafel was gestormd en had geroepen: 'Nee nee, dat kan echt niet.'

'Neem me niet kwalijk, Elvira,' zei Broccoli, 'maar dat was een Rus. Ronald Reagan heeft nog nooit met zijn schoenen op tafel geslagen, althans niet in het openbaar. Is het niet, meneer de ober?'

Sinds kort noemde Broccoli alle obers 'meneer de ober'. Soms noemde hij ook mensen die geen ober waren 'meneer de ober'.

Die avond verklapte Elvira dat ze heel goed flamenco kon dansen.

'Dans voor ons,' zei Broccoli.

Elvira schudde haar hoofd. 'Ik dans nooit meer flamenco.'

In restaurants denk ik vaak aan Broccoli en Elvira. Ik geloof niet in bestemming, maar als we een bestemming hadden dan was het om in restaurants te zitten. Soms, als we daar weer vier uur hadden gezeten, zei Broccoli opeens: 'Wat zijn we weer bourgeois vandaag.' Dan keek hij ons aan, met zo'n schalks lachje, en dan zei hij: 'Niemand in Amsterdam is vandaag zo bourgeois als wij. Als de revolutie komt zullen ze ons ophangen aan een lantaarnpaal, of aan het nationale monument op de Dam.'

Ik heb de zin 'wat zijn we weer bourgeois vandaag' van hem gejat, en ik gebruik hem wel eens, maar ik heb er nooit zoveel succes mee als hij had. Ik heb charme, zeggen ze, maar niet die van Broccoli. Een charme trouwens die hij diabolisch noemde. Hij vertelde het iedereen die het maar wilde horen, maar bij voorkeur mensen die hij drie minuten daarvoor had ontmoet. 'Ik moet u waarschuwen,' zei hij dan, 'mijn charme is diabolisch.'

Later begon hij eraan te twijfelen. Dan keek hij me aan en zei: 'Vind je mijn charme eigenlijk ook diabolisch?'

Het was ijskoud in de kleine woning. Ze droeg een gebreid vest in de kleuren van de regenboog en had sluik grijs haar dat telkens voor haar ogen viel. Per ongeluk bleven we haar de hele tijd 'mevrouw Berk' noemen, maar dan sprong ze boos op. 'Bercowicz is mijn naam,' riep ze. 'Dat mijn broer, die ongeluksvogel, zijn naam heeft veranderd is al erg genoeg.'

Broccoli en ik zaten al een halfuur bij haar op de bank toen ze zei: 'Ik heb niets in huis, laten we maar even naar de avondwinkel gaan, jullie lusten vast wel bier.'

We beaamden dat we wel bier lustten. Toen we haar in haar jas hielpen zei ze dat ze een hekel had aan de buurvrouw. 'Het oude mens kan alleen maar over kanker en kleinkinderen praten. Kanker en kleinkinderen zijn me tot nu toe allebei bespaard gebleven, dus houd er alsjeblieft over op.'

In de avondwinkel wilden we zo'n pak met zes blikjes bier pakken, maar ze zei: 'Nee nee, drie is genoeg, anders heb ik morgen niets voor het ontbijt.'

Broccoli bood aan dat hij wel zou betalen. Ze stribbelde eerst tegen, maar toen ging ze een zak chips uitzoeken. Ze was er wel tien minuten mee bezig. Van iedere zak die ze oppakte wist ze de prijs die ze ervoor zou betalen in de gewone supermarkt. 'Wat een afzetters,' mompelde ze.

Ten slotte konden we met drie blikjes bier en een zak chips terug naar haar huis. 'Mijn huis is toch veel beter dan een café,' zei ze. Ze praatte onophoudelijk. Het leek wel alsof haar tanden iets te groot waren voor haar mond. Soms onderbrak ze zichzelf met de woorden: 'Nu moeten jullie wat vertellen.'

Toen we weer in haar woning waren borg ze de blikjes bier op in de ijskast. 'Ze moeten even koud worden,' zei ze. We durfden niet te zeggen dat ze al koud waren. De zak chips stopte ze achteloos in een keukenkast.

We gingen weer op de bank zitten. Het volgende kwartier liep ze heen en weer tussen de keuken en de huiskamer met lepeltjes en kopjes die de rest van de avond ongebruikt voor ons op tafel zouden blijven staan. Ook in de keuken bleef ze doorpraten, hoewel we haar van zo'n afstand, waarschijnlijk door haar slecht zittende gebit, niet konden verstaan.

Op zeker moment kwam ze in plaats van met een lepel met een foto uit de keuken terug. 'Is het geen schoonheid?' vroeg ze.

'Wie is het?' vroeg ik.

'Mijn moeder,' zei ze. 'Als er gasten waren zei mijn moeder altijd dat zij al had gegeten, maar als de gasten weg waren likte zij hun borden leeg. Mijn vader was ober. En als mijn moeder ook voor hem niet genoeg eten had likte hij de borden in het restaurant leeg. Hij was er trots op dat hij heel snel borden leeg kon likken, zonder dat iemand het zag. Want in zo'n restaurant waren natuurlijk wel meer mensen die de borden leeg wilden likken.'

'Ja natuurlijk,' zei Broccoli.

'Wacht, het bier,' zei mevrouw Bercowicz, 'het bier ben ik helemaal vergeten.' Ze rende naar de keuken, maar ze kwam niet terug met het bier. Ze kwam terug met twee glazen om het bier in te doen en ook die zouden de rest van de avond ongebruikt voor ons blijven staan.

'Dus jullie kennen mijn broer?' zei ze toen ze eindelijk tegenover ons zat.

'Daarom zijn we hier, mevrouw Berk,' zei Broccoli.

'Bercowicz,' riep ze. 'Mijn vader was molenaar. Pas hier is hij op aanraden van mijn moeder ober geworden. Ze zei: "Als je in een restaurant werkt lukt het je vast wel om wat etensresten mee naar huis te nemen." Maar verder dan een aardappelschil heeft hij het nooit geschopt.'

Ze stond op. 'Kom mee,' zei ze. We liepen achter haar aan naar de slaapkamer. Daar was het zo mogelijk nog kouder dan in de woonkamer. Overal lagen dozen papier.

'Ik ben bezig aan een boek,' zei ze. Ze liep tussen de diverse dozen heen en weer. Ik zag nu dat op de dozen in grote cijfers geschreven was welke versie van het boek erin zat. Er waren er geloof ik wel twintig.

'Dit gaat over Rachel,' zei ze. 'Weten jullie wie dat is?'

We schudden ons hoofd.

Van onder haar bed pakte ze een kapotgelezen boek. Het leek net de bijbel. Ze veegde de slierterige haren die voor haar ogen waren gevallen uit haar gezicht. 'De grote Rachel,' fluisterde ze, 'de Franse actrice. Ze had zoveel minnaars. Elke dag dat ze leefde had ze wel een andere minnaar. En ze was niet mooi. Ze besloot mooi te zijn. Ik heb gekookte pruimen met slagroom, kan ik jullie wat aanbieden?'

'Nee,' zei ik, 'dank u.' Het was vast een troostrijke gedachte dat je van de ene dag op de andere kon besluiten mooi te zijn.

Mevrouw Bercowicz schuifelde tussen de dozen heen en weer, op zoek naar haar laatste versie, waaruit ze ons een paar bladzijden wilde voorlezen.

'We zijn hier eigenlijk voor uw broer,' zei Broccoli.

'Mijn broer,' riep ze terwijl ze de ene doos na de andere opende, 'mijn broer heeft zich nooit voor dit soort dingen geïnteresseerd. Berk noemde hij zich. Pfah, weten jullie wat Berk is. Een boom, dat is Berk.' Ze spoog, leek het wel, maar misschien kon ze gewoon haar speeksel niet meer binnenhouden.

'Hier,' zei ze. Ze had eindelijk gevonden wat ze zocht. De papieren trilden in haar hand. 'Dit is als ze de kleren van Rachel gaan veilen.'

Ze nam ons mee terug naar de kamer. De lege bierglazen stonden nog altijd op de lage tafel. In een hoek van de kamer stond een piano waarop ook al dozen papier lagen, viel me nu pas op.

Ze stond op het punt te gaan voordragen uit eigen werk, maar alsof haar plotseling iets te binnen was geschoten legde ze de papieren neer en boog zich zo ver mogelijk naar ons toe. Wij waren intussen maar weer op de bank gaan zitten.

'Weten jullie,' zei ze. Het klonk alsof er nu een bekentenis van belang aankwam. Misschien zou ze ons nu eindelijk gaan vertellen waarom zij en haar broer al dertig jaar geen woord meer met elkaar hadden gewisseld. 'Weten jullie,' zei ze nog een keer, 'dat ik een betere stem heb dan Marilyn Monroe.'

Ze leunde weer achterover. 'Die Marilyn Monroe,' zei ze, 'die kon toch helemaal niet zingen. Een groot actrice was ze volgens mij ook niet, maar laten we het daar niet over hebben. Pfah.' Weer leek het of ze spoog. 'Ik heb haar wel eens horen zingen, die Monroe. Toen Kennedy jarig was. Op televisie. Happy birthday, Mr. President. Niet om aan te horen was het.'

Ze begon te zingen. 'Happy birthday, Mr. President.'

Toen ze klaar was zei ze: 'Ik heb ook geen stem, maar in ieder geval een betere dan Marilyn Monroe.'

'Uw broer,' begon Broccoli weer.

'Die heeft ook geen stem,' riep mevrouw Bercowicz, 'die denkt dat hij een stem heeft. Nou, dat moet hij dan maar blijven denken.'

Ze liep weer naar de keuken en kwam terug met de zak chips. 'Ik eet maar één keer per dag,' zei ze.

Ze pakte de papieren van haar boek weer op, bladerde erin en zei: 'Het is misschien geen grote literatuur, maar het is beter dan de rest van de rotzooi die wordt geschreven. Ik wil dat de mensen weten dat zo iemand als Rachel bestaan heeft, begrijpen jullie?'

Ze gooide de zak chips leeg in een schaal.

'Waar we hier eigenlijk voor zijn,' zei Broccoli, 'is dat uw broer jarenlang voor mijn vader heeft gewerkt. Hij ligt nu in het ziekenhuis en hij ijlt. In zijn woning konden we geen papieren vinden. Weet u misschien of er papieren zijn of aantekeningen, of waar die eventueel zouden kunnen zijn?'

Ze keek ons aan. 'Geen idee,' zei ze. Ze propte een paar chips in haar mond. Kruimeltjes bleven op haar lippen kleven. 'Hij heeft zijn hele leven geijld.'

Ze bracht ons naar de voordeur.

'Jullie moeten snel komen dineren,' zei ze, 'ik ben een beetje helderziend, en ik voel dat jullie een goed stel zijn.'

'Dank u,' zei ik.

Ze pakte mijn krullen. 'God, ik ben jaloers,' mompelde ze. Toen bracht ze mijn hand naar haar eigen haren. Het voelde als hooi waar een hoop olie doorheen was gegooid.

'Misschien kunt u eens mee naar het ziekenhuis,' zei Broccoli, 'misschien dat u wat zinnigs uit hem krijgt.'

Op een papiertje schreef ze haar naam en telefoonnummer. Het woord 'Bercowicz' was drie keer onderstreept.

We stonden weer op de galerij van de flat. 'Ik ben het bier helemaal vergeten,' zei ze, 'willen jullie het meenemen?'

'Houd het maar,' zei Broccoli.

'Ik zal het niet opdrinken,' beloofde ze.

'Dat mag best,' zei Broccoli, 'maar dan moet u wel op ons drinken.'

Twee verpleegsters waren bezig een naald in zijn geslacht te steken. Hoewel het buiten koud was, was het in deze ziekenhuiszaal tropisch. Misschien dat de verpleegsters daarom de gordijnen rond het bed van Berk niet hadden gesloten. Of misschien dachten ze dat er toch niemand enige belangstelling zou hebben voor het geslacht van meneer Berk. Tegenover hem lag een man met een gebroken heup. Hij had acht kinderen, waarvan er twee verstandelijk gehandicapt waren. Het was bezoekuur.

'Bent u familie?' vroeg de ene verpleegster.

'Nee,' zei ik, 'een kennis.'

Ik was hem alleen op gaan zoeken. Broccoli en Elvira waren die *Macbeth*-monoloog aan het repeteren.

'Zo, nu kunt u weer beter plassen,' zei de andere verpleegster toen eindelijk de naald in de piemel van meneer Berk stak. Het was geen prettig gezicht, zo'n naald in een piemel, daarom legde ze een laken over zijn schoot. Berk zat in een stoel. Hij had noch een gelukkige noch een ongelukkige uitdrukking op zijn gezicht. Hij zag eruit als iemand die op hoge leeftijd nog altijd niet was opgehouden zich te verbazen over alles wat er met hem gebeurde. Maar de verbazing was zo groot geworden dat hij er de woorden niet meer voor had om die met anderen te delen.

Een halfuur zat hij zwijgend naast me. Toen het bezoekuur bijna was afgelopen zei hij plotseling: 'Ze hebben mijn salami afgepakt.' Hij wees in de richting van zijn buurman alsof hij wilde zeggen dat dat degene was die zijn salami had opgegeten.

Ik probeerde hem aan te moedigen iets meer over deze diefstal te vertellen hoewel ik eigenlijk voor heel iets anders was gekomen, maar hij zweeg.

Ze kwam binnen als iemand die iets belangrijks vergeten was. Ze zag er net zo uit als die keer dat we haar hadden opgezocht in haar woning. Hetzelfde vest, hetzelfde kapsel, en ook dezelfde geur rook ik nu. De zuster van meneer Berk was iemand die naar groentesoep rook.

Ze omhelsde hem. 'Herken je me?' vroeg ze.

'Ja,' zei Berk, 'ik ben niet gek.'

Ze trok het laken van zijn schoot. 'Wat is dat?' vroeg ze en wees op de naald.

'Als ik dat wist was ik huisarts geworden,' zei meneer Berk.

Een verpleegster droeg een dienblad binnen met een grijskleurig puddinkje. 'Uw avondeten, meneer Berk,' zei ze vrolijk.

'Bercowicz,' zei de zuster van meneer Berk. 'Berk is een boom.'

'Hij is hier binnengekomen als Berk,' zei de verpleegster, 'en eigenlijk is het bezoekuur afgelopen.'

'Hij is ter wereld gekomen als Bercowicz,' zei zijn zuster, 'en als je als Bercowicz geboren wordt, dan blijf je Bercowicz.'

Ik had het gevoel dat zijn zuster hem wilde aanvliegen, maar Berk tilde zijn hand op en zei: 'Ik heb de koningin een brief geschreven. Ik wil mijn naam veranderen in B. Ik wil dat jullie me ook meneer B. noemen.' Hij strekte zijn hand uit en wees naar de man met de gebroken heup. 'Ze hebben mijn salami opgegeten,' fluisterde hij wanhopig.

Mevrouw Bercowicz riep: 'Als er Berk op je grafsteen komt te staan, zie je me niet op je begrafenis.'

'Dat hoeft ook niet,' zei Berk.

'U moet het laken wel op uw schoot laten liggen,' zei de verpleegster, 'dat is onsmakelijk voor de andere patiënten.'

'Ik heb het eraf gehaald,' zei mevrouw Bercowicz. 'Wat heeft hij daar voor geval?'

'Dat heeft uw man nodig,' zei de verpleegster.

'Dat is mijn man niet, dat is mijn broer.'

'Wat hij ook is, hij heeft het nodig.'

Ik trok mijn jas aan. 'Meneer Berk,' fluisterde ik in zijn oor, 'waar heeft de oude meneer Eckstein Elvira leren kennen?'

Zijn hoofd had al die tijd naar beneden gehangen en zijn kin rustte op zijn borst. Nu tilde hij zijn hoofd op en keek me aan. Er zat opeens weer leven in zijn ogen. 'Denk je dat hij me ooit iets verteld heeft? God mag weten waar hij haar heeft leren kennen. Waarschijnlijk in het Victoriahotel. Daar heeft hij toch iedereen leren kennen? Beklopt zijn ze, allemaal beklopt.' En toen klopte hij met zijn vuist op zijn eigen hoofd.

Na zijn ontslag uit het ziekenhuis nam mevrouw Bercowicz haar broer in huis. Hij protesteerde luidkeels, maar het hielp niet.

'Ze is vegetarisch. Ze heeft me altijd verboden salami te eten,' zei hij toen ze hem het ziekenhuis uit droegen, 'en denk je dat ze nu veranderd is?'

Niemand luisterde naar hem. Ze gaven hem vriendelijke tikjes op zijn wang bij wijze van afscheid.

Mevrouw Bercowicz ging op de bank liggen en hij moest in haar bed naast de twintig versies van haar boek. Broccoli belde hem meteen op, maar het enige wat Berk zei was dat hij zich voelde als een gans die werd vetgemest voor zijn lever.

Diezelfde avond belde Broccoli met het hotel in Lenzerheide – de receptioniste vertelde dat zijn ouders het hotel een paar dagen daarvoor hadden verlaten. Ze kon niet zeggen of zijn ouders inderdaad naar Mexico waren vertrokken. Broccoli belde nog een paar andere mensen in Zwitserland, maar hij kwam er niet achter waar zijn ouders nu waren.

'Maak je maar niet ongerust,' zei hij tegen mij, 'dat doen ze wel vaker. Dan verdwijnen ze een tijd, en dan duiken ze opeens weer op en zijn ze zo bruin als een biefstuk.'

Meteen daarna belde hij mevrouw Bercowicz. Ze had een antwoordapparaat aangeschaft. 'Moet je horen,' zei Broccoli tegen ons.

Elvira en ik moesten het bericht van mevrouw Bercowicz afluisteren. Het ging zo: 'Dit is het antwoordapparaat van Bercowicz. Na de pieptoon kunt u een boodschap inspreken. Het is wel zo prettig als u dat ook daadwerkelijk doet, want het is behoorlijk vervelend naar een lege band te moeten luisteren. Einde bericht.'

Vijf keer sprak Broccoli een bericht in op het antwoordapparaat van mevrouw Bercowicz, maar ze belde niet terug.

We waren bezig Elvira in haar spijkerbroek te hijsen toen mevrouw Bercowicz eindelijk belde. We moesten Elvira de laatste tijd wel vaker in haar spijkerbroek hijsen. Ze zei dat ze dikker was geworden, maar dat was niet te zien; we hielden het erop dat haar spijkerbroeken in de was waren gekrompen. We stonden ieder aan een kant en tilden haar dan op aan de spijkerbroek in de hoop dat haar benen in de broekspijpen zouden glijden. Soms gebeurde dat, maar we hoorden ook wel eens krakende geluiden.

Bercowicz nodigde ons uit voor het avondeten. Broccoli vond dat een goed idee. Hij wilde meneer Berk erg graag spreken. Tenslotte had hij al die tijd niets meer van zijn ouders gehoord. Maar wat nog belangrijker was, ik had het idee dat zijn geldvoorraad langzaam uitgeput raakte.

Meneer Berk zat in een stoel voor de televisie. Hij was ongeschoren. Toen hij ons zag mompelde hij iets, maar we moesten ons oor voor zijn mond houden voor we hem konden verstaan. 'Ga weg,' verstonden we.

Toen we aan tafel zaten moest mevrouw Bercowicz haar broer wel drie keer roepen voor hij aanstalten maakte op te staan. Bij het lopen verloor hij een pantoffel. Het was een damespantoffel.

We aten de linzensoep van mevrouw Bercowicz. We fluisterden in elkaars oor dat deze linzensoep zo vies was dat zo'n soep hoogstwaarschijnlijk maar één keer in de honderd jaar zou voorkomen.

Niemand hoefde iets te doen om het gesprek op gang te houden, want mevrouw Bercowicz praatte. Uit een cassetterecorder kwam muziek van Vivaldi. Ik wist niet dat het Vivaldi was, maar mevrouw Bercowicz zei: 'Ik kan hele dagen naar Vivaldi luisteren.' De muziek stond zo hard dat we heel luid moesten praten.

Toen mevrouw Bercowicz als eerste haar soep op had, zei Berk: 'Ik wil biechten.'

Mevrouw Bercowicz vulde haar bord voor de tweede keer, op zo'n manier dat het hoog opspatte. Toen zei ze: 'Hij wil zich bekeren, de ellendeling.'

'Ik ben al bekeerd,' zei meneer Berk rustig, 'maar nu wil ik biechten.'

Broccoli legde zijn lepel neer. Dat had hij al een paar keer gedaan, maar het zag ernaar uit dat het ditmaal definitief was. 'Meent u dat?' vroeg hij. 'Wilt u biechten?'

'Ja,' zei Berk, 'ik heb me wel eens laten vertellen dat je je een ander mens voelt nadat je gebiecht hebt.'

'Maar waar wilt u biechten?' vroeg Broccoli.

'Laat maar iemand aan huis komen,' zei Berk.

'Ze komen mijn huis niet in,' riep mevrouw Bercowicz. 'Mijn nicht is net zo, die komt mijn huis ook niet meer in.'

Elvira zei dat ze op haar elfde opgehouden was met biechten en ze verzekerde meneer Berk dat je er geen ander mens van werd.

Meneer Berk verklaarde hardnekkig dat hij wilde biechten en dat het voor degene die deze soep had gekookt het beste was ook maar te gaan biechten.

'Dat ook nog,' zei zijn zuster, 'alsof het niet genoeg is dat je Berk heet wil je ook nog mijn soep belachelijk maken en je bekeren.'

'Nee, voor mij is dat inderdaad niet genoeg,' zei Berk. Hij liep terug naar zijn stoel voor de televisie. Hij was nu ook zijn tweede pantoffel kwijt. Hij droeg groene sokken met gaten erin.

Broccoli vroeg nog een paar keer of hij hem misschien kon vertellen waar de papieren van zijn vader lagen, maar Berk antwoordde alleen dat hij wist dat hij wartaal sprak maar dat we niet moesten vergeten dat Jezus Christus ooit ook zo begonnen was.

Elke keer als de vader van Broccoli ter sprake kwam keek ik naar Elvira. Maar zoals altijd was er niets op haar gezicht te zien, alleen dat ze mooi was en dat ze erg goed afwezig kon glimlachen. Daar was ze erg goed in, in afwezig glimlachen.

Twee dagen later hoorden we dat Berk opnieuw was opgenomen. Hij lag dit keer op een afdeling waar we een man tegenkwamen zonder neus.

Ze stonden met zijn achten om zijn bed. Twee maakten voortdurend aantekeningen. De oudste, een man met een bril en een zorgvuldig gekamd kapsel, vertelde ons dat Berk een ingeklapte long had, maar dat hij er hoogstwaarschijnlijk wel weer bovenop zou komen. 'Zo'n ingeklapte long klapt wel weer uit,' zei hij, 'om het maar even simpel te zeggen.'

Ook hij informeerde of we familie waren. 'Dat niet,' zei Broccoli, 'maar de kans is groot dat meneer Berk de verblijfplaats van mijn ouders kent of in ieder geval op de hoogte is van een aantal zaken waarvan ik niet op de hoogte ben. Bijvoorbeeld of hun huis al verkocht is.'

'Aha,' zei de professor. Hij deed een paar stappen achteruit, keek nog eens naar de zieke en zei toen voor de tweede keer: 'Aha.'

Op dat moment kwam mevrouw Bercowicz binnen. Ze was in gezelschap van een zwartharig vrouwtje dat ze voorstelde als haar nicht. Later hoorde ik dat haar nicht lid was van een vereniging die Joden voor Jezus heette. Ze was getrouwd met een gehandicapte man die zo gehandicapt was dat hij alleen met zijn hoofd kon knikken, en zelfs dat alleen op zijn goeie dagen. Mevrouw Bercowicz duwde de doktoren opzij en brulde in het oor van meneer Berk: 'Ik ben het. Je nicht is overgekomen uit Schotland om voor je te bidden.'

We zagen hoe meneer Berk zijn hoofd probeerde op te tillen, maar het lukte niet. Daarna maakte hij wat bewegingen met zijn hand, maar zijn hand was vastgebonden aan een houten plankje dat tot zijn elleboog reikte.

'Mevrouw Berk,' zei een van de mannen die de hele tijd aantekeningen had zitten maken, 'uw broer heeft rust nodig.'

'Bercowicz,' brulde mevrouw Bercowicz, 'ik ben geen boom.'

De dokter scheen haar niet te begrijpen. Hij antwoordde: 'Nee, natuurlijk bent u geen boom.' En zijn collega viel hem bij: 'Als u een maatschappelijk werker nodig heeft...'

De nicht maakte van de gelegenheid gebruik zich een weg naar het bed te banen. Ze pakte de hand met het plankje en zei: 'Ik heb de hele reis voor je gebeden, Ludwig.'

Opnieuw richtte meneer Berk zijn hoofd op. Er kwam slijm uit zijn mond, en daarna bijna anderhalve minuut een reeks onsamenhangende geluiden. Maar ten slotte konden we het allemaal duidelijk verstaan: 'Dat had je nou niet moeten doen.'

Iedereen, inclusief de doktoren die de zaal nog niet hadden verlaten, draaide zich om naar het bed van meneer Berk alsof daar iets heel bijzonders had plaatsgevonden. Een zuurstofapparaat begon te piepen, maar geen van de doktoren scheen zich daar druk om te maken. Het was als een autoalarm waar iedereen zo aan gewend was geraakt dat niemand er meer op lette. Behalve de nicht van meneer Berk, die riep: 'Helpt u hem toch, helpt u hem toch.' En met haar beide handen begon ze op het zuurstofapparaat te kloppen, waardoor het apparaat alleen nog maar harder ging piepen.

Een van de doktoren kwam op haar af en zei: 'Die apparaten zijn soms een beetje onnauwkeurig afgesteld, daar moet u zich maar niet al te druk om maken.'

Ze maakte zich wel druk. Ze maakte zich verschrikkelijk druk. Ze bekruiste zich een paar keer en begon toen ook meneer Berk te bekruisen waarbij ze psalmen aanhief in het Engels. Meneer Berk probeerde zijn hand uit de hare los te rukken, maar ze had hem in een ijzeren greep. Mevrouw Bercowicz zelf was de doktoren aan het uitleggen dat ze Bercowicz heette en dat de naam Berk op een misverstand berustte. 'Zelfs zij,' zei ze en wees op haar nicht, 'zelfs zij die denkt dat Jezus de verlosser is noemt zich Bercowicz.'

'Dat staat toch los van deze kwestie,' hoorden we de dokter zeggen.

'Dit wordt niets meer,' zei Broccoli. Ik liep achter hem aan naar buiten. Mijn ouders verweten me gemiddeld twee keer per dag dat ik als een hondje achter hem aan liep in plaats van aan mijn toekomst te denken. Dat was misschien wel waar, maar ik vond het niet erg. Als mijn leven ooit op het leven zou lijken zoals het zou moeten zijn, dan was dat mede te danken aan Broccoli. Sommige mensen verbinden zich aan elkaar met allemaal ceremoniën en dansavonden en een lopend buffet. Ik had me terloops en ongemerkt aan hem verbonden, maar daarom was de verbintenis niet minder dwingend. Al was het alleen maar omdat ik wist dat hij en niemand anders me aan Elvira verbond.

'Elvira zei dat Galani haar het nummer van je vader had gegeven,' zei ik zo terloops mogelijk.

'O ja, zei ze dat?' zei Broccoli. Hij keek me zo spottend aan dat ik verder maar niets meer zei.

Op de gang zat een kale man te borduren. Hij keek niet op of om toen we naast hem gingen zitten.

V

Villa Kakelbont

Op de dag dat meneer Berks tweede long inklapte en ze hem overbrachten naar de intensive care werd ik gevraagd mee te spelen in een toneelstuk voor kinderen. Het toneelstuk zou worden opgevoerd in een museum. Het was de bedoeling kinderen op een speelse manier in contact te brengen met kunst. Jeugdtheatergezelschap Villa Kakelbont wilde mij voor twee maanden in dienst nemen als acteur. Ze boden het minimumloon en een onkostenvergoeding van *f* 5,50 per dag.

Toen mijn vader hoorde dat ik hier geld mee zou verdienen was hij zo mogelijk nog blijer dan ik. 'Dit is een grote dag voor je,' zei hij, 'maar het is geen oplossing. Over twee maanden ben je weer een werkloze sloeber.'

'Stel je er niet te veel van voor,' zei het meisje van Villa Kakelbont. 'Het stuk waarin jij zit duurt hooguit acht minuten.'

Broccoli belde elke dag met hotels in Zürich en Lenzerheide waar zijn ouders zouden kunnen logeren, maar ze bleven onvindbaar. Toen hij hoorde dat Villa Kakelbont mij in dienst wilde nemen, omhelsde hij mij en besloot die dag geen enkel hotel in Zwitserland meer te bellen. Broccoli kocht ganzenlever voor me om het goede nieuws te vieren.

Die avond hebben Elvira, Broccoli en ik ganzenlever gegeten.

'Ik heb nog nooit van Villa Kakelbont gehoord,' zei Elvira.

'Ik ook niet,' zei Broccoli, 'maar dat doet er niet toe. Ik heb mevrouw Meerschwam gebeld dat ze jou binnenkort op televisie kan zien.'

'Het komt helemaal niet op televisie.'

'Hoe weet je dat?' snauwde Broccoli. 'Hebben ze jou soms gezegd dat het nooit op televisie zal komen?'

'Dat niet,' zei ik.

'Hoe gaat het eigenlijk met mevrouw Meerschwam?' vroeg Elvira.

'Uitstekend,' zei Broccoli, 'ze heeft het huis bijna leeg, binnenkort is er niets van de Bernard Zweerskade over.' Hij opende een van zijn koffers die in het huis van Elvira stonden en trok een ochtendjas aan. Het was een witte en er stond Hilton op.

'Ik ben niet zo dol op ganzenlever,' zei Elvira.

'Ik ook niet,' antwoordde Broccoli, 'maar je moet alles in je leven proberen. Dat geldt ook voor ganzenlever.'

We probeerden op straat de ganzenlever te slijten aan zwervers, maar in het halfdonker leek de ganzenlever net op kattenvoer. Daarom raakten we het niet kwijt.

De volgende ochtend moest ik op het kantoor van Villa Kakelbont zijn om een productievergadering bij te wonen. Daar ontmoette ik behalve de andere acteurs en actrices ook de artistiek leidster van Villa Kakelbont. Ze had lange witte haren en een grote bril en gedurende het grootste gedeelte van de vergadering zat ze met haar duim in haar mond.

De vergadering ging over de onkostenvergoeding die we zouden ontvangen voor de lunch tijdens de repetitieperiodes. Of beter gezegd, het ging over de vraag of de onkostenvergoeding in natura zou worden uitbetaald of in geld.

Een jonge actrice die zich ophield in het schemergebied tussen man en vrouw verklaarde om de haverklap: 'Van kip-kerrie krijg ik het aan mijn maag. Toen we Brecht deden leefde ik de hele dag op kip-kerrie, dat doe ik niet nog een keer.'

Een andere man met zwaar gepommadeerd haar en naar het mij scheen een wit geschminkt gezicht verklaarde: 'Ik ben helemaal geen acteur. Ik kom uit een werklozenproject. Ik ben van huis uit pianist.'

Daarop nam de artistiek leidster haar duim uit haar mond en zei: 'Nee Henk, je hebt het in je, daar hebben we het toch uitvoerig over gehad.'

Hij knikte een paar keer treurig en zei toen: 'Ja, er zijn er wel meer die dat zeggen.'

Toen klopte de productieleider, een man van in de veertig, op tafel en zei: 'Oké, we gaan stemmen, wil iedereen die vindt dat de onkostenvergoeding voor de lunch in natura moet worden uitbetaald zijn vinger opsteken?'

Henk zei: 'Ik ben neutraal, het maakt me niet uit. Ik lunch toch nooit.'

'Dat kan niet,' zei de productieleider, 'iedereen moet zijn vinger één keer opsteken, anders hebben we een even aantal, dan staken de stemmen en dan zitten we hier morgen nog.'

'Laten we het anders doen,' zei de artistiek leidster. 'Wie is er vegetarisch?'

'Ik ben niet vegetarisch,' zei Henk, 'ik eet alleen geen ei. Het is geen onwil, maar de dokter heeft het me verboden.'

'Ik eet geen kalkoen,' zei een acteur die de hele tijd met een zonnebril zat te spelen. En een hele oude man zei: 'Ik eet alles.'

'Goed zo,' zei de artistiek leidster. En toen tegen de productieleider: 'Marcel, als jij nou eens opschrijft wat iedereen niet eet, want ik denk dat we de lunch toch maar in natura moeten uitbetalen.'

'Nee,' riep het meisje van de kip-kerrie, 'nee. Alsjeblieft niet in natura.'

De man met de zonnebril riep: 'Hoe weet ik nou wat ik over twee maanden niet wil eten?'

Anderen vielen hem bij. De productieleider hamerde op tafel. 'Het gaat om voedsel dat je principieel niet eet. Of dat de dokter je verboden heeft te eten, zoals Henk met zijn ei.'

'Ik neem mijn eigen broodjes wel mee,' zei Henk.

'Ja, op deze manier hoeft het voor mij ook niet meer,' zei het meisje van de kip-kerrie.

'Stilte,' riep de productieleider, 'we gaan beginnen. Iedereen noemt alleen maar op wat hij principieel niet eet. Of om gezondheidsredenen niet mag eten. Duidelijk?'

'Alleen geen kippenei,' zei Henk. 'Een ei van een kwartel is bijvoorbeeld geen probleem.'

'Wat denk je nou,' zei het kip-kerriemeisje, 'dat ze ons kwarteleieren gaan serveren?'

'Ik heb diabetes,' zei de hele oude man, 'een lichte vorm weliswaar, maar toch diabetes.' Hij was niet alleen acteur maar gaf ook nog Gestalt-therapie in zijn vrije tijd. Hij was een beetje doof en we moesten tegen hem schreeuwen.

'Dat krijg je van onregelmatig eten,' zei de man met de zonnebril.

'Onzin,' zei het kip-kerriemeisje, 'mijn oma heeft het ook en die heeft haar hele leven op tijd gegeten. Het is erfelijk.'

'Stilte,' riep de artistiek leidster, 'stilte, iedereen luistert nu naar Marcel. Marcel, ga je gang.'

'Stilte,' riep de productieleider, 'stilte, anders zitten we hier morgen nog. Ewald Stanislas Krieg, wie is dat?'

Iedereen begon om zich heen te kijken.

'Ja, dat ben ik.' Iedereen keek nu naar mij.

'Hoe wil je genoemd worden?' vroeg de productieleider.

'David,' zei ik. Dat was mijn vaste antwoord.

De productieleider staarde naar zijn papier. Hij draaide het om, en staarde toen weer naar zijn papier. Toen begon hij in andere papieren te rommelen.

'Gaat dit lang duren?' vroeg de man die diabetes had. 'Ik heb zo een belangrijke afspraak. Film.'

'Als iemand dringend naar de wc moet, dan moet hij dat doen,' riep de man met de zonnebril.

'Het stinkt hier,' fluisterde het kip-kerriemeisje.

Ik voelde dat ik een rood hoofd kreeg. Hoewel ik bij mijn weten helemaal niet stonk. Ik moest wel toegeven dat het in de kleine vergaderruimte behoorlijk stonk.

'Ik zeg het nog één keer,' riep de man met de zonnebril, 'als iemand dringend naar de wc moet, dan moet hij dat doen. Anders wacht ik buiten.'

'Stilte,' schreeuwde de productieleider. 'Iedereen blijft zitten en iedereen is stil. Stilte. Hier staat dat je Ewald Stanislas Krieg heet. Heet je misschien ook nog David?'

Ik hoorde hoe mensen mijn naam hardop mompelden. 'Ewald Stanislas Krieg.'

'Nee, ik heet geen David, maar jullie mogen me wel David noemen. Als dat makkelijker is.'

'Stilte,' riep de productieleider, 'anders zitten we hier morgen nog. Het is voor ons veruit het makkelijkste wanneer iedereen de naam houdt die hij bij zijn geboorte heeft gekregen. Noemen de mensen je Ewald of Stanislas?'

'Of Krieg?' vroeg de man die eerder had geroepen dat mensen die dringend naar de wc moesten, dat gewoon konden doen.

'Ewald.'

'Ewald,' zei de productieleider, 'wat eet je niet?'

Iedereen keek naar me, ik voelde me net in zo'n quiz op televisie. Op dat moment kwam een vrouw in een lange blauwe jas binnen. Ze had halflang blond haar.

'Dit is Frederika Steinman,' zei de artistiek leidster, 'zij speelt ook mee.'

We kenden haar allemaal van naam, en degenen die haar in de bioscoop hadden gezien, ook van gezicht. Henk en ik kwamen uit een werklozenproject, waarschijnlijk waren we aangenomen om de kosten te drukken. Verder waren er nog wat anonieme acteurs uit het jeugdtheatercircuit en dan was er dus Frederika Steinman, de grote Frederika Steinman. Als het woord ster op iemand van toepassing was in Nederland, dan was het toch wel op Frederika Steinman. Ik vroeg me af hoe ze in godsnaam bij Villa Kakelbont beland was.

Ze gaf ons allemaal een hand en ging aan het einde van de tafel zitten, vlak naast Henk. Ze had een muts op van bont of nepbont. Die zette ze af en toen schudde ze een paar keer haar blonde haar uit. Enkele haarslierten vlogen tegen het gezicht van Henk. Er hing een bedrukte stilte aan tafel. Sommige acteurs knepen in hun plastic bekertje koffie. Zelfs de artistiek leidster had haar duim uit haar mond genomen.

'Neem me niet kwalijk,' zei Frederika tegen Henk.

'O nee, het is niets,' zei Henk. Hij vermeed het Frederika aan te kijken. 'Er zijn wel vaker haren in mijn gezicht gewaaid.' Uit de spaarzame dingen die Henk had gezegd had ik begrepen dat hij niet van vrouwen hield, maar eigenlijk ook niet van mannen. Al zijn liefde ging uit naar zijn twee herdershonden, die hij dan ook uitsluitend met veel moeite alleen kon laten.

'We waren gebleven bij Ewald Stanislas Krieg,' zei de productieleider. 'Voor degenen die net zijn binnengekomen: Ewald Stanislas wil Ewald worden genoemd. Ewald, wat eet je niet?' Hij zat met zijn pen in de aanslag.

'Mag het raam open?' vroeg Frederika. 'Het is hier een beetje benauwd.'

De volgende vier weken repeteerde ik onder leiding van regisseur Richard Zwarthuis een stuk dat over een vuurvogel ging en over een jongen die op die vuurvogel verliefd was. Ik was die jongen. De tekst die ik moest zeggen was mij bij de eerste lezing onduidelijk en is mij tot de laatste voorstelling onduidelijk gebleven – hoewel ik dat altijd goed verborgen heb gehouden. In het museum zouden zes van dit soort stukjes worden gespeeld die allemaal niet langer mochten duren dan tien minuten en die allemaal door iemand anders zouden worden geregisseerd.

Na de première zeiden sommige mensen tegen me: 'Je kan niet spelen, maar je weet in ieder geval wel wat je zegt en dat kun je van veel acteurs niet zeggen.'

Op een middag kwam de mevrouw kijken die het stuk geschreven had. Ze riep dat ze het prachtig vond.

'En hoe vind jij mijn tekst?' vroeg ze.

Ik zei natuurlijk niet dat ik er geen touw aan vast kon knopen, en dat ik ernstige twijfels had of kinderen van zeven er wel een touw aan vast konden knopen, maar dat zij dat soort kinderzieltjes vast veel beter kende dan ik. 'Ontroerend,' mompelde ik.

De vuurvogel werd gespeeld door een jonge vrouw die Hilde heette. Ze had de Maastrichtse toneelschool gedaan en tijdens de repetities verklaarde ze gedurende de pauzes vaak dat ze moest kiezen tussen haar carrière en haar kinderen en dat dat geen makkelijke keuze was. Ik beaamde dat. Dan zuchtte ze diep. Mijn god, wat kon die vrouw diep zuchten. Bij alles wat ze deed zuchtte ze diep. Bijna altijd liep ze in strakke leren broeken. Op een namiddag – we zaten te wachten op regisseur Zwarthuis – vertelde ze me dat je het beste seks kon hebben met mensen van wie je niet hield. En dat ze het gevoel had dat ik er net zo over dacht.

We repeteerden in de Sleep-in. Eerst vond regisseur Zwarthuis het het beste als we de tekst liggend in een badje water zouden doen. Het was duidelijk dat hij ook niets van de tekst begreep. Dat kon je hem niet kwalijk nemen. Ik moet de eerste persoon nog tegenkomen die er wel iets van begreep. Uiteindelijk werd er besloten de tekst staand te doen, zonder enige beweging.

De Golfoorlog was losgebarsten. Sommigen liepen de hele dag met een radio tegen hun oor gedrukt. Hilde riep: 'Wat heeft dit alles nog te betekenen, nu de Golfoorlog is losgebarsten?'

De première zou plaatsvinden in museum Fodor in Amsterdam. Drie dagen daarvoor verhuisden we van de Sleep-in naar Fodor. Een zaal van Fodor was ontruimd en ingericht als kleedkamer. Daar zag ik Frederika Steinman terug. Zij speelde een punkmeisje.

Ze kleedde zich om naast mij, nadat Zwarthuis ons aan elkaar had voorgesteld met de woorden: 'Frederika, dit is een collega van je.'

'Ik weet het,' zei ze. 'Jij bent Ewald, hè?' Daarna gaven we elkaar een hand.

De jongen die op de vuurvogel verliefd was droeg een smoking. Ze hadden speciaal voor mij een smoking gekocht bij een zaak in de Kalverstraat. En lakschoenen hadden ze ook voor mij gekocht. De costumière was hoogzwanger, maar ze wilde wel steeds met mij de kleedkamer in daar in die zaak in de Kalverstraat. Waardoor er bijna geen plaats was om me om te kleden.

Ik droeg witte onderbroeken van de Hema die volgens Broccoli op onderbroeken van ver voor de Tweede Wereldoorlog leken. Mijn vader droeg dezelfde onderbroeken. Broccoli droeg boxershorts. Elvira zei dat ze bijna al haar lingerie op vliegvelden had gekocht.

Wat Frederika Steinman voor ondergoed droeg zou ik niet kunnen zeggen. Ik had er best naar kunnen kijken, maar dat deed ik niet omdat ik vond dat dat niet hoorde. Nu denk ik daar anders over. Mensen veranderen niet echt. Details veranderen.

Een uur voor de première zaten Hilde, regisseur Zwarthuis en ik opgesloten in een zaaltje van museum Fodor, waar Hilde en ik zo dadelijk de vuurvogel en de jongeman zouden moeten spelen. Aan de muur hingen blauwe kunstwerken van klei die op de een of andere manier in verband zouden moeten staan met de tekst die wij straks gingen uitspreken.

Hilde liep rond en repeteerde de tekst. Eén keer kwam ze naar me toe om mijn strikje recht te trekken, en met een natte vinger veegde ze wat krullen uit mijn gezicht. 'Anders ziet niemand je ogen,' zei ze.

Ik deed mijn best mij verliefd te voelen op de vuurvogel, maar ik voelde niet eens genegenheid voor de vuurvogel. Ik voelde alleen maar angst, en niet voor de vuurvogel, maar voor de pakweg honderd mensen die straks deze kleine zaal zouden binnenstromen om naar de blauwe kunstwerken aan de muur te kijken, naar Hilde en naar mij.

Algauw zouden ze tot de ontdekking komen dat er, in tegenstelling tot wat het programma had aangekondigd, geen vuurvogel was en ook geen jongeman die op die vuurvogel verliefd was. Dat was de eerste ontmaskering. De tweede zou direct daarop volgen. Ze zouden tot de ontdekking komen dat ik geen acteur was. Mijn inschrijving bij het arbeidsbureau, de foto's die ik had laten maken en mijn praatjes zouden me niet helpen. Op zijn best zouden ze denken: Die jongen maakt deel uit van een werklozenproject, hij kan er ook niets aan doen.

Elvira en Broccoli zouden komen. Mijn ouders had ik afgeraden te komen. Niet zozeer voor hen als wel voor mij. Ik schaamde mij voor mijn ouders. Een schaamte die bijna net zo groot was als mijn angst voor de mensen die over tien minuten naar de vuurvogel en een verliefde jongeman zouden gaan kijken.

De vuurvogel liep in een petticoat. Een minuut voor de mensen zouden komen vroeg ze of ik nog even haar rits wilde controleren.

Er was geen toneelbelichting, alleen de gewone lampen die altijd al in het museum hingen. Ik zag iedereen binnenkomen. Ze keken nauwelijks naar ons of de blauwe kunstwerken. Ze hadden meer iets van: Waar zijn we nu weer terechtgekomen? Ik zag Elvira en Broccoli. Ze had haar boa constrictor om. Ik zag Frederika Steinman. Ze had net gespeeld en zich niet omgekleed.

Een paar seconden nadat ik met mijn tekst was begonnen hoorde ik een mevrouw zeggen: 'Die plaats is bezet.' En even later: 'U kunt er wel gaan zitten, maar ik zeg u toch dat mijn man zo terugkomt van de wc.' Hoewel ze fluisterde keek iedereen naar de dikke mevrouw. Ze hadden net als ik begrepen dat die dikke mevrouw oneindig veel interessanter was dan alle gesprekken tussen de vuurvogel en de jongeman. Maar niemand onderbrak me, niemand riep 'boe' na afloop. Er werd keurig geapplaudisseerd. Sommigen complimenteerden me zelfs na afloop. Een man kuste me en zei: 'Prachtig, prachtig, maar waar ging het over?'

Er was beneden een koud buffet met champagne, maar daar konden alleen de sterksten bij.

In de drukte vond ik Broccoli en Elvira. Elvira kneep me in mijn nek en zei: 'Die smoking staat je goed, je bent net een kleine page.' Gebruikte ze het woord 'page'? Of was het iets anders? Het was in ieder geval een volledig in onbruik geraakt beroep.

Tussen al de mensen zag ik de artistiek leidster. Ze zwaaide naar me. 'Hoera,' riep ze.

'Hoera,' riep ik terug.

'Laten we hier weggaan,' zei Broccoli.

‘Ik moet me nog omkleden,’ zei ik. Ik liep omhoog naar de kleedkamer. Overal lagen bloemen. Sommige waren al kapotgetrapt. Frederika Steinman was bezig haar schoenen aan te trekken. Van die legerschoenen. Ze at een appel.

‘Wil je er ook een?’ vroeg ze. Ze opende haar tas.

‘Graag,’ zei ik. Daarna kleedde ik me zo snel mogelijk om.

‘Het leek een beetje op de FNV-film,’ zei Broccoli toen we weer in het huis van Elvira waren.

‘Nee,’ zei Elvira, ‘de FNV-film was erger.’ Ze had nu ook haar eettafel verkocht, tot grote woede van Broccoli. Ze verkocht alles.

De telefoon ging.

‘Neem jij maar op,’ zei Elvira tegen mij.

Het was Elvira’s moeder. Ze informeerde uitvoerig naar mijn gezondheid en vertelde dat ze nog altijd vliegende vrouwen schilderde.

Frederika Steinman

Drie keer per dag speelde ik tien minuten de verliefde jongeman voor kinderen van zes tot twaalf. Ze kwamen hier niet toevallig of op wat voor manier dan ook uit vrije wil. Ze waren door hun school hier naartoe gesleept.

Ik moest bijzonder verliefd naar de vuurvogel kijken en het was me bij die gelegenheid al meerdere keren opgevallen dat er mos op de voortanden van de vuurvogel groeide. Een veldje van mos, ik kan het niet anders omschrijven. Misschien had Hilde soms geen tijd om haar tanden te poetsen. Dat zou natuurlijk kunnen. Er waren ook dagen dat er geen mos op haar tanden groeide, maar die waren zeldzaam. Joseph Heller heeft geschreven dat het moeilijk is eerbied te hebben voor een opperwezen dat tandbederf in zijn goddelijke schepping opneemt. Wat mij betreft was Hilde daar het levend bewijs van.

De uren tussen het spelen bracht ik lezend door in museum Fodor, of ik liep door de gangen van het museum en bekeek de kunstwerken die ik al honderd keer had bekeken. Soms praatte ik met mijn collega's; maar voor mij was het nog altijd niet uitgesloten dat ik op een dag ontmaskerd zou worden, daarom hield ik meestal mijn mond.

Broccoli zag ik nog maar weinig. Elke ochtend zat hij naast het bed van Berk en 's middags belde hij met hotels in Zwitserland. Tussendoor repeteerde hij met Elvira of liep met haar door de stad.

Wij kregen tussen de middag broodjes uitgereikt die nog het meest op kruidenbuiltjes leken. De actrice die zich ophield in het schemergebied tussen man en vrouw was op dieet en at alleen maar banaan. In een stencil dat wij hadden ontvangen werd erop aangedrongen de lunch gezamenlijk te nuttigen, maar in de praktijk kwam het erop neer dat iedereen zijn broodjes opat in de hoek van de zaal waar hij moest spelen.

Het is een paar keer voorgekomen dat ik mijn broodje niet op tijd op had, en het in de haast liet liggen op een van de krukken waarop de kinderen moesten gaan zitten. Wanneer een kind op mijn broodje ging zitten brak er grote consternatie uit. Hoewel er maar één kind in een broodje kaas was gaan zitten, mondde het uit in geschreeuw van de hele klas. Aanvankelijk was ik gewoon doorgegaan met spelen, ook al kon ik de vuurvogel door het gekrijs niet eens meer verstaan. Ik dacht: Voorbij is voorbij. Maar na een paar dagen kreeg ik opdracht uit mijn rol te treden als zich dit soort calamiteiten voordeden. Ik moest dan naar de juffrouw of meester toegaan en deze vertellen dat wij pas verder zouden spelen als de kinderen tot rust waren gekomen.

Ik kon dat geschreeuw van die kinderen wel begrijpen. Het moest geen pretje zijn op deze manier met kunst en toneel in aanraking te worden gebracht. Ik weet niet hoe ze het klaarspeelden, maar sommige kinderen gingen met zo'n kracht op hun stoel zitten dat de broodjes die ik had laten slingeren van hun broeken moesten worden gekrabd.

Als zich zo'n calamiteit voordeed voelde ik me net een priester. Ik deed een paar stappen naar voren, spreidde mijn armen en riep: 'Kinderen, kinderen, wij spelen pas weer verder als jullie juffrouw jullie gekalmeerd heeft.'

Een acteur die een paar zalen verderop in Fodor een boer speelde die op een berg rode kolen zat, vertelde dat ik blij mocht zijn dat ik niet voor middelbare scholen speelde. 'Wat ik daar heb meegemaakt...' zei hij.

‘Vertel,’ zei ik.

Maar hij wilde niet in details treden.

De oudste acteur, de dove, had een oogje op Frederika Steinman. Hij had haar al een paar keer geprobeerd over te halen ook in Gestalttherapie te gaan. ‘Dat is aardig aangeboden,’ zei ze, ‘maar nee, toch bedankt.’

Frederika Steinman hield een dagboek bij waar ze vaak in de kleedkamer in zat te schrijven. Ze had een gekwelde uitdrukking op haar gezicht. Dat maakte haar nog mooier, vond ik.

Op een avond toen ik mijn smoking, die zo langzamerhand begon te stinken, weer ophing aan het haakje in de geïmproviseerde kleedkamer zei Frederika: ‘We gaan met z’n allen wat eten, ga je mee?’

‘Dat is goed,’ zei ik. Ik had eigenlijk een afspraak met Broccoli en Elvira, maar ik belde op dat ik niet kon komen.

We gingen naar restaurant Panini. De actrice die op dieet was ging niet mee, en Henk, de voormalige pianist, werd halverwege onpasselijk, maar verder was het een geslaagde avond.

Bij de koffie, toen we al minstens een kwartier aan het te berekenen waren hoeveel iedereen moest betalen omdat de rekening door zeven moest worden gedeeld, vroeg Frederika Steinman plotseling: ‘Schrijf jij ook gedichten, Ewald?’

Ik besloot op dat moment dat ze profetische gaven had of op zijn minst dat ze net als de zuster van meneer Berk een klein beetje helderziend was.

‘Hoe weet je dat?’ vroeg ik.

Ze keek me aan zonder iets te zeggen, en haar ogen die toch al niet klein waren werden nog groter.

De dagen daarna kwam Frederika Steinman vaak naast me zitten in de zaal met de blauwe kunstwerken van klei waar ik op een krukje zat te wachten tot ik weer de verliefde jongeman mocht spelen. Zonder iets te zeggen. Ze zat daar gewoon. Of ze liep alleen maar rond door de zaal en repeteerde haar tekst. Of ze liep rond en kauwde kauwgom. Frederika Steinman verwerkte een enorme hoeveelheid kauwgom per dag. Ik ben nooit meer iemand tegengekomen die zoveel kauwgom at als zij.

Hilde, de vuurvogel, ging tussen de voorstellingen altijd naar een café, sigaretjes roken. In het museum zelf mocht niet gerookt worden, dan zou het rookalarm afgaan.

Tijdens de voorstellingen viel het me op dat vooral het onderwijzend personeel zat te gapen. Eén keer heb ik zelfs meegemaakt dat ik na afloop van de voorstelling een leerkracht wakker moest maken. 'Het is afgelopen,' zei ik, 'uw klas zit alweer in de volgende zaal.'

'O god, dank je wel,' zei hij.

De kinderen zelf leken me vooral hogelijk verbaasd over wat ze te zien kregen. Sommigen keken meewarig, maar misschien was dat inbeelding.

Op een ochtend zag ik Broccoli tussen de kinderen zitten.

'Ik heb eindelijk mijn moeder gesproken,' zei hij, 'ze zitten in Rabat. Ze wil nog altijd een hotel beginnen in Mexico. Ze denkt nu dat ook de Zwitserse belastingdienst haar achterna zal komen.'

'Waar ligt Rabat ook alweer?'

'In Marokko.'

'En meneer Berk?' vroeg ik.

'Onveranderd.'

Broccoli zag er slecht uit. We zagen er allebei niet echt uit als Marlon Brando. We hadden nog een lange weg te gaan voor we op Marlon Brando zouden lijken. Ik hoopte dat we het nog zouden meemaken voor onze dood.

'Elvira vraagt wanneer je weer eens komt,' zei hij. Toen liep hij weg. Maar een uur later was hij terug.

'Ik denk toch dat ik maar een krant ga beginnen. Een dagblad, anders dan alle andere dagbladen.' Toen ging hij weer weg. Van achteren begon hij op zijn vader te lijken.

Het was die dag dat Frederika Steinman vroeg: 'Mag ik eens wat van je gedichten lezen?' Ik deed mijn best haar aan te kijken. Je kon niet constant wegkijken als je met mensen sprak. Ze had sproeten.

'Dat is goed,' zei ik.

In eigen beheer, samen met Broccoli, had ik een dichtbundel uitgegeven die ik *De machiavellist* had genoemd. Ik had wel eens gehoord van Machiavelli en ik meende dat ik een machiavellist was. Sluw, slim, en hard als een ijsbeer.

Op aanraden van Broccoli hadden we de presentatie in een wasserette georganiseerd. Niet dat er een direct verband was tussen de gedichten en de wasserette, maar dat was een onbelangrijk detail. Ik droeg de gedichten voor uit mijn hoofd, en een tiental mensen staarde naar de wasmachines. Het was Broccoli's idee om tijdens de laatste cyclus gedichten alle wasmachines aan te zetten. Voor het gebruik van de wasserette waren we de eigenares tweehonderd gulden schuldig, maar na afloop van de presentatie zei ze: 'Ach, honderd is ook goed.'

Aangezien de verkoop niet zo goed liep had ik een groot aantal exemplaren bij mij in de buurt huis aan huis verspreid. Op dezelfde manier zoals stadsblad *De Echo* wordt verspreid, gewoon door ze in de brievenbussen te duwen. Ik had mijn telefoonnummer wel in de boekjes gezet, maar niemand belde mij ooit op. Broccoli zei: 'Trek je daar niets van aan. Wacht maar tot operatie-Brando bekendheid krijgt.'

De volgende dag bracht ik een exemplaar van *De machiavellist* mee voor Frederika Steinman. In plaats van in haar dagboek te schrijven ging ze in de kleedkamer in mijn boekje zitten lezen. Het gaf me een onbehaaglijk gevoel.

Tijdens de lunchpauze – ik was met de rokende acteurs en actrices meegegaan naar het café – kwam ze naast me zitten. Ik had mijn smoking nog aan, hoewel we een stencil hadden ontvangen waarin uitdrukkelijk stond dat we onze kostuums voor het verlaten van het museum uit moesten trekken.

'Wil je een monoloog voor me schrijven?' vroeg Frederika Steinman. Weer zag ik de sproeten en die grote blauwe ogen.

'Een monoloog?' Ik begreep er niets van. We kenden elkaar nauwelijks. En ik had die stinkende smoking aan.

'Ik voel dat we iets gemeen hebben,' zei ze. Toen haalde ze mijn boekje uit haar tas tevoorschijn en drukte een pen in mijn hand.

'Je handtekening, hier,' fluisterde ze en sloeg de eerste bladzijde open.

Mijn god, dacht ik, de grote actrice Frederika Steinman vraagt mij, een tengere negentienjarige jongeman met een slechte huid en het kapsel van een poedel, een monoloog voor haar te schrijven. Misschien heeft Broccoli gelijk, misschien ben ik echt een genie geworden. Misschien is dat wat er gebeurt als je secretaris wordt van de Vereniging voor Genieën.

Ik zette mijn handtekening. Het voelde alsof ik mijn doodvonnis tekende. Ik heb ook helemaal geen handtekening. Ik heb er wel twintig uitgeprobeerd. Tegenwoordig teken ik een streep met een lus eraan.

'Wil je het doen?' vroeg ze. Ik piekerde wat Frederika Steinman en ik gemeen zouden kunnen hebben. Maar ik kon niets bedenken. Zij was een gevierd actrice, eentje die aan het begin stond van haar carrière, en ik was een jongeman die van plan was op Marlon Brando te gaan lijken, maar die voorlopig nog net zoveel gemeen had met Brando als met een watermeloen. Dat ik secretaris was van de Vereniging voor Genieën en dat de leden van deze vereniging van plan waren wereldberoemd te worden, dat kon ik maar beter niet aan Frederika Steinman vertellen. Ook over Broccoli en Elvira kon ik maar het beste zwijgen.

'Ja,' zei ik, 'ik wil het wel doen, maar –'

'Ik zie mezelf naakt op een zwarte kubus zitten,' zei ze.

'Ja ja,' zei ik. Mijn mond was droog. Naakt op een zwarte kubus, dacht ik, en opeens begreep ik het, als in een flits. Die vrouw gaat iedere dag door een hel. Toen ze zei dat ze naakt op een kubus wilde zitten trok ze er ook zo'n gezicht bij. Het gezicht van een vrouw die iedere dag door een hel gaat. Ik ken dat soort gezichten.

'Dat is het beeld dat ik voor me zie, al heel lang, al bijna twee jaar. En jij moet daar de tekst bij schrijven.'

Tot meer dan instemmend gemompel was ik niet in staat.

Toen mengde de oude acteur zich in het gesprek. 'Volgende maand begin ik met een nieuwe cursus Gestalt-therapie, als er nog belangstellenden zijn...'

'Houd toch op met die Gestalt-therapie,' zei Henk. Elke dag keek hij treuriger. Hij had vast heimwee naar zijn twee herdershonden.

'Misschien moeten we het wel op het strand doen,' zei Frederika Steinman, toen we terugliepen naar het museum.

'Ja,' zei ik, 'op het strand.'

We spraken af in café Scheltema. Ze zou me over haar gereformeerde jeugd vertellen en over haar plan om naakt op een zwarte kubus te gaan zitten. Zodat ik wat achtergrondinformatie had voor de monoloog die ik moest schrijven. Ik zat er al een halfuur toen ik Frederika voorbij zag fietsen op een oude damesfiets.

Een kwartier later kwam ze eindelijk binnen. Naast me zaten twee Engelse toeristen te slapen. Frederika deed haar muts af en schudde haar haren uit. Toen gaf ze me een kus. Onze neuzen botsten tegen elkaar.

'Niet slapen hier,' zei Frans, de ober, en hij sloeg op de tafel, 'we zijn geen hotel.'

'Heb je al gegeten?' vroeg Frederika. 'Ik heb soep gegeten.'

'Ik nog niets.'

'Wat wil je drinken? Ik neem een dubbele espresso.'

Ze schoof het koekje van het schoteltje en nam kleine slokjes van haar espresso. Ze begon te vertellen over mannen die verliefd op haar waren of waren geweest. En over haar grootmoeder die geabonneerd was op de kerktelefoon. Een zakenman uit New York had haar uitgenodigd bij hem in New York te komen wonen. Ze vertelde me hoe vaak ze bij hem was klaargekomen. Ik knikte alsof het om de twee dagen gebeurde dat vrouwen me dit soort dingen vertelden. De wereld van meervoudige orgasmes en glorieuze seks was een wereld die ik nog niet betreden had. Dat liet ik natuurlijk niet blijken. Toen ze zei: 'Veertien keer,' zei ik: 'Aha.'

Ze keek me indringend aan. 'Ik heb een tijd in Kampen gewoond,' zei ze. 'Ben je daar wel eens geweest?'

'Een keer met mijn vader, toen ik zeven was, hij nam me altijd mee naar dat soort steden om te wandelen.'

Die avond hoefde ik niets te doen, alleen maar te luisteren naar Frederika Steinman.

Af en toe sloeg Frans op de tafel van de toeristen.

Om half elf stond Frederika op. Ze zette haar muts weer op. 'Heb je wat aan deze avond gehad?' vroeg ze.

'Ja absoluut,' zei ik, 'al jouw mannen zitten nu in mijn hoofd.'

We kusten elkaar. Dit keer zorgde ik er wel voor dat mijn neus niet tegen die van haar stootte.

Broccoli was erachter gekomen dat het huis aan de Bernard Zweerskade verkocht was. Mevrouw Meerschwam had het Leger des Heils gebeld en dit keer waren ze inderdaad ook gekomen, samen met de Hulp voor Onbehuisden. Broccoli had tegen mevrouw Meerschwam gezegd: 'Elvira Lopez heeft de Hulp voor Onbehuisden nodig, maar denkt u dat ze bij haar langskomen om een stoel of een tafel af te geven?'

Toen Broccoli enkele dagen later het huis aan de Bernard Zweerskade binnenging zag hij de nieuwe eigenaars. Een jong stel met vier waakhonden. Diezelfde dag verhuisde hij veertig conservenblikjes die nog in de kelder lagen, naar Elvira.

Mevrouw Meerschwam had lijkjes gevonden van muizen in een broodrooster. Ze weigerde nog een stap in het huis aan de Bernard Zweerskade te zetten.

Op een avond ging ik met Elvira en Broccoli mee naar meneer Berk. Ik was lang niet bij hem geweest. Meneer Berk lag nu op een kamertje alleen. Het grootste gedeelte van de tijd sliep hij. Toen hij wakker werd vroeg hij: 'Wat hebben jullie met mijn salami gedaan?'

Mevrouw Bercowicz was er ook. Ze had een tas met levensmiddelen bij zich en vertelde dat er een brief van de vader van Broccoli was gekomen. Die had ze opgehangen boven het hoofd van haar broer, want voorlezen was toch zinloos.

Berk lag tegen de spijlen van zijn bed gedrukt, zoals aapjes in Artis aan hun kooien hangen. Hij had zijn ogen open, maar leek niets te horen. We schudden hem de hand door de spijlen die ze extra hoog hadden gemaakt, want hij was al een paar keer uit bed gegleden. Zijn ene oog zat een beetje omhooggedraaid.

Broccoli las de brief van zijn vader voor. Hij was nog gepost in Zürich. Er stond in dat het hem speet dat hij niet kon komen. Dat hij blij was dat alles met het huis nog was geregeld, dat hij geen kracht meer had zich te verzetten tegen zijn vrouw en dat hij daarom binnenkort naar Mexico zou vertrekken. De laatste regels gingen over een boer uit Rusland die onder een boom was gaan zitten om daar op zijn einde te wachten. Eckstein schreef dat hij hoopte ook zo te sterven, maar dat het in Mexico waarschijnlijk te heet was om onder bomen te gaan zitten.

Een zuster deed meneer Berk een panty aan, want, zo legde ze uit, in de nacht schopte hij altijd de dekens van zich af. Terwijl hem de panty werd aangetrokken keek hij ons met grote ogen aan.

Elvira vroeg waar ik al die tijd was geweest. En of we weer eens gingen eten. Ze wilde wel weer eens een schoen in de soep gooien.

Na afloop van de laatste voorstelling organiseerde Villa Kakelbont een feest. Alle regisseurs waren ervoor uitgenodigd en de artistiek leidster bleek inmiddels zwanger te zijn. Iedereen was zo langzamerhand zwanger. De costumière was in de negende maand, een actrice was in de derde maand, een andere in de vierde. Ze werden zwanger alsof de duivel hen op de hielen zat.

We gingen kaasfonduen in Het Karbeel in de Warmoesstraat, aan twee lange tafels. Iedereen leek opgelucht dat het voorbij was, vooral Henk. Frederika Steinman zat aan de andere tafel. Ik keek naar haar en zag hoe ze af en toe bedachtzaam een stukje brood in de kaasfondue dompelde. Ze was geen grote eter. Ze praatte over een film die ze binnenkort zou gaan maken.

Om half twaalf stonden de mensen die kinderen hadden op. Ook Henk stond op. 'Ik moet naar mijn honden,' zei hij. Hij zwaaide naar ons, zonder iemand in het bijzonder gedag te zeggen. De actrices die ook nog moeder waren kusten ons hartelijk. 'Je was geweldig,' zeiden ze. Ze hadden zoveel gedronken dat ze niet merkten dat er hardgeworden kaasfondue aan hun lippen kleefde. Ook Hilde, de vuurvogel, ging weg. 'Succes,' zei ze. Ik wist dat ze Frederika Steinman haatte. Frederika Steinman had geen man, geen kinderen, geen oppas en er groeide ook geen mos op haar tanden.

Met het groepje dat overbleef eindigden we in een bar in de Nes. Ook de acteur die aan Gestalt-therapie deed was erbij. Hij praatte door zonder dat hij in de gaten had dat er niemand meer naast hem liep om naar hem te luisteren. Frederika nam haar fiets mee de bar in, want haar slot was kapotgegaan. Volgens mij was het absoluut verboden fietsen mee naar binnen te nemen in cafés, maar toen Frederika met haar fiets naar binnen wandelde zei niemand er wat van.

Frederika deed of ze me nog nooit had gezien. Ik voerde een lang gesprek met de Gestalt-therapie-acteur. Hij was lid van de vakbond voor acteurs en hij vertelde me wat de voordelen waren als ik er ook lid van zou worden.

Om half drie ging de Gestalt-therapie-acteur eindelijk naar huis. Hij vergat te betalen, maar ik was zo blij dat hij wegging dat ik hem daar niet aan wilde herinneren.

Nu was ik alleen met Frederika en een schrijver van toneelstukken voor kinderen. Hij was al half kaal en toch pas dertig. De schrijver ging naast me zitten en fluisterde in mijn oor: 'Muziek is de hoogste kunstvorm. Alle kunst wil muziek worden.'

Ik beaamde dit, zoals ik alles beaamde.

Toen kwam de Gestalt-therapie-acteur weer binnen. 'O nee, hier ben ik al geweest,' zei hij en ging weer weg.

'Ik ga over een maand naar mijn beminde in Israël,' zei Frederika toen de schrijver even op de wc zat.

'Woont die in Israël?' vroeg ik.

'Ja,' zei ze dromerig.

'Dat is grappig,' zei ik, 'mijn zus woont ook in Israël, ik ga haar eind maart opzoeken.' Ik zei dit zonder erbij na te denken. Alle belangrijke dingen zeg je zonder erover na te denken. Hoe zou je ze anders kunnen zeggen?

Frederika pakte geestdriftig mijn arm. 'Dan kunnen we elkaar daar zien,' zei ze.

'Ja,' zei ik, 'dat kan.'

Ze pakte haar dagboek uit haar tas.

'Hier,' zei ze, 'dit moet je maar even lezen. Maar alleen deze bladzijde.'

Ik las. Het ging over de liefde. Vermoedde ik. Ook over seks. Maar dan heel poëtisch. Ik was bang dat ik zou gaan blozen en dat ze dat zou zien, daarom hield ik op met lezen.

De schrijver kwam terug van de wc. 'Alle kunst wil muziek worden,' zei hij. Hij keek Frederika recht aan en kuste haar op haar mond.

Frederika's fiets stond tussen mij en Frederika in.

'We hebben lang geleden iets gehad,' zei ze later, 'maar hij werd gek. Hij begon te denken dat hij een engel was. Toen ben ik bij hem weggegaan.'

Bij het afscheid heb ik haar een hand gegeven.

Tel Aviv, Rechov Ha'Avoda

Lieve Broccoli en Elvira,

Als jullie dit lezen zit ik in Israël. Bij mijn zus. Mijn ouders denken dat een groot verlangen om mijn zus weer te zien mij naar Israël heeft gedreven, maar in werkelijkheid was het Frederika Steinman. Zij is een actrice en zij is beroemd. Misschien kennen jullie haar. Haar grootmoeder was (of is) geabonneerd op de kerktelefoon.

Zij wil dat ik een monoloog voor haar schrijf. Niet die grootmoeder, Frederika zelf. God mag weten waarom. Zij heeft een Israëlische minnaar. Ik ben uitgenodigd haar bij die minnaar op te komen zoeken. Sommige uitnodigingen moet je aannemen, dat zullen jullie zeker met me eens zijn.

Ik ben over tien dagen terug, ruim op tijd om Elvira als Lady Macbeth te zien.

Ik doe elke ochtend de oefeningen die mensen moeten doen als ze op Marlon Brando willen lijken, maar ik boek weinig vooruitgang. Hoe zit dat met jullie? Mijn moeder zingt iedere ochtend tien minuten om de inhoud van haar longen te vergroten. Als ik zo kijk naar alle oefeningen die mensen 's ochtends doen, vind ik de Marlon Brando-oefeningen veruit de aangenaamste en waarschijnlijk ook de meest zinvolle.

Geef mijn hartelijke groeten aan meneer Berk. Ik denk vaak aan hem. Waarschijnlijk is dat niet genoeg.

Wachten jullie op mij voordat jullie weer een blikje ganzenlever opentrekken?

Liefs,

Ewald S. Krieg

Door de telefoon zei ze dat ze erg gelukkig was en dat ik maar langs moest komen voor het avondeten. Haar minnaar scheen goed te kunnen koken.

Een kwartier te vroeg stond ik die woensdag in de Rechov Ha'Avoda in Tel Aviv. Ik ging een trap op. Aangezien er geen voordeurbel aanwezig was en de deur gewoon openstond ging ik maar naar binnen.

Een dikke vrouw lag de keukenvloer te schrobben in gezelschap van vijf kinderen. 'Neem me niet kwalijk,' zei ik. Ik liet haar het papiertje zien waarop de naam van Frederika's minnaar stond. Ze wees me dat ik een etage hoger moest zijn.

Ook daar was de deur open. In de keuken stond Frederika. Ze stond voor het fornuis en prikte in een stuk vlees. Ze droeg een lichtblauwe zomerjurk. Ze omhelsde me. En herhaalde dat ze erg gelukkig was. Dat ze nog nooit zo gelukkig was geweest als nu en dat het de grote droom van haar ouders was om ook eens het heilige land te bekijken. Ze draaide het vuur lager en we gingen aan de houten keukentafel zitten.

'Wel gek dat je hier nu bent, hè,' zei ze.

'Ja,' zei ik, 'heel gek.'

Toen kwam haar minnaar binnen. Hij was lang, ook al half kaal, en droeg een Leninbaardje. Zijn eerste woorden waren: 'No curry, sold out in every shop.' Toen omhelsde hij me en zei iets in de trant van: 'Mijn huis is jouw huis, mijn eten is jouw eten, mijn deken is jouw deken.' Hij zei nog net niet: 'Mijn vrouw is jouw vrouw.' Maar het leek me dat dat impliciet bij het totaalpakket hoorde dat hij blijkbaar al zijn gasten aanbood.

We aten lam. Frederika zei dat ik een monoloog voor haar ging schrijven over een vrouw die naakt op een zwarte kubus zit.

'How wonderful,' zei haar minnaar, 'how wonderful.'

Frederika liet tijdens het eten presentatiemappen zien waarin foto's van haar zaten. Op sommige foto's was ze te zien in een avondjurk met een grote bokaal in haar hand. Een man in smoking stond naast haar en omhelsde haar.

Haar minnaar heette Jonathan. Hij vertelde dat hij uit Argentinië kwam, al twintig jaar in Tel Aviv woonde, maar voor de zekerheid zijn Argentijnse paspoort aanhield. Hij zei: 'After this war, I want to enjoy every minute of my life.' Hij bedoelde de Golfoorlog.

'Yes,' zei ik, 'you see, I think, you go to the market, you see beautiful tomatoes, you buy them. And when you arrive at home the tomatoes are rotten, mouldy, full of worms. And life is worse, there are no tomatoes.'

'You don't know what happiness is,' zei Jonathan.

'I know,' zei ik, 'I know it very well, but it doesn't taste me.'

'Laten we gaan dansen in Jaffo,' stelde Frederika voor. Ze kleedde zich om.

Met een taxi reden we naar een discotheek waar we anijscocktails dronken. Ik zat op een bankje langs de kant met de tas van Frederika op mijn schoot. Ze had een grote tas bij zich, want al haar presentatiemappen moesten mee. Ze danste uitbundig. Niet alleen met Jonathan, maar ook met allemaal andere mannen.

Toen we om vier uur afscheid namen vroeg ik aan Jonathan of hij in Buenos Aires misschien een meisje had gekend dat Elvira Lopez heette.

Hij keek me even verrast aan, maar meteen daarna had hij weer de gebruikelijke joviale uitdrukking op zijn gezicht.

'Oh yes,' zei hij, 'very well. We worked once together. Beautiful girl.'

'Tot in Nederland,' zei ik tegen Frederika.

Ze kuste me. 'Begin alvast met schrijven,' riep ze me na.

Ik nam mijn intrek in een klein hotel bij het strand, direct naast een hoerentent. Mijn zus woonde in Gaza, en midden in de nacht met het openbaar vervoer vanuit Tel Aviv naar Gaza gaan was onmogelijk. Mijn zus hing de Groot-Israël-gedachte aan. Soms vroegen mensen mij wel eens welke gedachte ik aanhing. Ik vertelde niemand dat ik de Marlon Brando-gedachte aanhing. Wie kun je dat vertellen?

De taxichauffeur probeerde me een cassetterecorder te verkopen. Ik was zo misselijk van de anijscocktails dat ik die maar gekocht heb.

Mijn vrouw ruikt het toch

Broccoli haalde me op van Schiphol. Meneer Berk was overleden en begraven. Direct na de begrafenis was de nicht van Berk teruggegaan naar Schotland om zich weer helemaal te wijden aan haar gehandicapte man en de verering van Jezus. Mevrouw Bercowicz was druk bezig te onderzoeken of er toch niet 'Bercowicz' op de grafsteen zou kunnen komen staan.

Twee mannen hadden meneer Berk in een gebedskleed naar zijn graf gedragen. Volgens Broccoli had het eruitgezien alsof er een rol tapijt in dat gebedskleed zat. Een man had de gebeden afgeraffeld. Daarna was hij naar mevrouw Bercowicz toegegaan en had gezegd: 'Excuseert u me, maar ik heb eigenlijk de griep.'

De ouders van Broccoli hadden een brief aan mevrouw Bercowicz geschreven.

'U begrijpt wel waarom we er niet bij kunnen zijn,' schreef meneer Eckstein. 'Twee keer in mijn leven heeft uw broer mij geholpen toen niemand mij wilde helpen. Bovendien heeft hij mij geleerd dat zwijgen inderdaad niet verbeterd kan worden. Ook heeft hij mij die andere waarheid over dit leven geleerd: rennen, rennen, rennen, zo snel als je benen je kunnen dragen en liefst nog sneller. Hij was de laatste die mij nog kende uit een tijd waarvan nu niemand meer over is. Ik ga mezelf een museumstuk voelen.'

We namen de trein naar Amsterdam-Zuid. Broccoli droeg mijn koffer. Naar Frederika Steinman informeerde hij niet. Wel zei hij dat het contract tussen meneer Lebbing en hem eindelijk was getekend en dat *Lady Macbeth* in Lebbings schuur in mei in première zou gaan. Hij was er minder opgetogen over dan anders.

'Elvira laat je groeten,' zei hij toen we op station Amsterdam-Zuid stonden. 'Ze vroeg me je te kussen.' Hij kuste me. Ik keek de andere kant op om zijn spottende blik niet te hoeven zien.

Ik liep naar het huis van mijn ouders. Broccoli nam de 5 naar het huis van Elvira.

Ik moest nog drie weken wachten tot Frederika terugkwam uit Israël. Daarna wachtte ik nog een week. Ten slotte belde ik haar. Haar antwoordapparaat vertelde in het Engels dat dit het nummer van Frederika Steinman was en dat je haar agent in Londen kon bellen of haar agent in Parijs. Ik sprak in dat ik er de voorkeur aan gaf direct met haar in contact te treden over de monoloog die ik zou schrijven.

Een week later belde ze terug.

We spraken af om te gaan lunchen in Keyzer. Dat was mijn idee. Ik had daar wel vaker afspraken georganiseerd die op niets waren uitgelopen. Juist daarom hield ik aan die plek vast. Zoals iemand die al twintig keer verloren heeft met roulette en toch op rood blijft inzetten.

In Keyzer kwam ik mijn vroegere lerares Latijn tegen. We knikten naar elkaar. Ik hoopte dat ze Frederika Steinman straks zou herkennen. Toen Frederika eindelijk Keyzer binnenstapte – een halfuur te laat – werd ze door niemand herkend, ook niet door mijn vroegere lerares Latijn.

Bij het kussen stootte ik een suikerpot om. Daarna hing ze haar jas op en verdween ze voor minstens een kwartier in het damestoilet.

Toen ze eindelijk weer tegenover me zat zei ze: 'Ik kom net uit Rome. Ik ben gevraagd voor een rol. Ze gaan Oberski verfilmen. Ken je dat boek? Ik ga misschien de vriendin spelen. Echt fantastisch. Er zit ook een prachtige scène in, dat ze net bevrijd zijn, en dat ze met dat jongetje in bad gaat. Ik stel me daar echt een waterballet bij voor.'

'Een waterballet?'

'Een feest,' zei Frederika.

'Ja, ik weet het natuurlijk niet, maar als ze net bevrijd zijn, hebben ze dan niet wat beters te doen dan feesten?'

Tien dagen later mocht ik Frederika opzoeken in haar kleine woning met uitzicht op een gracht.

'Kan het Amsterdamser?' vroeg Frederika.

Ik schudde mijn hoofd.

'Soepje?' vroeg ze.

'Ja,' zei ik, 'dat is lekker.'

We zaten tegenover elkaar en lepelden in onze soep. Af en toe keek ze me aan en knikte me bemoedigend toe. Toen ze naar de wc ging zette ze de muziek heel hard.

Ik was al een paar keer begonnen aan de monoloog, maar ik had geen idee hoe je dat deed, een monoloog schrijven voor Frederika Steinman. Als titel had ik gekozen *De paar woorden die ze sprak bij de begroeting*. Achteraf leek me dat niet zo'n geschikte titel voor een monoloog.

Toen ik mijn bord leeg had zette ze de pan in de vriezer. 'Dat is voor morgen,' zei ze. Terwijl ze in haar keuken rommelde, stelde ik me voor hoe ik in avondkostuum door Frederika Steinman uit het publiek werd gehaald om de ovatie in ontvangst te nemen voor *De paar woorden die ze sprak bij de begroeting*.

'Die Johan,' zei ze, 'heb ik daar wel eens wat over verteld?'

'Nee,' zei ik, 'volgens mij heb je de naam Johan nog nooit laten vallen. Jonathan wel, dat is je minnaar.'

'Ja,' zei ze, 'Jonathan is mijn geliefde, maar Johan was mijn eerste vriendje. Ik heb hem ontmoet op zo'n kamp, zo'n jongerenkamp. Later, toen ik zesentwintig was, ben ik hem nog eens tegengekomen in de

disco. In het dorp van mijn ouders.
Ik vroeg: "Ben je gelukkig?"
"Hoe bedoel je?" zei hij.
Ik zei: "Gewoon."
Hij zei: "Dat heeft nou nog nooit iemand aan me gevraagd."
We hebben de hele avond gedanst, hij wilde maar niet naar huis. Hij zei: "Als ik met mijn vrouw in bed lig, kijkt ze naar het plafond."
In de stationcar van mijn vader zijn we gaan rijden. Op een stil plekje hebben we achterin twee uur gevreeën. Op een gegeven moment, het was al vier uur, moest ik echt naar huis. Ik wilde hem naar huis brengen, maar hij zei: "Nee, ik ga niet naar huis. Mijn vrouw ruikt het toch."
Toen we afscheid namen zei hij: "Je hebt een droom waargemaakt, ik ben ontvoerd door een vrouw."'
'Dat is een prachtig verhaal,' zei ik. 'Ik weet alleen niet of het mijn grootste droom is, ik bedoel om ontvoerd te worden.'
'Ik vraag me altijd af wat hij zou denken als hij mijn naam in de krant zou lezen.'
Frederika bood me bonbons aan, maar ik bedankte vriendelijk.
Voor ze me uitliet zei ze nog: 'Mijn allereerste vriendje kwam uit de Molukken en die heeft op de dominee geschoten.'
Verward wandelde ik door de stad. Het was warm, ik had mijn jas in mijn handen. De hele tijd dacht ik aan de woorden van die Johan: 'Ik ga niet naar huis. Mijn vrouw ruikt het toch.' Wat mij betreft kon de hele monoloog voor Frederika uit die twee zinnen bestaan.

Lieve Ewald,

Er is op een merkwaardige manier een vriendschap tussen ons aan het ontstaan en ik hoop dat jij dat kunt bevestigen. Juist daardoor ben ik bang dat het vertrouwen geschonden wordt. Ik geloof dat jij dat heel goed kan begrijpen. Juist jij. Ons project moet doorgaan, nu des te meer. Omring mijn verhalen met liefde en jij zal mijn liefde krijgen.

Bijgesloten een kaart met een schilderij van Edvard Munch. Dit schilderij vertelt meer dan duizend woorden. Ook over mij.

Ik zie je dinsdag a.s. om half zeven voor Tuschinski.

Liefs,

Frederika

Bijgesloten was een kaart met het schilderij *Puberteit* van Edvard Munch. Achterop stond alleen haar naam: Frederika. Die kaart heeft jarenlang op mijn bureau gestaan, tot hij bij een verhuizing is kwijtgeraakt.

In Tuschinski zagen we de film *De onfatsoenlijke vrouw*. Na twintig minuten stond Frederika op en liep weg. Ik ging haar achterna. Het was de eerste keer dat ik wegliep bij een film.

'Wat een gênante film,' zei Frederika terwijl ze haar fiets van het slot haalde. 'Wat ben ik blij dat ik die rol geweigerd heb.'

'Gênant,' zei ik, 'vreselijk gênant.'

We gingen eten in het Filmmuseum. Ze wilde alleen maar sla. 'Lekker eten,' zei ze. 'Wat heb jij eigenlijk meegemaakt? Vertel.'

'Ik? Och. Ik zit wat te –'

'Nee,' zei ze, 'ik zou niet bij verlangen alleen kunnen leven. Ik heb contact nodig.'

Ze wilde niet nog wat drinken. Ze moest naar huis. Ik liep een stuk met haar mee, tot bij het Leidse Bosje. Ze vertelde dat ze naast haar vader moest knielen om de Heiland om vergiffenis te smeken toen bekend was geworden dat haar vriendje op de dominee had geschoten.

Bij de uitgang van het Vondelpark vroeg ze: 'Ken je de hoer van Jericho?'

'Niet direct,' zei ik.

'Ik moet ervandoor,' zei ze. Ze keek me lang en ernstig aan en zei met een peinzende blik in haar ogen: 'Jij bent een brandende ziel.'

Ik wist niets beters te zeggen dan 'dank je' en gaf haar een handkus. Toen fietste ze weg.

Muggenlarven

In NRC *Handelsblad* zette ik een advertentie: 'Schrijver zoekt werkruimte / pied-à-terre.' Nu ik een monoloog voor Frederika Steinman ging schrijven had ik een ruimte nodig waar ik haar kon ontvangen.

Er reageerden twee mensen op deze advertentie. Een man en een vrouw. Ik ging eerst naar de vrouw. Ze woonde aan de Reijnier Vinkeleskade. Ze droeg een jurk en liep op slippers. In de gang stond een racefiets. Ze nam me mee naar de woonkamer. Daar stelde ze zich voor als Hanne. Ze zei dat ze aan ondraaglijke hoofdpijnen leed.

'Dat spijt me,' zei ik.

'Daarom wil ik geen studenten op mijn zolder, maar rustige mensen, zoals schrijvers.'

Ik knikte, om te bevestigen dat ik heel rustig was. Ze liep naar de keuken en kwam terug met een dienblad waar twee kopjes koffie op stonden. Ze droeg geen panty's. Ik kon de haren op haar benen zien.

'Ik was laboratoriumassistente,' zei Hanne, 'maar de hoofdpijnen hebben me aan huis gekluisterd.'

Ze ging naast me zitten en gooide drie zoetjes in haar koffie. Toen keek ze me aan. 'Dus jij bent een schrijver?' zei ze.

Ik haalde van onder mijn jas *De machiavellist* tevoorschijn. Een ander bewijs dat ik de waarheid had gesproken in de advertentie bezat ik niet.

Ze bekeek de voorkant van het boekje, legde het weer weg en zei: 'Ik was bevriend met een zenuwarts, een joodse, maar het is niets geworden.'

'Dat spijt me.'

'Jij bent ook joods, hè?'

'Ja, maar geen zenuwarts.'

We liepen naar boven, naar de zolder die ze wilde verhuren. Er stonden allemaal dozen met kleren en er was een klein raam waar allemaal vliegjes aan kleefden.

'Het Leger des Heils komt ze een dezer dagen ophalen,' zei Hanne, 'dan heb je alle ruimte.'

Opeens kon ik niet meer ophouden aan mevrouw Meerschwam te denken. Ik wist zeker dat Hanne met mevrouw Meerschwam in verbinding stond. Ik keek nog eens goed om me heen. Zelfs als alle dozen verdwenen waren was deze zolder geheel gevuld als er twee personen in stonden. Het leek me niet dat ik Frederika Steinman hier kon ontvangen. Hier kon je geen mensen ontvangen die van plan waren wereldberoemde actrices te worden.

Hanne bracht me naar de voordeur en zei: 'Je moet eens langskomen om te praten.'

Frank Rapp was bezig muggenlarven aan zijn kikkervisjes te voeren. Hij scheen veel plezier te beleven aan deze bezigheid. De muggenlarven zaten in een plastic zakje en hij haalde ze er voorzichtig met een vork uit. Ik moest komen kijken hoe de kikkervisjes de muggenlarven opaten.

Rapp liep op pantoffels en droeg een ochtendjas die zo nu en dan openviel. Later kwam ik erachter dat hij al zijn dagen in ochtendjassen doorbracht. Alleen als hij naar de dokter ging of naar een begrafenis moest, kleedde hij zich aan. Iemand had gezegd: 'Alles wat wij doen, doen wij uit protest of uit verlangen naar een beter leven.' Het kan ook zijn dat ik het ergens gelezen had.

Het was half vijf op een woensdagmiddag. Meneer Rapp woonde in de Jacob Obrechtstraat en ook hij wilde mij een werkruimte verhuren.

Hij had me nu al een uur lang verhalen verteld over zijn leven. Ik hoefde niets anders te doen dan af en toe te knikken. We dronken sherry die hij in vier grote karaffen op een bijzettafel had staan. Hij vroeg niet wat ik geschreven had. Dat was een opluchting. Hij zei alleen: 'Iemand zou míjn verhaal eens moeten opschrijven, ik heb gepubliceerd in *De Gids*.'

Tussen het vertellen door stond hij op en rende met kleine driftige pasjes naar het balkon waar hij vogels noten voerde. Hij scheen een natuurliefhebber te zijn. Het voornaamste bestanddeel van zijn woning bestond uit planten en kranten. Er waren natuurlijk ook wel wat meubels en boeken, maar die waren geheel bedolven onder die planten en kranten. Hij rookte sigaretten die hij doormidden brak en dan in een pijpje stopte.

Ten slotte nam hij me mee naar de benedenverdieping. Het was er donker. In het midden stond een reusachtige vergadertafel, met aan weerszijden twee grote houten stoelen die nog het meest op tronen leken. Daaromheen stonden houten beelden. In de serre stonden een bureau en drie houten christussen, ook hier weer naast een verzameling planten.

'Er hebben hier eerst drie Zuid-Amerikaanse kunstenaars gewerkt, maar die hebben zich verhangen,' zei meneer Rapp. 'Daarom heeft het hier een tijd leeggestaan.' Ik knikte en zei dat dat geen probleem was.

Deze ruimte deed me denken aan de Führerbunker. Ik was natuurlijk nog nooit in de Führerbunker geweest, maar ik vond dat een Führerbunker een bijzonder geschikte plaats was om de monoloog voor Frederika Steinman te schrijven.

Achter de serre strekte zich een enorme overwoekerde tuin uit met een vijver. Dit leek me wel een plek waar ik Frederika Steinman zou kunnen ontvangen. 'Ik doe het,' zei ik.

Rapp deed een paar stappen in mijn richting. 'Ik hoef er niet veel voor te hebben,' zei hij, 'maar u moet natuurlijk wel af en toe wat perssinaasappeltjes voor me halen.' Zijn gebit zat niet goed in zijn mond. Hij moest het met zijn tong steeds weer naar boven duwen. 'En wat muggenlarven. Maar niet die diepgevroren, ze moeten wel vers zijn.'

Die avond belde ik Broccoli. 'Ik heb de Führerbunker gehuurd,' zei ik.

'Heel goed,' zei hij, 'heel goed, een Führerbunker is precies wat operatie-Brando nodig heeft.'

'Je moet de gereformeerde pijn op het papier kwakken,' zei Broccoli. Ik had hem verteld over Frederika Steinman en de monoloog die ik voor haar moest schrijven.

We zaten op een bankje in het Sarphatipark, Broccoli, Elvira en ik. We waren op weg naar de Albert Cuyp waar Elvira vis wilde kopen.

'Wat weet ik van gereformeerde pijn?'

'Je moet het Nieuwe Testament lezen,' zei Elvira.

'De gereformeerde pijn is groot,' zei Broccoli, 'dat heb ik in boeken gelezen.'

Volgens Broccoli was Kampen het Mekka van de gereformeerde pijn en de gereformeerde vrouwen. Voor Frederika Steinman was ik gaarne bereid naar Kampen te emigreren, als ik mij daar de gereformeerde pijn eigen kon maken.

Ik was erg vereerd dat Frederika mij een brandende ziel vond, maar ik had goed naar haar geluisterd en ik had begrepen dat zij zichzelf ook voor een brandende ziel hield. Verhalen over brandende mensen kende ik wel, maar de wereld van de brandende zielen was mij vreemd.

Broccoli ging naar het postkantoor om te bellen. Elvira zocht langdurig een vis uit. De visboer vond het niet erg, want hij hield van Elvira of deed alsof.

'Is het belangrijk voor je, die monoloog?' vroeg ze.

Ik zei: 'Ja.'

'En Frederika Steinman?'

'Nou,' zei ik, en toen: 'Ach,' en daarna: 'Ik weet niet.' En toen was er zoveel tijd overheen gegaan dat het leek alsof ze de vraag vergeten was.

Uiteindelijk wees ze een moot kabeljauwfilet aan.

'Wannneer heb je eigenlijk de vader van Broccoli leren kennen?' vroeg ik terwijl ik een oud stukje kauwgom uit een papiertje haalde.

'Lang geleden,' zei ze. 'Zo lang geleden dat ik er niets meer van weet. Je gaat heel veel dingen vergeten als je ouder wordt.'

Ze betaalde voor de kabeljauwfilet. Ik dacht aan Frederika Steinman en de gereformeerde pijn die ik op papier ging kwakken. Elvira keek naar me. 'Je hebt een nieuwe broek gekocht, hè?'

Ik knikte.

'Ze hebben je bedrogen. Je billen zijn veel te klein voor die broek. Van achteren lijk je net een opa.'

'Een opa?'

'Een opa met zo'n slobberbroek,' zei ze. 'Zo'n man die de hele tijd zijn broek moet ophijsen en daarom bretels draagt, zo'n broek heb jij nu aan. Als je nog eens een broek koopt moet je mij maar meenemen. Of Frederika Steinman, dat kan natuurlijk ook.'

Toen ging ze naar het postkantoor om Broccoli te zoeken.

Gereformeerde pijn

'Ik heb de hele middag gepraat, ik kan niet meer praten,' zei Frederika Steinman. We zaten in de eerste-klasrestauratie op het Centraal Station. Ik herinnerde me hoe ik in precies dezelfde restauratie met Broccoli en Elvira had gezeten en we pistachenoten hadden gegeten.

Ze had een hoed op. Die zette ze ook niet af. Ze had over een film gepraat met een regisseur. Ik wist niet dat je daar zoveel over moest praten.

'Misschien moeten we de monoloog toch maar niet op het strand doen,' zei Frederika.

'Nee, niet op het strand.'

Toen keek ze me zwijgend aan. Ze was heel ernstig.

'Frederika,' zei ze, 'net een koe.'

'Wat?' vroeg ik.

'Nou Frederika,' zei ze, 'dat is een naam voor een koe.'

'Ach,' zei ik, 'dat valt wel mee. Ze geven koeien tegenwoordig de gekste namen, en Ewald is ook niet zo'n prettige naam.'

'Nee,' zei ze, 'een koe zal nooit Ewald heten, nooit.'

Ze staarde somber voor zich uit. 'Ik wil weer spelen,' zei ze, 'ik kan niet meer tegen het wachten.'

'Ik kan ook niet meer tegen het wachten.'

Als ik eenmaal die monoloog voor Frederika had geschreven kon ik ophouden met mijn pogingen acteur te worden. Behalve Broccoli en Elvira was er toch niemand die daarin geloofde. Er was ook niemand die daar ooit in geloofd had. Ik zou monologen schrijven voor actrices en gereformeerde pijn en katholieke pijn en joodse pijn op het papier kwakken. Het zou lijken of ik een beroep had. Mensen zouden me respecteren of doen alsof ze me respecteerden. Dat was al heel wat.

'Die jongen, weet je wel,' zei Frederika. 'Ik wist toen nog van niets, die gaf me een advies: voordat je gaat zoenen geen droog beschuit eten.'

'Dat is een goed advies,' fluisterde ik.

Ze stond op. Ze wilde ergens wat eten. Ik volgde haar. Ik dacht aan Elvira en stelde me voor dat ik onbelangrijk voor Elvira was, en niet alleen voor haar, maar voor iedereen. Het was een aangename gedachte. Het ontsloeg me van alle verantwoordelijkheden, en ook van alle gedachten die met operatie-Brando van doen hadden. Ik durfde Frederika niet over operatie-Brando te vertellen. Ik had het wel een keer geprobeerd, maar algauw begreep ik dat ik het echt beter voor me kon houden.

'Konden mijn ouders maar eens bidden dat ik weer een rol aangeboden krijg.' Frederika had haar fiets in de hand. Ik had geen fiets. Daarom moest ze lopen. Ze wilde me niet achterop nemen.

'Ja,' zei ik.

'Ze bidden heel veel.'

'Dat komt voor,' zei ik, 'mijn zus is net zo.'

Ze nam me mee naar een Pakistaans restaurant waar ze wel vaker kwam. Het was er heel goedkoop, zei ze, en toch niet vies. Weer dacht ik aan Elvira, hoe we Chinees hadden gehaald en hoe we kattenharen hadden gevonden onder in onze bakken foeyonghai. Hoe ze op de wc had gezeten, vlak nadat we die kattenharen hadden gevonden en hoe ze een halfuur later Broccoli en mij had afgetrokken terwijl de half opgegeten bakken foeyonghai nog door het hele huis stonden.

Ik keek hoe Frederika haar Pakistaans eten at en ik bewonderde haar omdat ze wist wat ze wilde en bereid was alles op te offeren voor dat ene idee: een wereldberoemd actrice worden.

'Eet niet te veel droog beschuit,' zei ik tegen Frederika toen we weer buiten stonden.

'Nee,' zei ze, 'jij ook niet.'

De monoloog vorderde niet echt. De gereformeerde pijn bleef mij vreemd. Broccoli kocht het Nieuwe Testament voor me, maar ook dat hielp niet echt. Wel meende ik bij tijd en wijle dat ik Jezus was. Misschien had ik Frederika gewoon moeten vragen: 'Waarom wil je toch naakt op een zwarte kubus gaan zitten? En als je dan per se naakt op zo'n zwarte kubus wil zitten, waarom moet ik er dan een tekst bij schrijven? Is het niet beter daar zwijgend te zitten? Op die zwarte kubus.'

Dit soort vragen vond ik ongepast. Ik meende dat mijn intelligentie ontoereikend was om te doorgronden wat er schuilging achter een naakte vrouw op een zwarte kubus. En als het niet aan mijn intelligentie lag, dan toch zeker aan mijn gebrek aan levenservaring. Er waren werelden waarvan ik niets wist en waarvan ik alles wilde weten. Bijvoorbeeld de wereld waarin je op de dominee schiet en vervolgens het vriendje van Frederika Steinman mag worden.

Ik liet Frederika een bladzijde lezen.

'Het is net een tram die voorbijrijdt,' zei ze.

Het was even stil.

'Bedoel je dit positief?' vroeg ik.

'O ja,' zei ze.

Dit gesprek vond plaats in café Luxembourg. Die middag zei ze dat wij een seksuele obsessie deelden.

Het grootste gedeelte van mijn dagen bracht ik door in de serre van meneer Rapp, die ik voor een beminnelijk bedrag per maand huurde. Voorwaarde was wel dat hij altijd binnen mocht komen. En dat ik dus af en toe boodschappen voor hem deed. Noga moest ik vaak voor hem halen. Dat verslond hij, grote brokken noga. God mag weten hoe hij dat deed met zijn gebit.

Rapp woonde op tweehoog, en precies boven de serre op eenhoog woonde een jongeman die voor een groot adviesbureau werkte. Hij bedreef de liefde op donderdagavond met een meisje dat altijd een tennisracket bij zich had, dat ze onder aan de trap liet staan. Na afloop van de liefde keken ze samen naar het late nieuws op RTL4.

Ik probeerde beneden de pijn van Frederika Steinman te verwoorden en aangezien dat niet lukte had ik alle tijd om naar de geluiden te luisteren die uit de woning van mijn bovenbuurman kwamen. 'Hoe,' riep hij altijd, 'hoe.' En helemaal op het eind: 'Hoei.' Wat er ook gaat gebeuren, nam ik me voor, ik ga nooit 'hoe' roepen en ook geen 'hoei'.

Soms prevelde ik: 'Frederika Steinman en ik delen een seksuele obsessie.' Alsof het een psalm was die God ervan moest overtuigen dat het nu toch echt de hoogste tijd werd dat ik gereformeerde pijn superieur ging verwoorden.

Broccoli had ik nog niets over de seksuele obsessie verteld. Ik wilde eerst uitzoeken welke seksuele obsessie Frederika en ik precies deelden. Er waren immers duizenden seksuele obsessies.

'Ik ga binnenkort naar Athene, de regisseur Konstapoupolos heeft me weer gevraagd. Ik heb al eerder met hem gewerkt, een hele bijzondere man. Hij geeft me alles wat ik nodig heb. Als actrice dan bedoel ik.'

We zaten in de tuin van meneer Rapp. Hij keek naar ons vanaf zijn balkon. Het voelde als zomer. Ze had het uitgemaakt met haar Israëlische minnaar. Ze was nog een keer teruggegaan naar Tel Aviv en op het vliegveld had hij haar opgewacht met een ring. Dat had ze dom gevonden. Bovendien viel hij steeds in slaap.

'Jij moet ook naar Athene komen,' zei ze, 'dan kun je in mijn appartement zitten schrijven.'

We aten kersen.

'Ja,' zei ik, 'dat lijkt me leuk.' Ik stelde me voor hoe ik naar Athene zou afreizen en in haar appartement zou zitten schrijven, wachtend tot ze 's avonds zou terugkeren van haar draaidag met Konstapoupolos. Ik was zelfs bereid overdag haar kleren te wassen en de wc schoon te maken. En 's avonds eten voor haar te koken. Ik was bezig mondain te worden. Ik deed in ieder geval mijn best. En als ik eenmaal goed mondain was zou niets meer herinneren aan de geur van het getto waarvan ik dacht dat die aan me kleefde. Tenslotte is ook een vrijwillig getto een getto.

'Ik schrijf je,' zei Frederika. Toen stond ze op, want ze moest haar koffer pakken. Ze zweeg dit keer over de seksuele obsessie die wij deelden.

Toen we naar buiten liepen gaf ik haar een boekje dat ik zelf geschreven en gekopieerd had en dat *Het boek Frederika* heette. Ik had daarin geprobeerd onze ontmoetingen nauwkeurig samen te vatten. Om goed te maken dat de monoloog die allang af had moeten zijn nog niet af was. Misschien ook wel omdat ik voorvoelde dat ik nooit in haar appartement in Athene aan de monoloog zou schrijven en dat ik al helemaal nooit naast haar op een podium zou staan om een Gouden Beer of een Gouden Leeuw of hoe ze ook heten mogen, in ontvangst te nemen. Omdat ik voorvoelde dat er van onze ontmoetingen alleen mijn eigenhandig gekopieerde boekje zou overblijven.

De eerste zin van *Het boek Frederika* luidde: 'Mag ik bij u een herinnering worden, dan mag u er een bij mij worden.'

Ze bekeek het boekje en lachte. 'Laten we maar wat gaan eten,' zei ze. 'Dit is toch wel bijzonder.'

Tijdens het eten las ze het hele boekje. Ze wilde dat we de dialogen samen zouden lezen. Het boekje bestond voornamelijk uit dialogen. Het was merkwaardig, net alsof we onszelf speelden. Af en toe greep ze mijn hand. Ik maakte me bezorgd dat ze zou voelen hoe nat mijn hand was, daarom trok ik hem steeds weer terug. 'Waarom doe je dat?' vroeg ze.

We aten diepvriesvissen in een café en toen ons eten op was zei ze dat ze nu echt haar koffers moest pakken.

Toen ze op de fiets stapte frommelde ze haar jurk in haar kruis. Blijkbaar was ze bang dat ik haar onderbroek zou zien. Voor mij was Frederika Steinman op dat moment net zo begeerlijk als Elvira. Misschien nog wel begeerlijker. Ik heb nooit precies begrepen waarom mensen begeerlijk voor elkaar zijn. Waarschijnlijk is er gewoon verlangen dat ergens heen moet, net als het geluid of het licht of een kogel.

'Ik schrijf je,' zei ze.

Het komt in de bladen

Elke dag liep ik naar mijn postbus om te kijken of er een brief van Frederika Steinman was gekomen. Ik had die postbus al lang geleden geopend om te voorkomen dat mensen te weten zouden komen dat ik nog bij mijn ouders woonde. Soms vroegen ze wel eens: 'Woon je in die postbus?'

Dan zei ik: 'Ja.'

De twee maanden dat Frederika in Athene was kwam er geen brief, geen vliegticket, geen kaartje met haar adres. Ook geen telegram met de woorden 'kom hierheen en schrijf'. Frederika zweeg. De opwinding die ik had meegemaakt toen ik mijn postbus opende en een brief van Frederika vond bleef vooralsnog eenmalig.

Elvira oefende elke dag de monologen van Lady Macbeth. Om het avondvullend te laten zijn had Broccoli er nog wat monologen van Macbeth zelf aan geplakt. 'Dat merkt toch geen hond,' had hij gezegd.

Ik vroeg Elvira of ze zich een acteur uit Buenos Aires herinnerde die Jonathan heette. 'Nee,' zei ze, 'ik herinner me bijna niets meer uit Buenos Aires.' Het was midden in de nacht. Ze liep op sloffen en at een croissant die ze in een avondwinkel had gekocht.

In haar huis aan de 2e Tuindwarsstraat had Elvira geen bad, alleen een douche die gebouwd was in een soort klerenkast. Elvira hield erg van baden, vooral van schuimbaden. Eén keer in de twee weken huurde Broccoli een kamer in het Victoriahotel voor haar, zodat ze in bad kon. De tijd dat er op de Bernard Zweerskade baden konden worden genomen was voorbij.

Broccoli vertelde dat zijn ouders Rabat inmiddels hadden verlaten en koers hadden gezet naar Mexico. Zo af en toe belde mevrouw Meerschwam op om te informeren waar haar geld bleef.

Elvira keek me vaak lachend aan en vroeg: 'Ben je nog wel bezig Marlon Brando te worden?' Toen we softijs kochten in de Febo vroeg ze: 'Is Frederika Steinman ook bezig Marlon Brando te worden?'

Na twee maanden belde Frederika Steinman op. 'Ik ben terug uit Athene,' zei ze. 'We moeten maar iets afspreken.'

'Ja,' zei ik, 'dat moeten we doen.'

Ze zat op het terras van Scheltema. Ze droeg een zonnebril. Ze had het geweldig gehad.

'Het was een openbaring,' zei ze. 'Konstapoupolos pakte mijn hand en zei: "Je kan het, Frederika, je kan het, je kan zoveel."'

'Dat klinkt goed,' zei ik.

'Ja,' zei ze, 'het is ook zo. Ik kan zoveel dat ik in mijn talent verdrink.'

Ik knikte, heel serieus. Want zij was ook heel serieus.

Ze deed haar zonnebril af en zei: 'Nog even over dat boekje.'

'Welk boekje?' vroeg ik.

'Dat boek Frederika, dat je voor me hebt gemaakt, ik ben daar achteraf toch niet zo blij mee.'

Ik deed mijn best zo terloops mogelijk 'o ja' te zeggen. Ik geloof niet dat me dat erg goed lukte.

'Het is iets dat tussen jou en mij had moeten blijven.' Terwijl ze de woorden 'tussen jou en mij' uitsprak bracht ze haar hoofd dicht bij het mijne. Ik hield mijn adem in omdat ik bang was dat ik kwalijk zou ruiken. Op de gekste momenten in mijn leven heb ik dat gehad. Dat ik bang was dat ik kwalijk zou ruiken en dat ik daarom mijn adem moest inhouden. Vaak midden in een gesprek. Dan waren mensen boos. Dat vonden ze onbeleefd. Dat ik opeens niets meer zei. Het was juist het tegenovergestelde van onbeleefdheid. Ik wilde niet geroken worden. Op een gegeven moment wende ik me aan naar de grond te kijken als ik met mensen praatte.

'Het is toch tussen jou en mij gebleven,' zei ik, toen ik weer achteroverleunde.

'Ik zag dat je er zevenentwintig exemplaren van hebt gemaakt,' zei ze. 'Het stond in het colofon.' Ze speelde met haar zonnebril. 'Ik ben bang dat het in de openbaarheid komt. Ik ben niet onbekend.'

'Nee,' zei ik, 'je bent niet onbekend.'

'Ik wil alle exemplaren hebben, ik ben bereid ervoor te betalen.'

'Maar ik heb ze niet meer allemaal. Ik heb sommige weggegeven of verkocht om de kopieerkosten eruit te halen.'

'Ik moet ze hebben,' zei ze, 'koop ze maar terug. De inhoud mag niet in de openbaarheid komen.'

'Maar er staat niets in. Alleen wat we tegen elkaar hebben gezegd. Wat hebben we nou tegen elkaar gezegd?'

Ik probeerde me voor de geest te halen wat er allemaal in *Het boek Frederika* stond. Wat hadden we eigenlijk tegen elkaar gezegd? 'Jouw naam komt er niet eens in voor, alleen jouw voornaam. Er heten duizenden mensen Frederika.'

'Ze zullen me herkennen,' zei ze, 'jij kent de mensen niet. Het komt in de bladen.' Ze had een opgejaagde blik in haar ogen.

'En wat dan nog, wat heb je nou gezegd? Dat je geen droog beschuit moet eten voordat je gaat zoenen. Wie kan daar aanstoot aan nemen? Frederika Steinman eet geen droog beschuit voordat ze gaat zoenen. Miljoenen mensen eten geen droog beschuit voordat ze gaan zoenen. Dat gaat de *Privé* echt niet publiceren.'

'Jij kent de mensen niet,' herhaalde ze. Ze staarde woest voor zich uit.

Ten slotte beloofde ik haar dat ik zou proberen alle exemplaren te achterhalen, maar dat ik niets kon garanderen.

'Wat ga je er eigenlijk mee doen?' vroeg ik.

'Dat weet ik nog niet,' zei ze, 'waarschijnlijk verbranden.'

Ik zei niets. We keken naar mensen die uit een tram stapten. Toen zei Frederika: 'Ik kom net bij meneer Frohlich vandaan, ken je die?'

Ik herinnerde me mijn bezoek aan meneer Frohlich, samen met Elvira en Broccoli en hoe hij over mijn wang had gestreken en 'zacht' had gezegd. 'Ja,' zei ik.

'Hij zei,' vertelde ze, 'Frederika, jij bent zo'n goeie actrice, waarom weiger je toch al die rollen?'

Ze roerde een tijdje zwijgend in haar koffie en zei toen heel vriendelijk: 'Ik wil wel op niveau blijven spelen.'

Ik zei dat ik dat goed kon begrijpen.

'Hoe gaat het eigenlijk met de monoloog?'

'Goed. Heel goed. Die is bijna klaar.'

Het ging over een vrouw die zelfmoord pleegde omdat ze dacht dat ze de hoer van Jericho was. Het speelde zich af in een strandhuisje. Er ontbrak nog iets aan.

Ze zette haar zonnebril op en schoof haar stoel naar achteren. 'Laten we naar binnen gaan, ik zie iemand die ik niet wil ontmoeten.' Ze pakte mijn hand en trok me mee naar binnen.

'Is het buiten te heet voor de dames?' vroeg de ober.

We gingen in de donkerste hoek van het café zitten.

'Ik ga over twee weken weer op reis,' fluisterde Frederika, 'ik ga naar het festival in Venetië. Mijn Franse film wordt daar vertoond.'

'Aha,' zei ik, en ik moest de hele tijd denken: Frederika Steinman is mondain, Frederika Steinman is mondain. Waar zij ook vandaan komt, zij ruikt niet naar de voortijdig geknakten. Zij is geen wandelende verspreider van ongeluk.

'Laten we voor die tijd maar iets afspreken wanneer ik de boekjes kan komen ophalen.'

'Ja,' zei ik, 'dat moeten we doen.'

Ze zat op het terras van Keyzer, in gezelschap van haar schoonzus. Dit keer deed Frederika Steinman haar zonnebril niet af. De schoonzus van Frederika vertelde dat ze verpleegster was. In een plastic tas had ik achttien exemplaren van *Het boek Frederika* gestopt.

'De andere negen zijn niet meer te achterhalen,' zei ik. 'Ik moet er tweehonderd gulden voor hebben om enigszins uit de kosten te komen.'

Ze pakte haar portemonnee en gaf me twee briefjes van honderd. 'Dan is deze zaak ook weer afgehandeld,' zei ze.

'Ja,' zei ik.

'Het was niet correct van je,' zei ze.

Het woord 'correct' vind ik zo'n mooi woord. Ik heb het later nog een paar keer gehoord. Het is echt prachtig.

De schoonzus keek nauwkeurig toe hoe ik de briefjes van honderd opborg.

Frederika vertelde dat ze de boekjes niet zomaar in de papierbak wilde gooien. Ze was bang dat iemand ze dan toch nog zou gaan lezen. Ze moesten eerst verbrand worden en de as zou dan wel naar de papierbak kunnen. Ze keek me aan met haar grote blauwe ogen, die praktisch onzichtbaar waren achter die zonnebril. Er was geen enkele aanleiding om te denken dat ze het niet meende.

'Ja, verbranden is het beste,' zei ik daarom maar.

Meneer Berk had wel eens verteld dat hij er in de meeste gevallen de voorkeur aan gaf te zwijgen, omdat mensen hem vaak toch verkeerd begrepen. Ik begreep nu wat hij bedoelde. Wat ik ook tegen Frederika zou zeggen, het zou zinloos zijn. Zij wilde de boekjes verbranden omdat ze bang was dat mensen zouden denken dat de echte Frederika, net als de papieren Frederika, had gezegd: 'Voordat je gaat zoenen geen droog beschuit eten.'

Zo zaten we met zijn drieën op het terras van Keyzer en praatten over hoe slecht de verpleegsters tegenwoordig betaald kregen. De schoonzus had een doorschijnende blouse aan. Erg mooi was ze niet.

Na een halfuur zei Frederika: 'We moeten er weer eens vandoor. Bel me als je de definitieve versie van de monoloog af hebt.'

Ik knikte.

De schoonzus legde een tientje op de tafel. 'Voor de koffie,' zei ze.

Lieve Frederika

Lieve Frederika,

Na ons gezellige samenzijn op het terras van Keyzer en de aangename ontmoeting met je schoonzus wilde ik je nog een kort briefje schrijven.

Ik denk niet dat er ooit een definitieve versie komt van de monoloog die ik voor jou moest schrijven. Ik wil geen monologen schrijven voor iemand die boekjes verbrandt die ik voor haar gemaakt heb.

Neem me niet kwalijk, maar jouw gevoel voor humor is me net iets te gereformeerd. Ongetwijfeld ben je het trieste product van je opvoeding en dat zou je moeten verontschuldigen. Maar net iets te veel mensen verschuilen zich achter hun trieste opvoeding en daarom vind ik niet dat je verontschuldigd bent. Ook al denk je duizend keer dat je de hoer van Jericho bent. Laat me je hierbij uit die droom helpen: je bent niet de hoer van Jericho.

Je beloofde me ooit per brief dat ik jouw liefde zou krijgen. Ik begrijp nu dat ik dit niet als een belofte had moeten opvatten maar als een dreigement.

Ik heb mijn best gedaan jouw gereformeerde pijn op papier te kwakken. Het was de eerste en laatste keer dat ik zoiets heb geprobeerd. Pijn moet pijn blijven. Het kan niet de bedoeling van pijn zijn om op papier te worden gekwakt. Hoewel het ongetwijfeld een zeer vrome en gereformeerde bezigheid zal zijn. Het op papier kwakken van pijn bedoel ik.

Ik had je nog veel meer willen schrijven, maar ik laat het hierbij. Weet dat er voor jou altijd één troost is. Als je geen wereldberoemde actrice wordt, kun je net als je geliefde grootmoeder nog altijd een abonnement op de kerktelefoon nemen.

Dit alles neemt niet weg dat ik blij ben je ontmoet te hebben.
Schrijf terug. Ik probeer je niet voor niets te beledigen.
Ewald

Ik liep van de keuken naar de serre van meneer Rapp en weer terug naar de keuken. Het liefst had ik haar die avond nog vijf andere brieven geschreven, maar ik begreep dat dat niet echt zou getuigen van veel waardigheid. Ik ging op een stoel zitten met uitzicht op de drie houten christussen. Ik herinnerde me dat Frederika had verteld dat haar leven één grote zoektocht was naar passie. Dat kon je van mijn leven niet echt zeggen. Distantie en passie gingen niet echt goed samen. Om in leven te blijven kon distantie wel weer goed van pas komen. Het is niet voor niets dat ze zeggen dat de ware passie vernietigend is. Er bestaat geen passie zonder bedrog, daarom moet ze uiteindelijk ook wel vernietigend zijn.

Ik dacht aan hoe Frederika en ik in museum Fodor zaten te wachten; het leek alsof dat de enige reden was dat we daar waren. Om te wachten. Tot de volgende klas zou binnenstrompelen met kinderen die er stuk voor stuk uitzagen alsof ze een begrafenis gingen bijwonen. Of nog iets ergers. Een openbare executie.

It's raining men, hallelujah

Op een dinsdagochtend om zeven uur verliet ik het huis van mijn ouders met één koffer. Ik had Broccoli gevraagd of ik bij hem en Elvira mocht slapen. Overdag zou ik dan in de serre van Frank Rapp zitten. Mensen die me vroegen wat ik daar deed, antwoordde ik dat ik een monoloog aan het schrijven was voor Frederika Steinman. Hoewel ik zelf wist dat die monoloog er nooit zou komen en als die er al zou komen zou hij worden opgeborgen in dezelfde lade waarin ik de vier resterende exemplaren van *Het boek Frederika* bewaarde.

Ik liep met mijn koffer dicht langs de huizen. Ik was bang dat de mensen me zouden zien, hoewel er geen enkele reden was waarom mensen naar mij zouden kijken. Toch voelde ik mij bespied.

Ik droeg een houtje-touwtje-jas. Het regende en ik had de capuchon over mijn hoofd getrokken. Ik had mijn ouders niet verteld dat ik wegging. Ze zouden het niet verdragen dat ik hen ooit zou verlaten.

Op de Apollolaan hoorde ik plotseling iemand roepen: 'Ewald Krieg, oehoe, Ewald Krieg.' Ik draaide me om. Een klein mannetje kwam op me afgerend. Ik herkende hem pas toen hij vlak voor me stond. Het was de pakezel, meneer Meerschwam.

'Jij bent toch Ewald Krieg?' vroeg hij.

'Ja,' zei ik, 'dat ben ik.'

'Ik ben meneer Meerschwam, misschien ken je me nog?'

Ik liep weer verder, maar hij liep achter me aan.

'Hoe gaat het nou met meneer en mevrouw Eckstein? We horen maar niets van ze.' Hij keek voortdurend om zich heen alsof we werden afgeluisterd. 'Komen ze nog terug?'

'Geen idee,' zei ik.

'Het waren fijne mensen. Tegenwoordig rijd ik veel voor een oude dame, maar dat is toch niet hetzelfde.'

Ik liep zo snel als ik kon in de richting van de De Lairessestraat.

'We horen zulke rare dingen over de familie Eckstein,' fluisterde hij, 'niet dat we daar enige waarde aan hechten. Maar het zijn wel hele rare dingen die we horen. Hoor jij ook van die rare dingen?'

'Nee, ik hoor helemaal geen rare dingen.' Ik was nu bij het Hilton, en nog altijd liep hij achter me aan.

'Merkwaardig, want bijna iedereen die ik heb gesproken heeft rare dingen over de familie Eckstein gehoord. Dat ze naar Mexico zijn gevlucht en een andere naam hebben aangenomen. Dat zijn toch wel rare dingen, vind je niet?'

'Ik weet er niets van. Gelooft u me, ik weet er niets van.'

'Ja, de mensen zeggen tegenwoordig de raarste dingen over de familie Eckstein,' ging hij onverstoorbaar door. 'Zo gaat dat. Je hebt je hielen nog niet gelicht of de mensen beginnen hele rare dingen over je te zeggen. Nou, ik hoop dat het mij bespaard zal blijven.'

'Ik ook.'

'Weet je wat ze ook zeggen, dat hij huizen heeft verkocht die helemaal niet bestonden, en dat hij bedrijven heeft verkocht die nog moesten worden opgericht. En dat hij daarom naar Mexico is gevlucht en een andere naam heeft aangenomen. Dat zeggen de mensen. Niet dat mijn vrouw en ik er enige waarde aan hechten, dat niet. Maar toch...'

'Ik weet er niets van, gelooft u me, ik weet er niets van.'

'Vlak na de oorlog is Eckstein met meel begonnen. Toen niemand meel had, had hij meel. Er zijn zelfs mensen die zeggen dat hij een Russische spion was. Stel je voor, dat ik een Russische spion in mijn auto heb gehad. Stel je voor. Maar jij weet er dus niets van? Jij kwam daar toch zo vaak over de vloer. Mijn vrouw heeft je daar geregeld gezien.'

Ik schudde mijn hoofd.

'Merkwaardig, want de mensen zeggen dat je de jonge Eckstein nog regelmatig ziet, die moet er toch iets van weten? De jonge Eckstein, denk je niet, die zal er toch iets van weten?'

Weer schudde ik mijn hoofd. Mijn koffer voelde hoe langer hoe zwaarder.

'En Berk is gestorven, hè,' fluisterde Meerschwam. 'Hij moet een gruwelijke dood zijn gestorven. Ja, zoiets wens je je ergste vijand niet toe. Ook een rare man die Berk, onder ons gezegd en gezwegen.'

'Ja,' zei ik. Ik liep zo snel als ik kon, maar die koffer woog wel twintig kilo.

'Weet je wat ze zeggen over die arme meneer Berk? Dat hij naar de hoertjes ging. Ja, onder ons gezegd en gezwegen, dat is oud nieuws. Mijn vrouw en ik wisten het tien jaar geleden al. Iedereen wist het, maar we zeiden er nooit iets van. De mensen zeggen dat die Berk gestorven is aan die verschrikkelijke geslachtsziekte – ik wil de naam liever niet uitspreken. Nou ja, wat wil je als je altijd naar de hoertjes gaat, zeg ik maar zo. Ieder huisje zijn kruisje.'

'Het was longontsteking,' zei ik.

De pakezel schudde zijn hoofd.

'Ze hebben dus tegen jou nooit iets laten vallen dat Eckstein merkwaardige zaken deed, nee? Gek. Want iedereen heeft het erover. Echt iedereen. Kijk, niet dat ik er waarde aan hecht, maar wees nou eerlijk, hij was wel heel erg rijk. Het is hem van harte gegund hoor, daar niet van, maar wel heel erg rijk. Mijn vrouw zegt: "Morgen komt het in de krant en dan staan ze ook voor onze deur, let maar op." Daarom zitten we er een beetje mee in onze maag. De Ecksteins waren altijd heel royaal, maar we willen geen moeilijkheden.'

Ik was nu bij de Willemsparkweg en besloot daar op de 2 te wachten.

'Kan ik je voor een kopje koffie uitnodigen?' vroeg de pakezel.

'Nee,' zei ik, 'dank u, ik heb haast.'

'Wat zit er eigenlijk in die koffer?'

'Kleren,' zei ik.

'Kleren,' herhaalde hij, 'ga je ook op reis?' Toen fluisterde hij in mijn oor: 'Ben je ook bang dat ze binnenkort voor je deur zullen staan?'

Toen ik eindelijk bij het huis van Elvira was, zei Broccoli dat ik eruitzag als een tuinkabouter met een rooie neus. Ik keek in de spiegel en ik moet zeggen dat het een adequate omschrijving was. Over mijn ontmoeting met meneer Meerschwam vertelde ik niets.

Elvira zat op het bed. Ze maakte aantekeningen in haar opschrijfboekje. Ze zei dat ze gestopt was met acteerlessen, omdat ze er niets meer leerde. Ik ging naast haar zitten. Ze hield op met schrijven.

'Moet je niet naar Frederika Steinman?'

Die avond gingen we borsjtsj eten bij mevrouw Bercowicz. Ze had de zaak verloren; er zou toch 'Berk' op de grafsteen van haar broer komen te staan. Ze had al aangekondigd dat ze die grafsteen zou boycotten en eigenhandig haar eigen grafsteen ernaast zou plaatsen. De eigenaar van de begraafplaats had haar geschreven dat haar emoties te begrijpen waren, maar dat de doden rust en respect verdienden. Mevrouw Bercowicz had een kort briefje teruggeschreven: 'U maakt een vergissing. De levenden verdienen rust. Om van respect nog maar te zwijgen.'

Net als de vorige keer had ze Broccoli opgedragen bier mee te brengen en net als de vorige keer verdwenen de flesjes in haar ijskast waar ze de rest van de avond niet meer uit kwamen.

We aten bietensoep. Broccoli vroeg of ze op de zolder van haar broer nog papieren had gevonden die met zijn ouders te maken hadden.

Niets had ze gevonden. Behalve twee grote salamiworsten achter in de klerenkast. Haar broer had ze verstopt als een schat, zei ze, en ze was van plan er een aan ons cadeau te doen. We vonden dat we zo'n cadeau niet konden aannemen.

De bietensoep was niet zo erg als haar vorige soep. Toen we ons bord leeg hadden nam ze ons mee naar haar slaapkamer. Er waren drie nieuwe versies bijgekomen van haar boek. Je kon er nu echt niet meer lopen.

Ze pakte de laatste versie uit een kartonnen doos en begon voor te lezen. Na een halve bladzijde hield ze op. Ze keek ons aan en vroeg of we Marilyn Monroe wel eens hadden horen zingen. Even later nam ze ons weer mee naar de woonkamer. 'Hebben jullie het koud?' vroeg ze. Het was ijskoud in haar huis, maar we zeiden er niets van.

Ik ging naar de wc. In haar badkuip stond een plasje water en daarin dreven een stuk of twintig onderbroeken. Toen ik terugkwam van de wc hoorde ik dat Broccoli mevrouw Bercowicz uitnodigde om naar Elvira's *Lady Macbeth* te komen kijken.

Meneer Lebbing liep handenwrijvend heen en weer.

'Het wordt nog wel vol,' zei hij steeds weer. Dan verdween hij weer in de geïmproviseerde kleedkamer waar Broccoli en Elvira zaten. Ook tegen mij zei hij: 'Het wordt nog vol, let maar op.'

De voorstelling zou om half negen beginnen en op aandringen van Broccoli hebben we nog een halfuur gewacht, maar behalve Lopatin en ik is er niemand gekomen.

Broccoli had advertenties in *Het Parool*, *Trouw* en *de Volkskrant* gezet: 'Elvira Lopez speelt *Lady Macbeth*.' Het had niet geholpen.

Van de voorstelling zelf was de helft niet te verstaan door het zware accent van Elvira. Bovendien had ze een erg statige vertaling uitgekozen en al die monologen aan elkaar geplakt, waardoor het onbegrijpelijk was. Het was eigenlijk ook geen voorstelling. Het deed denken aan een godsdienstig ritueel.

Elvira droeg een avondjurk. Broccoli droeg een smoking. Hij zat op de voorste rij. Hij had zestig klapstoelen gehuurd van een kerk. Achter hem zat meneer Lebbing. En ergens in het midden zaten Lopatin en ik.

Na afloop riep meneer Lebbing: 'Je kan het wel hoor, je kan het wel.' En hij sloeg zijn armen om Elvira heen. Hij had nog altijd die grijze baard. Zijn vrouw lag met migraine in bed, zei hij, maar ze liet ons allemaal groeten.

Elvira leek erg blij te zijn dat het afgelopen was. 'In ieder geval heb ik er een mooie jurk aan overgehouden,' zei ze.

Lopatin had vooral op chocoladetaart gerekend en toen die er niet bleek te zijn was hij gewoon verdwenen.

'Zal ik wat kaas uit de koelkast halen?' vroeg meneer Lebbing.

'Nee,' zei Broccoli, 'dat is niet nodig. Ik kom morgen wel de klapstoelen ophalen.'

Meneer Lebbing schudde Broccoli langdurig de hand. 'We moeten vaker iets samendoen, jongen,' zei hij.

In de woning van Elvira dronken we een mengsel van cognac en champagne. Elvira zei dat degene die dit mengsel had bedacht in de gevangenis moest worden gestopt. Eigenlijk was ik dat met haar eens. Maar we bleven het drinken om Broccoli niet teleur te stellen. We moesten het goed schudden, zei hij, zodat het bruiste. Hij sloeg de glazen met een klap op tafel om het spul te mixen.

Volgens Broccoli moest Elvira nu naar Hollywood. Nederland was te klein voor haar geworden.

Elvira zei niets, ze zette muziek op. Tussen twee nummers door fluisterde ze dat ze vroeger niets leuker vond dan achter op een motor zitten. Dat ze soms dagenlang achter op een motor zat en dat ze dat achteraf een van de leukste dingen vond die ze in haar leven had gedaan.

'In Hollywood kun je ook achter op een motor zitten,' riep Broccoli. Toen zei hij peinzend: 'Mevrouw Bercowicz is niet gekomen, die had ik eigenlijk wel verwacht.'

Elvira danste voor ons, terwijl Broccoli bleef herhalen dat ze naar Hollywood moest, dat we allemaal naar Hollywood moesten. Tussendoor mengde hij cognac met champagne alsof een heel weeshuis moest worden voorzien.

Toen Broccoli genoeg had van het mixen, begon hij reisbureaus te bellen, maar het was midden in de nacht. Een paar keer hoorden we hem zeggen: 'Als u geen reisbureau bent, wat bent u dan wel?'

Ten slotte gaf hij het op. Toen begon hij aan een striptease. Eerst zijn strikje, toen zijn lakschoenen. We draaiden het nummer 'It's raining men, hallelujah'. En dat bleven we de hele tijd herhalen. Ik geloof dat we het wel honderd keer hebben gedraaid die nacht.

Broccoli was intussen met zijn overhemd bezig. 'Je moet naaktdanser worden, Broccoli,' zei Elvira en ze ging nu maar zelf cognac en champagne mixen.

'Ja,' zei Broccoli, 'in Hollywood, wij worden de drie Nederlandse naaktdansers. Daarmee gaan we furore maken. We zullen op geen enkel feest ontbreken, daar in Hollywood. En als de oscars worden uitgereikt zullen de drie Nederlandse naaktdansers het pauzenummer zijn.'

Toen Broccoli alleen nog zijn broek aanhad zei Elvira: 'Nu jij.'

Nog steeds draaiden we 'It's raining men'. Ik begon met mijn schoenen. Met mijn linkerhand zwaaide ik ze aan de veters in het rond, precies zoals ik Broccoli had zien doen. Met mijn rechterhand wreef ik over mijn kruis en tegelijkertijd sprong ik in het rond. Dit was wat ik me voorstelde bij een naaktdans. Tussen de sprongen door bracht Broccoli me wat cognac, want de champagne was op. Toen ik met mijn overhemd bezig was zei Elvira opeens: 'Horen jullie dat ook?'

We zetten de muziek uit. Nu hoorden we het heel duidelijk. De benedenbuurman sloeg met een bezemsteel of iets dergelijks tegen het plafond. Hiermee kwam een vroegtijdig einde aan mijn naaktdans.

Even later hoorden we dat het gebons niet meer van beneden kwam, maar van de deur. Broccoli keek door het kijkgat, kwam terug en verklaarde dat de benedenbuurman met een zwabber tegen de voordeur sloeg. We gingen allemaal kijken en hij had gelijk. De buurman sloeg met het uiteinde van een zwabber tegen de deur.

'Niet opendoen,' zei Elvira.

'Het is al voorbij,' riep Broccoli tegen de buurman. 'We zijn alleen drie Nederlandse naaktdansers die naar Hollywood gaan.'

Twee dagen nadat Broccoli had besloten dat we als naaktdansers naar Hollywood moesten, vertelde hij dat zijn geld op was. Meneer Tuinier van de Amro had hem dat in ieder geval verteld.

'Om het tekort aan te zuiveren heb ik zelfs alle effecten moeten verkopen,' had meneer Tuinier gezegd.

'Nu moet ik naar Zürich,' zei Broccoli. Ik herinnerde me opeens hoe de vader van Broccoli had verteld dat zijn zoon de laatste Eckstein zou zijn met een bankrekening in Zürich.

Het kwam hem erg goed uit dat zijn ouders Zwitserland hadden verlaten. Mexico hadden ze inmiddels ook verlaten. Ze zaten nu in Venezuela. Daar zouden ze bedenken wat hun uiteindelijke bestemming zou worden.

Broccoli zou de nachttrein naar Zürich nemen en een dag later weer terugkomen. Hij nodigde ons niet uit mee te gaan.

Die nacht sliep ik bij Elvira. Zij in het bed, ik op een matras dat Broccoli ergens goedkoop op de kop had getikt. Ze zei dat Broccoli plannen had om naar Amerika te gaan en dat ze waarschijnlijk mee zou gaan.

'Wat gaan jullie daar doen?' zei ik.

Ze antwoordde alleen dat je er alles aan moest doen om het leven niet saai te laten worden. Dat ik daar op een gegeven moment ook wel achter zou komen. Dat bijna alles uiteindelijk onbelangrijk werd, of je een heel klein beetje beroemd was geworden, of helemaal niet, of heel erg, of je een bankrekening had in Zürich, of helemaal geen bankrekening, dat alles deed er op een gegeven moment niet zoveel meer toe, als je er maar voor gezorgd had dat je leven niet saai was geworden.

Ik vroeg haar hoe je daar het best voor kon zorgen.

'Achter op een motor gaan zitten,' antwoordde ze. 'Dagenlang achter op een motor gaan zitten.'

Toen ik haar wilde kussen duwde ze me weg. Ik wist nu heel zeker dat ik haar nooit zou vragen: 'Waarom één keer, waarom niet zestig keer, of tachtig keer, of nul keer, waarom één keer?'

De volgende ochtend werd ik gewekt door de telefoon. Aangezien Elvira gewoon door het gerinkel heen sliep nam ik op. Ik verwachtte dat het Broccoli zou zijn. Maar het was meneer Meerschwam. Hij wilde Broccoli spreken. Toen hij hoorde dat die er niet was vroeg hij me door te geven dat er nog wat onbetaalde rekeningen waren. En dat zijn vrouw ook al een paar keer had gebeld.

Hoe komt hij in godsnaam aan dit nummer? vroeg ik me af.

'Wie was dat?' vroeg Elvira.

'Verkeerd verbonden,' zei ik, 'een grapjas.'

Ik stelde voor ergens te gaan ontbijten. 'Laat me slapen,' zei Elvira, 'alsjeblieft, laat me slapen. Ga jij maar ergens ontbijten.'

Nu Broccoli's geld opraakte moest ik andere middelen verzinnen om aan geld te komen. Ik begon van mijn ouders te stelen. Kleine hoeveelheden, zodat het niet zou opvallen.

Een rabbijn zocht me op in de serre van meneer Rapp. Ik had hem allang niet meer gezien, daarom dacht ik dat zijn bezoek iets te maken zou hebben met mijn diefstal. Hij sprak gebroken Engels. Of gebroken Nederlands. In de synagoge hield hij lange toespraken waarin hij de daden van God zo goed mogelijk probeerde te verklaren. Ook schetste hij de voorwaarden waaraan de joden moesten voldoen wilde de Messias ooit nog komen. Hij had twaalf kinderen die hij niet kon voeden, zodat de andere joden hem financieel moesten ondersteunen. Mijn moeder had hem ook wel eens voedsel gebracht, maar dat nam hij niet aan.

Nu zat hij naast mij in de serre van meneer Rapp. Hij schrok een beetje van de drie houten christussen, maar toen ik zei dat ik ze niet zelf had gemaakt haalde hij opgelucht adem.

'Jezus was een joodse boer,' zei hij.

'Ja,' zei ik.

'Hij was geestelijk verward,' zei de rabbijn, 'en de joodse gemeenschap was verdeeld. Daarom hebben ze hem niet kunnen helpen. Jij bent ook een beetje geestelijk verward, en wij willen jou graag helpen.'

De rabbijn was de eerste die een direct verband tussen mij en Jezus legde. Naderhand hebben ook andere mensen dit verband gelegd. Er waren periodes in mijn leven dat ik mijzelf zag als de bevrijder van Jeruzalem, geheel gekleed in een blauw fluweel pak, en gezeten op een ezeltje. Ik was erg mooi. Ik droeg geen bril. Mijn lichaam was niet langer iel en ook beet ik niet op mijn nagels. Ik blonk uit in vechtsporten. Ik zeg dit zonder enige arrogantie, omdat er nu eenmaal bepaalde periodes in mijn leven waren dat ik mijzelf zo zag. Er was ook geen sprake van kwalijke adem die geroken zou kunnen worden door andere mensen.

Ik zei dat ik geen hulp nodig had. De rabbijn wilde niets eten of drinken. Hij zei dat hij dit adres via mijn moeder had gekregen.

'Je bent een jood,' zei hij, 'daaraan kun je je niet onttrekken, al omring je je met twintig houten afgodsbeelden.' Hij vertelde hoe Abraham korte metten had gemaakt met de afgoderij. Hoe hij gezegd had: 'Ze hebben oren maar ze kunnen niet horen, ze hebben een mond maar ze kunnen niet spreken, ze hebben ogen maar ze kunnen niet zien.' En hoe Abraham vervolgens de afgodsbeelden in gruzelementen had geslagen, in duizend kleine stukjes. Het leek mij eigenlijk heel aannemelijk dat God oren had maar niet kon horen en ogen had zonder te kunnen zien. Dit zei ik natuurlijk niet.

'Ik wil me niet onttrekken.' Waarschijnlijk was dat juist precies wat ik wél wilde. Me aan alles onttrekken, me onttrekken aan het leven zelf.

De rabbijn stelde voor dat hij me joodse les zou geven om me terug te voeren naar de bron. Hij wilde er geen geld voor. Het was een eer iemand die afgedwaald is terug te voeren. Ik dacht aan Elvira, en hoe we hadden besloten als naaktdansers naar Hollywood te gaan. Ik beloofde dat ik erover na zou denken.

'Vergeet niet,' zei de rabbijn, 'hoe Abraham op God vertrouwde toen hij met Isaak de berg beklom. Tot op het laatste moment vertrouwde hij op God, tot op het laatste moment.'

De rabbijn zei dat ik dat ook moest doen. Maar was ik Abraham of Isaak? En waar was het mes? Voor hij wegging gaf hij mij een gebedenboek cadeau.

Broccoli was met tienduizend Zwitserse frank uit Zürich teruggekomen. 'Meer was er niet,' zei hij.

In een pizzeria in de buurt van het huis van meneer Rapp verklaarde hij dat ik hem niet langer Broccoli moest noemen, maar Michaël Eckstein en dat hij samen met Elvira naar Amerika zou gaan.

'Waarom Amerika?' vroeg ik.

'Dit is geen land voor Elvira,' zei Broccoli. 'Hoeveel mensen hebben gezien hoe zij Lady Macbeth heeft gespeeld? Twee. Hoeveel mensen weten wat zij kan?' En hij vertelde dat hij van plan was de films te produceren waarin Elvira zou spelen. De Louis B. Mayer van de eenentwintigste eeuw zou hij worden. Zo groot als de Warner Brothers zou hij worden, waarschijnlijk nog groter.

'Zie je het voor je,' zei hij, 'Michaël Eckstein presenteert.'

Ik knikte.

'En vergeet niet,' ging hij door, 'dat we sinds Marlene Dietrich geen femme fatale meer hebben gehad. En nu hebben we Elvira.'

'Ja,' zei ik, 'nu hebben we Elvira.'

'We hebben goud in onze handen, begrijp je dat niet? Ze hebben het alleen nog niet gezien, ze hebben het alleen nog niet gezien.'

'Waarom mag ik je niet meer Broccoli noemen?'

'De Vereniging voor Genieën is ontbonden,' zei hij. 'De tijd is niet rijp voor genieën, en al helemaal niet voor verenigingen voor genieën. Alleen operatie-Brando telt nog.'

Later die dag rende hij door de Beethovenstraat. Ik had moeite hem bij te houden. Hij vroeg of ik ook mee wilde naar Amerika, maar ik twijfelde. Ik dacht dat ik in Amsterdam moest blijven, in de serre van Frank Rapp, om monologen te schrijven voor Frederika Steinman. Of ze ze ooit zou gaan spelen kon me niets schelen.

We kwamen aan bij het huis aan de Bernard Zweerskade. Er stond nu een groot hek voor. Je kon niet meer naar de tuin kijken.

'Kijk,' zei hij, 'ik heb hier niets meer te zoeken.' Hij pakte me bij mijn schouder. 'Ik moet naar Hollywood. Als ik niet naar Hollywood ga, is mijn leven voor niets geweest. Michaël Eckstein presenteert, zie je het voor je?'

Opnieuw zei ik dat ik het voor me zag.

'Ik ga begin volgende week al weg, ik heb geen tijd.'

'Waarom heb je geen tijd?' vroeg ik. 'Hollywood loopt niet weg.'

'Het loopt wel weg,' zei hij. 'De wereld zal toch wel begrijpen dat we sinds Marlene Dietrich geen femme fatale meer hebben gehad en dat Elvira Lopez er nu is? We worden een onverslaanbare drie-eenheid. Ik ga de films produceren, jij schrijft ze, en Elvira gaat erin spelen. Onverslaanbaar, geloof me.' Hij had weer die blik in zijn ogen die ik voor het eerst bij hem had gezien op het perron in Parijs.

'Meneer Meerschwam zoekt je.'

'Hoe weet je dat?'

'Hij belde op naar het huis van Elvira.'

'Ik wist het wel,' zei hij. 'Ik wist het wel. Ze haten genieën. Meneer Meerschwam, zijn vrouw, de bakker, de huisbaas van Elvira, Albert Heijn, Henry Frohlich, de Bijenkorf, de Nederlandse Spoorwegen, mijn kleermaker, allemaal haten ze genieën. Daarom moeten we weg. Weg, hoor je me, we moeten weg.'

Hij rende weg. Maar een minuut later was hij weer terug. 'Ben ik charismatisch?' vroeg hij. 'Een filmproducent moet wel een beetje charismatisch zijn.'

The Eckstein Company

We zaten op de grond en speelden schaak. Er ontbrak een toren. Daarvoor gebruikten we een stukje kauwgom. We wachtten op Broccoli. Hij was nog bij het reisbureau.

Een paar keer had ik gevraagd of ze het een leuk idee vond om naar Amerika te gaan.

'Ja,' zei ze, 'heel leuk.'

Van Broccoli had ze gehoord dat ik niet mee zou gaan. Maar ze heeft er nooit iets over gezegd. Ze heeft ook nooit gevraagd waarom ik niet meeging. Ik zou ook niet geweten hebben wat ik daarop moest antwoorden. Dat ik te bang was? Dat ik dacht dat ik niet zou kunnen wennen? Dat ik liever in de Führerbunker bleef zitten?

Elvira won.

'Nog een spelletje?' vroeg ik.

Ze zei dat ze zich niet kon concentreren. 'Ik wil slapen,' zei ze, 'ik ga weer slapen.'

'Weet je nog hoe je me vertelde dat je hield van sperma dat in je haren zat, dat zo in je haren zat dat je wel drie keer je haar moest wassen voor het eruit was?'

'Ja,' zei ze, 'ik weet alles nog.' En toen deed ze haar ogen dicht. Maar ik wilde niet dat ze haar ogen dichtdeed, ik wilde allesbehalve dat ze haar ogen dichtdeed, daarom vroeg ik: 'Weet je nog hoe je me vertelde dat je van sperma hield dat in je darmen brandde als sambal?'

Maar wat ik ook vroeg, wat ik ook beloofde en hoe gek ik me ook gedroeg, ze deed haar ogen niet meer open.

Om zeven uur die avond kwam Broccoli thuis. Hij had de vliegtickets gekocht. Elvira sliep nog steeds. Ze zouden eerst naar New York gaan, en vandaar naar Hollywood. Broccoli had een hoed gekocht. Een crèmekleurige hoed.

'Weet je het zeker?' vroeg hij en hield de tickets onder mijn neus.

Als ik had gezegd: 'Ja, ik ga mee', had hij alsnog een ticket voor me gekocht. Ik had alleen maar met mijn hoofd hoeven knikken. Misschien alleen maar mijn lippen hoeven bewegen. Misschien alleen maar hoeven knipogen, maar ik deed niets.

'Broccoli,' zei ik.

'Noem me niet langer Broccoli. Ik ben Michaël Eckstein.' Hij liet me visitekaartjes zien waarop stond: 'Michaël Eckstein, filmproducer.'

'Waar gaan jullie wonen?' vroeg ik.

'Ik heb daar een neef, in de buurt van New York. Een neef of een achterneef.'

'Weet hij dat jullie komen?'

'Nee, natuurlijk niet.'

Elvira was wakker geworden. Ze keek ons verbaasd aan, alsof het nog tot haar door moest dringen waar ze eigenlijk was. Ze was het mooist als ze net wakker was, ongewassen, ongekamd, ruikend naar haar eigen zweet.

Die avond zouden we uit eten gaan. Er zou niet veel tijd meer zijn voor ze weggingen. 'Het afscheidseten moet een groot feest worden,' had Broccoli gezegd.

Broccoli wilde eerst nog douchen. Toen hij uit de douche kwam droeg hij zijn witte ochtendjas waarop Hilton stond en die wilde hij niet meer uitdoen.

'Zo kunnen we niet uit eten gaan,' zei ik. 'Ze zullen ons niet binnenlaten. Heb je ooit iemand in een restaurant in een ochtendjas zien zitten?'

'Ik heb deze ochtendjas hoogstpersoonlijk uit het Hilton Hotel gestolen en ik ga in deze ochtendjas uit eten. Als ik zin heb om in een ochtendjas te gaan eten, dan ga ik in een ochtendjas eten.'

'Zeg jij wat,' zei ik tegen Elvira.

'Nee,' zei ze.

Zo liepen we door Amsterdam. Elvira en ik in onze gewone kleren. En Broccoli in zijn witte ochtendjas, met slippers aan en zijn hoed op. Hij had een leren tas in zijn hand waar zijn nieuwe visitekaartjes in zaten en paperassen.

'Paperassen,' zei Broccoli, 'een filmproducent heeft paperassen nodig. Heb je ooit een filmproducent zonder paperassen gezien?'

Mensen keken naar ons, en sommigen riepen ons ook dingen na. 'Lesbiennes' bijvoorbeeld riepen ze ons een paar keer na. Merkwaardig genoeg.

'Heeft Meerschwam nog gebeld?' informeerde Broccoli.

'Nee,' zei ik.

'Dat dacht ik al,' zei hij. 'Ik heb namelijk de telefoon eruit getrokken. Het genie zit in de details.'

'God zit in de details,' zei Elvira.

'Wreedheid zit in de details,' zei ik.

'Alles zit in de details,' zei Broccoli. 'Dit onderwerp is afgesloten.'

'Heb je het koud?' vroeg ik.

'Ik weet niet wat kou is,' zei Broccoli, 'ik heb in Korea gevochten.'

Zo liepen we door Amsterdam: Broccoli in zijn ochtendjas die alle kanten op waaide, daarachter Elvira die niets zei, en ten slotte ik. Toen we voor Henry Smith's stonden zei Elvira plotseling: 'Een kind en twee honden, daar zou ik ook best mee kunnen leven.' Ja, dat zei ze: 'Een kind en twee honden, daar zou ik ook best mee kunnen leven.' We vroegen niet waarom ze dat zei of wat ze daarmee bedoelde. Alleen onaangename dingen hebben betekenis nodig. En het mooie aan Elvira was dit: alles wat ze zei was aangenaam. Als ze iets onaangenaams had te zeggen, zei ze het gewoon niet. Dan hield ze uren haar mond dicht. Ze verdomde het.

Bij Henry Smith's wilden ze ons eerst geen tafeltje geven, maar na veel gezeur kregen we er een helemaal achterin, in een donkere hoek.

Broccoli hield zijn hoed op tijdens het eten.

'Moeten we niet nog van alles regelen?' vroeg Elvira.

'Welnee,' zei Broccoli, 'alles is al geregeld. Kijk dan,' – weer liet hij ons zijn visitekaartjes zien – 'Eckstein filmproductions presenteert Elvira Lopez in... – klinkt dat niet goed, klinkt dat niet goed?'

We beaamden dat dat goed klonk en hij bestelde voor ons allemaal nog een fles champagne. Elvira zei dat we dat onmogelijk op zouden krijgen omdat we al halfdronken waren en ze wilde slapen. Ze wilde alleen nog maar slapen. Ze was in een periode van haar leven aangekomen waarin ze wakker werd en meteen weer verlangde naar de slaap. Maar Broccoli zei: 'We moeten de geboorte van The Eckstein Company vieren, er moet niets geregeld worden, de geboorte van The Eckstein Company moet gevierd worden. The Eckstein Company, dat wordt net zoiets als de Warner Brothers, maar dan groter, veel groter.'

Een ober schonk onze glazen bij.

'Drink mee,' zei Broccoli, 'The Eckstein Company betaalt, The Eckstein Company betaalt alles. The Eckstein Company viert feest.'

De ober schudde zijn hoofd. 'Ik mag niet drinken als ik werk,' zei hij. 'Dat is verboden.'

'Ze haten me,' zei Broccoli, 'zie je dat? Ze haten genieën, daarom moeten we hier weg.'

'Kom terug,' riep hij tegen de ober. 'Kom terug, meneer de ober.'

De ober kwam terug.

'Wist jij,' zei Broccoli, 'dat ik op mijn achtste op het dakterras zat om viool te spelen. Al vroor het achttien graden, ik zat op het dakterras en speelde viool. De kinderen van de buren bekogelden me met rotte appels, maar ik speelde viool op het dakterras. Want ik was een wonderkind. Wist jij dat?'

'Nee,' zei de ober, 'dat wist ik niet.' Hij liep weer weg.

'Kom terug,' riep Broccoli. 'Meneer de ober, kom terug. Wist jij dat mijn vader de grootste drollen produceerde die ooit op deze wereld zijn geproduceerd. En dat zijn drollen altijd onze wc verstopten. En dat ik daarom op mijn twaalfde al meer wist van het ontstoppen van wc's dan menig loodgieter op zijn vijftigste. Ik ging met een grote elektrische veer de drollen van mijn vader te lijf, want ik was een wonderkind. Dat wist jij niet, hè?'

'Nee,' zei de ober, 'dat wist ik niet.'

We gingen weer verder met eten, maar Broccoli rukte het bestek uit onze handen. Hij pakte een hand van Elvira en een van mij en zei: 'The

Eckstein Company zal in één adem worden genoemd met Warner Brothers, met MGM. Met Walt Disney.'

Elvira lachte. 'Ja,' zei ze, 'dat geloof ik ook.'

'Laten we drinken op The Eckstein Company'

'Nee,' zei ik. Want ik wilde niet op The Eckstein Company drinken. Ik was opgestaan.

'Laten we op sperma drinken dat in haren zit, zo erg dat je het drie keer moet wassen voordat het eruit is. Laten we op sperma drinken dat in darmen zit waar het brandt als sambal. Laten we op sperma drinken dat in je ogen zit waar het prikt als shampoo. Laten we op al het sperma van de wereld drinken, dat het maar goed sperma moge zijn, eersteklas-kwaliteit. Laten we daarop drinken.'

Voor het eerst die avond was Broccoli stil. Hij keek me peinzend aan, alsof hij zoiets niet van mij verwacht had. 'Het is goed,' zei hij, 'we drinken op sperma.'

En Elvira glimlachte en zei: 'Vanavond drink ik op alles.' Toen pakte ze mijn hand en gaf me een handkus. 'Dat was een mooie toespraak,' zei ze.

Bij het dessert meende Broccoli dat de man aan het tafeltje naast ons meneer Meerschwam in vermomming was.

'Nee,' zei ik, 'dat is een hele oude man, hij lijkt niet eens op meneer Meerschwam, je vergist je.'

Broccoli was niet te overtuigen.

We mochten ons dessert niet opeten van Broccoli. Hij betaalde en duwde ons met een halve fles champagne naar buiten.

'Nu hebben jullie met jullie eigen ogen gezien,' zei Broccoli, 'hoe ze genieën haten.'

'Ja,' zei Elvira, 'ze haten genieën. Zo gaat het nu eenmaal op deze wereld. Je kan er niets aan doen.' Toen omhelsde ze Broccoli. Het was een hele lange omhelzing. Volgens mij wel tien minuten lang. Op een gegeven moment viel zijn ochtendjas open.

'Broccoli,' zei ik, 'je staat in je onderbroek op straat. Pas op.'

Met open ochtendjas, slippers aan zijn voeten, de hoed op zijn hoofd en de leren tas in zijn handen rende Broccoli door de straten terwijl hij riep: 'Ze haten genieën, jullie haten genieën. Ja, jullie daar achter de gordijnen, kom maar uit jullie huizen en bekogel dit genie maar met rotte appels. Want dat ben ik gewend. Ik heb ook wat rotte appels in mijn tas en we zullen zien wie de langste adem heeft. En daarna ga ik jullie wc's ontstoppen, want op mijn twaalfde was ik al een volleerd loodgieter. Bekogel me dan, lafaards, durven jullie niet, schijtluizen, waar zijn jullie nu, hè? En waar waren jullie toen Elvira *Macbeth* speelde, waar waren jullie toen? Zaten jullie voor de tv? Ik wil bekogeld worden, horen jullie me? Ik wil bekogeld worden.'

Elvira was zo dronken dat ze soms niet meer verder kon. Ter hoogte van de Stadhouderskade is ze op de grond gaan liggen en daar is ze zeker tien minuten blijven liggen.

Ook die avond hebben we op 'It's raining men' onze naaktdansact geoefend. We oefenden tot we niet meer konden.

Ze hadden drie koffers bij zich. Het was een warme dag in juni.

'De rest kopen we daar wel,' zei Broccoli steeds weer.

Elvira droeg een lange jurk en sandalen. De huur van haar woning was al opgezegd. De paar meubelen die er nog stonden kon ik op straat zetten, maar als er iets was dat ik wilde houden was dat ook goed.

Op Schiphol bezochten we een restaurant met uitzicht op de vliegtuigen.

'Je moet snel komen,' zei Broccoli. Hij zette zijn hoed af en boog zich naar mij toe. 'Vergeet niet dat er sinds Marlene Dietrich geen echte femme fatale meer is geweest,' fluisterde hij. Ik zag dat hij bij zijn slapen al kaal aan het worden was.

Toen Elvira naar de wc was vroeg ik of hij het niet erg vond om alles voor Elvira te betalen.

'Mijn vader wilde het zo,' zei hij. Omdat hij mij op een bepaalde manier aankeek vroeg ik niet verder. Ik zei alleen: 'Je hebt haar nooit in Schiller een van je beroemde kaartjes gegeven – Mr. Broccoli heeft de eer u een drankje aan te bieden.'

'Jawel,' zei hij, 'maar toen kende ik haar al. Maakt het wat uit?'

Ik aarzelde even. 'Nee,' zei ik, 'het maakt niets uit. Het maakt totaal niets uit.'

Toen Elvira terug was van de wc zei ze: 'We hebben nog een cadeautje voor je.'

Ze gaf me een notitieblokje. Het was gemaakt van kurk. Volgens haar kwam het uit Argentinië. 'Om aantekeningen in te maken voor de film die je voor Elvira gaat schrijven,' zei Broccoli.

'Niet voor Frederika Steinman,' voegde Elvira eraan toe. Het was lang geleden dat ze die naam had uitgesproken, maar aan de manier waarop ze hem uitsprak, merkte ik dat hij nog vaak op het puntje van haar tong had gelegen.

We liepen naar beneden. Ze hadden geen handbagage bij zich.

'Ik ben zo terug,' zei Broccoli, 'ik ben zo terug.'

Hij rende weg.

'Lijkt hij op zijn vader?' vroeg ik.

'Hij lijkt op Galani,' zei ze. Toen lachte ze. 'Gek hè.'

'En ik? Lijk ik op Galani?'

Ze schudde haar hoofd. 'Jij bent lief,' zei ze, 'een lieve lafaard, een grote lieve lafaard. Misschien is je lafheid nog net iets groter dan je liefheid, maar het scheelt niet veel.' Toen kuste ze me op mijn mond.

'Elvira,' zei ik.

'Nee,' zei ze, 'concentreer je. Houd je mond en concentreer je.'

Broccoli kwam terug met drank en plastic bekertjes.

Ik bracht ze tot vlak voor de douane.

'We zien elkaar gauw,' zei Broccoli, 'we zien elkaar gauw.' Hij was nerveuzer dan ooit.

'Vergeet operatie-Brando niet,' zei Elvira.

'Nee,' zei ik, 'die zal ik niet vergeten.'

Toen ze door de douane waren schreeuwde Broccoli me achterna: 'Bel mevrouw Bercowicz eens op. Misschien is zij ook een genie.' Toen zette hij zijn hoed op. Zo vanuit de verte was er niets anders te zien dan die hoed.

Erg intiem

De volgende dag ben ik naar de woning van Elvira gegaan.

De stoelen heb ik bij het vuilnis gezet. Het bed heb ik laten ophalen door een sloopbedrijf. De lege flessen heb ik naar de glasbak gebracht. Ik moest drie keer lopen. De telefoon was al opgezegd. Tussen de rotzooi vond ik het rode opschrijfboekje van Elvira. Dat heb ik maar meegenomen. Er kwam ook nog een brief van meneer Lebbing. Een rekening van vijfhonderd gulden voor zestig niet opgehaalde klapstoeltjes. Verder kwam er geen post.

Ik zat de hele dag in de serre van meneer Rapp. De uren, de dagen, de maanden strekten zich voor mij uit en ik dacht: Ik moet iets constructiefs doen. Dat vond ik zo'n mooi woord, constructief. Soms bekeek ik de monoloog die ik voor Frederika Steinman had geschreven, maar de tekst stond me tegen.

Mevrouw Bercowicz heb ik niet meer gebeld.

In de herfst ben ik Frederika Steinman nog een keer tegengekomen. In De Oranjerie. Ik zat aan de bar en hoorde iemand zeggen: 'Je herkent me niet meer, hè?' Ik draaide me om en zag een vrouw met lang haar die ik inderdaad niet kende.

'Frederika,' zei ze, met de klemtoon op iedere lettergreep.

'O, Frederika,' zei ik.

Ze vroeg hoe het ging.

'Goed,' zei ik, 'en met jou?'

'Goed,' zei ze, 'druk, druk.'

Die winter kreeg ik een kaartje uit Amerika. Er stond op: 'Je bent een schuw, angstig klein mannetje. Ik hoop dat je het nog ver zult schoppen. Dat verwacht ik eigenlijk wel. Michaël E.' Geen afzender, niets. Afgestempeld in Miami.

Een paar maanden later kreeg ik een korte brief van Elvira. Ze woonde in de 6e straat in New York. Het ging goed. Michaël was alvast vooruitgegaan naar Los Angeles – ze noemde hem nu ook Michaël. Ze wachtte op een telefoontje.

Ik heb een paar keer teruggeschreven. Ik beloofde dat ik eindelijk dat filmscript zou schrijven. Maar ik hoorde nooit meer iets. De vierde brief die ik schreef kwam retour met het stempel 'onbekend op dit adres'.

Een paar weken hierna kwam er weer een kaart. Broccoli schreef: 'Heb je het al ver geschopt? Michaël E.' De kaart was afgestempeld in San Diego.

Ik ben nog een keer naar de Amro op de hoek van de Stadionweg en de Beethovenstraat gegaan. De heer Tuinier had zijn ontslag genomen om een camping in Zuid-Frankrijk te beginnen. Zijn opvolger kon me geen inlichtingen geven, noch over Broccoli, noch over zijn ouders.

Lopatin kwam ik toevallig nog eens tegen voor de Bruna in de Leidsestraat. Er zaten meer gaten dan ooit in zijn gymschoenen. Toen ik riep: 'Hé Lopatin, je bent niets veranderd,' was zijn enige reactie dat hij sneller begon te lopen. Toen ik hem achternaliep begon hij te rennen. Bij de bank waar hij halve dagen werkte vertelden ze me, na enig aandringen, dat hij al maanden geleden was gestopt met het dichtlikken van enveloppen. Zomaar, van de ene dag op de andere.

Een paar keer ben ik nog langs het huis aan de Bernard Zweerskade gelopen. Er stond een groot hek voor met alarminstallatie. De rododendrons waren weggehaald. Buren vertelden me dat er ambassadepersoneel woonde. Ze wisten niet precies van welk land. India, geloofden ze.

Toen ik op een dag in slagerij Van Dam op mijn bestelling stond te wachten – ik had wat soepvlees gekocht – fluisterde iemand in mijn oor: 'Ze zitten nu in Venezuela.' Meneer Meerschwam keek me glunderend aan. Hij zag er goed uit.

'Familie van mijn vrouw, die hebben ze daar gezien. Hij verkocht huizen die niet bestonden, en auto's die nog gemaakt moesten worden en bedrijven die nog moesten worden opgericht,' zei Meerschwam zacht. 'Waarom zitten ze anders in Venezuela en laten ze nooit wat horen? Geloof me nou maar, binnenkort staat het allemaal in de krant.'

Het meisje van slagerij Van Dam overhandigde me het soepvlees. Ik wilde weggaan, maar Meerschwam versperde me de weg. 'De laatste rekening hebben ze ook nooit betaald, na dertig jaar trouwe dienst, wat zeg je daarvan?'

Hij gaf me niet de kans daar iets van te zeggen. Hij boog zich naar mijn oor. 'Hun zoon zit in een gesloten inrichting in Amerika. Wat zeg je daarvan? Weet ik van de zoon van mijn zwager, die studeert in Amerika. Een klein berichtje weliswaar, maar toen hij de naam Eckstein zag ging bij hem een lichtje branden. Het heeft daar in de krant gestaan, nou dan staat het binnenkort ook hier in de krant. Dan staan ze voor onze deur, zegt mijn vrouw, de kranten, de radio, de televisieploegen.'

Ik liep naar buiten, maar Meerschwam kwam achter me aan.

'Kopje koffie?' riep hij. 'Kopje thee? Het zal je wel interesseren. De jonge Eckstein heeft geprobeerd zich te verhangen, maar het is mislukt. Zelfs verhangen kan hij zich niet. Wat zeg je daarvan? Kan ik je uitnodigen voor een drankje? Het zal wel een schok voor je zijn. Je was vrij intiem met hem, is het niet? Dat zei mijn vrouw in ieder geval, dat jullie heel erg intiem waren.'

'Heel erg bedankt,' zei ik, 'maar ik moet echt gaan, ik heb een dringende afspraak.'

Ik heb nog wel eens de naaktdans geoefend op 'It's raining men'. Natuurlijk alleen als niemand me zag. Maar één keer kwam per ongeluk meneer Rapp binnen. Ik had hem niet horen aankomen op zijn pantoffels. Toen ik hem zag hield ik op met dansen en zette de muziek zachter. Hij vroeg niet wat ik daar uitspookte. Hij informeerde alleen of ik nog aan de muggenlarven had gedacht.

Nu woon ik zelf in New York. Ik heb woord gehouden, zij het met zes jaar vertraging, maar wat zijn zes jaar op een mensenleven?

Ik heb met goed gevolg de cursus 'salesperson in real estate' afgelegd. Ik heb een licentie. Ik ben salesperson in onroerend goed. Makelaar heet dat in goed Nederlands, geldwolf. Het is een mooi beroep. Ik laat mensen huizen zien die ze willen huren. Ik luister naar hun wensen, soms geef ik ze advies of doe ik alsof ik ze advies geef. Het is geen baan waarbij je veel hoeft na te denken. Ik verkoop service.

Mijn makelaarsdiploma heb ik opgehangen in mijn keuken boven het fornuis, ik kook toch nooit.

Ik wil even wat over Gloria vertellen, want toen ik Gloria ontmoette moest ik voor het eerst sinds tijden weer aan Elvira en Broccoli denken. Ik had heel lang niet meer aan ze gedacht. Ik had heel lang niet meer aan ze willen denken. Ik vond dat ik genoeg aan ze had gedacht voor de rest van mijn leven.

Ik ontmoette Gloria en haar vriendin in een nachtclub. We dansten, in ieder geval probeerden we te dansen. Ik probeerde te dansen, en zij dansten heel goed. Zo was het.

Ze zeiden: 'Kom morgen bij ons eten, we vinden je leuk.'

'Dat is goed,' zei de geldwolf, 'want ik vind jullie ook leuk.'

De volgende dag ging de geldwolf naar ze toe. De vriendin van Gloria heette Sonya en zij deed open. Ze liet de geldwolf muziek horen die ze zelf gezongen had. 'Vind je het niet mooi?' vroeg ze.

'Heel mooi,' zei de geldwolf. Want de geldwolf was dronken. Toen kwam Gloria binnen. Haar ene oog loenste.

'Haar vriend heeft haar op haar oog geslagen,' zei Sonya, 'maar ze houdt van hem, begrijp je dat nou?'

De geldwolf vond dat dat loensen haar alleen maar mooier maakte. Ik was uitgenodigd voor het eten, maar ze gingen niet eten. Ze gingen zoenen. Op een gegeven moment was iedereen naakt. De geldwolf, Sonya, alleen Gloria had haar broekje nog aan. 'Doe je broekje uit,' zei de geldwolf, want hij was van mening dat fantasieën werkelijkheid moeten worden, zelfs als je er eigenlijk bang voor bent.

'Nee,' zei Sonya, 'dat kan niet.'

'Waarom niet?' vroeg de geldwolf.

Toen begon Gloria te lachen en ze zei: 'I have a penis.'

Eerst kon de geldwolf het niet geloven, want ze was mooier dan Sonya. En hij wreef over haar borsten. Ze zei: 'Die heb ik gekregen door middel van injecties, maar om mijn penis weg te laten halen, dat kost veel meer geld. Kun jij me niet helpen om helemaal vrouw te worden?'

'Vind je het erg dat ze travestiet is?' vroeg Sonya.

De geldwolf keek naar Gloria. Hij vond dat ze hele mooie ogen had en zei: 'God, wat is dit een rare ontmoeting.' Hij streelde de haren van Gloria.

'Jij vindt het niet erg hè,' zei Sonya, 'jij bent een gentleman.'

'Ja,' zei de geldwolf, 'ik ben een gentleman.' Hij kon er niets aan doen, maar hij moest grinniken, hij moest heel hard grinniken.

Uiteindelijk zijn we wat gaan eten in een restaurant waarvan de eigenaar uit Venezuela kwam en een zonnebril droeg die hij de hele tijd ophield. We dronken drie flessen wijn en aten kleine vette hapjes. Gloria dronk alleen maar water.

Sonya zei de hele tijd: 'Niet met je ellebogen op tafel. Zo word je nooit een vrouw.' Ik zat ook met mijn ellebogen op tafel, maar ze had het tegen Gloria, want ik wilde geen vrouw worden. Nooit over nagedacht trouwens, vrouw worden. Maar het is iets om in mijn achterhoofd te houden voor het geval de grond te heet wordt onder mijn voeten.

Gloria zei: 'Vanaf mijn twaalfde heb ik op straat geleefd.'

'Wat heb je gedaan?' vroeg ik.

'Noem het maar op,' zei Gloria, 'en ik heb het gedaan.'

De eigenaar kwam met nieuwe hapjes. 'Bellisima,' zei hij tegen Sonya, 'bellisima.' Of iets dergelijks. Tegen Gloria zei hij niets, want hij hield niet van travestieten.

Die avond moest ik dus aan Elvira denken. Niet omdat Elvira een travestiet was. Voorzover ik weet is ze als vrouw geboren en als ze nu nog leeft is ze nog steeds een vrouw. Er was niets in haar gedrag dat erop wees dat ze eigenlijk man wilde worden. Maar je kunt je vergissen. Ik geloof dat het door de ogen van Gloria kwam of door de manier waarop ze sprak. Of misschien had het wel alleen maar met mij te maken dat ik opeens aan Elvira moest denken.

'Toen ik Gloria ontmoette was ze heel dik,' zei Sonya, 'want ze was depressief.'

'Waar hebben jullie elkaar ontmoet?' vroeg ik.

'Op straat,' zei Gloria. 'Waar ontmoet je anders mensen? Vanaf mijn twaalfde wist ik al dat ik vrouw was, maar mijn ouders konden alleen maar van mij houden als man. Daarom hebben ze me het huis uit geschopt.'

We zijn gaan dansen, in dat restaurant met de eigenaar die zijn zonnebril niet afdeed. Gloria wilde met mij dansen. 'I love you,' zei ze. Gloria was mooi.

Ze rook zoet en we trapten niet op elkaars tenen. Die tangolessen waren toch niet voor niets geweest. Ze zei: 'Ik heb gestolen, ik heb me laten slaan, ik heb me in mijn reet laten neuken, *you name it* en ik heb het gedaan. Iedereen kan op straat overleven, maar je moet natuurlijk wel *bereid* zijn te overleven.'

Dat zei Elvira ook altijd: '*You name it.*' En dan lachte ze zo'n beetje spottend.

You name it.

We dansten dicht tegen elkaar en toch voelde ik niet dat ze een penis had. Zo hebben we een hele tijd gedanst. Toen ze naar de wc was vroeg ik aan Sonya: 'Is ze echt een travestiet?'

Sonya zei: 'Dat is wat ze mij heeft verteld. Ik heb haar nooit naakt gezien. Je vindt haar leuk, hè?'

'Ja,' zei ik, 'ik vind haar leuk.'

Misschien had ze haar penis zo opgevouwen dat je hem niet meer voelt. Dat kan natuurlijk. Je kan het zo gek niet bedenken of je kan het wel doen met een penis.

Toen ze gingen sluiten en we voor het restaurant stonden, zei Sonya: 'Kom nog mee naar boven.'

Sonya zat op de wc, maar ze deed de deur niet dicht. Ikzelf doe altijd de deur dicht als ik op de wc zit. En als die niet dicht kan ga ik niet naar de wc. Ik ben daar heel precies in. Sonya zat op de wc en zong. Ze zong een lied voor me. 'Wil je het produceren?' vroeg ze toen ze was uitgezongen.

‘Ik ben geen platenproducent,’ zei ik.

Dat kon haar niets schelen. Ze vroeg of ze mijn nummer mocht hebben. Dat heb ik maar niet gegeven. Sonya had wat geld in mijn borstzakje gestopt als bijdrage voor de wijn, maar ik legde het weer op tafel en zei: ‘Aangezien ik je mijn telefoonnummer niet wil geven, geef ik dit ook maar terug.’

‘Ja,’ zei Gloria, ‘dat is goed.’ Zo gaat dat nu eenmaal tussen geldwolven. Je hebt de eenzaamheid van de spits, en je hebt de eenzaamheid van de geldwolf.

Toen we afscheid namen zei Gloria nogmaals: ‘Geef me wat geld, zodat ik helemaal vrouw kan worden.’

De geldwolf heeft haar honderd dollar gegeven.

Daarna nam ik een taxi. Ik kreeg een taxichauffeur die slapend reed, dat zag ik in zijn achteruitkijkspiegeltje. Hij had zijn ogen dicht.

‘Gaat het wel goed?’ vroeg ik.

‘Ja,’ zei hij en hij reed weer door. Ik viel in slaap – dat doe ik wel vaker in taxi’s – en ik dacht aan Elvira. Soms schrok ik wakker en als ik dan zag dat we stilstonden voor een groen stoplicht tikte ik tegen het ruitje en riep: ‘Hé man, gaat het wel goed, we staan stil voor een groen stoplicht.’ En dan reed hij weer, maar met zijn ogen dicht. Alleen als hij remde deed hij even zijn ogen open. Het was een eng gezicht, maar als ik zelf mijn ogen dichtdeed merkte ik er niets meer van.

Gloria wilde actrice worden maar ze wilde pas met audities beginnen als ze helemaal vrouw was. Dat kan ik begrijpen. Dat soort dingen moet je niet half doen.

Elvira wilde ook actrice worden. Ze was het al. Ze woonde in de 6e straat. Dat is in ieder geval het laatste adres dat ik van haar heb.

Natuurlijk ben ik een keer naar de 6e straat gegaan, nummer 206 East, appartement 3. Er woonden vier Franse meisjes. Van Elvira Lopez hadden ze nog nooit gehoord. Ook niet van Michaël Eckstein.

‘Of toch,’ zei die ene. ‘Was dat niet dat meisje dat hier voor ons woonde met die fotograaf?’

‘Onmogelijk,’ wilde ik zeggen, maar toen bedacht ik dat Broccoli misschien wel fotograaf was geworden.

‘Het zou kunnen,’ zei ik.

‘Die hebben er een puinhoop van gemaakt,’ zei het Franse meisje.

'Ja,' vielen de andere drie haar bij, 'wat hebben die er een puinhoop van gemaakt.' Als ik eens wist hoe het eruit had gezien toen ze erin trokken. Ik zei dat ik makelaar was en dat ik alles wist van huizen en in welke staat ze werden opgeleverd.

Ik heb nog een privé-detective gebeld, op aanraden van een collega. 'Het gaat om vermiste personen,' zei ik door de telefoon. We spraken elkaar in de auto van de privé-detective. Hij stond geparkeerd op de hoek van de straat. Vijf minuten voor de afgesproken tijd belde hij om te zeggen waar hij stond en wat de kleur van zijn auto was.

Hij keek me nauwelijks aan toen ik naast hem ging zitten. Hij had een snor. Ik had het idee dat ons gesprek werd opgenomen. Op de achterbank stond een kinderzitje. Hij bleef strak voor zich uit kijken. Ik gaf de gegevens. Veel gegevens had ik niet. Hun namen. Broccoli's geboortedatum. Elvira's geboortejaar, het telefoonnummer van haar moeder in Buenos Aires. Haar geboortedatum had ze geheimgehouden. Ze had een hekel aan verjaardagen. Ze had een verschrikkelijke hekel aan verjaardagen. Aan alle officiële feestdagen.

'Weet je zeker dat deze gegevens kloppen?' vroeg de privé-detective. Op zijn visitekaartje stond dat hij Steve heette en dat hij gespecialiseerd was in huwelijksproblemen.

'Ja,' zei ik, 'heel zeker.'

'Wat was je relatie tot de vermiste personen?'

Ik aarzelde even. 'Een vriend,' zei ik, 'we deden ook zaken samen.' Het was een beetje een armoedige samenvatting, maar ik vond dat het daar maar bij moest blijven.

'Wat voor zaken?'

Opnieuw aarzelde ik. 'We figureerden in films, Nederlandse films, bedrijfsfilms, reclamespotjes voor de vakbond, anti-rookfilms. Dat soort films.'

Hij schreef het allemaal op. Zonder commentaar.

'Figureer je nog steeds in films?'

'Nee,' zei ik, 'ik verkoop service, ik ben makelaar in onroerend goed!' Ik gaf hem mijn visitekaartje. 'Hoeveel gaat het kosten?'

'Vijf-, zeshonderd dollar,' zei Steve, 'maar als ze niet meer in Amerika zijn wordt het duurder. Dan moeten we de emigratiedienst wat steekpenningen geven voor de broodnodige informatie, dat kan een paar honderd dollar extra zijn. Dan weten we in ieder geval zeker dat ze niet meer in Amerika zijn. Weet je toevallig of ze een creditcard hebben?'

'Ik denk dat ze wel een creditcard hebben. Iedereen heeft tegenwoordig toch een creditcard?'

Het was een warme vochtige dag. Ik zweette enorm, hoewel de airconditioning aan stond. Toen de detective mijn opdracht had aanvaard en ik het voorschot betaalde, keek hij me even aan terwijl hij mijn hand schudde. Misschien was het verbeelding, maar ik had de indruk dat het een medelijdende blik was.

Een paar weken later belde hij me op. Dat nummer in Buenos Aires dat ik hem had gegeven, bestond niet meer. Of ik nog andere nummers had in Buenos Aires van familieleden van Elvira Lopez. Die had ik niet. 'De ouders van Eckstein wonen in Venezuela,' zei ik nog snel, 'onder een andere naam. Dat zijn de geruchten.'

Daarna heb ik nooit meer iets van de privé-detective gehoord, gespecialiseerd in huwelijksproblemen en vermiste personen. Misschien waren ze helemaal niet vermist. Misschien is het niet aan ons mensen om uit te maken wie vermiste personen zijn en wie niet.

Als ik naar de bioscoop ga blijf ik zitten tot de laatste titel van het scherm is verdwenen. Ik verwacht dat ik daar op een dag zal zien: 'vrouw in café – Elvira Lopez' of: 'voorbijganger 3 – Michaël Eckstein'. Of iets in de trant van: 'een film van The Eckstein Company'.

Misschien heeft het geen zin om tot het eind van de aftiteling in de bioscoop te blijven zitten omdat Elvira eindelijk een artiestennaam heeft gevonden. Eentje die echt bij haar past. Eentje die Galani niet voor haar heeft kunnen vinden.

Onlangs heb ik een film gezien waarin Frederika Steinman meespeelde. Zo heb ik voor het eerst haar tieten gezien. Mooie tieten.

Soms, op vrije middagen, lees ik in het rode opschrijfboekje van Elvira. Het is het enige bewijs voor haar bestaan.

'De Meisner-methode voor acteurs.' Zo begint het boekje.

Ik lees het niet omdat ik nog steeds acteur wil worden. Ik ben acteur. Iemand die service verkoopt is een acteur.

'Eerste dag,' schreef ze. Ik weet niet eens meer in welk jaar ze dat schreef, 1988 of 1989.

'Luisteren is de sleutel,' staat er. En daaronder: 'Definitie van acteren: de mogelijkheid om waarachtig te leven onder onwerkelijke omstandigheden.'

'Tweede dag. Stel geen vragen.'

'Zevende dag. Vermijd het voor de hand liggende niet. Wees niet praktisch. Vergeet een beetje. Toon je gevoelens niet, ze zorgen wel voor zichzelf.'

Tussendoor een telefoonnummer en een naam, 'Mooie Bo'. En een bladzijde verder mijn handschrift, blokletters: 'PEULENSCHIL'. Elvira heeft er vier vraagtekens achter gezet.

En opeens middenin begint de tweede dag opnieuw. 'Geef geen informatie,' staat er in grote letters.

Na de twaalfde dag houdt het boekje op. Er staan nog wat tekeningen in en losse afspraken. En wat vertalingen van Nederlandse woorden in het Spaans. Als ik in dat boekje lees hoor ik Elvira praten en dan praat ik terug. Het is onbeleefd om niet terug te praten.

Alles wat over Elvira werd gefluisterd was waar. Ze heeft het me zelf verteld. En nu wordt er nog steeds over Elvira gefluisterd. Waar ik ook heen ga, ik hoor het gefluister. Het gefluister over Elvira houdt nooit meer op. Dat heeft Broccoli ons beloofd, in het pashokje van De Bonneterie.

Ik heb wonden op mijn piemel. Drie in totaal. Ze hebben van alles geprobeerd. Nu hebben ze me zalf gegeven waarmee ik mijn piemel elke ochtend moet insmeren. Een soort zinkzalf, heel vet in ieder geval. Voor de zekerheid trek ik twee onderbroeken aan.

De laatste keer dat ik met een vrouw was, was in een hotel aan de westkust waar ik mijn vakantie doorbracht. De seks duurde een kleine acht minuten. Daarvoor en daarna hebben we uitvoerig en heel aangenaam over recycling gepraat.

Vorige week ben ik Wolf tegengekomen in een stripclub. Hij danste met een naakte dikke dame op het podium. Zijn hemd was losgeknoopt tot zijn navel en zijn stropdas hing op zijn rug. Hij was dikker geworden. Ik kon eerst niet geloven dat hij het was. Wat deed hij in godsnaam in New York? Toen hij het podium afliep riep ik: 'Wolf.' Hij draaide zich om, maar toen hij mij zag liep hij onmiddellijk door. Ik ben achter hem aan gelopen. Ik wilde hem vragen of hij Elvira nog wel eens had gezien, of hij wist waar ze nu uithing. Toen ik buiten op straat stond zag ik hem nergens meer.

Ik denk dat Broccoli en Elvira vanzelf naar me toe zullen komen. Ik denk dat ik gewoon geduld moet hebben. Misschien zijn ze al heel dichtbij. Misschien zijn ze al in de stad.

Broccoli zei: 'Operatie-Brando duldt geen verraders. Operatie-Brando is hard, maar rechtvaardig.'

Deze wereld heeft meer Marlon Brando's nodig. Daar is geen speld tussen te krijgen.

Ik denk dat Broccoli daar nu mee bezig is. Over de hele wereld zijn mensen bezig te veranderen in Marlon Brando. En Broccoli en Elvira voeren de operatie aan.

De mensen van de organisatie zijn te herkennen aan de telefoon die ze met zich meedragen in hun linkerschoen. Soms zie ik op straat iemand aan zijn schoen prutsen en dan denk ik: Dat is er een.